À PROPOS DE L'AUTRICE

Après avoir travaillé comme professeure de fitness et développeuse informatique, Gayle Callen a trouvé sa voie dans l'écriture de romances. Figurant régulièrement dans les meilleures ventes de *USA Today*, elle a écrit plus de vingt romans pour HarperCollins, qui lui ont valu des récompenses telles que un Holt Medallion, un Laurel Wreath Award, un Booksellers' Best Award, et qui ont été traduits dans plus de onze langues. Mère de trois enfants, chanteuse du dimanche, amatrice du grand air, Gayle vit à New York avec son chien, Uma, et son mari et héros, Jim. Elle écrit également de la romance contemporaine sous le nom d'Emma Cane.

Le serment du cœur

Collection : VICTORIA

Titre original :
THRILL OF THE KNIGHT

Ce roman a déjà été publié en 2020.

HARPERCOLLINS FRANCE
83-85, boulevard Vincent-Auriol, 75646 PARIS CEDEX 13
Service Clients — https://www.harlequin.fr/contenu/contactez-nous
ISBN 978-2-2805-0820-9 — ISSN 2493-013X

Édité par HarperCollins France.
Composition et mise en pages Nord Compo.
Imprimé en avril 2025 par ScandBook UAB en Lituanie
en utilisant 100% d'électricité renouvelable.
Dépôt légal : juin 2025.

FSC
www.fsc.org
MIXTE
Papier | Pour une gestion forestière responsable
FSC® C021394

Pour limiter l'empreinte environnementale de ses livres, HarperCollins France s'engage à n'utiliser que du papier fabriqué à partir de bois provenant de forêts gérées durablement et de manière responsable.

GAYLE CALLEN

Le serment du cœur

Traduit de l'anglais (États-Unis) par
LÉA TOZZI

Victoria
HARLEQUIN

À Lisa Hilleren, ma camarade de travail et d'écriture,
toi qui as un don incroyable pour mettre le doigt
sur les bonnes idées. Tu sais à quel point ton aide m'a été
précieuse. Je t'en serai toujours infiniment reconnaissante.
Et, maintenant que tu commences
un nouveau chapitre de ton existence, tu nous donnes à
tous un merveilleux exemple de courage et de confiance.

À Lisa Hilleren, ma compagne de travail et d'écriture
toujours un don incroyable pour mettre le doigt
sur les bonnes idées. Tu sais à quel point ton aide m'a été
précieuse. Je t'en serai toujours infiniment reconnaissante.
Et maintenant que tu commences
un nouveau chapitre de ton existence, tu nous donnes à
tous un merveilleux exemple de courage et de confiance.

1

Alderley Castle
Gloucestershire, Angleterre, 1486

Lady Elizabeth Hutton, à moitié endormie sur son lit, fut soudain réveillée par des bruits de pas qui résonnèrent lourdement dans l'escalier menant à la chambre de son donjon. Pourquoi tant d'agitation ? Ouvrant les yeux, elle vit sa suivante, Anne Kendall, s'empresser d'entrouvrir la porte pour la refermer aussitôt. Puis elle s'adossa au battant, le souffle court et pâle comme un linge.

Elizabeth se redressa, en faisant retomber le couvre-lit sur elle.

— Eh bien, Anne, qu'y a-t-il ?

— Le vicomte Bannaster est là.

— Encore ! ne put s'empêcher de maugréer Elizabeth. Pourquoi s'obstine-t-il à me faire la cour ? Hier soir, j'ai feint d'être souffrante pour éviter de le rencontrer.

— Dans ce cas, vous avez été trop convaincante. Il est resté.

— Cela ne le dérange pas de passer pour un imbécile ? Je suis déjà fiancée !

Pourtant, ce n'était pas l'impression que l'on en avait. Cela faisait une éternité qu'Elizabeth n'avait pas vu John, son fiancé. À l'époque, il avait treize ans, elle, onze. Ce n'était d'ailleurs pas lui mais son frère, William, qu'elle était censée épouser. Hélas, le malheureux était mort d'une chute de cheval. Le deuxième fils de la famille Russell, Robert, étant également décédé, elle fut promise à John, qui habitait en Normandie depuis longtemps. L'avait-on mis au courant qu'il avait hérité des terres et de la fortune de son clan ? Et que sa future épouse l'attendait ?

En ce qui la concernait, être fiancée l'avait en quelque sorte protégée. Jusque très récemment.

Anne vint s'asseoir sur le bord du lit. Elle avait des cheveux et des yeux noirs, qui contrastaient avec sa peau blanche. En la voyant pâlir davantage, Elizabeth sentit la peur sourdre en elle.

— Milady, apparemment, les soldats du vicomte s'étaient cachés dans la forêt. Ils viennent de faire irruption dans le château.

— Seigneur ! Est-ce que quelqu'un a été tué ? s'écria Elizabeth en repoussant le couvre-lit.

Une seconde plus tard, elle était debout, vêtue de sa seule chemise de nuit, qui ne la protégeait guère du froid matinal.

Anne lui attrapa la main et souffla :

— Non, personne, Dieu merci.

Elizabeth se mit à trembler. Quel soulagement ! La mort avait fait suffisamment de ravages autour d'elle. Sa suivante lui tendit sa robe de chambre, dans laquelle elle se drapa avec bonheur.

— Ils étaient trop nombreux, tout est allé si vite ! reprit Anne. C'était l'heure de la relève de la garde, et personne n'avait prévu une telle manœuvre. Pour l'heure, vos hommes sont enfermés dans la caserne, en attendant que Lord Bannaster s'occupe de leur cas.

Elle sembla hésiter, puis ajouta :

— Il faisait poster des gardes au pied du donjon, mais je suis parvenue à me faufiler discrètement. Je l'ai entendu dire qu'il passerait vous voir dans une heure.

— Il pense qu'il sera autorisé à entrer dans ma chambre ?

Elizabeth se força à rire pour montrer qu'elle n'en croyait pas un mot. Elle dirigeait Alderley Castle depuis que ses parents étaient morts d'une mauvaise fièvre, six mois plus tôt. Elle n'avait pas l'intention de l'abandonner, pas même à un vicomte.

Elle aurait tellement aimé que son père soit encore de ce monde ! Cette douleur qui refusait de la lâcher ne la faisait plus pleurer, cependant. Toute cette histoire n'aurait jamais eu lieu, si le comte d'Alderley avait encore été le maître de ce château. Ou si elle avait eu des frères pour hériter des terres familiales. Il ne lui restait plus que deux jeunes sœurs, âgées de seize et quinze ans, élevées loin d'ici, comme elle-même l'avait été. Oh ! elle avait bien des amis et des domestiques, des gens qui l'aidaient, mais la responsabilité du château pesait sur ses seules épaules.

Durant un instant, elle se sentit perdue, vulnérable, coincée dans une situation qu'elle n'avait pas voulue. Elle avait perdu ses parents et son premier fiancé, un homme qu'elle avait vénéré depuis sa plus tendre enfance. On l'avait alors donnée à un autre, et voilà qu'elle devait subir les assauts d'un personnage sinistre, qui convoitait ses terres.

Heureusement, elle n'était pas du genre à se laisser dépasser par les événements. Toujours prendre le taureau par les cornes, telle était sa devise. Après la disparition de ses parents, elle avait envoyé un courrier à son nouveau promis pour le mettre au courant de la situation. Il devait revenir en Angleterre pour l'épouser. Elle avait un vague souvenir de ce garçon toujours relégué dans l'ombre. Rien d'étonnant, avec un frère aîné aussi flamboyant que William ! À présent, le baron, c'était John. Depuis, étrangement, il n'avait plus donné signe de vie. Elle était considérée comme l'une des héritières les plus en vue du royaume, voilà qui aurait dû le faire réagir, non ?

D'un ton plein d'aplomb, elle finit par répondre :

— Je vais laisser ce scélérat parler. Puis je prendrai la décision qui s'impose, quelle qu'elle soit. Le roi Henri ne tolérera pas une telle vilenie.

— Lord Bannaster est son cousin, lui rappela froidement Anne.

— Peu importe, rétorqua Elizabeth avec un haussement d'épaules. Il ne peut pas m'obliger à l'épouser. Des fiançailles ont autant de poids qu'un passage devant l'autel.

— Sauf si Sa Majesté en décide autrement.

— Anne, la situation est assez démoralisante comme ça !

— Pardonnez-moi, milady. C'est vous-même qui m'avez dit que notre souverain s'agace de vous savoir encore sans époux. Le sort de vos terres est un sujet d'inquiétude pour lui.

Elizabeth grimaça, tandis qu'Anne allait verser de l'eau dans une bassine.

— Laissez-moi vous aider à vous préparer.

Elle venait d'attraper une serviette et du savon, quand elle s'immobilisa brusquement, l'air songeur, puis déterminé.

— À quoi pensez-vous, Anne ?

— Vous n'avez jamais rencontré Lord Bannaster. Moi non plus. C'est une autre femme de chambre que vous avez chargée d'annoncer au vicomte que vous étiez souffrante.

— Peut-être n'a-t-il pas apprécié d'être éconduit de la sorte, commenta Elizabeth avec amertume.

Anne secoua vigoureusement la tête.

— Non, ce n'est pas ce que je veux dire. J'ai une idée. S'il s'empare d'Alderley, vous serez prise au piège ici, à sa merci.

— Le roi ne permettra jamais…

— Sa Majesté n'apprendra pas ce qui se passe avant un bon moment, l'interrompit Anne en levant la main. Croyez-vous vraiment que Lord Bannaster laissera quelqu'un informer son puissant cousin ? Non, ce qu'il fait est illégal, et il le sait.

Il espère certainement garder le secret quelques jours, le temps d'arriver à ses fins, quelles qu'elles soient.

— C'est une chance que nous ayons été élevées ensemble, observa Elizabeth sombrement. L'une de nous arrive à faire marcher sa tête, c'est déjà ça.

Anne ne réagit pas à cette remarque et poursuivit :

— Il n'y a qu'une façon de le berner : lui faire croire que tout se déroule selon ses plans. Il pensera avoir gagné la partie. D'après les serviteurs, il semble assez imbu de lui-même.

— D'après vous, je devrais lui faire croire que ses menaces m'impressionnent ?

— Non, vous serez partie depuis longtemps. Car je vais prendre votre place.

Bouche bée, Elizabeth fixa celle qui n'était pas seulement sa suivante, mais l'une de ses amies les plus chères.

— Que dites-vous ?

— Vous allez vous faire passer pour moi et quitter le château en toute discrétion. Tous vos serviteurs seront dans la confidence. Personne ne vendra la mèche.

— Vous comptez rester seule ici et subir les foudres de ce rustre ?

— Il ne se rendra pas compte de la supercherie, il ne vous a jamais rencontrée ! répondit Anne avec un sourire contraint. À mon avis, j'arriverai à me montrer aussi têtue et inflexible que vous.

Si l'heure n'avait pas été aussi grave, Elizabeth lui aurait volontiers lancé un oreiller. Mais il n'y avait guère de quoi plaisanter.

— C'est de la folie, Anne, répondit-elle en secouant la tête. Bannaster découvrira la supercherie, et je refuse que des gens souffrent à cause de moi.

— Mais milady...

— Chut, un instant.

Le temps d'ouvrir les rideaux, Elizabeth risqua un coup

d'œil dans la cour intérieure, en contrebas. Tout était silencieux. Les rares personnes qui la traversaient rasaient les murs, l'air effrayé. Ces hommes et ces femmes comptaient sur elle pour survivre. Pas question de les abandonner ! Subitement, un grand calme s'empara d'elle. Elle arriverait à surmonter cette situation.

— Anne, vous êtes formidable ! lança-t-elle en se retournant.

— Qu'est-ce qui vous prend ? Vous venez d'affirmer que vous…

— Je ne quitterai pas le château, ça non ! Mais nous allons échanger nos identités. Cela me permettra de me déplacer à ma guise et de nous sortir de ce pétrin.

Anne battit des paupières, puis finit par dire :

— Oh ! je comprends. Et vous pourrez aussi vous enfuir si nécessaire.

— Je ne compte pas m'enfuir.

— Mais…

— Ne perdons pas de temps. Une chance, nous sommes de la même taille !

Une heure plus tard, toutes deux descendirent à l'étage inférieur de la tour, dans les appartements privés d'Elizabeth. C'était dans cette pièce qu'elle effectuait ses travaux d'aiguille en compagnie des dames de compagnie de sa mère. Elles étaient toutes mariées, désormais, et à la tête de leur maisonnée. Elle se défendrait donc par ses propres moyens.

Anne n'avait pas l'air très à l'aise dans sa robe. Le corsage n'était-il pas trop étroit pour les formes généreuses de son amie ? Mais le rouge de ce brocart brodé se mariait à merveille avec le noir de ses cheveux, qu'elle laissait retomber en cascade. L'usage chez les filles à marier.

Pour sa part, Elizabeth portait à présent une guimpe qui lui couvrait la tête. Les extrémités de la pièce de toile étaient repliées de manière à cacher son menton et son cou. Elle avait enfilé une robe marron sans le moindre ornement, hormis un col carré qui laissait voir sa chemise blanche remontant jusqu'en haut de son cou. Elle avait presque l'impression d'être invisible dans cette tenue.

Leur plan allait fonctionner. Enfin, si elle arrivait à prévenir ses serviteurs avant qu'ils révèlent son identité, par mégarde.

Elizabeth adressa un grand sourire à Anne. Autant faire preuve d'optimisme.

— Nous nous connaissons depuis toujours. Vous savez ce que je dirais dans cette situation. Alors, qui sait ? Vous arriverez peut-être à ramener le vicomte à la raison. Il doit comprendre qu'il a dépassé les bornes.

— Plusieurs journées de route nous séparent de Londres, fit prudemment remarquer Anne. Il va peut-être se sentir libre d'agir comme bon lui semble.

— Vous saurez l'en empêcher, répondit Elizabeth avec douceur, en la prenant par les épaules. Vous avez toute ma confiance.

Elles n'eurent pas à attendre longtemps. Le vicomte était ponctuel. Elizabeth se ressaisit et s'effaça derrière Anne, comme le ferait toute suivante digne de ce nom.

La porte s'ouvrit. Un homme habillé sans grande élégance fit son entrée et tint le battant grand ouvert. Celui qui pénétra alors dans la pièce était forcément le vicomte Bannaster, vu l'extrême raffinement de sa mise. Une braguette brodée mettait en relief ses attributs virils sous son pourpoint court. Ses cheveux châtain foncé étaient coiffés d'une toque plate, agrémentée d'une plume qui retombait presque sur son épaule. Lorsqu'il vit Anne, Elizabeth le sentit non plus tendu mais soulagé. Grâce à Dieu, la femme qu'il convoitait était assez belle pour lui !

Lord Bannaster retira son couvre-chef en s'inclinant courtoisement devant Anne. Qui semblait pétrifiée.

— Lady Elizabeth, quelle joie de faire enfin votre connaissance !

Il fallut discrètement donner à Anne un petit coup de coude pour qu'elle réponde d'une voix glaciale :

— Nous n'avons pas encore été présentés, milord. Comment osez-vous envahir l'appartement privé d'une lady ?

Elizabeth eut bien du mal à réprimer son envie de sourire. D'où venait à Anne tout cet aplomb ? L'homme de main du vicomte plissa les yeux, tandis que le visage de ce dernier devenait cramoisi. Mais il parvint à esquisser un rictus.

— Milady, je suis Thomas Bannaster. Je viens m'occuper de votre protection, au nom du roi.

— C'est... C'est le roi qui vous envoie ? balbutia Anne.

Lord Bannaster n'hésita qu'une seconde pour répondre :

— Non, mais je suis son cousin. Et, comme je passais dans les environs, j'ai pris la liberté de servir ses intérêts. Certaines factions de la région n'ont pas exprimé de manière expresse leur soutien à notre bon roi Henri. Il a besoin que le calme revienne dans cette partie du Gloucestershire. Vous a-t-on informée des pillages sur votre territoire ?

Elizabeth retint son souffle. Anne était-elle dans les parages, lorsque le capitaine des gardes lui avait rapporté ces incidents ?

— Si vous parlez des dizaines de moutons qu'on m'a volés sur la centaine que je possède, oui, je suis au courant. Mes hommes sont à pied d'œuvre. Mais en quoi cette affaire vous concerne-t-elle, milord ?

— Vous avez besoin que quelqu'un s'occupe personnellement de cette affaire, afin que cela ne se reproduise plus.

— Comptez-vous surveiller vous-même mes troupeaux ? demanda-t-elle d'un ton moqueur.

Voilà ce qui s'appelait une jolie répartie !

Lord Bannaster eut un regard réprobateur avant de répondre :

— Un étranger n'a pas à se mêler de ce genre de questions. Raison pour laquelle je vais demander à notre souverain de faire de moi votre tuteur.

Elizabeth était navrée de le reconnaître, mais c'était finement joué. Ce rustre n'était pas assez bête pour lui demander de l'épouser de but en blanc. Non, il allait tenter de parvenir à ses fins pas à pas. Avait-il subitement perdu toute sa fortune ou était-il simplement assoiffé d'argent ? Impossible de le savoir. Alderley était l'un des plus grands domaines du royaume. En outre, un titre était en jeu, ce qui faisait d'elle un excellent parti. Cet homme ne devait pas manquer d'ambition.

— Je suis flattée par votre offre, répondit alors Anne avec beaucoup de tact. Mais je n'ai pas besoin d'un tuteur. Mon fiancé a été mis au courant de la situation.

— Pardonnez-moi de me montrer aussi cruel, milady, mais il n'est même pas au courant qu'il est devenu l'héritier de sa famille. Ce que vous savez, n'est-ce pas ? Il ne reviendra peut-être jamais du continent et de ses dangers. La protection de ce château est trop importante pour être prise à la légère.

Anne mit les mains dans le dos. À son grand désespoir, Elizabeth s'aperçut qu'elles tremblaient.

— J'ai une armée à mes côtés. Des soldats d'expérience, affirma-t-elle tant bien que mal.

— Les forêts environnantes sont hélas infestées de bandits, et vos soldats devront se rendre sur place. Mes hommes seront très heureux de défendre le château d'Alderley contre l'ambition et les menaces de vos prétendants.

Se comptait-il dans le lot ? Il y avait de quoi se poser la question.

— Je vais expliquer la situation à vos hommes, poursuivit-il.

— Suis-je votre prisonnière ? en profita pour lancer Anne.

— Bien sûr que non, milady ! Mais certains commencent déjà à se battre pour vous. Toute cette fortune attise les appétits...

Il désigna la pièce d'un geste large, puis ajouta :

— Sans compter que votre mari héritera d'un titre de comte.

Le titre... Elizabeth avait vu clair dans les intentions de ce gredin. Elle se pencha pour souffler rapidement à sa suivante :

— Il faut être l'héritier des Russell.

Anne se redressa aussitôt et répliqua :

— Seul l'héritier des Russell héritera du titre. C'est une décision du roi.

— Ce document est l'œuvre d'Édouard, lequel est mort depuis bien longtemps. Vous êtes une femme sans défense. Si vous continuez de vous promener librement dans ce château, n'importe qui pourrait vous séduire en vous glissant des mots doux. Pire : on risque de vous enlever pour vous compromettre ! À mon sens, vous devez rester ici, dans le confort de vos appartements privés, jusqu'à ce que cette question soit réglée.

— Dans ce cas, combien de temps comptez-vous me garder prisonnière, milord ?

— *Prisonnière...* Le mot est bien fort ! Une fois à Londres, je ne mettrai guère de temps à convaincre mon cher cousin le roi que je lui rendrais un fier service en devenant votre tuteur. En attendant, vous vivrez dans un lieu agréable et familier. Et puis, les femmes ne manquent pas de distractions. Vos suivantes veilleront à ce que vous vous sentiez à votre aise et vous tiendront au courant de la vie du château.

Il marqua une pause avant d'ajouter :

— Par ailleurs, je suis au regret de vous informer que votre intendant a eu une peur bleue en voyant mes hommes entrer pacifiquement dans la cour de votre château, ce matin. J'ai eu beau essayer de lui expliquer les raisons de ma venue, il a dégainé son épée. Le pauvre bougre ne devait pas avoir un cœur solide, car il est mort avant que nous croisions le fer. Permettez-moi de vous présenter toutes mes condoléances.

Au prix d'un effort surhumain, Elizabeth s'efforça de rester immobile. Un gouffre menaçait de l'engloutir. Royden était mort ? Lui, ce serviteur dévoué, ce grand ami de son père ?

C'était une véritable force de la nature, même si les années commençaient un peu à peser sur lui. Bannaster n'avait pas hésité à le tuer, cela ne faisait aucun doute. Seigneur, qui d'autre allait perdre la vie en essayant de la protéger ?

— C'était un homme d'une grande bonté, souffla Anne.

— En effet, acquiesça le vicomte d'un air grave. Et je me sens responsable de cette mort si brutale. Laissez-moi vous proposer les services de mon propre intendant, maître Arthur Milburn.

D'un mouvement de la tête, il désigna l'autre homme, grand et maigre, vêtu de noir. L'air impassible, celui-ci s'inclina avec raideur.

Elizabeth sentit la peur l'envahir. Rien ne se passait comme prévu, et ses vieux cauchemars, où on la pourchassait à travers des couloirs plongés dans l'obscurité, étaient en train de resurgir. Le château était hors de contrôle - pour le moment. Elle avait vraiment intérêt à découvrir ce qui se tramait à l'étage inférieur. Tout comme elle, les autres occupants d'Alderley étaient devenus des proies faciles.

— Milady, continua Lord Bannaster, je crains que mes soldats ne soient tentés de mettre la main sur ces richesses que vous apporterez à votre futur époux. J'ai donc donné l'ordre que deux personnes surveillent votre donjon à toute heure du jour et de la nuit. L'un de mes hommes et l'un des vôtres.

— Ai-je le droit de recevoir des visites ? demanda Anne.

Pour la première fois, la colère se devinait dans sa voix.

— Va-t-on m'interdire de voir le prêtre du château ? D'assister à la messe ?

— Nous verrons si le calme est revenu à mon retour de Londres, répondit-il avec un haussement d'épaules. En attendant, lisez votre Bible, Lady Elizabeth. On y explique toujours très bien où est la juste place d'une femme.

Elizabeth ne put s'empêcher de grimacer. Quel rustre !

— Jusque-là, faites confiance à Milburn, il s'occupera

de vos affaires… et de votre sécurité. Bonne journée à vous, milady. Au plaisir de vous revoir.

Il s'inclina profondément, puis sortit rapidement de la pièce. Milburn le suivit, sans se départir de son regard glacial, et referma la porte.

Elizabeth y courut et colla l'oreille contre le battant. Elle n'entendit rien, si ce n'est des bruits de pas qui s'atténuaient progressivement, puis plusieurs voix d'homme, à l'étage inférieur. Les gardes que Bannaster avait évoqués, sans doute.

Elle se retourna et regarda Anne d'un air sombre.

— Cette canaille a tout prévu. Il veut me garder à sa merci. Et il a tué ce pauvre Royden ! Personne n'aura assez de cran pour l'arrêter, après ça.

Elle sentait ses traits pâlir sous le coup de la colère, et des larmes finirent par couler le long de ses joues. Pourquoi avoir infligé un sort pareil à cet homme si dévoué ?

Anne la prit dans ses bras, et elles éclatèrent en sanglots.

Elizabeth finit par reculer et sécha ses larmes.

— Nous n'avons pas le temps de nous morfondre. Des gens attendent qu'on les protège. Je vais descendre dans la grande salle et voir de quoi il retourne.

— Les serviteurs vont vous reconnaître ! Si Lord Bannaster s'aperçoit que vous vous êtes jouée de lui…

— Ce ne sera pas le cas, je vous assure. Je vais d'abord me rendre dans les cuisines et demander à notre chère cuisinière ainsi qu'aux servantes de faire circuler la nouvelle. Après seulement, j'entrerai dans la grande salle. Les gens du château sont intelligents et fiers, ils refuseront qu'un homme aussi répugnant décide de notre sort.

— Ensuite ? demanda Anne dans un souffle.

— Ensuite, il sera temps d'élaborer un plan. Mon fiancé n'est pas mort, c'est impossible. Il est bien vivant, quelque part.

2

La mine renfrognée, le baron John Russell était assis sur un banc d'une taverne délabrée, à une journée de route d'Alderley Castle. C'était là que vivait Lady Elizabeth Hutton. La femme qui lui était promise. Ce qu'il n'avait découvert que très récemment. Les rires gras et les beuglements des ivrognes lui écorchaient les oreilles, tandis qu'un feu crépitait dans la cheminée. Mais rien de tout cela n'attirait son attention, absorbé comme il l'était par tous ses soucis. Des soucis qu'il devait résoudre à tout prix.

Il avait passé ces dernières années à chercher l'aventure, lui, le cadet de trois frères, obligé de tracer seul sa voie. Il était parti pour le continent à seize ans, en qualité d'écuyer auprès de son cousin. Il avait cessé d'être cet enfant en mal d'affection, toujours relégué dans l'ombre de son aîné. Il était à présent un homme qui n'avait pas besoin de l'aide des autres. Il avait été heureux sur les routes d'Europe. Ses talents de soldat avaient été reconnus, et cela lui suffisait amplement. Entre les tournois et ses missions de mercenaire, il avait eu des journées bien remplies. Se débrouiller seul l'avait rempli de fierté. Il n'avait rien eu à demander à sa famille, qui n'aurait jamais pensé qu'il s'en tirerait aussi bien, c'était certain ! Mais la mort de ses deux aînés lui avait offert un titre de baron et une fiancée de haut rang.

Il avala une gorgée de bière fade, les doigts crispés autour de l'anse. Ils avaient tous disparu : ses parents, Robert, qui aurait aimé être un grand savant, ainsi que William, l'esprit de chevalerie fait homme. Beau, poète dans l'âme et charmant, il s'était gagné l'admiration d'une foule de jeunes femmes avec ses manières de séducteur. Et qu'importe s'il était promis à Lady Elizabeth !

John resta songeur. Son frère avait toujours été ce modèle que leur père lui demandait de prendre en exemple. Mais l'enfant replet et craintif qu'il était alors n'y était jamais parvenu. Et voilà qu'il lui fallait se marier… Il se devait de le faire, pour sa famille. Il était rentré de Normandie quelques jours plus tôt, en croyant que tout le monde serait prêt à lui confier les rênes de Rame Castle, cet endroit dont il venait d'hériter et qui faisait la fierté de son père. Il l'avait découvert en bien mauvais état. Les champs étaient en friche, et la plupart de leurs soldats partis depuis longtemps. Ils n'étaient pas les seuls. William s'était contenté de profiter de la vie londonienne en comptant sur son futur mariage pour devenir riche. Quitte à dilapider sa propre fortune.

— Je n'arrive toujours pas à concevoir que mon frère ait fait une telle injure à notre famille, marmonna-t-il, le nez dans sa chope.

À sa droite, Sir Philip Clifford, l'un de ses compagnons d'armes, cessa de contempler le fond de sa bière.

— Votre frère a abusé de son droit d'aînesse. Vous n'y êtes pour rien.

— C'est quand même de ma famille qu'il s'agit. Et c'est à moi qu'incombe cette responsabilité, dorénavant, répondit John en reposant violemment sa chope.

Des gouttes de bière giclèrent sur sa main.

— C'est à cause de mon frère que nos terres sont exsangues, et je ne peux rien y faire, déplora-t-il en baissant la voix. L'intendant a répété à tout le monde que j'avais besoin d'argent pour vivre sur le continent. Que William devait m'entretenir.

Il faillit s'étrangler en prononçant ces derniers mots.

— Ne commencez pas à croire que William est l'auteur de ces fadaises. L'intendant n'était qu'un pauvre bougre qui ne voulait peut-être pas reconnaître ses propres erreurs. Ni accuser son maître d'avoir laissé le château tomber en ruine.

John hocha la tête. Comme il avait envie d'y croire ! Mais le doute pourrait bien perdurer...

— Au fond, peu importe. On doit me juger aussi incapable que lui dans le reste du pays. Même à la cour du roi Henri !

Il vida sa chope d'un trait et lâcha :

— Toute ma fortune doit permettre à Rame Castle de renaître de ses cendres, jusqu'au dernier sou.

— Mangez plutôt un morceau, répondit Philip avec bienveillance. Après tout, vous devez avoir l'air présentable pour faire honneur à votre fiancée. Est-elle jolie, au moins ?

— Je n'ai reçu qu'une lettre de sa part. Je n'ai pas vu le moindre portrait d'elle. Dix ans se sont écoulés depuis notre dernière rencontre, et elle n'était qu'une enfant, à l'époque. Elle était promise à mon frère, un homme que tout le monde regardait comme un vrai chevalier.

— Vos parents ont décidé de cette union il y a bien longtemps, et elle tient à honorer cette promesse en leur nom, affirma Philip. Le roi souhaitait que vos deux familles soient unies lorsqu'il a accepté de donner Lady Elizabeth en mariage à l'héritier des Russell. Vous lui apportez un château qui défend la côte de Cornouailles. Ainsi que votre personne. Un guerrier de grande valeur, double du futur comte d'Alderley, conformément à la volonté du roi. N'importe quelle femme tomberait à vos pieds. Mais, encore une fois, est-elle jolie ?

— Oui. Dans mon souvenir, elle l'était.

John se laissa envahir par les réminiscences de ce temps où il admirait cette jeune fille, dont les cheveux avaient l'éclat du coucher de soleil. Hélas, elle ne s'intéressait qu'à William. Avec sa mine charmeuse, il attirait tous les regards ! Pour sa part, cela ne l'avait jamais étonné, même à l'époque. Il savait qu'elle lui resterait inaccessible. Mais cela ne l'avait pas empêché de la suivre comme une ombre, comme si elle était un tableau précieux accroché dans une église. Il avait toujours été un garçon naïf, la tête dans les nuages. Et l'année qu'Elizabeth Hutton avait passée auprès de sa famille n'avait rien arrangé.

— Si seulement vous daigniez m'écouter ! soupira Philip. C'est le moment idéal pour demander de l'aide à la Confrérie de l'Épée.

— Ah non, vous n'allez pas recommencer avec cette histoire à dormir debout ! Dès que vous aviez une heure devant vous, vous vous rendiez sur les lieux des faits d'armes qu'on leur prêtait. Et tout ça pour quoi ?

— Pour glaner d'autres indices, répondit son ami d'un air buté.

Mais il finit par détourner le regard, le visage en feu.

— D'autres fables, d'autres légendes. D'autres fadaises.

John se mordit la lèvre. Pourquoi avait-il parlé si durement ?

— Ces hommes agissent dans le plus grand secret. Cela ne veut pas dire qu'ils n'existent pas, répéta Philip sans se laisser démonter. Jusqu'à son dernier souffle, ma grand-mère n'a cessé de répéter qu'on l'aurait tuée pour la dépouiller de sa fortune, si l'un des membres de la Confrérie n'avait pas volé à son secours. Je ne serais même pas là pour en parler !

— Loin de moi l'idée de mettre en doute la parole de votre grand-mère, Philip, reprit John d'un ton apaisant. Malgré tout, pourquoi compterais-je sur l'aide d'une organisation légendaire, alors que je peux résoudre mes problèmes tout seul ? Je souhaite prouver à Lady Elizabeth que je serai un mari digne de ce nom.

Cette explication fit sourire son compagnon d'armes.

— La preuve, vous avez déjà dépensé jusqu'à votre dernier sou pour que votre château renaisse de ses cendres. Le prêtre fera un excellent intendant, en attendant que vous embauchiez quelqu'un d'autre. Vos parents sont morts il y a six ans. Même s'ils vous regardent du plus haut des cieux, ils ne vous en voudront pas.

John resta muet. À cause de William, leurs parents étaient devenus un sujet de moquerie. Pas question qu'il devienne à son tour la risée du royaume, surtout une fois marié. Il avait appris à aimer l'existence aventureuse qu'il menait sur le continent, sans imaginer qu'on lui donnerait la chance de trouver un aussi bon parti. S'il lui arrivait de se dire, avec une pointe d'inquiétude, que le mariage et la vie de noble pouvaient être d'un ennui mortel, il s'efforçait de chasser ces idées de son esprit.

Au même moment, un groupe d'hommes habillés sans grand apprêt s'esclaffèrent bruyamment autour d'une table près de la cheminée. Puis ils reprirent leur conversation sans baisser la voix.

— Je ne te crois pas !

La barbe constellée de miettes de pain, celui qui venait de parler s'adossa au mur. Encore un peu et il faisait basculer le banc sur lequel ses acolytes et lui étaient assis.

— Comment ça, tu ne me crois pas ? gronda l'un de ses camarades de beuverie en bondissant.

Malgré son air furieux, il chancelait trop pour paraître dangereux.

— Je reviens de là-bas. Elle n'a plus un seul de ses gardes, et c'est Lord Bannaster qui contrôle Alderley Castle.

John se raidit aussitôt. Alderley Castle… La demeure de sa fiancée ! Le château avait-il été attaqué ? Il se leva de son siège, imité par Philip. La main sur le pommeau de son épée, il se dirigea vers l'âtre. Le groupe de buveurs cessa de rire pour lever le nez vers lui. Leurs sourires s'effacèrent. S'ils souhaitaient en découdre, ils étaient suffisamment nombreux...

— Occupe-toi de tes oignons, toi ! dit l'homme à la barbe sale en crachant sur la paille qui recouvrait le sol, juste aux pieds de John.

Celui-ci se contenta de hausser un sourcil, sans lui prêter la moindre attention. C'était à l'homme qui titubait qu'il avait des questions à poser.

— Que savez-vous sur Alderley Castle ?

L'intéressé avala une gorgée de bière et colla sa chope contre le torse de John.

— Qu'est-ce que ça peut te faire ?

— Ce n'est pas votre problème. Ce que je veux, ce sont des informations que vous avez déjà données sans qu'on vous les demande.

Brusquement, le barbu bondit et porta la main au fourreau qui pendait à sa ceinture. John sortit son épée et l'abattit sur la ceinture de l'ivrogne, qu'il trancha d'un coup sec. L'arme tomba bruyamment par terre.

Cette fois, ils furent six à se lever et à les fixer d'un œil noir.

— Nous n'avons aucune envie de nous battre, dit John, histoire de calmer le jeu. Nous cherchons des réponses. Si vous souhaitez garder vos armes et sortir de cet endroit en vie, répondez, ça vaudra mieux. Dites-moi ce qui se passe à Alderley !

Barbe-sale et son camarade aviné échangèrent un regard méfiant, tandis que leurs quatre camarades se dandinaient, l'air mal à l'aise. Ils avaient beau être soûls, ils semblaient avoir conscience qu'ils ne l'emporteraient pas forcément, malgré leur supériorité apparente.

Sans lâcher la poignée de son épée, l'homme aux jambes flageolantes fit un rot sonore, puis maugréa :

— Le vicomte contrôle le château à la demande du roi.

— Et en quel honneur ?

— Lady Elizabeth n'est pas encore mariée, et il faut qu'un homme tienne les rênes de cet endroit.

— Ce n'est pas ce qu'elle pense, grogna Barbe-sale en regardant son épée. Elle se croit de taille à s'en charger toute seule. Il serait temps qu'un homme lui fasse entendre raison.

Jambes-flageolantes se pencha, comme si John et lui étaient subitement devenus les meilleurs amis du monde.

— Il l'a enfermée dans un donjon, oui, mon bon seigneur ! Et, à l'heure qu'il est, le voilà parti pour Londres, afin de demander au roi la permission de...

Ils s'esclaffèrent bruyamment. Chacun paraissait deviner ce que le vicomte avait en tête. John sentit son sang se glacer à l'idée que sa promise était traitée de la sorte. Pourquoi n'était-il pas rentré à temps, bon sang ?

Il leva son épée et lança une pièce sur la table.

— Merci pour tous ces renseignements.

Jambes-flageolantes l'ignora superbement et appela le tavernier. Alors qu'ils regagnaient leur table, Philip lui glissa :

— Je sais ce que vous avez en tête. Ne soyez pas trop dur avec vous-même. Vous venez seulement d'apprendre que vous êtes fiancé.

John leva la main et rétorqua :

— Peu importe ce que je pense, j'aurais pu éviter cela. Il faut que je trouve un moyen de remédier à la situation. Mon château et mes terres font peine à voir. Je n'ai personne à mes côtés, hormis Ogden, Parker et vous. Ne comptez pas sur moi pour vous entraîner vers une mort certaine.

— Mais vous êtes le fiancé de Lady Elizabeth. Demandons audience au roi et...

— Même si je vais à Londres, les rumeurs mensongères m'auront précédé, c'est certain. Et je ne peux pas me rendre directement à Alderley et exiger qu'on libère Lady Elizabeth, surtout avec, pour adversaire, un vicomte de la famille du roi. Que vaut un baron sans armée ? Je risque de la perdre.

L'avenir était certes difficile à prédire. Mais il n'était plus ce gamin qui se laissait marcher sur les pieds sans réagir.

— Cela n'arrivera pas !

Il repoussa sa chope et se leva. Un homme, assis seul à une autre table, lui jeta un coup d'œil, puis replongea le nez dans sa bière.

Cette mission promettait d'être aussi palpitante que dangereuse, ce qui n'était pas pour lui déplaire, bien au contraire !

— Philip, insista-t-il, je compte bien prouver que je mérite la main de cette femme. Quand elle sera convaincue de ma sincérité, elle sera à mes côtés lorsque je me rendrai auprès du roi pour plaider notre cause.

Philip se leva à son tour.

— Comment allons-nous procéder ? demanda-t-il au sortir de la taverne.

Ogden et Parker, restés dehors avec les chevaux, traversèrent la cour pour se porter à leur hauteur.

— Milord, dit le premier en mâchonnant le bout de sa longue moustache, nous avons eu vent de certaines rumeurs qui devraient vous intéresser.

— Si c'est au sujet de Lady Elizabeth, je suis déjà au courant. Nous devons nous rendre à Alderley Castle, toutes affaires cessantes. Allez vous restaurer et ne lambinez pas !

Les deux soldats partirent à toutes jambes, et John se tourna vers Philip.

— Vous vous demandez comment nous allons voler au secours de Lady Elizabeth ? Laissez-moi le temps d'y réfléchir, et je m'occuperai de tout. Comme d'habitude.

Ils échangèrent un sourire qui en disait long sur leur impatience.

Une fois Ogden et Parker de retour, ils partirent sans traîner. Le soleil risquant de se coucher assez vite, John les fit chevaucher à un train d'enfer. Il fit bientôt nuit noire. Les chevaux écumaient, la tête baissée sous le coup de l'épuisement.

Leur petite bande bivouaqua dans un bosquet juste à côté de la grand-route. Ils dînèrent de morceaux de viande séchée et de biscuits autour du feu. John resta silencieux, absorbé dans ses pensées. Comment sauver Lady Elizabeth ? Un plan prenait forme dans son esprit mais, au moment de l'exposer à ses compagnons, les chevaux se mirent à hennir et à s'agiter. Parker, chargé de monter la garde, émergea des arbres qui les séparaient de la route. Il était trapu. Plus petit que la plupart des hommes, certes, mais c'était un combattant aguerri. John les avait pris à son service, Ogden et lui, alors que tout le monde les regardait de haut. Un choix qu'il n'avait jamais regretté.

Parker lança un coup d'œil par-dessus son épaule, en direction de la route.

— Je n'ai rien entendu, milord, mais les chevaux, ça ne ment jamais.

Soudain, une silhouette drapée dans une cape sortit de l'ombre, les deux mains levées, en signe de paix. John empoigna son épée, mais ne la dégaina pas.

— Qui êtes-vous ?

L'inconnu baissa lentement son capuchon pour révéler son visage. Il était rasé de près et arborait un sourire amical.

— Bonsoir, gentlemen. Me permettez-vous de profiter de votre feu ?

La soirée n'était pas fraîche, loin de là, mais il valait toujours mieux se sentir entouré que seul.

— Avec plaisir, sir, à condition que vous nous donniez votre nom.

L'étranger sembla peiné de cette réponse.

— À mon grand regret, je ne saurais accéder à votre requête, Lord Russell.

John se raidit.

— De toute évidence, vous me connaissez, mais je n'aurais pas le droit de savoir qui vous êtes ?

— Je connais *des choses sur vous*, milord, ce qui est bien différent. Pourrions-nous nous entretenir seul à seul ? s'enquit leur hôte en lorgnant du côté des trois autres.

— Ne comptez pas sur moi pour partir ! répliqua Philip d'un ton ferme.

L'inconnu le jaugea d'un regard.

— Je n'ai pas l'honneur de vous connaître, sir. Lord Russell, souhaitez-vous qu'il reste avec nous ?

— Oui. Voici Sir Philip Clifford.

Le temps d'adresser un signe de tête à Ogden et Parker, qui disparurent au milieu des arbres, John désigna leur feu de camp. L'étranger s'assit et se frotta les mains.

— Un peu de chaleur ne fera pas de mal à mes vieux os.

John l'étudia un instant.

— Vous n'avez pas l'air d'être d'un âge avancé.

— Dans ce cas, je le cache bien, répondit l'homme avec un sourire. Certains jours, nous nous sentons tous plus vieux que le monde entier, vous ne trouvez pas ?

Son sourire s'effaça, et il ajouta :

— Je viens vous voir au nom de mes pairs, Lord Russell. Vous avez attiré notre attention il y a fort longtemps. Depuis, nous avons suivi tous vos exploits.

John fronça les sourcils, tandis que Philip se penchait pour ne pas perdre une miette de cette conversation décidément bien étrange.

— Et qui sont ces pairs dont vous parlez ?

Avant que leur interlocuteur l'explique, Philip souffla avec révérence :

— Les membres de la Confrérie de l'Épée !

L'inconnu le regarda d'un air légèrement amusé ; pour sa part, John n'était pas d'humeur à rire. Pas encore ces foutaises !

— Sir Philip Clifford ici présent préfère s'en remettre aux miracles, intervint-il sèchement. Ce n'est pas mon cas. Qui représentez-vous ?

— Vous ne croyez pas en l'existence de la Confrérie ? demanda doucement leur visiteur inattendu.

— Autant qu'aux histoires qu'on raconte aux enfants. À ceci près que celle-là n'est racontée qu'aux écuyers et aux jeunes chevaliers. À mon sens, cela ne sert à rien d'encourager de vains espoirs.

— Les sceptiques font d'excellents guerriers.

Cette réponse fit disparaître le sourire de Philip. John se contenta de secouer la tête.

— Allez droit au but, sir. Sinon, taisez-vous et laissez-moi me reposer.

— Vous avez accompli un sacré voyage, ces dernières semaines. Et tout ce que vous avez abandonné derrière vous a eu le temps de changer.

John sentit son sang se glacer. Le déclin de son château était déjà de notoriété publique ?

— Si vous êtes au courant de tout cela, répliqua Philip d'un ton bourru, vous êtes au courant que Lord Russell n'est pas à l'origine de cette situation navrante.

— Certains affirment le contraire.

— Ce sont des mensonges colportés par les sbires de ses frères !

John leva la main en signe d'apaisement. Inutile que cette conversation dégénère.

— Du calme, Philip. Laissez-le parler.

— Nul ne s'est encore prononcé sur la considération que mérite votre famille, déclara l'inconnu d'une voix solennelle.

— Et c'est à *vos pairs* et vous de trancher la question ? grogna-t-il entre ses dents.

— Non. Mais, si d'aventure nous pouvons apporter notre concours, nous le faisons.

Philip retrouva sa bonne humeur et ouvrit la bouche pour parler. Mais l'autre le devança.

— Et, pour l'heure, nous n'avons pas encore pris notre décision.

John soutint le regard de ce curieux personnage sans broncher.

— Pourquoi venir jusqu'à moi, si vous ne comptez pas encore m'aider ?

— Pour vous avertir de notre présence. Comprenez bien une chose. Même si nous n'avons pas encore déterminé si nous devons vous aider ou pas, nous sommes sensibles à la situation délicate dans laquelle se trouve Lady Elizabeth. Étant seule, elle mérite notre aide.

— C'est à moi de m'occuper d'elle. Elle est seule, parce que je ne suis pas rentré de Normandie à temps.

— Vous n'avez pas tous les torts, répondit l'inconnu en haussant légèrement les épaules. Comment auriez-vous pu prévoir la mort des parents de Lady Elizabeth, celle de votre frère ? Ou l'arrogance de Lord Bannaster ?

— Rien ne me prouve que vous apporterez votre soutien à ma fiancée. Je ne sais rien de vous, ni de vos semblables.

Philip voulut intervenir, mais John poursuivit :

— Personne ne décidera de mon sort à ma place !

Les yeux plantés au fond de ceux de l'inconnu, il ajouta :

— Dès demain matin, retournez auprès de vos amis et dites-leur que je compte me sortir de ce pétrin seul.

— Je respecte votre position, Lord Russell, répondit l'autre en hochant la tête. Nous garderons un œil sur vous.

— À votre aise. Et maintenant, bonne nuit.

Sur ces mots, John s'enroula dans sa couverture et sombra dans le sommeil. C'était à Ogden et Parker de prendre leur quart, on pouvait s'en remettre à eux.

Au lever du jour, l'étranger était déjà reparti. Sans que les deux soldats aient entendu quoi que ce soit !

— Cela n'a rien d'étonnant, commenta Philip en repliant

sa couverture. Les membres de la Confrérie de l'Épée ont la réputation d'apparaître et de disparaître sans le moindre bruit.

— Avec des gens aussi crédules, de simples rumeurs deviennent des légendes, lança John pour le taquiner.

— Quelles rumeurs ? C'est la vérité !

John se contenta de secouer la tête et continua de rempaqueter leurs affaires. Quelques instants plus tard, ses trois compagnons de route en terminèrent à leur tour et le regardèrent d'un air interrogateur.

— J'ai un plan, dit-il alors calmement. Sans armée, impossible d'exiger que Lady Elizabeth soit libérée. Ogden, Parker, vous aurez donc pour mission de retrouver la trace des soldats d'Alderley Castle. Ensemble, nous serons assez nombreux pour secourir leur maîtresse. Mais, avant tout, déterminons de quoi il retourne exactement. Alors seulement, nous saurons comment procéder. Pénétrer dans le château nous obligera à agir *incognito*.

— Comment comptez-vous y parvenir ? s'enquit Philip en haussant un sourcil. Il faudra trouver un moyen de rester sur place. Les sbires de Bannaster risquent de soupçonner chaque nouvelle tête.

— Sauf qu'ils ne peuvent pas se permettre d'avoir l'air sur le pied de guerre. À coup sûr, Lord Bannaster souhaite montrer au roi qu'avec lui pour tenir les rênes Alderley est entre de bonnes mains.

— Dans ce cas, faisons-nous plutôt passer pour des voyageurs, proposa Philip avec enthousiasme. Ils s'attendront à ce que nous reprenions des forces, avant de repartir.

— Oui. C'est pourquoi nous devrons être dans l'incapacité de poursuivre notre voyage.

Ses compagnons restèrent muets devant cette conclusion.

John poussa un profond soupir. Ils n'avaient évidemment pas deviné ce qu'il avait en tête...

— Nous aurons été blessés lors d'une attaque par des brigands.

— Lors d'une attaque ? répéta son ami.

— Oui. Si nous sommes blessés, ils n'oseront pas nous mettre à la porte.

— Mais...

John regarda Ogden et Parker.

— J'aurai besoin de vous deux pour surveiller les environs du château et retrouver les troupes de Lady Elizabeth. S'il nous arrive malheur, allez voir le roi. Vous serez le dernier espoir de ma promise.

Ils hochèrent solennellement la tête.

— Et vous tenez à ce que nous paraissions blessés..., résuma Philip d'un air sceptique. Cette supercherie ne risque pas de durer longtemps...

— C'est vrai, admit John en se retenant de sourire. De fausses blessures ne tromperont personne très longtemps. Alors, autant qu'elles aient l'air vraies.

Il fixa à nouveau Ogden et Parker.

— Il faut que nous ayons l'air amochés. Si l'une de mes jambes est tuméfiée, je pourrai prétendre qu'elle est cassée. Mais ne me la cassez pas vraiment, nous aurons peut-être à nous battre.

Les voir tous trois bouche bée le fit éclater de rire. C'était à se tordre !

— Vous n'avez jamais voulu passer votre colère sur moi ? C'est le moment de le faire !

Philip crut bon de protester vigoureusement :

— Une minute ! Moi, ils n'ont rien à me reprocher !

— Ça, c'est ce que vous croyez, grommela Ogden.

3

Le lendemain de son changement d'identité, Elizabeth se réveilla enveloppée dans une couverture, toute grelottante. Elle se sentait courbaturée et désorientée. Elle se redressa avec raideur et entendit craquer sa paillasse. Où était passé son matelas en plumes d'oie si moelleux ?

Il lui fallut un moment avant de se rappeler qu'elle avait passé la nuit dans la cuisine, bien au chaud devant la cheminée, à l'abri de tous ceux qui dormaient dans la grande salle. C'était Adalia, la cuisinière, qui avait eu cette idée, quand Elizabeth s'était aperçue qu'elle n'avait pas le droit de dormir dans le donjon, au pied du lit d'Anne. La panique l'avait gagnée : et si Bannaster en avait profité pour monter jusqu'à la chambre où se trouvait Anne ? Mais Adalia avait été catégorique : les soldats ne laisseraient jamais monter quelqu'un sans en venir aux mains.

Elizabeth remonta les genoux contre la poitrine et s'adossa au mur. L'espace d'un instant, la peur essaya de s'emparer d'elle, s'insinuant dans son esprit, minant toutes ses certitudes. Elle était si seule, tout d'un coup ! Elle n'avait pas eu le temps de faire vraiment le deuil de ses parents ni de son fiancé. Tout ce qu'elle avait imaginé, tout ce qui aurait dû être sa vie n'était plus qu'un souvenir.

Elle était tout de même assez intelligente pour surmonter cette épreuve. Impossible de compter sur une aide extérieure, même celle du nouvel héritier de la famille Russell, son fiancé. Elle se leva, lissa ses jupons et remit d'aplomb sa guimpe. Les gens avaient besoin d'elle, pas question qu'elle l'oublie ! Anne également. La veille, elle avait été autorisée à voir son amie au moment des repas. Elle paraissait en assez bonne forme.

Adalia fit soudain irruption dans les cuisines et donna ses directives aux servantes. C'était une petite femme maigre, qui n'avait pas forcément la carrure d'une cuisinière, mais elle possédait de l'énergie à revendre et dirigeait cette pièce de main de fer. Le feu une fois alimenté, on mit à chauffer les chaudrons remplis de soupe d'orge.

Adalia vint alors vers Elizabeth et passa le bras autour de ses épaules.

— Eh bien, Anne, dit-elle avec un clin d'œil, avez-vous bien dormi ?

— Oui, merci beaucoup. Il faisait bien chaud ici, et il ne m'est rien arrivé.

Elizabeth baissa la voix et ajouta :

— Pensez-vous que suffisamment de gens sont au courant de ma nouvelle identité ? Il faut que je me rende dans la grande salle pour repérer les points faibles de l'ennemi.

— Les serviteurs le sont. Ce vicomte de malheur est parti pour Londres juste après la messe, vous n'avez rien à craindre.

— J'ai... J'ai raté la messe parce que je dormais ?

— J'ai pensé qu'il valait mieux ne pas vous déranger. J'ai fait croire à maître Milburn que vous étiez souffrante.

Elizabeth hocha la tête avec gratitude. Si cela lui avait évité des ennuis...

— L'intendant de Bannaster n'a pas l'air facile à berner. Il n'a pas eu de soupçons ?

— Il était trop occupé par le départ de son maître. Laissez-nous vous aider à sortir de ce mauvais pas, Anne. Royden aurait refusé qu'il vous arrive malheur. Que Dieu le garde !

Le simple fait d'évoquer son cher intendant fit monter

les larmes aux yeux d'Elizabeth. D'après ce qu'on lui avait raconté, c'était bien le cœur du malheureux qui avait lâché, dans la grande salle, face à de nombreux témoins. Comme Bannaster le lui avait dit. Qu'importe. Le vicomte n'était peut-être pas un assassin, mais refuserait-il de se salir les mains, si quelqu'un contrariait ses plans ? Rien n'était moins sûr !

Une jeune servante fit alors irruption dans la cuisine et s'arrêta net en dérapant.

— Le... Le nouvel intendant veut voir Anne.

Elle lança un regard craintif en direction d'Elizabeth, puis continua :

— On a laissé entrer deux voyageurs. Ils ont été attaqués sur la route, près du château.

— L'intendant a-t-il précisé pourquoi il avait besoin de moi ?

La jeune fille fit non de la tête. Adalia en profita pour dire :

— Faites-moi le plaisir de ne pas prendre un ton aussi autoritaire, Anne.

Elizabeth hocha la tête. Pour être convaincante, elle devait faire attention, effectivement.

— Préparez le petit déjeuner de Lady Elizabeth, demanda-t-elle. Je reviendrai le chercher dans quelques instants.

Tout le personnel des cuisines l'observa d'un air apeuré, alors qu'elle se dirigeait vers la grande salle. La veille, elle avait traversé la pièce en coup de vent. Une ou deux fois, pas plus, le temps que les serviteurs soient informés de sa nouvelle identité. À présent, leur loyauté allait être mise à l'épreuve. Pourvu que personne ne soit puni, si son stratagème était découvert !

Elle fit son entrée dans l'immense pièce, emplie d'un mélange de respect et de crainte. Comme toujours. Elle se sentait presque hors du temps. Les murs étaient percés d'imposants vitraux. Une cheminée, nettement plus haute qu'elle, occupait tout un mur. De part et d'autre, deux escaliers menaient aux appartements privés. Ceux que ses parents occupaient.

Deux étrangers étaient allongés sur des paillasses devant l'âtre. Elle s'approcha d'un pas hésitant. Le nouvel intendant était penché au-dessus de l'un des deux hommes et lui posait des questions.

— Et quel est votre nom ?

— Sir John Gravesend, répondit l'autre d'une voix rauque, entre deux râles.

Elizabeth avait du mal à apercevoir son visage. Malgré sa curiosité, elle n'avait pas tellement envie d'avancer, tant que l'intendant n'avait pas dit ce qu'il attendait d'elle.

— Je suis maître Milburn, l'intendant du château.

À l'entendre, on a l'impression qu'il a toujours occupé ce poste, pensa-t-elle avec amertume.

— Et votre compagnon, comment s'appelle-t-il ?

— Philip Sutterly. C'est mon secrétaire.

— Un secrétaire ? Pourquoi avez-vous besoin d'un secrétaire ?

— J'exerce la fonction de bailli, sir. On vient de m'assigner un nouveau poste.

— Et vous avez été attaqués sur la route ?

— Cinq hommes ont surgi de la forêt et nous ont sautés dessus. Ils m'ont pris tout mon argent, avant de nous rouer de coups. Seule la divine providence nous a permis d'arriver jusqu'ici. Ma jambe a l'air cassée.

Durant l'explication de Sir John, Elizabeth éprouva le besoin de voir son visage. Elle fit quelques pas pour se placer derrière les soldats qui avaient transporté les deux voyageurs jusque dans la pièce. Une branche d'arbre (sans doute une béquille de fortune) était posée à côté de la paillasse. L'endroit où elle se tenait à présent lui permettait de voir le corps de Sir John, mais toujours pas son visage. C'était un homme de grande taille, avec de larges épaules. Un chevalier, comme le rappelait son titre. Il serrait les poings, blanchis par l'effort. Elle aurait voulu ordonner à Milburn de cesser son interrogatoire et de s'occuper des blessures de ce malheureux. Elle dut se mordre la lèvre pour se retenir. Rester bouche cousue n'était pas dans ses habitudes. Et si elle se déplaçait ? Il fallait qu'elle voie cet homme. Même si elle ignorait pourquoi.

Lorsqu'elle l'aperçut enfin, il leva les yeux vers Milburn, les sourcils froncés et les traits déformés par la douleur. Il avait des cheveux châtain clair qui lui arrivaient à la moitié du cou. Il avait un visage doux et rond, celui d'un homme encore jeune, traversé par une cicatrice qui courait entre sa tempe et son menton. C'était une vieille blessure, bien soignée, qui n'inspirait pas la peur. Il avait plutôt quelque chose de troublant. Il n'était pas beau à proprement parler, mais avait une allure harmonieuse et virile. Des égratignures lui constellaient le visage, du sang séché s'échappait d'une coupure au niveau de la lèvre, et il avait les traits tuméfiés par les coups.

Cet homme n'était qu'un simple bailli, chargé du bon fonctionnement d'un manoir ? Il n'était pas rare qu'un chevalier occupe un tel poste, il est vrai, mais pourquoi n'était-il pas sur ses terres ?

Et surtout, de quelle couleur étaient ses yeux ?

Elizabeth s'arrêta brusquement. D'où lui venaient ces questions sans queue ni tête ? Détailler cet étranger sous toutes les coutures ne faisait pas partie de ses priorités, d'autant qu'il ne s'attarderait pas longtemps au château.

— Je viens d'arriver ici, répondit Milburn d'un ton grave, mais on m'a informé de la présence de ces bandits dans les bois environnants. Nous essayons d'y mettre bon ordre grâce à un détachement de soldats, mais ils sont intervenus trop tard pour vous venir en aide, je le crains. Nous allons nous occuper de vos blessures.

Milburn leva alors les yeux et lança :

— Où est la servante à qui j'ai demandé de venir ?

Elizabeth s'éclaircit la gorge et passa entre deux soldats qui s'écartèrent. Plusieurs personnes écarquillèrent les yeux et détournèrent vivement la tête. Pourvu que personne ne vende la mèche par inadvertance !

— Maître Milburn, je suis là. Je m'apprêtais à servir le petit déjeuner de Lady Elizabeth, mais en quoi puis-je vous être utile ?

L'intendant se retourna et la toisa.

— Vous parlez fort bien pour une domestique.

Elizabeth baissa les yeux. Un frisson s'empara d'elle.

— J'ai été élevée et éduquée avec Lady Elizabeth. Je suis sa dame de compagnie.

— Mais pas son égale ! répliqua Milburn. Votre maîtresse peut attendre avant de se restaurer. Ces hommes sont blessés, ils ont besoin de votre aide.

— Je... Je ne suis pas guérisseuse.

— Si je comprends bien, ce château n'a pas de médecin attitré. Qu'importe ! J'ai fait quérir la guérisseuse, au village. Vous l'assisterez à son arrivée.

— Mais Lady Elizabeth...

— Lady Elizabeth peut attendre, répondit-il, impassible.

Elle s'efforça de garder les yeux baissés. Lord Bannaster voulait isoler sa proie jusqu'à ce qu'elle ne supporte plus cette absence de compagnie. Il pourrait alors la manipuler à sa guise, cela crevait les yeux. Heureusement, Anne avait une volonté de fer !

— Restez auprès des blessés jusqu'à l'arrivée de la guérisseuse et faites ce qu'elle vous demandera, continua Milburn. Apportez-leur de la bière, mais ne leur donnez pas à manger tant qu'elle ne vous aura pas autorisée à le faire.

— Oui, sir.

Milburn et les soldats retournèrent vaquer à leurs occupations. Elizabeth se retrouva alors seule avec les blessés. Elle jeta un coup d'œil au secrétaire, Philip Sutterly. Le pauvre avait le visage aussi abîmé et gonflé que celui de son maître. Ses cheveux châtain foncé aux reflets roux étaient imprégnés de sueur, et une manche de sa tunique était déchirée. Il était allongé, immobile et les yeux clos. Le simple fait de respirer semblait lui causer un mal atroce.

Elle se tourna ensuite vers Sir John. Le regard du jeune bailli était posé sur elle. Il avait des yeux d'un bleu stupéfiant, délicat comme certaines fleurs des champs et limpide comme un ciel d'été, protégés par des cils noirs, encadrés de petites rides gravées par le soleil et le vent. Et parce qu'il aimait rire, peut-être ? Il avait l'œil gauche légèrement fermé par la cicatrice. On avait l'impression qu'il s'apprêtait à faire un clin d'œil, d'un air presque moqueur. Ces yeux avaient quelque chose d'étrangement familier. Les avait-elle déjà croisés ? Sans doute que non. Il avait de l'audace, de la dévisager de la sorte ! Elle aurait eu de quoi se sentir offensée. Mais encore aurait-il fallu qu'il connaisse sa véritable identité. Elle n'était qu'une simple domestique en apparence, n'importe quel homme avait le droit de la dévisager.

— Voulez-vous de la bière ? demanda-t-elle.

Sutterly se contenta d'acquiescer faiblement, comme si articuler un mot lui demandait un trop gros effort.

— Je vous remercie...

— Anne, sir. Je suis la suivante de Lady Elizabeth.

— Ah, dans ce cas, c'est à elle que je dois adresser toute ma gratitude. Me permettrait-elle de la remercier ?

— Bien sûr, dès qu'elle sera visible. Pour l'heure, elle est enfermée dans sa chambre.

— Je vois.

Il s'agita sur la paillasse. Trouver une position confortable semblait compliqué.

— Laissez-moi vous apporter de quoi étancher votre soif, dit-elle.

De retour dans les cuisines, Elizabeth tomba sur Adalia, penchée sur ses marmites.

— Anne, comment se portent vos patients ? s'enquit la cuisinière avec un sourire.

— Ce ne sont pas mes patients ! On se sert d'eux pour m'empêcher d'accéder au donjon, c'est tout, répondit-elle avec un soupir de dépit. Je dois veiller sur eux et prêter main-forte à la guérisseuse dès qu'elle sera là.

— Qui sont ces hommes ? De simples voyageurs ?

— Un bailli et son secrétaire. Ils semblent rompus au combat, mais cinq brigands les ont attaqués. Ils n'ont rien pu faire. Avez-vous des gourdes sous la main ? Cela leur permettra de boire plus facilement.

— Non, mais j'ai des cornes.

— Nous nous en contenterons.

Elizabeth regagna la grande salle et se dirigea vers Sir John.

— Auriez-vous la force de vous asseoir pour boire ?

Le blessé se redressa sur un coude. Ce mouvement parut lui faire mal, et il prit une grande inspiration avant de lui adresser un sourire d'une blancheur étincelante. On devinait sans peine sa force de caractère et son assurance.

Elle lui tendit maladroitement une corne.

Il baissa brièvement les yeux, puis releva la tête vers elle, sans se départir de son air bienveillant.

— Pourriez-vous retirer le bouchon ?

— Oui, bien sûr, répondit-elle en se sentant rougir.

Que lui arrivait-il ? William, son ancien fiancé, était encore plus beau que lui. Seulement, il y avait quelque chose de si... direct dans cette façon qu'il avait de la regarder. Tout cela était nouveau pour elle. Soudain, elle s'aperçut d'une chose. Elle était la fille d'un comte, on l'avait toujours traitée avec distance et respect, même ceux qui avaient tenté de la séduire en l'absence de son fiancé.

Il n'empêche, cet homme la regardait avec intérêt, sans se cacher, loin de là. Et elle se sentait… flattée.

Elle lui tendit la corne, qu'il porta à ses lèvres. Elle distingua alors d'autres écorchures sur ses doigts tuméfiés. Et s'il avait des os cassés ?

— Laissez-moi vous aider, dit-elle en attrapant la corne.

Sir John la regarda d'un air inexpressif, puis hocha la tête. Elle leva la corne jusqu'à sa bouche et l'inclina lentement. Elle était tout près de lui, juste au-dessus de son visage. Il garda ses beaux yeux sur elle jusqu'à ce qu'il en ait terminé.

Elle examina la façon dont sa bouche absorbait le liquide, la façon dont sa gorge remuait quand il avalait. Une goutte de bière s'échappa et glissa le long de sa joue, puis de son cou.

Elle baissa la corne, et ils continuèrent de s'observer. C'était ce qu'il y avait de plus troublant dans cette scène. Être dans une grande salle pleine de monde et échanger un regard qui semblait tellement… intime.

Tout à coup, une voix grave (et manifestement amusée) résonna.

— Et moi, je peux avoir à boire ?

Elizabeth détourna les yeux de Sir John. Allons, il fallait qu'elle s'arrache à ces rêveries qui n'avaient pas lieu d'être ! Elle se sentit rougir de nouveau. Un signe de faiblesse, c'était certain. Elle se précipita vers l'autre paillasse.

— Souhaitez-vous que je vous aide à boire, maître Sutterly ? demanda-t-elle.

L'homme eut beau paraître amical, elle ne se sentit pas aussi irrésistiblement attirée que par Sir John. Cela devait-il la rassurer… ou l'inquiéter davantage ?

— Je ne suis pas votre maître, Anne. Appelez-moi Philip.

Il attrapa la corne lui-même, le temps d'adresser un grand sourire à son compagnon d'infortune, puis se mit à boire. Elle les regarda l'un et l'autre avec un certain amusement.

On devinait une véritable amitié entre eux. Pas simplement le lien qui unit un maître à son serviteur.

Elle s'efforça de se concentrer sur ce qui devait occuper ses pensées. En l'occurrence, le fait que son amie était prisonnière d'un donjon, à sa place. Comment Anne avait-elle passé cette nouvelle nuit seule ? Avait-elle faim ? Se disait-elle que leur stratagème avait été percé à jour ? Si seulement elle pouvait la voir pour la rassurer ! Hélas, elle était obligée d'attendre l'arrivée de la guérisseuse.

Une chance, le village n'était pas trop loin. Très vite, Rachel arriva, sa sacoche en cuir en bandoulière. Elizabeth retint son souffle quand leurs regards se croisèrent, mais la visiteuse se contenta de lui adresser un signe de tête.

— Merci de vous être occupée des blessés, Anne.

Elizabeth tritura nerveusement les pans de sa guimpe. Heureusement qu'elle était partiellement dissimulée par cette coiffe. Les gens du château avaient tenu parole. Même les villageois étaient au courant de la supercherie. Mais combien de temps l'information allait-elle continuer de circuler, avant de croiser la route d'une personne malintentionnée ?

Elle recula, tandis que Rachel disposait devant elle des pots d'onguents et des morceaux de tissu doux. Les deux hommes l'observaient d'un air étonné. La jeunesse et la beauté de Rachel surprenaient toujours les gens qui s'attendaient à ce qu'une guérisseuse soit forcément une vieillarde aux traits parcheminés. La mère de Rachel, guérisseuse elle aussi, était partie beaucoup trop tôt, certes, mais en laissant ses secrets à sa fille. Celle-ci s'était montrée digne de cet héritage. Depuis, l'ensemble des habitants d'Alderley et des campagnes environnantes lui faisaient confiance.

Les mains posées sur les hanches, Rachel baissa la tête vers les deux blessés.

— Si je comprends bien, vous avez été attaqués par des voleurs ?

Sir John acquiesça avec une grimace. Le moindre mouvement semblait très douloureux.

— Ils étaient cinq. Philip et moi leur avons infligé quelques blessures, mais la partie était trop inégale.

— Et où êtes-vous blessés ?

Elizabeth se sentit mal à l'aise dès qu'ils commencèrent à décrire leurs blessures. Ils désignèrent leurs ventres et leurs visages. Sir John, qui avait sa béquille à portée de main, redoutait que sa jambe ne soit cassée. Rachel lui palpa le tibia. À en juger par son rictus douloureux, ce n'était pas si bien engagé...

— Je dois constater la gravité des blessures, finit par dire la jeune femme.

Regardant autour d'elle, Rachel aperçut Milburn, qui rôdait à l'autre bout de la salle. Une fois de plus, elle croisa les yeux d'Elizabeth qui crut deviner une certaine réticence.

— Anne, je vais avoir besoin de vous pour retirer certains de leurs vêtements.

Elizabeth déglutit difficilement, mais tâcha de se maîtriser. Sans quoi, elle risquait de se trahir ! C'était le genre de choses qu'on demandait à une servante. Peut-être se serait-elle tirée de ce mauvais pas, si elles avaient échappé à la vigilance de Milburn, mais il ne les lâchait pas des yeux !

— Puis-je vous conduire dans une pièce vide, afin que vous travailliez en toute quiétude ?

— Ce serait très gentil à vous, Anne, acquiesça Rachel.

— Je suis d'accord, approuva Sir John à son tour. Je n'ai guère envie de me retrouver dans le plus simple appareil au milieu de cette grande salle.

— Parlez pour vous !

C'était Philip Sutterly qui venait d'intervenir, les yeux clos.

Elizabeth écarquilla les yeux, effarée, mais le bailli se contenta de glousser.

— Pardonnez les mauvaises manières de mon secrétaire.

Nous avons grandi ensemble, et il lui arrive d'oublier de respecter les gens d'un rang et d'une éducation supérieurs aux siens.

Philip ouvrit un œil, marmonna quelque chose et le referma.

Après avoir consulté le régisseur, en se montrant assez déférente à l'égard de cet homme censé lui rendre des comptes en temps normal, Elizabeth observa les deux patients pendant qu'on les transportait vers une chambre vide. Un valet qui se trouvait dans la salle les accompagna et se posta près de la porte, au cas où ces deux étrangers se montreraient animés de mauvaises intentions. Elle alla chercher de la graisse que Rachel mélangea à ses herbes, puis suivit ses directives en essayant de ne pas regarder avec trop d'insistance. Car on avait commencé à retirer les vêtements des blessés. Couvée et protégée par sa qualité d'héritière, Elizabeth ne connaissait guère l'anatomie masculine. Un sujet qui semblait la rendre un peu trop curieuse, d'ailleurs.

De son côté, Rachel, pensive, n'écartait qu'un vêtement à la fois. Elizabeth aperçut de nombreuses traces violettes laissées par les écorchures, mais comment ne pas contempler ces muscles impressionnants ? Même s'il était bailli de son état, Sir John était également chevalier, un homme habitué à faire usage de la force. Il avait dû se défendre comme un beau diable. Les éraflures et les marques sur ses doigts le prouvaient.

Rachel appliqua délicatement son onguent aromatique sur chaque blessure. On ne voyait guère de sang, hormis la lèvre ouverte de Sir John et une estafilade le long du bras de Philip.

Sa curiosité désormais satisfaite, Elizabeth ressentit un besoin urgent de se rendre auprès d'Anne, afin de lui apprendre les dernières nouvelles. Hélas, impossible d'abandonner

Rachel. Une servante digne de ce nom se devait d'attendre qu'on la congédie.

Sir John, lui, continuait de la fixer. Un intérêt qu'elle trouvait un peu trop déroutant à son goût.

4

Allongé sur le lit, John attendait que chacune de ses blessures soit nettoyée puis apaisée à l'aide d'un onguent. Il était heureux d'avoir quitté la grande salle, où de nombreux soldats s'étaient rassemblés. Il avait dû faire appel à toute sa volonté pour lâcher la poignée de son épée, par crainte d'avoir à croiser le fer avec l'ennemi. Il n'était qu'un voyageur blessé lors d'une attaque par des brigands, pas question de l'oublier.

Il n'était pas mécontent des soins que lui prodiguait la jeune guérisseuse. Enfin, sauf quand elle l'empêchait de voir Anne, la servante qui lui prêtait main-forte. Une lourde guimpe couvrait les cheveux de cette dernière, tout en lui enveloppant le menton et le cou, comme une vieillarde qui tenterait de cacher un goitre disgracieux. Sauf qu'elle n'était pas une vieillarde, oh non ! Elle avait une peau d'une blancheur de lait et d'une douceur extraordinaire, sans les taches de vin ou les cicatrices laissées par la vérole, comme chez ces femmes qu'il avait pu fréquenter. Elle avait une bouche charnue, faite pour la gaieté autant que pour les baisers. Elle était aussi élégante que toutes les femmes nobles qu'il avait vues de loin, avec cette taille fine et ce port de tête altier. À chacun de ses gestes, on devinait ses courbes sous les plis de sa robe toute simple. Elle avait des yeux de biche, doux, clairs, et si féminins avec ces longs cils qu'elle baissait toujours, comme si elle avait besoin de cacher ses pensées.

Lorsqu'il avait pénétré dans la grande salle d'Alderley Castle, Milburn, l'intendant, n'avait pas fait mystère du fait qu'elle était la suivante attitrée de Lady Elizabeth. Il avait aussi exigé qu'elle soit la seule à s'occuper d'eux.

Pourquoi ? Pour l'empêcher de vaquer à d'autres occupations, la réponse était évidente ! Comme veiller à ce que sa maîtresse soit à son aise. Sauf si cette dernière était punie. Après tout, on avait interdit à Anne de lui apporter son petit déjeuner. Souhaitait-on l'affamer ?

Non, du calme… Inutile de tirer des conclusions hâtives. Il devait savoir de quoi il retournait au juste. Lady Elizabeth était enfermée dans son donjon depuis quelques jours. Si on la privait de nourriture, Anne serait nettement plus inquiète. En revanche, si Bannaster souhaitait l'épouser, cette canaille avait tort de lui faire du mal.

Dès l'instant où la jeune femme avait été appelée des cuisines, John n'avait cessé de l'observer. Elle était la personne la plus proche de sa promise. À l'entendre, Lady Elizabeth était « enfermée », ce qui ne signifiait pas forcément qu'elle était prisonnière. En admettant que Bannaster souhaite la tenir au secret, il s'y prenait mal, c'était le moins qu'on puisse dire. Sauf s'il se moquait qu'on soit au courant de ses intentions. N'était-il pas le cousin du roi ? Tout cela pouvait le rendre dangereux, très dangereux.

Tandis qu'il attendait la guérisseuse dans la grande salle, il avait remarqué la gêne qui se lisait sur le visage de chacun des serviteurs, ainsi que la discrétion avec laquelle les gens s'affairaient. Personne ne souriait, personne ne riait. Mais le château ne semblait pas gagné par la panique. Ce qui était rassurant : Lady Elizabeth n'était donc pas en danger de mort.

Anne était peut-être la clé de cette affaire. Était-elle la seule à avoir accès au donjon ? Voilà ce qu'il comptait découvrir sans délai.

Il grimaça quand Rachel disposa sa jambe sur une attelle en bois, autour de laquelle elle noua des bandes de tissu.

Soit. Il mènerait sa petite enquête en boitillant. Seule certitude : Ogden et Parker avaient fait du beau travail. Tout le monde les avait pris pour des voyageurs blessés, Philip et lui.

Rachel commença à ranger ses linges et ses pots.

— Je reviendrai demain pour voir comment se portent Sir John et son secrétaire, dit-elle en jetant un coup d'œil à Anne. Aurez-vous besoin de moi d'ici là ?

Étrange... Ce n'était pas le genre de questions qu'on posait à une servante. Cela étant, toute la maisonnée était sûrement troublée de savoir Lady Elizabeth « enfermée ».

— Je me débrouillerai, répondit la jeune femme en secouant la tête. Nos hôtes sont-ils en mesure de rester seuls ?

— Vous n'avez qu'à nous poser la question ! lança John d'un ton badin.

Anne lui adressa un regard inquiet. Ce qui fit sourire Rachel.

— Votre blessure n'est pas très grave, même si elle ne se résorbe pas tout de suite. Restez ici et prenez le temps de vous reposer. Les serviteurs vous apporteront ce dont vous avez besoin.

— Peuvent-ils venir dîner dans la grande salle ? demanda Anne en rougissant.

Elle ne souhaitait pas se retrouver seule avec deux étrangers ? Voilà qui était tout à fait compréhensible.

— Oui, s'ils s'en sentent capables. Je ne vous retiens pas prisonnier, Sir John.

La guérisseuse évoqua alors ce qui les aiderait à recouvrer la santé, et John se surprit à observer la jeune servante. Une fois de plus.

Étant le dernier de sa fratrie, il avait très vite compris qu'il n'attirerait jamais l'attention d'une femme noble et distinguée. Il avait été contraint de se faire seul une place dans ce bas monde et de développer des talents qu'on ne lui aurait jamais soupçonnés. Mais aussi de fréquenter ces femmes heureuses de gagner quelques pièces en aidant un homme à passer une nuit agréable.

Anne n'était pas comme elles. Elle avait beau être une domestique, elle avait précisé à Milburn qu'elle avait été élevée comme la dame de compagnie de Lady Elizabeth. Elle était tout de même aux ordres de sa maîtresse. Et, s'il en croyait le souvenir qu'il avait de sa fiancée, être à son service n'était sûrement pas une partie de plaisir. Même dans sa jeunesse, Lady Elizabeth savait quelle était sa place et n'avait jamais manqué d'assurance face au personnel. Ni de gentillesse, d'ailleurs.

Seulement, donnait-elle envie de lui être loyale ? Ses serviteurs les aideraient-ils à la libérer ? Et Anne ? Allait-elle leur prêter son concours ?

Répondre à ces questions prendrait du temps. Du temps qu'il n'avait pas envie de perdre inutilement. Il n'était pas du genre à mentir pour parvenir à ses fins. Hélas, il n'avait pas le choix. S'il comptait sauver Lady Elizabeth, il avait besoin d'alliés. Et Anne était la première sur la liste.

À son grand dam, il avait presque hâte de mieux connaître la jeune femme. Attirante comme elle l'était ! Il n'arrivait pas encore à comprendre qu'il était vraiment fiancé.

En revanche, *Sir John Gravesend* ne l'était pas, lui. Modeste bailli, il avait le droit de conter fleurette à une servante. Ce stratagème ne lui plaisait guère, mais il s'en contenterait pour le moment.

La guérisseuse finit par partir.

— Je dois m'occuper de ma maîtresse, mais je vais demander qu'on vous apporte à manger, dit alors Anne.

— C'est très gentil à vous de prendre soin de nous, lança Philip en se redressant sur un coude. Mais cette journée promet d'être bien longue, pour deux hommes qui n'ont pas l'habitude de rester oisifs. Aurons-nous la joie de recevoir votre visite ?

Anne hocha la tête. À contrecœur, on le percevait sans difficulté.

— Je ferai de mon mieux. Cela étant, tous les serviteurs du château ont le cœur sur la main. Ce sont de braves gens qui s'occuperont volontiers de vous. Quelqu'un passera régulièrement.

— Personne n'avait l'air très joyeux, fit remarquer John en tournant la tête pour mieux la voir. Tout va bien ?

La main sur la poignée de la porte, Anne parut hésiter.

— Pour le moment, oui, finit-elle par répondre. Reposez-vous.

Les deux valets repartirent avec elle. John et Philip étaient désormais livrés à eux-mêmes.

— Bien, j'espère qu'il ne va pas nous arriver malheur, s'esclaffa ce dernier. Anne semble tellement inquiète !

— Ce n'est pas pour nous qu'elle s'inquiète. Écoutez à la porte et voyez si nous sommes surveillés.

— C'est vrai, j'oubliais que vous avez la jambe cassée, bougonna Philip en se levant.

Puis il traversa la pièce et resta aux aguets de longues minutes, la tête collée contre le panneau de bois.

— Il n'y a personne, j'ai l'impression. Voulez-vous que j'ouvre pour jeter un coup d'œil ?

— Non, inutile d'éveiller les soupçons. Approchez, j'ai à vous parler.

Philip attrapa un tabouret et s'assit à côté de lui.

— Que vous inspire ce château ? s'enquit John tout bas. Il est trop bien défendu pour qu'une petite armée parvienne à s'en emparer. Espérons qu'Ogden et Parker retrouvent les hommes d'Alderley et qu'ils les persuadent de nous prêter main-forte.

— Ils souhaiteront aider leur maîtresse. C'est une place

forte impressionnante, bien plus grande que votre demeure. Vous vous sentez capable de diriger un endroit pareil ?

— Oui.

Alderley était un château digne d'un comte. Si tout se passait comme prévu, il serait le maître de cet endroit. Jadis, personne ne daignait lui accorder un regard. Tout le monde pensait qu'il devrait compter sur la compassion de ses frères pour survivre. Et de la compassion, son frère William ne lui en avait guère témoigné. Il se croyait obligé de l'entraîner le plus durement possible, afin qu'il devienne un homme meilleur.

Désormais, il avait un titre de baron, une promise qui comptait sur lui et un château à gagner.

— Lady Elizabeth a l'air enfermée contre sa volonté, poursuivit Philip. Personne n'est censé en parler, d'après vous ?

— Je n'en sais rien. Les hommes de la taverne laissaient entendre que Bannaster avait une idée derrière la tête.

— Et les soldats qui nous ont transportés jusque dans cette pièce donnaient le sentiment de ne faire aucun cas des occupants du château. Comme s'ils n'obéissaient qu'à Bannaster.

John remua lentement le pied. La douleur commençait à s'estomper, voilà qui faisait plaisir !

— Cela ne me surprend pas qu'il ait donné les postes importants à ses hommes. Tâchez de découvrir s'il a envoyé la garnison du château à un endroit précis.

— Voilà qui nous aiderait grandement à les retrouver, reconnut son ami.

Tout à coup, on frappa à la porte. Philip se dépêcha de regagner sa paillasse.

Un jeune serviteur entra, un plateau dans les mains.

— Les cuisines m'ont chargé de vous apporter ceci, dit-il en baissant respectueusement la tête.

Les yeux toujours baissés, il plaça ensuite une petite table entre eux et posa le plateau dessus.

— Avez-vous besoin d'aide pour manger ? s'enquit-il d'un ton hésitant.

Lentement, Philip se redressa.

— Si mon maître a besoin d'aide, je m'occuperai de lui. Merci beaucoup.

Le valet reparti, Philip retira le linge qui recouvrait le plateau. Il y avait du ragoût sur d'épaisses tranches de pain, qui faisaient office d'assiettes. Ainsi que deux chopes de bière. Il huma leur pitance d'un air approbateur, plaça des coussins dans le dos de John, puis il posa son tranchoir sur la table.

Ils mangèrent en silence de longues minutes, jusqu'à ce que John finisse par dire :

— Le temps que vous trouviez où se cachent les soldats du château, je me posterai dans la grande salle en feignant d'être bien mal en point. Ils n'auront pas le cœur à nous jeter dehors. Je tâcherai ainsi de savoir si l'intendant tient les rênes de cet endroit en l'absence de Bannaster. Je dois aussi déterminer qui a accès à Lady Elizabeth. Il faudra nous assurer leur concours.

— Vous avez déjà commencé avec Anne, fit caustiquement remarquer son compagnon d'armes. À mon avis, vous n'aurez aucun mal à gagner sa confiance.

— Elle est la dame de compagnie de ma fiancée.

Pourquoi avait-il parlé d'une voix si mal assurée ? Cette incertitude ne lui ressemblait pas.

— Et c'est un joli brin de femme.

— Peu importe.

John plongea un morceau de pain dans la sauce et le fourra dans la bouche.

— Elle est autorisée à voir Lady Elizabeth, rappela-t-il après avoir avalé sa bouchée. Elle sera donc d'une aide précieuse. Si elle se range de notre côté, elle transmettra des messages de notre part.

— En prenant des risques inconsidérés.

John fronça les sourcils.

— Lady Elizabeth est en danger, elle aussi.

— Dois-je comprendre que vous comptez révéler votre identité à Anne ?

— Pas pour le moment. J'attends d'être sûr de sa loyauté.

— Dans ce cas, vous allez passer un certain temps avec elle.

John haussa les épaules. Il n'y avait rien de répréhensible à cela. Pourtant, le simple fait de penser à Anne l'amenait à se sentir coupable...

La matinée était déjà bien avancée lorsque Elizabeth approcha du pied du donjon, gardé par deux soldats. Chacun arborait des couleurs différentes. Elle voulut adresser un sourire plein de fierté à Lionel, un jeune homme pas encore adoubé. Milburn l'avait choisi parce qu'il manquait d'expérience, c'était certain. On imaginait mal une toute jeune recrue lancer une attaque ou tenter le diable tout seul.

Encore que... Les apparences étaient trompeuses. Lionel était le benjamin de quatre frères, tous chevaliers. Il n'était donc pas tombé de la dernière pluie. Au lieu de lui adresser un sourire, comme elle l'aurait fait en temps normal, elle s'inclina profondément, son plateau à la main. Lionel répondit par un regard gêné, puis fixa le mur de l'autre côté du couloir, d'un air impassible.

Le soldat de Bannaster ôta le linge qui couvrait le plateau et attrapa un morceau de pain qu'il engloutit. Tandis qu'Elizabeth le dévisageait d'un œil sombre, il leva la main, comme pour lui caresser la joue. Elle grimaça. Elle détestait ce genre de soumission, même si cela s'avérait parfois efficace avec une brute.

— Puis-je passer ? demanda-t-elle avec douceur. Lady Elizabeth n'a pas encore pris son petit déjeuner.

— Allez-y, répondit Lionel sans lâcher des yeux l'autre soldat, tandis qu'il ouvrait la porte en bois.

— Va servir ta maîtresse, ma jolie, ajouta le soldat de Bannaster. Ensuite, rapporte ton plateau. Si tu traînes trop, je viendrai te chercher moi-même.

Elizabeth redressa les épaules et hocha la tête, avant de passer entre eux. À l'intérieur, un escalier longeait le mur et disparaissait dans le plafond en bois pour mener à l'étage supérieur. En l'absence de fenêtres, des torches éclairaient cette partie du donjon. Elle gravit en peu de temps ces marches étroites mais si familières. Certaines étaient abîmées, patinées à force d'avoir été empruntées de génération en génération. Autrefois, seuls des soldats s'y engageaient. Et puis, les temps avaient changé : le château était progressivement devenu une demeure parmi d'autres, avec tout le confort dont on pouvait rêver. Ce donjon était le merveilleux cadeau que lui avait fait son père qu'elle aimait tant. Elle avait toujours apprécié cette sensation de solitude. C'était l'endroit idéal pour oublier le monde extérieur et se concentrer sur ses travaux. Elle aimait dessiner des motifs extrêmement élaborés et les broder pour les offrir en cadeau. Parfois encadrés, parfois transformés en tapisseries, en coussins ou en couvre-lits.

Ironie du sort : elle adorait la solitude, or c'était Anne qu'elle avait obligée à rester seule. Anne qui aimait passer du temps avec les gens, parler de tout et de rien, s'amuser le soir venu. Rien ne l'ennuyait davantage que de rester dans son coin.

Elizabeth pressa le pas et entra dans ses appartements privés. Les rideaux étaient ouverts pour laisser entrer la lumière. Il y avait des chaises, des tabourets, des coussins entassés par terre ainsi qu'une table de travail recouverte de tissus et de bobines de fil.

— Pardonnez mon retard, milady, dit-elle en faisant signe à Anne de monter à l'étage.

Elizabeth s'engouffra dans l'escalier avec elle et referma la porte sans perdre une seconde.

À peine avait-elle posé son plateau sur une table qu'Anne lui saisit les poignets.

— Que se passe-t-il ? demanda-t-elle dans un souffle. Vous n'êtes pas montée dormir, cette nuit. J'étais folle d'inquiétude. L'espace d'un instant, j'ai cru que vous aviez été démasquée, mais personne n'est venu me voir. Comme ces brutes de soldats vous prennent pour une simple servante, j'ai eu peur que...

Quand Anne cessa de balbutier pour éclater en sanglots, Elizabeth sentit son cœur se serrer. La pauvre, elle avait dû se ronger les sangs toute la nuit...

— Je suis désolée, dit-elle doucement. On m'a interdit de venir ici en dehors des repas. Milburn a reçu l'ordre de m'isoler, enfin, de *vous* isoler le plus possible.

— Alors où avez-vous dormi ?

— Devant la cheminée des cuisines.

— Oh ! Elizabeth !

Anne l'attrapa par la main et la conduisit jusqu'à un fauteuil placé devant la table.

— Vous devez être épuisée !

— À vrai dire, j'étais si fatiguée que j'ai bien dormi. Je me sens en sécurité dans les cuisines d'Adalia. Tenez, commencez à manger. On m'a demandé de redescendre le plateau, nous n'avons guère de temps devant nous.

Anne découvrit le plateau en poussant un soupir.

— Moi qui croyais que nous serions libres de faire un brin de conversation.

— Je le croyais, moi aussi. Mais il n'y a pas grand-chose à dire. Bannocter est parti pour Londres ce matin, fort heureusement. Adalia a accepté de diriger la maisonnée à sa place. Comme ça, personne n'oubliera que nous avons échangé nos identités.

— Tout le monde est tombé des nues, j'imagine, fit remarquer son amie en mordant dans une tranche de pain beurré.

— Oui. Je me suis aventurée à passer un long moment

dans la grande salle. Tout le monde marche sur des œufs et hésite à ouvrir la bouche. Mais personne n'a commis d'impair.

— C'est une bonne chose, mais il y a d'autres sujets d'inquiétude !

— Je le sais, mais au moins j'ai la preuve que les habitants du village ont eu vent de ma nouvelle identité. Rachel, la guérisseuse, est passée s'occuper de deux voyageurs blessés, elle est au courant de tout.

— Dieu soit loué ! s'écria Anne en avalant son potage.

— Par ailleurs, je devine ce que Milburn me réserve.

Anne s'interrompit brusquement.

— Mais je croyais que...

— Il n'y a rien à craindre, s'empressa de préciser Elizabeth. Mais il trouve toujours une bonne raison pour m'éloigner de vous. Voilà pourquoi j'ai tant tardé. Il m'a demandé de m'occuper des voyageurs, puis de seconder Rachel.

— Et... Ces fameux voyageurs, qui sont-ils ?

— Un bailli et son secrétaire.

Elizabeth se mordit la lèvre. Il lui suffit de voir Anne plisser les yeux pour comprendre qu'elle avait parlé trop vite.

— Qu'ont-ils de si intéressant ?

— Ils ont été attaqués par des voleurs, répondit Elizabeth d'un ton qui se voulait détaché. Le bailli a la jambe cassée. Ils resteront ici jusqu'à ce que Rachel les juge en mesure de reprendre leur route.

— Pardonnez-moi de me répéter, mais qu'ont-ils de si intéressant ?

Elizabeth sentit son visage s'empourprer violemment.

— Le bailli me... me regarde avec intérêt.

— Comme s'il était le seul à faire ce genre de choses ! s'écria Anne, esquissant un sourire.

— Non, ce n'était pas pareil. Les hommes de haut rang m'assimilent à un trophée de chasse. C'est le cas de Lord Bannaster, par exemple.

— Elizabeth, allons..., la gronda gentiment son amie.

— J'ai tort d'y accorder de l'importance, c'est entendu. Je suis fiancée et n'ai pas besoin de me préoccuper des autres hommes. Mais Sir John...

— C'est un chevalier ?

— Oui, avec un corps de guerrier.

Anne se cala contre le dossier de son siège.

— Vraiment ?

— On m'a obligée à aider Rachel, précisa Elizabeth pour se défendre. J'ai essayé de ne pas regarder.

— En revanche, lui le faisait.

Elizabeth hocha la tête à contrecœur.

— Il me regardait comme... comme une femme, pas comme une héritière à conquérir.

— J'ai toujours eu peur qu'un homme de ce genre croise un jour votre route.

— William me traitait comme une femme.

À sa grande surprise, elle sentit des larmes lui monter aux yeux.

— Les lettres enflammées qu'il m'écrivait, la façon qu'il avait de m'observer quand nous étions ensemble. Son si beau visage...

Anne sembla hésiter avant de répliquer :

— Vous ne le voyiez qu'une fois par an, Elizabeth. Il est mort, je sais, et vous ne l'avez jamais connu sous son vrai visage, mais...

— Détrompez-vous ! Je n'oublierai jamais ce que j'ai éprouvé. Ce que c'était d'être admirée pour mes qualités féminines et ma grâce. C'est tout autre chose avec ce bailli.

— Pourquoi ?

— Parce qu'il m'a... troublée. Troublée jusque dans ma chair.

Elizabeth plongea la tête dans ses mains.

— Je ne peux pas croire que nous sommes en train de

parler de telles sottises ! Mais vous, chère Anne, comment allez-vous ?

Anne sembla étonnée par ce brusque changement de sujet, mais elle l'accepta sans rechigner.

— Je me sens seule, c'est évident, mais ce n'est rien en comparaison de ce qui peut arriver à une femme.

— Dites-moi ce que je peux vous apporter pour égayer un peu votre journée.

— À vrai dire, j'ai suivi le conseil de Lord Bannaster. Je lis la Bible.

— Ne lui faites pas ce plaisir, par pitié ! Il est tellement bouffi d'orgueil qu'il a presque du mal à passer par une porte.

Anne éclata de rire, ce qui réjouit Elizabeth. Excellente nouvelle, son amie n'avait pas perdu sa bonne humeur !

— Apportez-moi quelques affaires de couture. Même si vous n'êtes sûrement pas de cet avis, le temps paraît bien long quand on brode des images.

— Vous avez votre luth.

— Mais personne à accompagner !

Elizabeth lui attrapa la main avec effusion.

— Je suis navrée. Tout est ma faute. Si vous n'aviez pas été là, avec moi, quand nous avons été attaqués, vous seriez à l'abri, chez vous.

— C'est-à-dire à la ferme familiale, en attendant que mes parents me trouvent un homme assez riche et que je l'épouse. Ces derniers temps, ils ont beaucoup parlé du meunier, ce qui devrait me réjouir, car il n'a été veuf qu'une fois. Il a aussi deux enfants et encore une bonne partie de ses dents. Alors, je suis heureuse de vous aider, ma chère amie.

Elizabeth la serra un instant dans ses bras. Quel cœur d'or !

— Je reviens avec votre dîner[1], dès que possible.

Anne lui adressa un sourire rayonnant.

1. À l'époque, repas de la mi-journée et non du soir comme de nos jours. (Nd?)

— Merci beaucoup. Qu'allez-vous faire, en attendant l'heure du repas ?

— Observer comment Milburn administre le château, voir si ses soldats lui obéissent au doigt et à l'œil. Oh ! et prendre soin de nos deux blessés, bien sûr.

— Dans ce cas, bonne chance, même si vous n'en aurez pas besoin. Rien ne vous résiste, Elizabeth. Et, maintenant que Bannaster est parti, je suis nettement moins inquiète pour vous.

Le plateau dans les mains, Elizabeth lui jeta un coup d'œil par-dessus l'épaule.

— J'aimerais en dire autant. Pour ma part, je me sens isolée et vulnérable. Et tellement préoccupée pour vous tous ! Mais vous allez m'insuffler un peu de votre courage, Anne.

Lorsqu'elle traversa la grande salle pour regagner les cuisines, Elizabeth se sentit observée. Pas par les regards bienveillants des habitants du château, non, par plusieurs soldats qui la détaillaient sous toutes les coutures, assis autour d'une table. En s'apercevant qu'elle les avait repérés, ils l'interpellèrent et lui firent signe d'approcher, avec de grands éclats de rire. Elle fila aussi vite que possible, sidérée. Comment pouvait-elle se sentir menacée dans son propre château ?

Milburn la regarda d'un air sourcilleux.

— Venez ici, Anne, lui lança-t-il en congédiant le soldat avec qui il s'entretenait.

Elizabeth approcha et lui fit la révérence.

— Oui, maître Milburn ?

— Lady Elizabeth se porte bien ?

— Oui.

— Elle espère m'apitoyer pour que je la laisse sortir, j'imagine ? Quitte à vous tirer des larmes pour vous convaincre de plaider sa cause.

— Elle n'a rien fait de tel. Elle sait que vous servez Lord Bannaster et que vous ne comptez pas lui désobéir.

Milburn hocha la tête.

— Parfait ! Mais, comprenez bien une chose. Si *vous* continuez de désobéir, vous aurez affaire à moi.

Elizabeth le regarda d'un air effaré.

— Je ne…

— Et vous osez me répondre, maintenant ?

Il avança de quelques pas. Avec sa haute taille et son œil noir, il voulait l'impressionner. Lui montrer qu'elle devait suivre ses ordres.

— Je vous avais demandé de vous occuper de nos hôtes.

Tiens, le bailli et son secrétaire n'étaient plus des voyageurs mal en point mais des « hôtes », à présent ? pensa-t-elle avec étonnement.

— Si vous continuez de vous attarder chez votre maîtresse, je chargerai un garde de vous accompagner dans le donjon. Me suis-je bien fait comprendre ?

Les yeux toujours baissés, Elizabeth acquiesça. Au même instant, Milburn lui arracha le plateau des mains et le lança à travers la pièce, la glaçant d'effroi. Il atterrit bruyamment par terre, les restes du repas éparpillés dans la pièce. Les quelques serviteurs présents dans la salle se figèrent, tandis que les soldats ricanaient. Elle sentit son cœur s'emballer. Tous ces regards posés sur ses frêles épaules l'écrasaient. Elle qui pensait que ce changement d'identité serait la solution idéale ! Hélas, être une simple servante la mettait à la merci des autres.

Les bras croisés sur le torse, l'intendant se contenta de la fixer d'un air impassible.

— Et maintenant, nettoyez-moi ça ! Ensuite, vous passerez voir Sir John, le bailli. J'aurai peut-être du travail pour lui.

— Oui, maître Milburn.

Elizabeth sentit la menace qui la guettait. Cet homme trouverait toujours quelque chose pour l'éloigner du donjon. Que ferait-elle, s'il chargeait quelqu'un de servir Anne à sa place ? Pas question de le mettre en colère une fois de plus.

5

Quand on frappa à la porte, cet après-midi-là, John échangea un regard avec Philip, qui se hâta de regagner sa paillasse. Son ami avait observé la cour intérieure du château par la fenêtre, lui racontant ce qu'il voyait. Pour sa part, il se sentait à la fois agité et agacé, chose très rare chez lui. Heureuse coïncidence, l'enclos réservé à l'entraînement des chevaliers était dans son champ de vision. L'idéal pour évaluer les forces présentes.

Une fois Philip à sa place, John lança :

— Entrez !

C'était Anne, la servante. Il la regarda traverser la pièce les yeux baissés, en admirant l'élégance de ses mouvements. Il crut deviner qu'elle avait le rouge aux joues. Il aurait aimé qu'une fine mèche de cheveux s'échappe de sa guimpe. Cela lui aurait permis de mieux l'imaginer. Hélas, le voile qui lui couvrait la tête maintenait solidement ses cheveux.

Elle portait deux chopes de bière, qu'elle posa sur la table entre eux. Lorsqu'elle se décida enfin à le regarder, il lui adressa un grand sourire. Elle écarquilla les yeux, puis se couvrit la bouche pour retenir un rire.

John battit des paupières. Voilà qui était étonnant.

— Eh bien, drôle de façon de saluer !

— Si vous voyiez votre tête, Sir John, déclara-t-elle d'une

voix mélodieuse, vous comprendriez tout de suite. Vous êtes tout gonflé !

Elle avait du mal à cacher son amusement, visiblement.

Il lança un regard à Philip, qui se contenta de hausser les épaules.

— Si vous comptiez sur moi pour vous le dire…

— Vous auriez eu du mal à le voir, avec vos yeux pochés !

— Les traces des coups ont pris des formes intéressantes. Et toutes les couleurs de l'arc-en-ciel.

Anne paraissait intriguée.

— Vous parlez très librement à votre maître, dit-elle à Philip.

— Je l'ai autorisé à le faire, crut bon d'expliquer John. Nous avons beaucoup voyagé ensemble. À force de rester trop poli et de tenir sa langue, on finit par s'ennuyer.

— Votre secrétaire arrive à tenir sa langue, vraiment ? demanda-t-elle en esquissant un sourire.

— Moi ? Je suis le sérieux incarné ! déclara l'intéressé.

John sentit qu'il était parvenu à la distraire. Mais cela ne dura pas. Très vite, Anne eut de nouveau l'air accaparé, sans doute par la situation intenable dans laquelle était plongée sa maîtresse.

— Vous a-t-on obligée à venir nous voir ? demanda-t-il.

La surprise qui se peignit sur le visage de la belle suivante était éloquente. Tout comme sa colère, derrière laquelle perçait une forme d'inquiétude.

— Pardonnez-moi, s'empressa-t-il d'ajouter. N'allez pas croire que je compte informer maître Milburn de vos faits et gestes. C'est bien de l'intendant du château que vous avez peur, n'est-ce pas ?

— Ce n'est pas notre intendant.

Elle pâlit. Comme si elle avait pris conscience de ce qu'elle avait avoué.

Anne tourna alors la tête vers Philip, qui marmonna une excuse avant de quitter la chambre. John était désormais seul avec elle. Et il comptait bien profiter de ce moment d'intimité pour en apprendre un peu plus sur ce qui se tramait ici.

— Maître Milburn n'est pas votre intendant ? demanda-t-il en prenant l'air intrigué.

— Notre intendant, Royden, est mort après avoir fait un malaise, soupira-t-elle.

— Je suis navré.

— Ce n'est pas votre faute.

— De qui est-ce la faute, dans ce cas ?

Elle ouvrit la bouche pour parler, mais se ravisa. Finalement, elle secoua la tête et expliqua :

— Lord Bannaster a mis son intendant à notre service.

— Pour se faire pardonner ?

Elle haussa les épaules.

— Vous aimeriez être auprès de votre maîtresse.

— Ma place est avec elle.

— Et quelqu'un vous en empêche.

Elle l'observa avec attention. On devinait beaucoup d'intelligence dans ses yeux. Il ne la manipulerait pas aussi facilement. Les femmes qu'il avait l'habitude de fréquenter disaient oui à un homme en échange de quelques pièces.

— Lady Elizabeth est enfermée contre sa volonté, ajouta-t-il.

Anne acquiesça, sans cacher sa nervosité.

— Dans ce cas, j'imagine ce qu'elle doit ressentir à l'instant où nous parlons.

Les yeux de la jeune servante semblèrent jeter des flammes.

— Vous êtes retenu ici à cause d'une simple blessure, pas contre votre volonté !

Elle se mordit la lèvre. Regrettait-elle ce qu'elle venait de dire ?

— Veuillez m'excuser, j'ai à faire, bredouilla-t-elle en reculant.

John décida alors d'insister légèrement.

— Si j'en crois ce que vous venez de me dire, les rumeurs ont déjà eu le temps de le colporter dans les environs.

Elle s'immobilisa. L'étonnement se lisait sur son visage.

— Les gens parlent… de ma maîtresse ?

— Nous avons entendu hier matin que Lady Elizabeth était retenue prisonnière.

— Et c'est ce qui explique votre présence ici ? s'écria-t-elle, effarée.

— Non.

Le moment était mal choisi pour révéler sa véritable identité. La situation du château étant de notoriété publique, il se borna à sourire et désigna sa jambe blessée.

— La raison de ma présence ici, la voilà. Je ne suis pas un homme d'influence à la tête d'une armée. Pour ne rien vous cacher, je n'ai pas cru à cette rumeur. Qu'on puisse s'en prendre à la fille d'un comte… Tout cela m'a paru bien téméraire.

— Lord Bannaster est le cousin du roi.

— Et cela lui donne le droit d'emprisonner une héritière ?

— Il pense que oui, répondit-elle en se raidissant. Mais tout cela ne vous concerne en rien, Sir John.

— De toute évidence, je ne serai pas en mesure de reprendre la route avant un moment. Autant que j'essaye de comprendre ce qui se joue ici.

— Y êtes-vous parvenu ? s'enquit-elle d'un ton légèrement moqueur.

Elle n'avait manifestement pas l'habitude d'obéir aux ordres d'un homme. Était-elle traitée en égale par sa maîtresse, comme il le faisait avec Philip ?

— Non, et je vous avoue bien volontiers mon ignorance, dit-il.

Elle fit alors mine de s'en aller. Il n'avait pas intérêt à insister. Seulement…

— Attendez, Anne ! Je suis mal placé pour vous donner

mon avis, c'est vrai, mais si jamais vous avez besoin de vous confier…

Les yeux d'Anne se durcirent, et son visage n'afficha plus la moindre émotion. Bon sang, pourquoi n'avait-il pas tenu sa langue ?

— Je ne vous ai rencontré que ce matin, Sir John, poursuivit-elle d'un ton impassible. Le fait que vous soyez si intéressé par la situation de Lady Elizabeth…

— Elle a besoin d'aide, non ?

— Comment est-elle censée savoir à qui se fier ? Après tout, le cousin du roi s'est octroyé le droit d'abuser de ses privilèges. Ne seriez-vous pas en train d'en faire autant ?

Autant être lucide. Il ne pouvait pas gagner la confiance d'Anne en quelques heures mais, étrangement, il avait l'impression de déjà la connaître. Elle était trop fière pour montrer sa peur. Les hommes ne méritaient pas qu'on leur fasse confiance, elle l'avait bien saisi. Il ne lui restait donc plus qu'à repartir de zéro.

— Pardonnez-moi. J'essaye toujours d'aider mon prochain, c'est dans ma nature.

— Ce n'est pas de cette manière que vous me convaincrez, répondit-elle en levant le menton. Maître Milburn aurait du travail pour vous. Croyez-vous que cela va m'inspirer confiance ? Qui me dit que vous n'êtes pas un autre sbire du vicomte ?

— Moi, je vous le dis, Anne.

Hélas, elle avait déjà tourné les talons pour se diriger vers la porte. Il y avait de quoi être impressionné par tant de colère froide et de dédain ! Elle sortit en claquant la porte.

John eut un bref espoir lorsqu'elle se rouvrit aussitôt. Mais ce n'était que Philip, qui referma derrière lui.

— Vu la mine qu'elle affichait, cela ne s'est pas très bien passé.

— J'aurais eu plus de chances de gagner sa confiance ce matin, quand je n'étais qu'un parfait étranger.

Il se laissa retomber sur son oreiller avec une grimace. Sa jambe lui fit aussitôt un mal de chien.

— Pourquoi avez-vous insisté à ce point ?

— Parce que nous ne savons pas dans combien de temps Bannaster va revenir. Peut-être avec la bénédiction du roi, d'ailleurs. Et puis...

John constata qu'il fixait la porte avec une certaine gêne.

— Il y a chez cette jeune femme quelque chose qui me donne envie de gagner son amitié.

— *Gagner son amitié ?* s'exclama son ami. Vous comptez me faire gober ça ?

Décidément, on lisait en lui comme dans un livre ouvert, depuis quelque temps...

Elizabeth était tellement en colère qu'elle dut se forcer à ralentir et à marcher à pas feutrés. Comme toute servante digne de ce nom. Elle avait perdu son calme. Elle était sortie de son personnage. Et elle avait tenu tête à un homme dont elle ne savait rien, au risque d'être démasquée.

Sir John était au courant que la maîtresse des lieux était prisonnière en haut d'un donjon ? La belle affaire ! La nouvelle avait eu le temps de circuler. Avec des terres aussi étendues, c'était bien naturel.

Mais, dans ce cas, pourquoi n'avait-elle pas encore reçu de secours ? Cette idée lui noua l'estomac et faillit lui arracher des larmes. Personne ne souhaitait affronter Lord Bannaster ?

Elle tâcha de se convaincre que tout n'était pas encore perdu. Moins de deux jours s'étaient écoulés. La nouvelle avait déjà été colportée par une poignée de clients d'une taverne, mais était-elle remontée aux oreilles de Lord Selby, son riche voisin, dont les terres se trouvaient à une demi-journée de route des siennes ? Il y avait de grandes chances pour qu'il soit à Londres, afin d'assister à la séance du Parlement avec les autres aristocrates de la région !

Elle baissa la tête pour cacher ses yeux embués de larmes. Fort heureusement, seul un jeune valet s'occupait du feu. Une servante étendait des nappes sur les tables à tréteaux qu'on avait installées en prévision du repas. Le temps d'un bref coup d'œil, ils prirent soin d'ignorer sa présence. Tant mieux.

Où était Milburn ? En train d'inspecter ses terres et de dresser la liste de ses biens ?

Elle s'assit devant l'âtre et referma les bras autour de son buste, comme si un froid glacial s'était définitivement emparé d'elle. Lord Selby n'allait pas s'empresser de lui venir en aide, à quoi bon se bercer d'illusions ? Aux dernières nouvelles, il lui avait même volé des moutons pour la forcer à accepter la protection de son fils, cet imbécile qui avait essayé de la courtiser tout récemment.

Si ça se trouve, ses voisins pensaient qu'elle était trop sûre d'elle. La savoir sous la coupe d'un homme devait les réjouir !

D'un revers de la main, elle s'essuya rageusement les yeux. Elle s'était assez apitoyée sur son sort ! Si elle était descendue du donjon pour se mêler aux habitants du château, c'était pour prendre la situation en main, pas pour pleurnicher, en regrettant le tour qu'avaient pris les événements. Pour l'heure, elle avait l'intention de se promener dans la cour, histoire de voir comment se comportaient les soldats de Bannaster.

Voilà qui lui éviterait de penser à la compassion qu'elle avait lue dans les yeux de Sir John. Ce n'était qu'un bailli, sans le sou ou presque. Il n'avait pas les moyens de lui venir en aide. S'il essayait de le faire, c'était avec l'espoir de se rapprocher d'elle, rien de plus, elle l'avait bien senti.

De toute manière, elle n'avait guère envie d'être courtisée. Elle n'était pas appelée à être l'épouse d'un bailli mais d'un baron. D'un homme destiné à porter le titre de comte, par-dessus le marché ! Elle ne se souvenait pas vraiment de

John Russell, hormis de son allure dégingandée et des fois où elle l'avait surpris en train de la fixer.

Avait-il disparu, tout comme ses frères ? Serait-elle condamnée à devenir l'épouse d'un homme qui profiterait d'avoir une armée pour s'emparer d'elle ?

Songer à ses rêves piétinés lui brisa le cœur. Elle qui avait toujours souhaité avoir le même destin que ses parents, amis dès leur plus tendre enfance, avant de se marier. En s'aimant et en se comprenant l'un l'autre. Elle avait cru vivre la même chose avec William. Hélas, elle devait à présent choisir la sécurité. Enfin, si on lui laissait cette chance.

Une fois assurée que sa guimpe lui couvrait entièrement les cheveux, Elizabeth traversa la grande salle et attendit qu'on ouvre l'un des deux battants, afin qu'elle puisse sortir. Du haut des marches, elle tâcha de profiter du spectacle qui s'offrait à elle. Les gens du château vaquaient à leurs occupations habituelles. On entendait un marteau cogner sur l'enclume dans l'atelier du forgeron. Une servante en interpellait une autre. Des chiens pourchassaient des poulets sur le sol recouvert de traces de pas. Des soldats venaient de sortir de la caserne pour se rendre sur le terrain d'entraînement, en se lançant des bourrades et en jouant les fiers-à-bras. C'est là que toutes ses illusions volèrent en éclats. La présence de ces hommes lui confirmait que son ancienne vie appartenait bel et bien au passé. Ce n'étaient pas *ses* soldats. La garnison du château était quelque part dans la forêt, avec pour mission de rechercher les voleurs qui sévissaient dans les environs. Si on leur avait ordonné de ne jamais revenir ?

Les soudards de Bannaster lançaient des regards appuyés aux femmes, ce qui la fit frémir de la tête aux pieds. Tandis qu'elle descendait la volée de marches, elle sentit les yeux de ces hommes se poser sur elle. Pourquoi n'avait-elle pas une cape pour s'enrouler dedans ? Voilà qui la protégerait... Après la mort de ses parents et celle de son premier fiancé, elle s'était sentie vulnérable. Mais ce n'était rien en comparaison de ce qu'elle vivait en ce moment ! Se faire passer pour une servante la privait de tout moyen de se protéger. Si Sir John l'avait regardée avec intérêt, ces soldats avaient l'air animés des pires intentions. Elle se sentit frissonner. Comment avait-elle pu croire une seconde que ce déguisement la mettrait à l'abri ? C'était tout le contraire, elle s'en rendait compte.

Elle eut envie de se réfugier à l'intérieur. Mais, si elle laissait deviner sa peur, elle risquait de passer pour une proie encore plus facile. Elle se força donc à marcher vers ses jardins privés, ce havre de paix rempli d'arbres, de fleurs et d'allées, coupé du reste de la cour par une barrière.

Tout en marchant, elle leva les yeux vers la fenêtre de la chambre qu'on avait attribuée à Sir John et à son secrétaire. Quelqu'un était debout devant les carreaux, en train d'observer ce qui se passait dehors. Sûrement Philip. Étrangement, entrevoir cette silhouette lui redonna du courage. Pas question de laisser la peur la contrôler ! Elle avait tenu tête à ces deux hommes, elle en ferait autant avec ces soldats !

En étant présente parmi les habitants du château, elle leur montrerait qu'elle ne les avait pas oubliés. Qu'elle finirait par l'emporter. Même si personne ne venait à son secours.

Alors que la grande salle commençait à se remplir en prévision du souper, Elizabeth se rendit jusqu'à la chambre de Sir John pour lui demander s'il souhaitait qu'on lui monte un plateau. Elle attendit qu'on l'autorise à entrer. Puis elle s'arrêta net en poussant la porte. Philip n'était pas là. Quant à Sir John, il était debout, appuyé sur une nouvelle béquille, et plus sur la branche d'arbre qu'il avait utilisée jusque-là. Elle ne s'était pas rendu compte qu'il était aussi grand. La chambre lui parut soudain minuscule ! En la voyant, il esquissa un sourire, qui la troubla une fois de plus. La longue cicatrice courant jusqu'au bas de son visage ne le rendait pas laid, bien au contraire. Cela lui donnait l'air encore plus viril ! Comment avait-il reçu cette estafilade ? Pas en restant penché sur des livres de comptes, c'était certain ! En tout cas, les égratignures qui lui couvraient le visage ne l'incommodaient pas, loin de là.

Il était vêtu d'une tunique qui lui descendait jusqu'aux genoux, sans doute parce qu'il ne pouvait pas enfiler de hauts-de-chausses à cause de son attelle. Ses bottes étaient lacées jusqu'en haut de ses mollets. Mais on devait certainement voir ses genoux quand il s'asseyait.

Pourquoi pensait-elle des choses pareilles ? Avait-elle oublié qu'elle était furieuse contre lui ? Il lui avait posé bien trop de questions sur des sujets qui ne le concernaient pas !

Elle s'éclaircit la gorge et tâcha d'avoir l'air détachée mais courtoise. Pas question de le laisser prendre trop de libertés.

— Sir John, je comptais vous demander si vous souhaitiez qu'on vous monte un plateau, mais on dirait que vous avez l'intention de vous aventurer hors de votre chambre.

— La journée m'a paru bien longue, Anne, dit-il en boitillant. J'ai chargé Philip de vous trouver, mais vous avez dû vous rater.

— Il y a de quoi se perdre dans ces couloirs, quand on ne les connaît pas.

Elle le regarda s'approcher d'elle, frémissante. Il avait un large torse, digne d'un chevalier rompu au combat. Il maniait l'épée de temps en temps, elle était prête à le parier.

Elle était si troublée par son allure qu'elle le vit trop tard ouvrir de grands yeux. Sa béquille venait de se prendre dans un pied du lit !

— Écartez-vous ! lança-t-il.

Il y avait tant d'autorité dans sa voix qu'elle faillit lui obéir. Mais elle n'allait tout de même pas laisser un homme blessé s'écrouler par terre ! Il tenta de s'accrocher au montant du baldaquin. En vain. Elle essaya alors de le retenir, lui attrapant les avant-bras. Il s'affala sur elle. Fort heureusement, elle ne manquait pas de force et soutint son poids jusqu'à ce qu'il s'appuie sur sa jambe valide. Elle sentit la chaleur de ce corps viril contre le sien. Les muscles de ses bras étaient aussi épais et froids que du marbre.

Lorsqu'il se redressa, elle le trouva dangereusement près d'elle ! Elle leva la tête. Il l'observait avec autant d'intensité que de curiosité. Et lui, qu'avait-il ressenti ?

Quelle importance ? songea-t-elle en reculant à une assez bonne distance.

— Tout va bien ? demanda-t-elle.

— Ce sera le cas quand j'aurai appris à me servir de cette béquille, répondit-il d'un air penaud. Veuillez excuser ma maladresse.

— Je suis heureuse que le régisseur vous ait trouvé une chambre au premier étage. Ainsi, vous pourrez gagner la grande salle sans avoir à emprunter l'escalier. Mais vous devrez le prendre pour sortir.

— Vous me mettez déjà à la porte ? C'est parce que je vous ai vexée, cet après-midi ?

Elle hésita avant de répliquer :

— Non, vous ne m'avez pas vexée.

— Si.

Elle se mordit la lèvre et plongea les yeux dans les siens.

— C'est vrai, j'étais vexée. Je n'ai pas arrêté d'y penser. Je sais, vous vouliez m'aider. Seulement, je ne vous connais pas. Comment voulez-vous que je vous fasse confiance ?

— Je comprends. Ces choses-là exigent du temps. Je suis patient.

— Pourquoi souhaitez-vous gagner ma confiance ? s'enquit-elle d'un air méfiant.

— Je m'inquiète pour votre maîtresse et pour vous.

Elle détourna le regard et se contenta de dire :

— Venez, ils ne nous attendront pas pour souper.

Elle remonta lentement le couloir à ses côtés. Le voir marcher d'un pas de plus en plus assuré la tranquillisa. Si seulement elle pouvait s'en remettre à lui... Non, impossible. Ce n'était qu'un bailli, mal en point qui plus est. Comment pouvait-il l'aider ? Son secrétaire et lui étaient seuls au monde.

Dans la grande salle, les serviteurs du château avaient pris place autour des tables à tréteaux, tout comme ceux qui travaillaient dans la cour. Elizabeth tressaillit en entendant le vague murmure qui accompagna son entrée. Au même moment, quelqu'un s'esclaffa bruyamment, et les conversations reprirent comme si de rien n'était. Elle tâcha de se décontracter et resta auprès de Sir John. Elle préféra garder un œil sur lui, tandis qu'il marchait sur les nattes neuves qui recouvraient le sol. Un peu plus loin, Philip leur fit signe ; ils le rejoignirent à une table libre.

Juste au moment où elle allait les laisser pour monter un plateau à Anne, Milburn l'interpella. Il était assis à la table qui trônait sur l'estrade, comme s'il était devenu comte d'Alderley !

Elizabeth approcha.

— Oui, maître Milburn ?

— Vous ne pensiez tout de même pas sortir ? gronda-t-il d'un air réprobateur.

— Je souhaitais manger en compagnie de Lady Elizabeth.

— Hors de question ! répliqua-t-il sans desserrer les dents. Je me suis penché sur l'efficacité du service, lors des repas. Et ce n'est pas brillant. Allez dans les cuisines et rendez-vous utile !

Elizabeth hocha la tête et tourna les talons. Ce qui lui permit de remarquer tous les regards posés sur elle avec effarement. Elle adressa à tout le monde un sourire affable. Cela ne l'atteignait pas. Alors, autant qu'ils gardent leur calme. Pourvu qu'ils comprennent le message ! Elle alla prendre le plateau que lui tendait Adalia. Pourtant, lorsqu'elle commença à proposer des tranches de rôti d'agneau, les murmures redoublèrent d'intensité. Plus personne ne riait. Lorsque c'était possible, elle tâchait de rassurer les garçons d'écurie et les servantes en leur soufflant quelques mots. Il n'empêche : tout le monde dévisageait l'intendant d'un œil noir.

Sans cesser de sourire, elle encouragea les personnes attablées à se servir. Ce n'était pas le moment de révéler son identité ! Elle aperçut alors Sir John ; il semblait perplexe. Après avoir tourné la tête à droite, puis à gauche, il concentra son attention sur elle. Milburn semblait surpris par la réaction des uns et des autres.

Elle approcha d'une table à laquelle se trouvaient des soldats de Bannaster. L'un d'eux l'attrapa par le bras. Il avait une barbe hirsute et des cheveux longs qui donnaient l'impression d'être collés à ses épaules.

— Tu m'as oublié, ma jolie, grogna-t-il.

Elle essaya de se dégager, mais il tint bon.

— J'allais reprendre de l'agneau dans les cuisines. Vous ne préférez pas avoir un beau morceau de viande dans votre assiette ?

— Oh oui, j'adore ça ! s'exclama-t-il, tandis que ses compagnons de table éclataient de rire.

Il l'attira, jusqu'à ce qu'elle se retrouve penchée au-dessus de lui. Cette brute allait finir par lui casser le bras ! Manifestement, il n'avait pas remarqué le silence pesant qui venait de s'abattre sur la salle. Ou peut-être que si, et il s'en moquait éperdument.

— Attends d'être grand-mère pour porter cette horreur, dit le soldat en désignant sa guimpe. Allez, retire-moi ça, que je voie la couleur de tes cheveux.

Plusieurs palefreniers s'étaient levés, tout comme le forgeron qui avait refermé ses énormes poings, prêt à en découdre. L'un des congénères du rustre qui l'importunait se leva à son tour, l'air mauvais et impatient.

Soudain, quelqu'un l'attrapa par l'épaule, ce qui lui fit pousser un cri strident. Elle n'allait quand même pas se retrouver cernée ?

6

John sentit le cri d'Anne se répercuter dans tout son corps. Elle jeta un coup d'œil derrière elle, sans cesser de se débattre pour échapper à l'homme qui refusait de la lâcher. Elle parut quelque peu soulagée de le voir, malgré sa frayeur.

— Lâche-la, dit-il d'un ton glacial.

Le soldat se leva de son siège et l'attira à lui plus brusquement encore. Elle en laissa échapper son plateau, dont le contenu s'éparpilla sur les nattes, et bascula contre lui.

Pas question de l'abandonner entre les griffes de cette brute épaisse ! Il glissa le bras autour de sa taille afin qu'elle conserve l'équilibre. Si seulement il avait une épée à portée de main ! Cela étant, se faire remarquer serait un bien mauvais calcul.

Anne avait la peau chaude et douce. La pauvre tremblait comme une feuille. Mais le soldat de Bannaster avait toujours sa sale patte refermée sur son bras. Appuyé sur sa béquille, il désigna sa dague du regard avant de s'en saisir.

— C'est avec ce jouet que tu comptes me faire mal ? s'esclaffa bruyamment le soldat. Je vais te régler ton compte avant de m'occuper de ce joli minois.

Un silence si profond était tombé que cette dernière phrase résonna dans la pièce. Ce qui attira l'attention de l'intendant.

— Assez ! dit-il d'un ton pincé. Anne, asseyez-vous et divertissez notre hôte. Il ne connaît personne en dehors de son secrétaire et vous.

Le soldat barbu la lâcha lentement et laissa ses gros doigts courir le long de son bras.

— Ce sera pour la prochaine fois, grommela-t-il suffisamment bas pour qu'ils soient les seuls à entendre.

John sentit une colère monstre l'envahir. Encore un peu et il allait voir rouge pour de bon ! Il imagina l'estafilade qu'il pourrait dessiner sur le visage de cet homme d'un simple coup de dague.

Mais, au moins, la jeune femme était à l'abri du danger. À contrecœur, il finit donc par s'écarter. La tête haute, elle se tourna et se dirigea vers sa table. C'était une femme courageuse, qui n'avait pas l'habitude d'être traitée de la sorte, c'était évident. Surtout si elle avait été élevée avec la fille d'un comte !

Tout en rengainant lentement sa dague, John planta les yeux dans ceux du soudard. Puis, d'un air volontairement insultant, il lui tourna le dos et s'éloigna en boitillant. Il entendit qu'on sifflait et qu'on ricanait derrière lui, mais il refusa de se retourner. Si ce soldat avait tenté le diable, il l'aurait amèrement regretté. Quoi qu'il en soit, il venait de se faire un ennemi.

Anne s'assit sur un banc et regarda derrière elle pour esquisser un sourire qui se voulait poli... mais qu'on sentait surtout forcé.

— Merci à vous, Sir John. Vous n'auriez pas dû prendre un tel risque avec votre blessure.

Il prit place sur le siège face à elle. Battre en retraite l'avait agacé. D'un ton bourru, il déclara :

— À vous entendre, j'aurais dû laisser ce fils de...

— Anne, intervint Philip, souhaitez-vous que je remplisse votre assiette ?

John en profita pour contenir sa colère.

— On ne va pas tarder à me servir, répondit-elle en plissant les yeux.

Quelques minutes plus tard, on lui présentait des plateaux remplis de viande, de fromage et de fruits. Il vit son visage s'empourprer à chacune de ces gentilles attentions.

— Ne soyez pas gênée, lui dit-il après avoir retrouvé son calme. Les gens de ce château tiennent à vous, cela se voit.

À sa grande surprise, il la vit rougir de plus belle.

— Non, c'est à ma maîtresse qu'ils sont attachés, pas à moi. Ils sont inquiets pour elle. Ils n'ont jamais été séparés d'elle.

Voilà qu'elle évoquait d'elle-même ce sujet qui l'avait mise en colère un peu plus tôt dans l'après-midi. Sans doute était-elle encore déstabilisée par ce qui venait de se passer.

— Ils s'inquiètent pour elle, répéta Philip.

— Moi aussi.

La voix d'Anne n'était qu'un murmure.

John la laissa tranquille, afin qu'elle puisse se restaurer. Tout autour d'eux, les conversations avaient repris et allaient bon train. Il remarqua qu'elle se contentait de picorer le contenu de son assiette. Avait-elle l'appétit coupé ? Il prit conscience qu'il ne se lassait pas de la contempler. Pour lui, la chevelure était l'une des plus belles choses qui soient chez une femme. Mais la véritable beauté allait bien au-delà, Anne l'avait prouvé. Elle avait des mains fines aux doigts graciles. Elle tenait un bout de pain banal comme si c'était la baguette d'un magicien. Elle avait des lèvres délicatement ourlées, pulpeuses, faites pour être...

Philip lui donna un coup de pied sous la table. Trop tard, Anne s'était déjà rendu compte qu'il la dévisageait.

Pourquoi était-il incapable de se rappeler qu'elle n'était qu'un moyen qui l'aiderait a parvenir à ses fins ? Il n'avait aucune envie de la blesser. Bon sang, il était là pour secourir celle qui n'était rien de moins que sa meilleure amie !

Pourtant, quand il admirait sa beauté (qu'importe si elle était en train de froncer les sourcils d'un air soupçonneux), il ne souhaitait qu'une chose : l'embrasser.

Histoire de détourner son attention, il lui lança :
— Anne, avez-vous toujours vécu à Alderley Castle ?
Elle secoua lentement la tête. Il devait lui poser des questions auxquelles elle ne pourrait pas se contenter de répondre par oui ou par non.
— D'où venez-vous ?
Elle avala un morceau de fromage et répondit :
— D'une ferme prospère, à quelques heures de route d'ici.
— Et vous êtes l'une des jeunes femmes au service de Lady Elizabeth ?
Elle ouvrit de grands yeux. Il la sentait plus détendue.
— Non, je ne suis pas issue d'une famille noble. Je ne suis qu'une suivante, pas une dame de compagnie. En tant que bailli, vous avez sûrement travaillé avec des familles de haute lignée. Je suis étonnée que vous n'ayez pas remarqué la différence !
John entendit Philip s'étrangler, et il lui donna une grande tape dans le dos. Mais cela ne suffit pas à distraire Anne. Comment lui avouer que les femmes qu'il avait eu l'habitude de fréquenter étaient de bien trop basse extraction pour travailler comme servantes dans un château ? Cela faisait de nombreuses années qu'il n'avait pas vécu auprès de personnes du même rang que lui. Les souvenirs qu'il en avait étaient flous. Et assez peu agréables, à vrai dire.
— Vous êtes tellement gracieuse. Tellement distinguée, dit-il. J'en ai oublié votre condition.
— D'autres s'en sont rappelés, répondit-elle sèchement en regardant par-dessus son épaule.
En direction des soldats, bien sûr. Ils buvaient plus qu'ils ne mangeaient. Ce qui ne laissait présager rien de bon pour le reste de la soirée. Lui qui avait cru plus prudent de ne pas prendre son épée pour venir manger. Il commençait à le regretter...
— Plusieurs jeunes femmes ont vécu ici, avec nous,

continua-t-elle, tandis que son regard semblait se perdre dans ses souvenirs. Mais elles se sont mariées, les unes après les autres.

— Toutes sauf votre maîtresse, c'est pour cette raison qu'elle court un si grand danger à l'heure qu'il est.

Anne acquiesça dans un soupir.

John n'avait jamais prêté la moindre attention au contrat de fiançailles qui unissait sa famille à Lady Elizabeth. Il n'avait que treize ans, à l'époque, tout cela ne le concernait pas. Il fit un rapide calcul. Sa promise devait avoir vingt-deux ans.

— Lady Elizabeth est forcément fiancée, dit-il. C'est la fille d'un comte.

Anne semblait plus intéressée par le dessert, une crème, que par le reste du repas. Elle le lui confirma cependant d'un signe.

— Dans ce cas, pourquoi n'est-elle pas mariée ? Voilà qui aurait résolu le problème bien avant que Lord Bannaster mette son grain de sel.

Elle leva les yeux vers lui. La colère qu'il put y lire attestait qu'elle était dévouée corps et âme à sa maîtresse. Elle regarda autour d'elle. Peut-être pour le punir de son outrecuidance. Mais les soldats s'étaient rassemblés et importunaient celles et ceux qui tâchaient de nettoyer leurs tables.

La voir effrayée le révoltait. Elle n'avait pas dû éprouver souvent ce sentiment, forte comme elle l'était !

Elle posa le menton dans le creux de sa main avec un nouveau soupir.

— Ce long célibat est le fruit… d'une succession d'erreurs, répondit-elle lentement. Le comte et sa femme étaient heureux d'avoir leur fille aînée auprès d'eux, ils ne souhaitaient pas la perdre trop vite. Je veux bien reconnaître que Lady Elizabeth… s'est épanouie, grâce à tant d'attention. Tout le monde pensait qu'elle avait bien assez de temps devant elle pour se marier.

Son fiancé menait la belle vie à Londres. Il n'était pas pressé, lui non plus. Hélas, ils sont tous morts.

Elle avait la voix remplie de tristesse. D'amertume, même.

— Je suis navré de l'entendre, Anne.

John guetta la réaction de Philip, mais son ami était absorbé par le contenu de son assiette. Ce qui leur permettait de parler librement.

— Votre maîtresse n'est donc plus sous la protection d'un fiancé ?

Il connaissait la suite de l'histoire, mais il valait mieux faire mine du contraire.

— Non...

Anne parlait d'un ton las. Comme si tout cela n'avait plus d'importance.

— Lady Elizabeth est promise à l'héritier de la famille Russell, quel qu'il soit.

— Sans doute est-elle peinée d'avoir perdu l'homme auquel elle se savait destinée depuis toutes ces années.

— J'ai souvent été leur chaperon. C'était un bel homme, plein de passion. Ses poèmes rendaient ma maîtresse heureuse.

— Ses poèmes ?

John déglutit difficilement. Comment allait-il rivaliser avec de tels souvenirs ? Il savait déjà que ses traits ne seraient jamais aussi plaisants à regarder que ceux de William, surtout maintenant, avec cette longue cicatrice. Mais cette histoire de poèmes le dépassait ! Il avait suivi la voie de l'épée. Il menait une vie aventureuse depuis l'âge de seize ans. Que savait-il des désirs des femmes de haut rang ?

— Il ne reste que le dernier de la fratrie, continua-t-elle. Il est quelque part en Normandie, et je doute qu'il ait reçu la lettre qu'elle lui a envoyée il y a quelques mois. Il n'est peut-être même pas au courant qu'ils sont fiancés.

— Revenir en Angleterre ne se fait pas du jour au lendemain, répondit-il d'un ton qui se voulait rassurant. Avec un peu de chance, il est en chemin.

— C'est ce que je redoute, avoua-t-elle d'une voix mal assurée.

John se raidit.

— Comment ça ?

— S'il débarque avec une armée, il risque d'y avoir un bain de sang. Lady Elizabeth ne supportera jamais que les habitants du château perdent la vie pour la défendre.

— Dans ces conditions, que devrait faire son fiancé pour la tirer de ce mauvais pas ?

— L'épouser, pardi ! Et montrer à tout le monde qui il est. Le nom de Russell ne date pas d'hier, il est respecté.

Plus maintenant, songea-t-il amèrement. De toute évidence, personne n'était au courant de l'état lamentable dans lequel se trouvait Rame Castle. Une fois encore, il se rappela à quel point il avait l'impression d'avoir été trahi par son frère aîné. William avait toujours fait croire à ses parents qu'il était irréprochable. Désormais, c'était à lui de subir les conséquences des fautes de son frère. Il devait réparer ses torts. Lady Elizabeth n'accepterait jamais de devenir la femme d'un homme sur la paille ! La fierté qui l'animait ne supporterait pas un tel affront. Il lui fallait prouver au roi Henri qu'il était en mesure de gérer un domaine d'une telle ampleur.

Il savait comment procéder : il comptait rassembler les soldats du château et les convaincre de voler à ses côtés à la rescousse de leur maîtresse, si cela s'avérait nécessaire. Il était un meneur d'hommes. Se battre ne lui faisait pas peur. Mais si cela risquait de déplaire à sa promise…

— John Russell n'a peut-être pas le même sens de l'honneur que son frère, fit alors remarquer Anne tristement. Après tout, voilà de nombreuses années qu'il n'a pas mis les pieds en Angleterre. On dirait qu'il a oublié sa famille.

John prit une grande inspiration et s'efforça de contenir

sa colère. Anne ignorait ce qui s'était réellement passé. Tout comme cette pauvre Elizabeth, prisonnière de ce donjon...

— N'oubliez pas que Lord Russell est le dernier de sa fratrie. Il n'avait sans doute guère d'espoir de recevoir les terres ou les biens de sa famille. Si ça se trouve, il a appris à se débrouiller seul.

Anne fronça les sourcils, d'un air peu convaincu. Puis elle finit par se lever.

— Je vais en faire part à ma maîtresse. Veuillez m'excuser si je vous laisse pour me rendre auprès d'elle.

— Bien sûr, je vous en prie.

Dès qu'elle se fut éloignée, Philip se pencha vers lui pour lui souffler :

— Lady Elizabeth a comme qui dirait hâte qu'on vienne la sauver. Au moins, vous ne serez pas mal reçu, soyez-en certain.

— Si seulement je pouvais lui parler de vive voix ! Je verrais quel genre de femme elle est.

— Et si vous mettiez sa suivante dans la confidence ?

John secoua la tête. Quelle idée, enfin !

— Une femme que je ne connais que depuis ce matin ? Elle est déjà dans une situation assez périlleuse. Pas question de lui révéler quoi que ce soit qui puisse la mettre en danger. Ou *nous* mettre en danger.

Il observa la jeune femme quitter la salle pour les cuisines. Il n'était pas le seul à le faire, d'ailleurs. Il y avait aussi le soldat barbu. Il faudrait le tenir à l'œil, celui-ci.

Philip observa la grande pièce, l'air impatient.

— Avec un peu de chance, la Confrérie a déjà investi les lieux, vous savez.

— Encore faut-il qu'elle existe ! s'exclama John en levant les yeux au plafond. Et qu'elle ne soit pas un ramassis d'idiots imbus d'eux-mêmes.

— Comment osez-vous prétendre une chose pareille ? s'insurgea son ami.

— Ah non, n'en profitez pas pour me casser les oreilles avec les fables de votre grand-mère, par pitié !

— Ce ne sera pas nécessaire, répondit Philip d'un air blessé. Vous venez de Cornouailles. Vous connaissez donc l'histoire des contrebandiers.

— Oui, la Confrérie aurait aidé un petit groupe de contrebandiers à échapper aux griffes d'un tyran.

— Un tyran qui se servait d'eux comme d'esclaves !

— C'est ce qu'on raconte.

Philip secoua la tête.

— Et vous en doutez encore ! Notre Seigneur Jésus-Christ en personne pourrait apparaître, et vous continueriez de...

John laissa son compagnon d'armes se lancer dans un discours interminable. Celui-ci finit par s'en rendre compte.

— Vous n'écoutez même pas ! Ces soldats qui jouent aux dés ont sûrement besoin qu'on les amuse un peu.

Ah, voilà qui pouvait être intéressant !

— Allez-y. J'ai hâte d'entendre ce que vous découvrirez.

Philip se leva avec un grand sourire.

— Je vous le raconterai peut-être. Ou peut-être pas... Si c'est pour que vous mettiez ma parole en doute !

John sourit à son tour et secoua la tête. Il était heureux d'avoir un ami comme Philip. Au lieu de partir à l'aventure de son côté, ce dernier avait choisi de l'aider ! Le lendemain, il l'enverrait dans la forêt, afin qu'Ogden et Parker lui donnent quelques nouvelles fraîches. La chance était peut-être avec eux. Qui sait s'ils n'avaient pas déjà retrouvé la trace de la garnison d'Alderley !

Il passa le reste de la soirée à observer les résidents du château et les soldats de Bannaster. Des musiciens jouèrent plusieurs heures ; un jongleur itinérant effectua même quelques tours. Chacun semblait se forcer à s'amuser, à part les hommes d'armes, qui firent un bruit de tous les diables.

Philip était au milieu de la petite bande. Faisait-il vraiment semblant d'être soûl ? Difficile à dire, vu son visage échauffé par le bon vin. Il s'esclaffait aussi fort que les autres.

Étrangement, John avait l'impression que le départ d'Anne avait autorisé les occupants des lieux à se détendre. Certes, ils discutaient sans faire de bruit, sans compter les regards soupçonneux qu'ils lançaient aux soldats. Mais ils tardèrent à regagner leurs paillasses. Sans Anne, oublier la détresse de Lady Elizabeth, enfermée dans son donjon, avait l'air plus facile. Plusieurs personnes vinrent se présenter à lui, et il tâcha de gagner leur amitié. Il avait besoin de connaître le plus de monde possible. Il espérait bien les avoir de son côté si, d'aventure, il devait faire appel à eux pour secourir sa fiancée.

Il finit par se retrouver seul à nouveau. Philip revint auprès de lui d'un pas chancelant et se laissa lourdement tomber sur leur banc. Encore un peu, et il les envoyait tous les deux par terre ! John eut heureusement le temps de s'agripper à la table, avant de foudroyer du regard son ami, qui prit une mine contrite.

— Est-ce qu'il vous resterait un peu de bière ? demanda-t-il d'une voix légèrement pâteuse.

John lui passa sa chope sans un mot.

À l'autre bout de la salle, l'ambiance commençait à devenir houleuse. Deux soldats étaient penchés au-dessus de la table de jeu, entourés par leurs camarades.

— Ce sont tous des hommes de Bannaster, souffla discrètement Philip. Ceux qui sont ici ce soir, du moins.

— Alors, c'est vrai, la garnison du château a été obligée de quitter les lieux ? Est-ce qu'il en reste quelques-uns sur place ?

— Pas beaucoup, répondit Philip en vidant le fond de la chope.

Quelques gouttes coulèrent le long de sa joue et même de son cou.

— La plupart ont été envoyés dans la forêt pour mettre la main sur ces fameux voleurs. Les occupants du château ont vu ce départ forcé d'un mauvais œil, mais notre fable à propos de notre agression les a confortés dans l'idée que ce n'étaient pas des fadaises.

— Bannaster veut les éloigner définitivement, en somme.

— Il ne les a pas éliminés, fit remarquer Philip.

— Mais ils ne sont pas là pour assurer la surveillance du château.

— Quatre soldats sont restés. Ils se relayent au pied du donjon de Lady Elizabeth.

John regarda son ami d'un air incrédule.

— Milburn a demandé à des soldats d'Alderley de l'empêcher de sortir ?

— Ils n'y sont pas seuls. Il y a toujours un soldat de Bannaster avec chacun d'eux pour monter la garde à l'entrée de la tour, de jour comme de nuit.

Philip s'interrompit pour adresser un sourire approximatif à deux jeunes servantes qui passaient non loin. Le temps qu'elles s'éloignent, il reprit ses explications.

— Manifestement, Lord Bannaster ne fait même pas confiance à ses propres troupes.

— Avez-vous découvert qui a le droit de rendre visite à Lady Elizabeth ?

— Pas eu le temps, répondit Philip en réprimant un hoquet. Trop de questions. Et puis, c'est votre partie du travail, n'est-ce pas ?

— Effectivement. Je vais d'abord effectuer quelques allées et venues dans le couloir, histoire de reprendre des forces. Fort étrangement, ce donjon sera l'une de mes haltes favorites.

— Dans ce cas, j'en ai terminé avec les soldats ?

— Pas sûr. Vous pourriez apprendre d'autres choses intéressantes.

Philip poussa un profond soupir.

— L'ennui, quand on fait semblant d'être soûl, c'est qu'il

faut toujours avoir l'air de boire, encore et encore… Et ce n'est pas une mince affaire.

— Vous y parvenez formidablement bien.

— Je vous remercie.

Sur ces mots, Philip se leva en s'appuyant sur la table, puis s'éloigna pour suivre cette partie endiablée.

Anne finit par revenir par la porte qu'elle avait empruntée pour sortir. C'était par là qu'il commencerait son exploration du château, décida John, et dès le lendemain !

Elle s'assit près de la cheminée, l'air fatigué et solitaire. Il eut aussitôt envie de se rendre auprès d'elle. Sauf qu'il s'était déjà montré bien assez insistant pour la journée. Inutile qu'elle se sente forcée à lui révéler quoi que ce soit, si elle ne le souhaitait pas.

Il l'observa en toute discrétion. Peu de gens lui parlaient, ce qui ne manqua pas de le surprendre. Pourquoi ne voulait-on pas la soulager de son inquiétude ? Peut-être passait-elle beaucoup de temps avec sa maîtresse, ce qui la coupait du reste du château ? Sa promise était-elle donc aussi exigeante ? Voilà qui était préoccupant. Quand la cuisinière finit par s'asseoir à côté d'elle, il put se détendre.

Elizabeth leva la tête avec un sourire, quand Adalia prit place à ses côtés. Un peu de compagnie, de distraction, voilà qui lui ferait un bien fou !

— Comment se porte notre maîtresse, ce soir ?

— Bien. Ces journées interminables commencent à lui peser, mais je lui ai apporté de quoi coudre. Elle est contente.

— Contente de coudre ? Elle qui adore parler ?

Elizabeth haussa les épaules.

— Elle n'a que moi pour faire la conversation.

Elle jeta un coup d'œil alentour mais, avec la partie qui passionnait la plupart des hommes massés autour de la table de jeu, la cuisinière et elle étaient vraiment seules.

— Avec Anne, nous avons mis un plan au point.

Adalia se serra contre elle sur le banc.

— Quel plan ?

— Je vais envoyer une missive au roi et lui expliquer le projet de son cousin.

La cuisinière lui lança un regard dubitatif.

— Lord Bannaster risque d'arriver à Londres bien avant votre courrier.

— Mais pensez-vous qu'il dira la vérité ? Qu'il retient une lady prisonnière ?

— Il prétendra qu'il vous protège.

— Nous savons toutes les deux qu'il protège d'abord ses intérêts. Je peux annoncer au roi que mon fiancé est certainement en route à l'heure qu'il est...

— Vous n'en savez rien.

Elizabeth secoua la tête et répondit d'un ton buté :

— C'est forcément le cas !

— Et si le roi décide que vous lui causez trop de soucis ? Il ne verra peut-être aucun inconvénient à vous donner à son cousin. Comme ça, il aura un comte parmi ses partisans.

— Il doit entendre ma version de l'histoire ! s'insurgea Elizabeth, les poings fermés. Comment pourrait-il être au courant, si je reste là sans réagir ? C'est un risque que je dois prendre. Sans quoi, je n'ai qu'à rester là à attendre.

— D'accord, mais qui va se charger de remettre ce courrier ?

— C'est un voyage trop dangereux pour un homme seul. Je refuse de forcer un paysan à quitter sa ferme. Et, si je choisis une tête connue, Milburn remarquera forcément son absence.

— Pourquoi pas le fils du meunier, Harold ? Il s'est déjà rendu à Londres.

— Parfait ! J'écrirai cette lettre demain matin, quand je serai dans le donjon. Et je veillerai à la cacheter avec le sceau de mon père.

Adalia la mit alors en garde :

— Il y a de grandes chances pour qu'il soit dans ses anciens appartements privés. Et Milburn y passe le plus clair de son temps.

— Dans ce cas, je surveillerai la chambre et attendrai qu'il en parte. Ce sera l'affaire de quelques minutes, pas plus.

— Anne, si vous êtes sûre de votre décision, je ferai dire à Harold que j'ai besoin d'une livraison de blé supplémentaire.

— Je vous préviendrai quand j'aurai besoin de lui.

Soudain, un grand cri retentit, suivi d'un éclat de rire. En tournant la tête, elles aperçurent un petit garçon qui courait dans leur direction, l'air rayonnant, une fille de cuisine sur les talons.

— Maman ! cria l'enfant.

Adalia bondit de son siège.

— Bonté divine, j'avais pourtant demandé qu'on le tienne à l'écart de la grande salle.

Elizabeth tâcha de raser les murs. Trop tard, hélas. Le petit Joseph l'avait vue. Du haut de ses quatre ans, il allait l'appeler pour avoir un câlin. Ce qu'il ne manqua pas de faire.

— Lady Eliz…

— Elle n'est pas là, mon chéri ! s'empressa de dire sa mère.

Elle lança aussitôt son enfant dans les airs, avant de le chatouiller quand il atterrit dans ses bras.

Il gloussa et se tortilla, puis s'échappa pour qu'elle l'attrape. C'était l'un de leurs passe-temps favoris. Elizabeth regarda ce spectacle avec tendresse. Son cœur battait encore la chamade lorsque Adalia finit par reconduire son fils dans les cuisines. Sauvée !

Elle risqua un coup d'œil dans la grande salle. Les soldats étaient toujours concentrés sur leur partie ; d'autres serviteurs étaient partis se coucher. Certains s'enroulaient dans des couvertures. Ils passeraient la nuit ici.

Sir John, lui, était toujours éveillé. Et il l'observait. Qu'avait-il vu ou entendu ? Elle aurait dû détourner le regard, afficher un détachement factice. Mais elle n'en était pas capable. Les yeux du bailli, d'un bleu profond, lui témoignaient toujours de la sympathie et de l'intérêt. Impossible de l'ignorer et d'espérer que tout irait bien.

Avec un soupir, elle se leva et traversa la pièce pour se rapprocher de lui.

— Sir John, je ne m'attendais pas à vous trouver toujours éveillé, dit-elle d'un ton qui se voulait affable.

Il l'étudia un moment, lui sourit et répondit :

— J'attendais Philip, mais j'ai l'impression que la chance est avec lui.

Elizabeth tourna la tête en direction du groupe de soldats qui jouaient. Elle ne parvint cependant pas à distinguer le secrétaire.

— Il n'est pas près de revenir, on dirait.

Sir John hocha la tête d'un air approbateur.

— Souhaitez-vous que je vous raccompagne jusqu'à votre chambre ?

— À condition que cela ne vous dérange pas, dit-il sans hésiter.

Sur ces mots, il se leva lentement, comme si ses blessures le torturaient.

— Non, j'allais retrouver ma paillasse, moi aussi.

— Dormez-vous dans la chambre de votre maîtresse ?

— On me l'a interdit.

— Elle est seule, par conséquent ? s'enquit-il d'un air contrarié.

— Sauf quand je lui apporte ses repas.

— Cela doit être difficile pour elle.

Elle haussa les épaules.

— C'est une femme de caractère.

— Heureux de l'entendre. J'espère que les choses se résoudront très vite.

— Moi aussi, Sir John.

Ils traversèrent en silence la grande salle puis les couloirs éclairés par des torches. La présence de cet homme avait quelque chose de fort et de réconfortant. Depuis la mort de son père, aucun homme n'avait su la rassurer à ce point.

Surtout, aucun homme ne l'avait jamais attirée aussi irrésistiblement ! Il était la virilité incarnée. Une virilité puissante, à l'état brut. Difficile de l'ignorer, dans ces conditions.

Elle se sentit coupable. Rien que de très normal, elle était promise à un autre ! Si, d'aventure, Sir John se montrait digne de confiance, elle pourrait avoir besoin de son aide. Impossible de le rejeter maintenant, au seul motif qu'elle avait peur. Elle devait résister à la tentation. C'était à elle de contrôler la situation.

Alors qu'ils approchaient de la porte, Sir John pivota maladroitement et lui bloqua le passage. Elle s'arrêta brusquement, la tête levée vers lui. Leurs deux corps se frôlaient presque.

Tout son être en fut ébranlé, de la pointe de ses seins jusqu'à son bas-ventre. La chaleur qu'elle sentait monter en elle était à la fois troublante, gênante et… tentante.

La torche qui brûlait derrière lui maintenait le visage de Sir John dans les ténèbres. Mais elle voyait briller ses yeux et ses dents à la blancheur éclatante. Il ne souriait pas, mais avait les lèvres entrouvertes. Elle s'aperçut alors qu'elle en faisait autant.

C'est lui qui recula d'un pas, ce qui le ramena dans la lumière. Elle se sentit à la fois soulagée et déçue. Pourquoi n'avait-elle pas deviné le danger ? C'est elle qui aurait dû s'écarter la première !

— Anne, cette béquille me cause encore des problèmes. Pardonnez-moi.

Elle se borna à hocher la tête. Au même instant, elle s'humidifia les lèvres, qui s'étaient subitement asséchées.

Il la regarda faire. Il avait les sourcils froncés et un regard si intense qu'elle sentit un drôle de frisson la traverser tout entière.

— Si un soldat, ou n'importe quel autre homme, vous importune, venez me voir, et je vous protégerai.

Il avait l'air si sincère qu'elle fut obligée de sourire.

— En le frappant avec votre béquille ?

— C'est une excellente arme, répondit-il d'un ton enjoué.

Ils restèrent immobiles quelques instants, prisonniers de ce moment d'intimité étrange. Elle ne le connaissait que depuis le matin, mais elle était attirée par lui, c'était à n'y rien comprendre ! Elle comptait bien faire appel à lui, c'était un fait, mais il y avait peut-être autre chose entre eux ? À quoi bon se mentir ?

— Bonne nuit à vous, Sir John, murmura-t-elle, après avoir reculé à son tour.

— Faites de beaux rêves, Anne.

Elizabeth tourna les talons et s'éloigna vivement, avec la certitude qu'il la suivrait du regard jusqu'à ce qu'elle disparaisse au bout du couloir.

7

John passa une nuit agitée et remplie de rêves à la fois sombres et torrides, mâtinés d'une pointe de douceur. La douceur d'une peau de femme. Lorsqu'il se réveilla, aux aurores, il se maudit de sa faiblesse. Il allait très prochainement se marier, qu'il ne l'oublie pas ! À ce moment-là, il serait libre de partager son lit avec sa femme, dès qu'il en aurait envie.

Seulement, il ne connaissait pas Lady Elizabeth. Il n'avait vu qu'Anne, celle dont il avait rêvé, celle qu'il avait suivie comme un mouton suit son berger.

Il la croisa à la messe le matin, puis au moment du petit déjeuner, tâchant de ne pas lui faire peur. Sans quoi, elle passerait son temps à l'éviter. Elle lui adressa un sourire hésitant. Il s'en contenterait pour le moment.

La guérisseuse revint. Elle les trouva en meilleure forme, Philip et lui, même si leurs blessures au visage avaient de quoi effrayer les enfants. Ayant été autorisé à marcher, John partit à la découverte des couloirs, tandis que son ami choisit de regarder s'entraîner les chevaliers et les soldats. Il avait besoin de dresser un plan du château. De toute façon, il n'avait pas l'habitude de rester inactif.

Il se perdit plus d'une fois, et les domestiques se chargèrent de le remettre sur le bon chemin. La chance voulut qu'au moment même où il s'était décidé à explorer les abords du donjon de Lady Elizabeth Milburn soit là, en grande conversation avec les deux gardes. L'intendant lui adressa un regard surpris.

John sourit et passa devant eux, avant de lancer par-dessus son épaule :

— J'essaye de m'habituer à ma béquille.

Au moins, il connaissait l'emplacement de la tour. Il lui fallait maintenant faire sortir sa fiancée du château. Ce qui ne serait pas une partie de plaisir.

Lorsque Elizabeth monta un plateau dans la chambre en haut du donjon, elle trouva Anne en train de mâchonner un morceau de pain, le nez plongé dans un livre. La jeune femme leva la tête, ravie.

— Je ne sais pas comment vous avez fait, mais ça me touche beaucoup !

— Comment j'ai fait quoi ? s'étonna Elizabeth. Pour vous apporter votre repas ?

— Oui, tout à l'heure ! Qui avez-vous chargé de monter en haut du donjon ? Par pitié, dites-moi que vous n'avez pas joué vous-même les acrobates !

Elizabeth posa le plateau sur la table. À quoi rimait cette histoire ? Au même moment, elle aperçut un panier. À l'intérieur, elle découvrit plusieurs livres, un grand choix de fromages, des fruits secs et une bouteille de vin débouchée. Ainsi qu'un parchemin sur lequel on pouvait lire :

Patience.

— Je m'entraîne à être patiente, dit Anne d'un ton presque hargneux.

Elle retira le bout de tissu qui recouvrait le plateau et ajouta :

— Mais comment voulez-vous que je sois patiente, alors que tout ça sent si bon ?

— Ce n'est pas moi qui ai envoyé ce panier ! balbutia

Elizabeth en sentant son estomac se nouer. Comment a-t-il atterri ici ?

Les yeux écarquillés, Anne expliqua :

— Il a été descendu à l'aide d'une corde depuis le sommet du donjon. Ce n'est pas vous qui me l'avez fait envoyer ?

Elizabeth secoua la tête.

— Vous ne vous êtes pas penchée pour voir qui c'était ?

— Si, bien sûr ! Du moins, j'ai essayé. Regarder si haut m'a donné le vertige, et je n'ai vu personne. Si on avait voulu que je sache de qui il s'agissait, ce message aurait été signé, non ?

Elizabeth sentit une peur panique l'envahir. Pourvu que…

— Est-ce que tout va bien ? s'empressa-t-elle de demander en posant la main sur le front de son amie. Est-ce que vous avez de la fièvre ou les mains moites ? Des crampes ?

— Non ! répondit Anne en écartant sa main.

Soudain, elle pâlit.

— On ne m'a quand même pas… empoisonnée ! Voilà plus d'une heure que j'ai mangé.

Elizabeth hocha la tête, le cœur battant encore à une allure folle malgré son soulagement.

— Non, c'est impossible, votre état se serait déjà dégradé. Dieu soit loué !

Elle entendit Anne s'affaler sur le lit.

— Quelle frayeur ! gémit-elle. Tout était si délicieux.

— Vous n'êtes pas du genre à sauter un repas, il fallait s'y attendre.

Anne lui lança un oreiller avant de déclarer :

— Je vais partager ce second repas avec vous.

— Je n'ai pas le temps de manger. Ce n'est pas le travail qui manque ! Mais, d'abord, on dirait que quelqu'un souhaite nous venir en aide. Si cette personne recommence, faites-lui passer un message pour lui demander son identité.

— Je ne vous raconte pas le bond de cabri que j'ai fait

en entendant le panier cogner contre les volets ! glousa sa suivante. C'est arrivé pendant que vous étiez tous à la messe.

— C'est assez logique.

— Qui peut bien avoir eu cette idée ? L'un des soldats de Bannaster ? Ça n'aurait aucun sens. Quelqu'un du château, alors ? Non, tout le monde est au courant que vous vous faites passer pour moi.

— Pas tout le monde, corrigea-t-elle d'un ton pensif.

Il y avait Sir John, par exemple. Mais le pauvre était bien trop affaibli pour descendre un panier de victuailles depuis le sommet d'un donjon aussi haut. D'ailleurs, pourquoi aurait-il tenté le diable d'autant plus qu'Anne (enfin, Elizabeth, dans son esprit) n'était pas volontairement affamée ?

Son amie avait certainement deviné ce qu'elle avait en tête car elle demanda :

— Vous croyez que c'est l'œuvre du bailli et de son secrétaire ? Vous lui avez parlé de la situation du château, c'est ça ? Il faut que vous m'expliquiez pourquoi.

— Parce que... Parce qu'il veut se rendre utile, avoua Elizabeth avec une grimace. Mais ce n'était pas lui. Avec sa jambe mal en point...

— Il veut se rendre utile ? répété Anne, l'air incrédule.

— Je lui ai raconté ce qui se tramait au château. Mais je suis sûre qu'il avait deviné tout seul que quelque chose ne tournait pas rond, intelligent comme il est !

— Il est donc intelligent en plus d'être beau comme un astre.

— Je n'ai jamais dit qu'il était beau !

Anne afficha un grand sourire.

— Ce n'était pas nécessaire.

— Une chose est sûre : il n'est pas aussi beau que William. Si William était encore de ce monde...

— Si William était encore de ce monde, vous seriez sa femme, à l'heure qu'il est.

Elizabeth poussa un long soupir. La tristesse l'accabla une fois de plus. Tout lui semblait si vain !

— Pardonnez-moi, souffla Anne en prenant place auprès d'elle sur le banc, un bras passé autour de ses épaules.

— Non, il n'y a rien à pardonner. Je me suis beaucoup apitoyée sur mon sort, ces derniers temps.

— À mon avis, si quelqu'un a le droit de le faire ici, c'est bien vous.

— C'est difficile d'être en bas, de voir tout le monde vaquer à ses occupations, mener sa vie sans moi.

— Sans vous ?

— Oui, on dirait qu'ils s'efforcent de m'éviter, comme s'ils avaient peur de révéler mon identité par mégarde. Milburn et Adalia dirigent le château sans difficulté, maintenant. J'ai l'impression de compliquer la tâche des serviteurs. Tout serait peut-être plus simple si je...

— Si vous acceptiez votre sort ? Si vous épousiez un homme qui vous retient captive, qui ne rêve que de votre argent, de ce château et d'un titre ? Bannaster veut tout contrôler et piétiner ce que votre père a bâti.

Elizabeth répondit par un pâle sourire.

— Cette façon de me dissuader de m'apitoyer sur mon sort est très efficace, merci. Alors, maintenant, c'est à moi de vous rendre la pareille. J'ai prévenu les gardes que vous n'avez pas pris de bain depuis plusieurs jours, mais qu'on doit m'aider à monter de l'eau chaude jusqu'ici. Je tâcherai que ce soit fait ce soir.

— Comme c'est gentil de votre part ! Et vous, avez-vous eu l'occasion de prendre un bain ?

— Une fois, avant-hier, dans la chambre d'Adalia, non loin des cuisines. J'ai dû me dépêcher.

— Votre chambre vous manque, j'imagine, dit Anne en observant d'un air coupable la luxueuse décoration de la pièce.

— Non, je suis très touchée que vous ayez accepté cette

solitude à ma place. Écrivons cette lettre et espérons que vous soyez vite libérée.

Sur ces mots, Elizabeth sortit un morceau de parchemin et sa plume.

Cela ne prit qu'un instant. Toute la nuit, elle avait réfléchi à la manière de présenter la chose. Sans accuser Bannaster, elle laissait entendre au roi que son cousin enfreignait la loi, et qu'elle souhaitait attendre l'arrivée de son fiancé.

Tandis que l'encre séchait, elle précisa :

— Hier, j'ai envoyé certains garçons d'écurie dans la forêt, afin qu'ils retrouvent la garnison du château. Ils sont rentrés ce matin. Aucune trace de nos soldats. Comme s'ils s'étaient volatilisés.

Anne blêmit aussitôt.

— Vous ne pensez tout de même pas que...

— Non, Bannaster n'exécuterait pas une centaine de personnes sans subir les foudres du roi. Je vais patienter quelques jours avant de retenter ma chance. Nos hommes se sont peut-être aventurés plus loin.

L'encre étant sèche, elle roula soigneusement le parchemin, puis le glissa dans sa robe, juste en haut de son corsage.

— Il est temps que je m'en aille. Je vous tiendrai au courant.

— Soyez prudente, Elizabeth, lui souffla son amie en la regardant s'éloigner.

— C'est à vous d'être prudente, milady. Tâchez de découvrir qui vous a envoyé ce panier.

— Encore faut-il que j'en reçoive un autre !

Elizabeth récupéra le plateau et hocha la tête, tandis qu'Anne refermait la porte derrière elle. Elle passa devant les soldats sans desserrer les dents. Après avoir disparu derrière le coin d'un bâtiment, elle abandonna le plateau sous une volée de marches et courut jusqu'aux appartements privés de son père. Elle passa de longues minutes l'oreille collée à la porte, à écouter. Pas un bruit. Elle put alors se faufiler à l'intérieur.

Seul un volet était ouvert pour laisser entrer la lumière. Mais elle n'avait pas tellement besoin de clarté. Elle connaissait le coffre qui contenait les effets personnels de son père. Depuis qu'il avait quitté cette terre, elle s'était servie de sa bague plus d'une fois pour sceller les courriers officiels qu'elle envoyait au roi. Mais ce n'est pas ici qu'elle ferait chauffer la cire rouge. Une fois seule dans la chambre d'Adalia, elle…

La poignée de la porte se leva si brusquement qu'Elizabeth n'eut pas le temps de réagir. Elle était encore plantée au beau milieu de la pièce quand le battant s'ouvrit complètement. C'était Milburn.

Il sursauta en la voyant.

— Que faites-vous ici ?

— On m'a chargée de faire le ménage, maître.

Ce mensonge avait surgi dans son esprit, une chance.

— Je ne vois aucun balai, aucun seau. Qu'avez-vous dans la main ?

Elle sentit son cœur se glacer. Refuser de répondre ne servait à rien, il finirait par avoir le dessus. La mort dans l'âme, elle montra le bâtonnet de cire rouge. Il approcha, la mine fermée, puis lui attrapa l'autre main, qu'elle gardait fermée.

— Ouvrez-la !

À contrecœur, elle laissa apparaître la bague. L'intendant referma les doigts plus fort autour de son poignet, jusqu'à ce qu'elle pousse un petit cri de douleur. Pourquoi ne la traitait-il pas de voleuse ? Pourquoi n'appelait-il pas les gardes ? Elle s'imagina qu'on allait la jeter au cachot, que les occupants du château se révolteraient pour la sauver. Que tout finirait dans un bain de sang, par sa faute.

Au lieu de quoi, Milburn attrapa la bague et le bâtonnet de cire, qu'il regarda fixement.

— Pourquoi voler la bague inestimable d'un comte *et* de la cire ?

Tout en l'étudiant attentivement, il lui lâcha le bras, et Elizabeth frotta son poignet endolori.

— Vous comptiez sceller quelque chose avec le sceau du comte ?

— Non, maître Milburn. Ma maîtresse craignait que cette bague lui soit volée. Elle préférait la mettre à l'abri.

— Montrez-moi ce que vous avez caché.

Il avait parlé d'un ton impassible, sans manifester colère ou impatience. C'était bien la preuve qu'il ne reculerait devant rien pour parvenir à ses fins.

— Je n'ai rien, maître Milburn.

— Votre corsage est défait. Qu'y avez-vous dissimulé ?

Elle se sentit rougir violemment. Cette situation était si humiliante ! Autant lui donner la missive sans attendre, plutôt que de le laisser fouiller jusqu'à ce qu'il mette la main dessus.

Milburn déroula le morceau de parchemin et le lut sans trahir la moindre émotion.

Finalement, il releva la tête et lâcha :

— Votre maîtresse a commis une grossière erreur. Tout ce qu'elle aura obtenu, c'est de rester une journée entière sans manger. Quant à vous...

Au même moment, on frappa à la porte.

— Qui est-ce ? grogna-t-il sans masquer son agacement.

La porte s'ouvrit, et Sir John fit son entrée en claudiquant, lourdement appuyé sur sa béquille. Il s'immobilisa en la voyant. Décidément, il tombait à pic ! Au moins, quelqu'un saurait où elle était. Cet intendant de malheur aurait pu si facilement l'enfermer quelque part et la faire disparaître !

— Pardonnez-moi cette intrusion, maître Milburn, dit le bailli. Vous m'aviez prié de passer vous voir, afin d'évoquer un éventuel travail.

— Je vous avais également demandé de passer cet après-midi.

Sir John haussa les épaules.

— Comme j'étais dans les parages, j'ai préféré tenter ma chance.

— Il est vrai que vous avez beaucoup marché, depuis ce matin, fit remarquer l'intendant d'un ton pensif.

Elizabeth observa les deux hommes en tâchant de rester discrète. Milburn voulait confier une mission à Sir John, elle l'avait entendu. Si seulement ils pouvaient se lancer dans cette discussion et l'oublier.

Hélas, Milburn lui jeta un regard menaçant.

— Sir John, vous arrivez à point nommé. J'allais vous demander de vous rendre dans un manoir des environs. Le bailli est tombé malade.

Elizabeth avait une folle envie de demander qui était cet homme tombé malade, mais elle garda le silence. Pourquoi Milburn avait-il besoin d'en discuter ici et maintenant, alors qu'elle ne savait toujours pas le sort qu'il lui réservait ?

— Il ne s'agira sans doute pas d'un poste à plein temps, mais seriez-vous prêt à diriger ce château temporairement ?

Sir John esquissa un sourire.

— J'en serais ravi. Même si ce n'est que temporaire, cela me permettra de renflouer une partie de mes finances, après ma mésaventure.

— Parfait. Nous discuterons de vos émoluments à un autre moment. Vous aurez besoin d'un assistant.

— Philip Sutterly...

— Sutterly va être occupé. Je compte le nommer secrétaire du capitaine de la garde. Il sera chargé de tenir le livre de comptes, qui touche à l'entretien des troupes. Le capitaine m'a informé que votre employé a fait connaissance avec les soldats, il devrait bien s'entendre avec eux. Quant à vous, je vous offre les services d'Anne.

L'intendant sembla laisser percer une pointe de sarcasme. Elizabeth regarda Sir John d'un air effaré. Elle allait jouer les secrétaires, c'était donc ça, sa punition ?

Non, c'était un moyen de la tenir éloignée du donjon. C'était bien une punition.

— Maître Milburn, commença-t-elle, ma maîtresse a besoin de...

— Lady Elizabeth aura tout ce dont elle a besoin. Et se faire aider dans ses projets de rébellion n'en fait pas partie.

— Mais je n'ai pas... Je ne sais même pas ce que dit ce message !

— Je sais que vous n'y êtes pour rien, ma fille, grogna Milburn. Votre maîtresse doit apprendre à assumer les conséquences de ses actes. Sa punition est pire que la vôtre, vous ne trouvez pas ?

— Puis-je au moins lui expliquer ce qui s'est passé ?

— Non, nous allons la laisser s'interroger jusqu'à demain. Sir John, le manoir se trouve à Hillesley, un petit village à quelques lieues d'ici.

Tandis que l'intendant rapportait ce que les domestiques lui avaient expliqué, Elizabeth fouilla sa mémoire. Qui était le bailli de ce domaine ? Ah oui, ça lui revenait : maître Wilden ! C'était un homme âgé, veuf depuis longtemps, dont les enfants étaient tous mariés. Il lui donnait des pommes de son verger, chaque fois qu'elle venait en compagnie de son père.

— J'ai simplement besoin d'un compte rendu de la situation sur place, conclut alors Milburn.

Elizabeth en profita pour intervenir :

— Savez-vous si le bailli est encore en vie ?

— La guérisseuse s'est rendue à son chevet, il est dans l'incapacité de travailler, répondit-il sèchement. C'est tout ce qui m'intéresse.

Le temps d'un hochement de tête, Sir John se dirigea vers la porte.

— Merci pour cette proposition. Je vous ferai mon rapport dès que possible. Anne ?

Elle hésita. Milburn allait cacher la bague de son père

ailleurs. Arriverait-elle à remettre la main dessus ? Pas sûr. Bannaster comptait-il s'en servir ? Si ça se trouvait, elle lui avait facilité la tâche !

Milburn haussa un sourcil, les lèvres pincées. Il n'y avait rien de mieux à faire. Après avoir esquissé une révérence, Elizabeth sortit de la chambre devant Sir John et prit la direction du donjon d'un pas décidé.

— Anne ! entendit-elle crier derrière elle.

Sans se soucier du bailli, elle poursuivit sa route. Mais il l'attrapa par le bras. Ce qui la surprit un peu.

— Lâchez-moi, gronda-t-elle en essayant de se dégager. Il n'a pas encore prévenu les gardes. Ils me laisseront monter. Je pourrais...

Le bras de Sir John glissa autour de sa taille, et elle se retrouva tout contre lui. Elle en eut le souffle coupé.

— Cessez de prendre tant de risques inutiles, souffla-t-il tout contre son oreille. Vous allez vous attirer des ennuis. Et en attirer à votre maîtresse.

— Ce rustre m'a interdit de lui apporter à manger !

— Pendant combien de temps ?

— Aujourd'hui.

— Risque-t-elle de mourir de faim ?

— Non, soupira-t-elle contre son gré.

— Alors faites-vous une raison. Votre maîtresse comprendra.

Elizabeth sentit les larmes lui monter aux yeux.

— Elle va avoir peur et se ronger les sangs, murmura-t-elle.

Sir John la serra doucement, puis la relâcha. Ce fut comme si un froid glacial s'était soudain abattu sur elle. Cette douce chaleur n'était plus qu'un souvenir. Elle se frotta les bras.

— Peut-être, mais elle préférerait savoir que son amie la plus chère ne court aucun danger.

— Comment savez-vous que nous sommes amies ? s'enquit-elle en se retournant brusquement vers lui.

— C'est très clair. Il suffit de vous écouter parler d'elle. Et puis, vous avez été élevées ensemble.

Il la regardait d'un air si compatissant qu'elle eut envie de pleurer. Elle aurait aimé lâcher prise, tout avouer et chercher du réconfort auprès de lui.

Ce qui la plongea dans un abîme de perplexité. Elle ne savait rien de cet homme ! Elle se raidit et lui lança un regard soupçonneux.

— Comment se fait-il que vous soyez entré dans cette pièce à cet instant précis ?

— Je vous suivais, répondit-il le plus simplement du monde.

— Quoi ?

D'instinct, elle recula d'un pas.

— Je m'entraînais à marcher avec ma béquille. Vous avez subitement emprunté le couloir où je me trouvais. Mais, au lieu de rapporter votre plateau dans les cuisines, vous l'avez déposé dans un coin. Ça m'a intrigué, conclut-il avec un haussement d'épaules.

Eh bien, il fallait un certain culot pour répondre aussi sincèrement !

— Votre curiosité vous a-t-elle poussé à faire autre chose ? demanda-t-elle d'un ton sarcastique.

— En écoutant à la porte, j'ai compris que vous passiez un mauvais quart d'heure. Votre loyauté envers votre maîtresse est digne d'éloges, mais...

— Votre opinion ne m'intéresse pas, répliqua-t-elle en reprenant son chemin.

Elizabeth entendit qu'il la suivait, son pas lourd suivi du bruit de la béquille qui retombait sur le plancher. Il n'eut aucun mal à la rattraper.

— Vous vous habituerez très vite à m'entendre donner mon avis. Nous allons passer un certain temps ensemble.

La mâchoire serrée, elle refusa de répondre.

— Ce ne sera pas une punition terrible, soyez sans crainte. Je ne suis pas un employeur redoutable.

Elizabeth tourna vivement la tête pour répliquer :

— Vous n'êtes pas mon employeur ! Et puis, ce n'est pas moi qui suis punie, mais Lady Elizabeth. Ils veulent l'isoler et la faire sombrer dans le désespoir, pour qu'elle accepte tout ce qu'on lui proposera. Elle ne sera pas seulement obligée d'avoir un tuteur. Elle devra aussi épouser ce... ce...

— Si j'étais vous, je baisserais d'un ton maintenant que le vicomte est le maître de ce château, à tort ou à raison. Et puis, d'où sortez-vous cette histoire de mariage ?

Elle poussa un profond soupir et croisa les bras sur la poitrine.

— Un contrat de fiançailles unit Lady Elizabeth à l'héritier de la famille Russell. Pour le moment, le vicomte ambitionne d'être le tuteur de ma maîtresse. Mais, d'après elle, ce n'est que la première étape de son plan. Dès qu'il sera parvenu à ses fins, il aura tout pouvoir sur elle et sur ses biens. Et, si Lord Russell tarde à revenir en Angleterre, Bannaster aura un argument pour prétendre qu'il est mort. Cela prouvera que cette partie du royaume est encore instable, ce qui déplaira fortement au roi. Il ne lui restera plus qu'à payer grassement un archevêque pour...

— ... Casser ces fiançailles.

Sir John l'observa d'un air inquisiteur, ce qui acheva de la troubler. Elle le vit alors prendre une grande inspiration, ouvrir la bouche... puis secouer la tête.

— J'aimerais aider votre maîtresse à se sortir de ce mauvais pas, dit-il dans un soupir.

— Seul, vous n'arriverez à rien.

— Lady Elizabeth croyait qu'il suffirait d'une lettre ? Adressée à notre souverain, j'imagine ?

— Il saurait qu'elle court un grand danger, au moins ! répliqua-t-elle avec aplomb.

— Au lieu de quoi, elle a montré à Milburn qu'elle n'était pas aussi docile que prévu.

Elle s'éloigna en grommelant.

— Tenez-vous prête, nous partons pour Hillesley après le déjeuner ! lui lança-t-il.

Elizabeth était furieuse contre elle. Pourquoi avait-elle eu cette idée stupide ? Dorénavant, elle passerait une bonne partie de la journée loin du château. Et si quelqu'un essayait de pénétrer dans le donjon en son absence ?

Inutile de se leurrer. Si cela arrivait, elle ne serait qu'un maigre rempart. Non, ce qui l'inquiétait vraiment, c'était de se retrouver seule avec Sir John. Elle l'intéressait beaucoup trop. Et réciproquement. Elle était prête à faire appel à lui en cas de besoin, mais elle sentait déjà la situation lui échapper. Chaque fois qu'il la touchait, elle pensait à *lui*, pas à son plan pour se tirer de cette impasse. Résultat : elle était condamnée à passer le plus clair de son temps en sa compagnie. Elle devait se montrer plus forte que cette impression flatteuse d'être une femme, rien qu'une femme, aux yeux de cet homme. Ce n'était pas à ce genre d'existence qu'elle était destinée. Tout ce que son père avait bâti à la force du poignet était entre ses mains. Pas question de laisser péricliter cet héritage, en croyant qu'elle pouvait être une femme comme les autres.

Qu'importe si de tels sentiments lui faisaient comprendre pour la toute première fois ce qu'être désirée pour elle-même signifiait.

8

Elizabeth passa le reste de la matinée hantée par l'impression d'être oppressée et inutile. Elle était censée apporter les vêtements sales d'Anne aux servantes chargées de la lessive. Mais, avec cette histoire de lettre, cela lui était complètement sorti de la tête. Elle n'avait pas l'habitude de rester sans rien faire. Au bout du compte, Adalia la laissa couper des carottes.

En pénétrant dans la grande salle pour le repas de midi, elle fut accueillie par les regards mi-étonnés, mi-craintifs de plusieurs valets et servantes. Elle s'immobilisa, pétrifiée. Quelque chose n'allait pas, c'était certain. Elle aperçut alors l'un de ses soupirants, Sir Charles. Il était assis à la grande table, à côté de Milburn. Elle tourna aussitôt les talons.

— Anne, venez donc vous asseoir près de moi.

C'était la voix de Sir John. Il était attablé au fond de la pièce.

— Nous devons discuter de beaucoup de choses.

Elle fit alors mine d'avoir une quinte de toux, tandis qu'elle traversait la salle, tête baissée. Heureusement qu'elle avait cette guimpe ! Elle aurait aimé prendre place face au bailli, mais il se décala et lui fit signe de s'installer. Elle n'eut pas d'autre choix que de s'exécuter. Pas question d'attirer l'attention sur elle. Elle tâcha néanmoins de rester au bord du banc. Il suffisait qu'il la touche pour qu'elle devienne incapable de penser.

— Votre maîtresse peut s'estimer heureuse que Bannaster contrôle le château, lui souffla-t-il en se penchant vers elle.

— Comment ça ?

Elle garda les yeux posés sur son assiette vide, feignant de ne pas sentir la manche de pourpoint qui frottait contre la sienne...

— Cet homme est l'un des prétendants de Lady Elizabeth, n'est-ce pas ?

— Oui, c'est Sir Charles, le fils de Lord Selby.

— Milburn lui a fait comprendre sans la moindre ambiguïté que Bannaster allait devenir le tuteur de votre maîtresse. Et qu'en attendant son retour il était inutile de venir au château.

— Elle sera soulagée d'apprendre que l'un de ses soupirants va cesser de se battre pour elle. Mais elle est toujours en train de mourir de faim en haut de son donjon.

— De mourir de faim, vous en êtes sûre ? s'enquit-il d'un ton soucieux. Elle n'a vraiment rien à manger, rien à boire ?

Elle hésita à lui répondre. Il y avait tout de même ce fameux panier...

— Elle a sans doute de quoi tenir jusqu'à demain.

— Dans ce cas, vous avez eu raison de ne pas vous attirer d'ennuis supplémentaires, pas vrai ? demanda-t-il, tout sourires.

Un sourire qu'elle refusa de lui rendre.

— Allons, je plaisantais, poursuivit-il en lui donnant un petit coup de coude.

— C'est raté, visiblement !

— Quand cette histoire appartiendra au passé, je m'efforcerai de vous laisser de meilleurs souvenirs de ma personne.

Elle prit un air effaré. *De meilleurs souvenirs, comment ça ?*

— Je vois, dit-il sans cacher son amusement. Vous êtes restée si souvent seule avec votre maîtresse qu'aucun homme n'a eu l'occasion de jouer avec vous.

— De *jouer* avec moi ? répéta-t-elle d'une voix étranglée.

— Oui, ce jeu auquel se livrent un homme et une femme

quand ils discutent, expliqua-t-il d'un air rayonnant. Je sais, l'heure n'est pas à la plaisanterie, mais quand je vous regarde j'en oublie facilement que je ne dois pas aborder ce genre de sujets. Vous êtes belle. Vous devez avoir l'habitude que les hommes perdent la tête pour vous.

Elle se sentit aussitôt rougir. Et elle s'en voulut énormément. Lorsque les hommes perdaient la tête pour *Lady Elizabeth*, c'était en lui dédiant des poèmes très enflammés ou en retenant sa main un instant de trop, à la fin d'une danse. Il n'était pas question de rapprochements plus dangereux.

Hélas, elle avait entendu dire que les hommes n'attendaient jamais d'être dans le lit conjugal pour avoir certaines… expériences. Ils se rabattaient sur les servantes.

Et, pour l'heure, elle en était une. Elle devait faire comprendre à Sir John qu'avoir une aventure avec lui ne l'intéressait pas.

— Sir John, tous vos petits jeux m'indiffèrent, répondit-elle à voix basse en espérant que personne ne les entende. Je suis au service de ma maîtresse et de ce château. C'est tout ce qui me préoccupe.

Elle le vit se pencher davantage.

— J'apprécie votre compagnie, rien de plus. Votre beauté et votre pouvoir de séduction me font simplement oublier…

— Maintenant, vous m'accusez d'être responsable de votre comportement ? murmura-t-elle.

À ces mots, il éclata de rire, ce qui attira l'attention de nombreuses personnes autour d'eux. Adalia leur lança même un regard surpris.

— Anne, c'est tellement amusant de vous taquiner, mais je ferai mon possible pour me contenir.

— Faites-le, oui.

Durant le repas, Elizabeth tâcha de lui parler le moins possible. Philip, qui revenait du terrain d'entraînement, les rejoignit quelques instants. La tension ambiante devait être palpable, car il ne tarda pas à les observer d'un air perplexe. Il se borna cependant à secouer la tête, sans dire un mot.

Lorsqu'il se leva pour partir, Sir John lui lança :

— Vous avez l'air d'aimer votre poste de secrétaire du capitaine des gardes.

— Je dressais l'inventaire de l'armurerie, quand quelqu'un a prétendu qu'un gratteur de parchemin n'avait pas sa place au milieu de soldats entraînés, répliqua-t-il, sans cacher son amusement.

— Et vous lui avez prouvé le contraire ?

— Je m'y attelle en ce moment. Bon après-midi, Anne.

La mine fermée, elle se garda de répondre.

— Je ne dois pas être au courant de tout ce qui s'est passé aujourd'hui, fit-il remarquer à Sir John.

— J'ai hérité de votre poste, finit-elle par expliquer.

— Pour ma part, j'en ai trouvé un, dit-il. Je pourrai gagner un peu d'argent une fois de nouveau sur pied.

— En voilà une bonne nouvelle.

Philip la fixa avant d'ajouter :

— Enfin, je crois. Anne, avez-vous une belle écriture ? Sir John est un employeur exigeant.

Avant qu'elle ait le temps de répondre, ce dernier s'empressa de dire :

— Oh ! vous n'allez pas tarder à l'entendre préciser que je ne suis pas son employeur. Nous n'allons travailler que quelque temps ensemble, elle et moi.

Elizabeth bondit aussitôt de son siège. Elle ne supporterait pas leurs ricanements une seconde de plus !

— Anne, rendez-vous aux écuries quand vous serez prête.

— Vous vous croyez capable de monter à cheval avec votre jambe cassée ? rétorqua-t-elle.

— Non, on nous prêtera une charrette. Vous ferez le trajet assise à côté de moi.

— Pas derrière vous, comme toute servante qui se respecte ?

— Non, à côté, cela m'ira très bien. Mais un jour, je vous montrerai à quel point je sais bien monter.

En les entendant partir dans un grand éclat de rire, Elizabeth eut du mal à cacher son étonnement. Sans doute avait-il fait une allusion graveleuse qu'elle n'avait pas saisie.

Avec un soupir agacé, elle tourna les talons et marcha vers la table d'honneur, à laquelle trônait Sir Charles comme s'il était le maître des lieux. La position dont il rêvait, en somme. Elle s'engouffra dans le premier couloir qui se présenta devant elle. Si seulement elle pouvait échapper aux hommes. À tous les hommes.

Lorsque Anne les quitta, John retrouva son sérieux.

— Quoi que vous fassiez, ça ne marchera pas, déclara Philip.

— Je n'en suis pas si sûr.

— Elle n'a pas l'air contente.

— À mon avis, c'est parce qu'elle m'apprécie beaucoup trop.

— Et si vous n'êtes pas content, vous non plus, c'est parce que… vous l'appréciez beaucoup trop ?

— Quand j'aurai sauvé Lady Elizabeth, comment Anne pourra-t-elle rester à son service, étant donné la façon dont je l'ai traitée ? Étant donné ce qu'elle provoque chez moi ? Elle ne sera jamais capable de me faire confiance.

— Ce n'est pas elle qui a besoin de vous faire confiance, mais votre future épouse. Elle vous sera tellement reconnaissante de l'avoir tirée d'affaire qu'elle vous pardonnera vos méthodes.

— Seulement, c'est Anne qui aura de la peine…

John jeta un œil en direction de la porte par laquelle la jeune femme avait disparu.

— J'ai bien peur que badiner avec elle ne devienne trop facile. Et c'est plus fort que moi, hélas !

Elizabeth avait pris place sur le siège de la petite charrette que Sir John faisait passer sous la herse, à l'entrée du château. La campagne s'étendait face à eux. Le soleil réchauffait son visage et, l'espace d'un instant, elle s'abandonna à cette caresse, les yeux clos. Elle laissa ces doux rayons la réconforter après ces journées interminables passées au château, dans ce froid humide. La route les faisait tressauter sans cesse, et elle dut tenir fermement la béquille de Sir John, sans quoi, elle aurait été catapultée hors du véhicule. Elle la coinça entre eux, telle une frontière qu'aucun des deux n'avait le droit de franchir.

Sir John lorgnait dans sa direction de temps à autre, d'un air à la fois inquisiteur et amusé. Le soleil animait de reflets ses cheveux châtains et faisait briller ses yeux bleus. Ce spectacle la laissait... pantoise. La cicatrice qui courait sur son visage était bien le signe qu'il était loin d'être parfait, à tous les niveaux. Mais elle avait beau se le répéter, elle n'y croyait pas.

Il l'emmenait loin de sa prison, vers la liberté. Elle imagina soudain qu'elle était une véritable servante, courtisée par un beau chevalier. Pourtant, même les simples servantes avaient rarement le droit de décider de leur sort. Si elle s'enfuyait vraiment, Anne risquait d'être tuée, quand la supercherie serait découverte. Non, la responsabilité du château pesait sur elle. Elle devait l'assumer et sauver ceux qui y vivaient.

Lorsque Alderley disparut derrière un virage, Elizabeth se cala contre le dossier du siège, les mains refermées autour d'un genou, les yeux posés sur Sir John.

— À en juger par votre titre, vous êtes chevalier.

Peut-être qu'en le poussant à parler elle les empêcherait de penser à d'autres choses.

Un léger sourire, qu'elle trouva presque sournois, naquit sur ses lèvres.

— Oui, dit-il en faisant claquer les rênes.

— Vous n'avez pas de terres ?

— Non. Je suis le dernier de ma fratrie, exactement comme le fiancé de votre maîtresse.

— Ah, je vois, vous avez l'impression de partager le même sort.

— Non, je ne connais que ma situation personnelle. Mon père n'avait qu'une propriété, et c'est mon frère qui l'a reçue.

Il avait l'air si sérieux, tout à coup ! Manifestement, il ne lui disait pas tout. Il garda les yeux fixés sur la route qui se déroulait devant eux, ce qui permit à Elizabeth d'étudier son profil.

— Mais vous pensez que vous vous en seriez mieux tiré que votre frère, c'est ça ?

— Oui, ça ne fait aucun doute. Enfin, à quoi bon parler du passé, puisqu'on ne peut rien y changer ?

— Vous vous êtes donc formé au métier de bailli, tout en vous entraînant pour devenir chevalier ?

— Non, je l'ai fait avant. Mon père a souhaité me faire apprendre un métier. Et les chiffres ont toujours été mon fort. J'étais un enfant rachitique, les gens avaient peine à croire que je ferais un excellent guerrier. J'ai donc suivi nos baillis de domaine en domaine, pour apprendre.

— Les projets que votre père avait conçus vous satisfaisaient ?

Il fit un grand sourire avant d'avouer :

— Non, j'étais hors de moi ! Mais cela valait mieux que la prêtrise, dont je ne voulais pas entendre parler. J'avais les moyens d'être un chevalier de valeur, j'en avais la certitude. Il refusait de croire que mon corps finirait par changer, et cela m'a rendu fou de rage. Hélas pour moi, mon frère débordait d'énergie, tout lui avait presque toujours réussi depuis qu'il était venu au monde.

— Vous aviez donc du mal à le suivre.

— Oui, mais en un sens il représentait un idéal auquel je ne pouvais me mesurer. J'ai appris à tenir des livres de comptes et à gérer une ferme, suffisamment bien pour repérer les éventuels coups tordus de notre bailli. Par la suite, j'ai choisi la voie des armes.

— Et vous vous en êtes bien tiré.

Il haussa un sourcil.

— La réponse semble aller de soi, d'après vous ?

Elle observa ses larges épaules et se sentit rougir.

— C'est que vous avez l'air... de savoir manier une épée.

— À l'époque, ce n'était pas le cas. Même une épée d'entraînement était trop lourde pour moi. Mon père s'en arrachait les cheveux. Il est mort avant que je puisse lui montrer de quoi j'étais capable.

— Mais vous l'avez montré à votre frère.

— Même pas. Me voir réussir dans la vie ne l'intéressait guère. Par ailleurs, j'ai beau être adoubé, prendre soin d'une armure ou d'un cheval taillé pour le combat coûte cher.

Le manque d'argent avait donc mis fin à ses rêves, devina Elizabeth, qui ne put s'empêcher d'avoir de la peine pour lui.

— C'est une chance que mon père ait insisté pour que j'apprenne un métier, reprit-il.

— Il m'est arrivé la même chose.

Cette fois, c'était bien « Anne » qui parlait.

— Et cela vous a réussi.

— Je vais faire un beau mariage. À ce moment-là, j'aurai réussi.

— Quel est le genre d'homme qu'une suivante rêve d'épouser ?

Elle ouvrit la bouche, mais hésita un instant à répondre.

— Une suivante aspire à épouser un paysan qui possède ses propres terres et peut espérer améliorer sa condition.

— En voilà, un beau rêve.

Elle lui adressa un coup d'œil furtif. Est-ce qu'il la taquinait ? Manifestement, non.

— Quel est le genre de femme qu'un bailli rêve d'épouser ?

Elle retint son souffle. Pourvu qu'il ne réponde pas : « Une suivante ».

— Je ne suis pas vraiment riche. Tant que je ne gagne pas assez pour mériter une épouse, je suis condamné à rester seul, j'en ai bien peur.

— Je n'en crois pas un mot ! Un homme comme vous, rester seul ?

Cette simple phrase suffit à lui rappeler son attirance pour lui.

— *Un homme comme vous ?* répéta-t-il, tout sourires.

Elizabeth s'éclaircit la gorge et regarda la route à nouveau. Heureusement, le petit village de Hillesley venait d'apparaître au pied d'une colline.

— Un homme qui joue les jolis cœurs avec toutes les servantes qu'il croise… Une femme finira bien par se laisser séduire.

— M'avez-vous vu jouer les jolis cœurs avec toutes les servantes que j'ai rencontrées ? demanda-t-il avec intérêt. Mes moindres faits et gestes vous intéressent à ce point ?

Elle se sentit déstabilisée, comme un poisson hors de l'eau. Les hommes ne la traitaient pas aussi familièrement, d'ordinaire, et elle risquait de tomber sous le charme de ce… badinage.

— Si j'ai pu croire une chose pareille, Sir John, c'est parce que vous le faites avec moi.

— Vous ne vous estimez pas digne de mes attentions ?

Elle fronça les sourcils avant de répondre :

— Je ne sais pas quoi penser de vos motivations. Nous y sommes.

Il l'observa de ses yeux bleus inquisiteurs, mais se contenta de tirer sur les rênes et d'immobiliser la charrette non loin d'une petite place. Un puits se dressait au milieu de l'étendue verte, entouré de moutons et de vaches. Des bâtiments en pierre se pressaient au croisement de deux routes. Dans le lointain, Hillesley Manor se dressait sur une colline, avec ses façades en pierre des Cotswolds, à la teinte jaune reconnaissable entre mille. Elizabeth espérait que maître Wilden, le bailli qui était tombé malade, s'y trouvait, et qu'on prenait soin de lui.

Une fois descendu de la charrette, non sans mal, gêné qu'il était par son attelle, Sir John fut présenté à l'assistant de maître Wilden, Hugh, qui s'alarma de le voir en si piteux état. Elizabeth tâcha de rester discrète. Autant faire croire qu'elle n'avait pas grand-chose à dire. Ce qui n'était pas difficile : Sir John semblait vraiment intéressé par sa mission et posait des questions fort pertinentes. Elle en profita pour admirer la quiétude de ce village. Elle y était déjà venue, bien entendu, mais sans jamais vraiment s'y arrêter. Celles et ceux qui vivaient dans ce coin de campagne étaient pourtant dignes d'intérêt !

Elle se concentra sur un couple qui travaillait dehors, devant la porte donnant sur la cuisine de leur petit cottage en pierre. Un enfant était accroupi par terre, derrière eux. Ils avaient trois fois rien, mais partageaient tout, à commencer par le travail. On devinait de la tendresse dans les regards qu'ils échangeaient. On y sentait de l'amour et de la fidélité. Cet homme ne mettait pas sa femme sur un piédestal, il n'avait pas besoin de la vénérer comme un ange descendu sur terre, ce qui était souvent le cas dans les poèmes les plus enflammés. C'était de cette façon si rassurante que William l'aurait traitée. Elle continuait d'en rêver. Mais il y avait quelque chose de particulier dans la façon dont ce paysan regardait sa femme...

Durant l'après-midi, John fit une découverte étonnante. S'il arrivait à oublier son attirance grandissante pour Anne, il était heureux de l'avoir à ses côtés. Elle le renseigna sur le village ainsi que sur le manoir. Mais que d'efforts pour lui arracher trois mots ! Elle n'arrêtait pas de baisser timidement la tête et de regarder les habitants par en dessous. Le simple fait de ne plus être au château semblait la troubler ! Il aurait pourtant juré qu'elle ne se laissait jamais démonter, quoi qu'il advienne.

Tandis qu'ils parcouraient le village à pas lents, Hugh lui expliqua ce que faisait chacun des habitants et lui assura qu'il n'avait à se plaindre de personne. Près d'une barrière, ils rencontrèrent l'homme chargé de veiller à ce que les troupeaux ne s'éloignent pas trop. Même les récoltes étaient satisfaisantes.

Finalement, John s'arrêta et leva la tête vers le manoir, appuyé sur sa béquille.

— Et maître Wilden, comment va-t-il ?

Hugh passa l'avant-bras sur son front qui perlait de sueur, la mine fermée.

— Maître Wilden souffre de fièvre depuis des jours, mais la guérisseuse veut croire qu'il se remettra. Il n'est plus tout jeune, et cela prendra beaucoup de temps.

John hocha la tête. Dieu soit loué, le malheureux était hors de danger ! Pour sa part, il pourrait exercer ses fonctions un peu plus longtemps.

— Serait-il en mesure de s'entretenir avec moi ?

— Non, il passe encore une bonne partie de ses journées à dormir, milord. Lors de votre prochaine visite, peut-être. Souhaitez-vous rester souper ?

Cette fois, Anne montra davantage d'émotion. À vrai dire, cette perspective semblait même l'inquiéter.

— C'est très aimable à vous, Hugh, dit-il sans la lâcher du regard. Mais nous voulons regagner le château avant la tombée de la nuit. Notre cuisinière nous a donné des provisions pour la journée.

À ces mots, elle détourna la tête. Mais il aurait juré qu'elle avait poussé un ouf de soulagement.

Alors qu'ils se mettaient en route pour le château, plusieurs villageois qui avaient tout juste terminé leur journée de labeur leur firent signe. Anne se montra plus enthousiaste et les salua en retour. Lorsqu'elle tourna la tête à nouveau, elle soupira, les yeux clos.

— Cette visite a été difficile pour vous ?

— Non, j'ai simplement du mal à être votre assistante. Tout le monde sait qui je suis.

— Vous plaisantez ? Je ne vous ai pas encore demandé de remplir un livre de comptes. Vous n'avez rien eu à faire, à part ouvrir vos oreilles et apprendre.

— Dans ce cas, j'ai répondu à vos attentes, dit-elle.

Elle semblait un peu trop contente d'elle. John laissa le silence s'installer pendant quelques minutes, puis lança :

— Ah, voilà le petit ruisseau dont je me souvenais. Nous allons faire halte ici.

— Faire halte ici ? s'écria-t-elle en écarquillant les yeux. Mais nous devons rentrer avant la nuit !

— Il faut bien qu'on mange. Adalia nous a laissé un en-cas à l'arrière de la charrette.

— Je peux manger *et* conduire la charrette.

— Eh bien, pas moi. Je risque de laisser tomber ce que j'ai à la main. Arrêtons-nous là.

John guida l'attelage sous un bosquet d'arbres. Une fois encore, descendre s'avéra aussi délicat que dangereux. Une fois sur la terre ferme, bien en équilibre, il leva la tête vers Anne. Elle était toujours sur le siège, la mine renfrognée.

9

Toujours assise sur la banquette, Elizabeth baissa la tête vers John, qui semblait perplexe. Cet endroit était trop isolé. Des arbres couvraient de leur feuillage protecteur un petit ruisseau qu'elle entendait couler.

Ils étaient seuls. Absolument seuls. Sans personne pour l'entendre crier, sans personne pour retenir John, s'il essayait de...

Après tout, elle ne le connaissait que depuis quelques jours. Et cette amitié fragile qui s'était formée entre eux n'était peut-être qu'une illusion. Si tout cela faisait en réalité partie d'un plan diabolique ?

Une minute... Un plan pour séduire une simple suivante ? Pourquoi se soucierait-il d'elle, alors qu'avec son beau visage et sa nature enjouée il pouvait avoir toutes les femmes dont il avait envie ?

— Anne ? Souhaitez-vous que je vous aide à descendre ?

Sir John lui tendait la main. C'était lui qui était blessé, pourtant. Elle se tourna, le pied posé sur la roue, mais il l'attrapa par la taille et la fit décoller. Déstabilisée, elle s'accrocha à ses épaules tandis qu'il la déposait par terre sans la moindre difficulté. L'espace d'un instant, ils restèrent ainsi, les yeux dans les yeux, sans se lâcher. Elle sentait la force de ce corps viril, la façon dont ses muscles se contractaient et roulaient sous le tissu de son pourpoint. Il avait des mains immenses qui lui donnaient l'impression d'être aussi délicate que du verre. Il la dépassait d'une bonne tête. Elle qu'on trouvait grande, pourtant !

Elle s'écarta d'un pas. Mieux valait regarder n'importe quoi plutôt que ces yeux ensorcelants !

— Adalia nous a vraiment préparé de quoi manger ?

— Bien sûr.

Penché au-dessus de la charrette, il attrapa une sacoche qui paraissait pleine à craquer.

— Et si nous mangions ici ? proposa-t-elle en regardant la clairière verdoyante.

— Installons-nous plutôt sous les arbres, près du ruisseau, répondit-il avec un sourire entendu. Nous allons avoir soif. Et vous ne tenez sans doute pas à ce que votre peau blanche vire au rouge. Occupez-vous d'ouvrir la sacoche, je me charge des chevaux.

La mâchoire serrée, Elizabeth s'éloigna en direction du cours d'eau.

— Vous marchez comme un vrai petit soldat, ma parole ! lui lança-t-il, sans cacher son amusement.

Elle tâcha de l'ignorer. Il faisait plus frais sous les arbres. Le ruisseau glissait sur des rochers, puis descendait le long d'une colline, jusque dans le lointain. Des fleurs sauvages poussaient sous les fougères et au pied des arbres. C'était un coin tranquille.

Elizabeth sentit sa colère s'apaiser. Le désarroi qui l'animait céda la place à une détermination sans faille. Ils allaient se restaurer et repartir, voilà tout. Il restait encore plusieurs heures de jour pour terminer le trajet.

Adalia avait pensé à tout en préparant la sacoche. Il y avait même un drap pour qu'ils s'installent sans se salir. Elle le déplia et se mit à genoux pour l'étaler comme il faut. Elle disposa ensuite une miche de pain bien ronde, du fromage, des amandes et des framboises. Ainsi que deux cornes remplies de bière. Des choses toutes simples, mais ce vrai festin lui mit l'eau à la bouche.

Elle entendit le pas claudiquant de Sir John et leva les yeux juste à temps pour le voir approcher. Elle crut lire de la détermination sur son visage, mais il afficha aussitôt un grand sourire, et elle oublia cette impression.

— Vous avez dressé une bien jolie table, Anne, dit-il en lâchant sa béquille.

En se penchant, il attrapa le drap qui leur servait de nappe, puis pivota et s'assit juste à côté d'elle plutôt qu'en face, ce qui l'aurait tranquillisée. Décidément, rien ne se passait comme prévu. Et la journée n'était pas encore terminée...

— Des amandes ? s'étonna-t-il. La cuisinière vous tient en très haute estime pour vous gâter à ce point.

Elizabeth hocha la tête en retenant une grimace. Adalia avait peut-être eu tort. Elle rompit le pain et lui en tendit un morceau. Elle s'aperçut alors que ses doigts tremblaient.

Il le remarqua lui aussi, car le sourire qu'il arborait s'évanouit, et il plongea les yeux dans les siens.

— Anne, je vous sens nerveuse. Quelque chose vous inquiète ? Ce n'est pas moi, tout de même ?

— Mais non, quelle idée ! protesta-t-elle en émiettant son morceau de pain. C'est la première fois que je suis séparée de ma maîtresse depuis qu'elle est prisonnière, et je me demande ce qui se passe à Alderley.

— Si cela peut vous rassurer, j'ai chargé Philip de surveiller le donjon, dans la mesure du possible. Il est en train de gagner l'amitié des soldats, il veillera à ce qu'il n'arrive rien à Lady Elizabeth, j'en suis sûr.

— Merci, mais... S'il devient leur ami, pourquoi finirait-il par se retourner contre eux ?

Sir John haussa les épaules et mordit dans un bout de fromage. Avec un peu trop de hargne.

— Est-ce qu'il a... l'intention de la secourir ?

— Tant que maître Wilden ne sera pas sur pied, Philip et moi resterons au château. Nous ne faisons que nous rendre utiles, c'est bien naturel.

Les yeux bleus de Sir John se posèrent sur elle.

— Votre maîtresse ne peut compter que sur votre aide. Bannaster a l'air bien décidé à l'isoler, jusqu'à ce qu'elle perde tout espoir.

Elle hocha la tête en faisant rouler un bout de pain entre ses doigts.

— Auriez-vous trouvé un autre moyen de l'aider ?

— Comment ça ? s'enquit-il en se raidissant.

— Quelqu'un a descendu un panier de victuailles jusqu'à sa fenêtre au sommet du donjon.

L'air perplexe, il répondit :

— Ni mon secrétaire ni moi n'y sommes pour quelque chose.

Cette réponse la déçut presque. Si cela avait été l'œuvre de Sir John, elle aurait eu quelques certitudes. Mais à présent...

— Vous avez l'air si triste, murmura-t-il.

Lorsqu'elle releva la tête, il s'allongea sur un coude et la regarda par en dessous.

D'un peu trop près.

Soudain, il tendit la main et lui caressa la joue. Elle en resta pétrifiée. Il laissa les doigts courir doucement sur sa peau. Au lieu de l'apaiser, ce geste déclencha en elle un véritable incendie, comme si l'endroit où il avait posé la main la brûlait. Ce n'était pas douloureux, oh non. Mais c'était une sensation intense et dangereuse. Elle frémit, le souffle coupé. Il avait la peau chaude et rugueuse. Ce qui le rendait encore plus irrésistible, étrangement.

Ses doigts glissèrent ensuite le long de sa nuque, et il l'attira à lui avec lenteur. Leurs visages se rapprochèrent. Elle fut obligée de plaquer la main contre son torse. Sans quoi, elle aurait basculé sur lui. Elle ne vit bientôt plus que lui. Ses yeux bleus, ses lèvres entrouvertes, sa main qui l'empêchait de tomber. L'envie de résister qui l'animait faiblit, puis disparut. Elle voulait savoir ce que c'était d'être désirée comme une femme. C'était une sensation impérieuse, ensorcelante, hors de l'ordinaire.

Elle ferma les yeux, et leurs lèvres se frôlèrent. Elle l'embrassa doucement. La bouche de Sir John était chaude comme la braise, avec un délicieux parfum de framboise. Il avait des lèvres étonnamment douces, et étonnamment volontaires. Elles partaient à la rencontre des siennes d'une façon qui l'embrasa littéralement. Elle eut l'impression de fondre et de se transformer en un être nouveau. Cette main sur sa nuque l'empêchait de bouger. Pourtant, elle ne se sentait pas bridée. C'était à la fois enivrant et risqué. Comment ne pas tomber sous le charme ?

Lorsque la langue de Sir John s'aventura entre ses lèvres, Elizabeth fut si déstabilisée qu'elle la laissa entrer sans réfléchir. Sentir son plaisir grandir la surprit agréablement. Il l'obligea à tourner la tête pour que leurs bouches puissent s'ouvrir et s'unir. Elle n'hésita qu'une seconde avant d'enrouler la langue autour de la sienne. Une tendre lutte commença alors. Elle l'entendit grogner et se laissa attirer plus près. Elle écarta la main qu'elle avait posée sur son torse et se retrouva collée contre lui. Un plaisir qui avait presque quelque chose de douloureux. Elle songea que lui seul pouvait lui offrir ce dont elle avait besoin.

Au même instant, les doutes qui la tenaillaient commencèrent à refaire surface.

Lorsque les doigts de Sir John glissèrent le long de sa guimpe, Elizabeth se détacha de lui et mit fin à leur baiser. Il resta immobile, juste en dessous d'elle, la bouche humide, le souffle court, comme elle.

— Je n'ai jamais vu vos cheveux. Je suis sûr qu'ils sont magnifiques, dit-il dans un murmure.

Elle le repoussa et s'assit. L'idée de dévoiler ses cheveux lui rappela tous les autres secrets qu'elle gardait.

— Pourquoi vous ferais-je ce plaisir ? C'est très inconvenant !

Il prit une grande inspiration, les yeux clos, l'air douloureux.

— Vous n'allez plus m'embrasser ?

— L'heure tourne, répondit-elle d'un ton ferme en désignant le couchant. Je n'avais pas l'intention de m'arrêter pour prendre un en-cas, encore moins pour...

Elle s'interrompit brusquement. C'était si gênant !

— Ne me demandez plus jamais une chose pareille.

John la regarda, surpris. Que de véhémence dans cette réaction ! En toute hâte, elle commença à rempaqueter les reliefs de leur repas. C'était la première fois qu'une jeune femme refusait de l'embrasser, même si la plupart étaient motivées par la perspective de recevoir quelques sous en échange. C'était le prélude aux plaisirs de la chair. Mais au bout du compte, dès qu'une belle créature attirait son regard, l'appel de l'aventure finissait toujours par le ramener sur la route, avant même qu'il ait le temps de s'attacher.

La colère d'Anne l'intriguait. N'avait-elle pas dit que ses parents souhaitaient la voir rapidement prendre un époux ? Est-ce qu'un bailli n'était pas un meilleur parti qu'un fermier ? Lui qui croyait qu'elle se laisserait séduire sans rechigner... Même si cela devait la condamner à souffrir, au bout du compte.

Pourtant, cette colère lui semblait... factice. Ce qui le fit à nouveau songer à tout ce qu'il y avait d'étrange chez elle. Pour une servante qui avait grandi au château, elle affichait une distance étonnante avec ses semblables. On aurait dit que chacun prenait soin de raser les murs pour ne pas trop l'approcher.

Elle avait un cœur en or, c'était manifeste. Cela ne signifiait qu'une chose : c'était à cause de sa maîtresse qu'on la traitait de la sorte. Ce qui l'amenait à s'interroger de plus en plus sur la femme qu'il était censé épouser. Cette femme qu'il trahissait en embrassant sa suivante.

Non, c'était l'un des moyens de sauver Lady Elizabeth. Seule Anne avait accès au donjon. Anne, avec sa bouche envoûtante, ses seins fermes qu'elle avait collés contre lui si voluptueusement. Pourquoi se sentait-il si proche d'elle ? Peut-être parce qu'elle menait une existence modeste. Comme lui, avant qu'il reçoive son titre.

Et s'il en profitait pour lui avouer la vérité ? Après quoi, il n'aurait plus de raison de lui conter fleurette. C'était une femme de caractère, il n'y avait qu'elle pour s'interposer entre sa maîtresse et Bannaster ! Elle avait même bravé la colère de Milburn pour essayer d'envoyer un courrier au roi.

L'ennui, c'était qu'à cet instant elle était furieuse contre lui. Elle se lava le visage et les mains dans le ruisseau, puis passa ses doigts humides sur sa nuque, comme si elle avait trop chaud. Mais était-elle vraiment en colère parce qu'il l'avait embrassée ou parce qu'elle avait oublié sa maîtresse pour succomber un instant au plaisir ?

Et puis, pouvait-il lui confier ses secrets alors que les occupants du château faisaient tout pour l'éviter ?

Pour l'heure, il n'avait pas de réponses à ces questions. Philip saurait éclairer sa lanterne. Pour sa part, il avait peur de ne plus avoir les idées claires dès qu'il s'agissait d'Anne.

Il s'appuya sur son genou valide, l'autre jambe tendue. Elle ne lui faisait plus tellement mal, mais il avait intérêt à garder son attelle. Sans quoi, il éveillerait sûrement les soupçons. Sa béquille coincée sous le bras, il parvint à se relever. Lorsqu'il s'écarta du drap, Anne se mit à genoux pour le replier et le fourrer dans la sacoche. Il resta près d'elle, et tant pis si c'était une mauvaise idée. Il aurait tellement aimé l'allonger dans l'herbe et...

Ah non, il fallait qu'il contienne ses désirs avant de se laisser emporter ! Ce n'était pas le moment de tout gâcher.

Elizabeth résista à tous les efforts que fit Sir John pour engager la conversation sur le chemin du retour. Elle lui en voulait, certes, mais c'était surtout contre elle qu'elle était furieuse. Pourquoi s'était-elle laissé séduire par ses charmes ? Pourquoi n'avait-elle pas résisté ? Elle dut se forcer à ne pas penser au moment où elle avait senti son cœur battre. Au goût de sa bouche quand…

Oui, elle était furieuse. Pas question de le voir s'installer au château, peu importe l'homme qu'elle épouserait. Comment serait-elle capable de le regarder, jour après jour, sans se souvenir de ce qu'ils avaient fait ensemble ?

Lorsque la charrette fit son entrée dans la cour intérieure, elle n'attendit même pas de voir si Sir John avait besoin d'aide pour descendre. Elle se contenta d'attraper la sacoche et se précipita dans la grande salle. Le souper était terminé. Les soldats commençaient déjà à arroser la soirée de bière. Un ou deux tentèrent de l'attraper quand elle passa à leur hauteur à toute vitesse. Par chance, elle parvint à les esquiver et se dirigea vers les cuisines. Aucune trace d'Adalia. Elle ne trouva que quelques filles occupées à nettoyer des broches et les chenets de la cheminée. La cuisinière était sûrement en compagnie de son fils. Inutile de la déranger. Elle était veuve, et les moments passés auprès du petit n'étaient pas si fréquents.

Seulement, Elizabeth avait terriblement besoin de se confier à une femme. Ce premier baiser la hantait. Elle avait imaginé à quoi aurait ressemblé ce moment avec William, lui qui était si doux, si sensible : jamais il n'aurait osé plonger la langue dans sa bouche. C'était honteux, et tout à fait inconvenant !

Dans ce cas, pourquoi en avait-elle tiré tant de plaisir ?

Avec un grognement de réprobation, elle quitta les cuisines et prit le chemin du donjon. Allait-on la laisser entrer, alors qu'elle n'apportait rien à manger ? Sans doute que non.

Elle s'inclina devant les deux soldats. Le jeune Lionel, un

membre de la garnison du château, rougit comme s'il ne méritait pas un tel honneur, surtout venant d'elle.

— Lionel, puis-je voir Lady Elizabeth, ce soir ?

Le soldat de Bannaster plaqua sa lance contre la porte pour lui barrer le passage. Lionel grimaça et bafouilla :

— Mil... Anne, maître Milburn nous a donné l'ordre de ne pas vous laisser monter, aujourd'hui.

— Lady Elizabeth n'est pas au courant ! répliqua-t-elle. Elle va se faire un sang d'encre. J'aimerais simplement lui dire que...

— Elle est au courant, répondit l'autre d'un ton impassible.

Elizabeth sonda Lionel en plongeant les yeux dans les siens.

— Elle est descendue il y a tout juste une heure, finit par expliquer le jeune homme. Elle s'inquiétait pour vous, bien sûr. Nous lui avons expliqué à travers la porte que vous n'aviez pas le droit d'entrer. Mais que vous y seriez autorisée demain matin.

Elle s'adossa à un mur, les yeux fermés. Quel soulagement !

— Ma maîtresse passera ainsi la nuit plus tranquille, murmura-t-elle.

Même si on lui interdisait de parler à Anne de vive voix, cette nouvelle la rassurait quelque peu.

— Je vous remercie, Lionel.

Sur ces mots, elle s'éloigna sans même savoir où elle allait. Elle était fatiguée, triste et perturbée. Il lui faudrait trouver seule du réconfort, sans les sages paroles d'une amie. Le plan qu'elle avait échafaudé pour sortir de cette impasse s'était écroulé. Et c'était Anne qui en subissait les conséquences. Elle qui devait déjà beaucoup souffrir dans cette terrible affaire ! Elle aussi avait été punie. Elle se retrouvait à la merci de Sir John. Pire : elle avait répondu à son baiser comme...

— Je savais bien qu'on se reverrait, toi et moi.

La voix avait résonné tout près de son oreille.

Une barbe rêche frotta contre sa nuque. Pas besoin de se

retourner pour savoir de qui il s'agissait : c'était le soldat qui l'avait importunée, la veille, lors du souper.

Elizabeth tenta de se débattre, mais l'homme lui avait saisi les bras et les lui maintenait bloqués le long du corps. Elle donna des coups de pied, ce qui le fit éclater de rire. L'instant d'après, elle décollait du sol. Paniquée, elle jeta un coup d'œil alentour. Où était-elle ?

Il posa violemment la main sur sa poitrine, ce qui lui arracha un cri. Elle le mordit. Cette fois, c'était à lui d'avoir mal. Elle frappa encore plus fort, en pliant les genoux pour mieux l'atteindre. À sa grande surprise, elle l'entendit pousser un cri étouffé, et il s'affala sur elle. Ça y est, elle avait de nouveau les pieds par terre. Mais il ne l'avait toujours pas lâchée. Il empoigna sa robe et la tira en arrière. La lanière de tissu qui faisait le tour du col se resserra, et elle sentit sa poitrine se comprimer. Puis, sous la pression, son corsage s'ouvrit. La peur s'empara d'elle et manqua de la faire défaillir.

— Lâche-la !

Elle eut presque du mal à reconnaître la voix de Sir John. Elle était plus grave, plus rauque. Plus menaçante, surtout.

Le soldat barbu lui maintenait d'une seule main les deux poignets, ce qui l'empêchait de s'écarter de lui.

Sir John sortit des ténèbres du couloir, en se servant de sa béquille comme d'une arme. Dans l'autre main, il tenait une courte dague. Une mèche de cheveux humides lui barrait le front. La barbe qui lui ombrait le visage lui donnait une mine inquiétante. Et avec cette cicatrice qui complétait le tableau... Ce n'était plus un bailli mais un guerrier. Un guerrier à la jambe cassée, songea-t-elle avec effroi.

— J'ai bien vu comment tu la regardais, le boiteux, mais tu arrives trop tard, lança le soudard en ricanant.

— Laisse-la partir, et il ne t'arrivera rien, dit Sir John en avançant pas à pas.

Il avait beau claudiquer, la distance qui les séparait se réduisait.

Au lieu de battre en retraite, la brute continuait de la brandir comme un trophée.

— Ah bon ? Tu sais que je pourrais te tuer sans difficulté ?

— Pas tant que tu la retiens.

Sir John ne la regardait pas. Toute son attention était concentrée sur son adversaire. Même quand le soldat la tira brusquement vers lui, ce qui laissa apparaître sa poitrine dénudée, il ne jeta pas un seul regard dans sa direction.

— C'est trop tard pour toi, tu n'as toujours pas compris ? lâcha le soldat, sans cacher sa satisfaction.

Elizabeth vit soudain la béquille passer au-dessus de sa tête. Elle eut juste le temps de l'esquiver et l'entendit s'écraser sur le crâne de son agresseur qui la lâcha. Tandis qu'il reculait, elle passa sous le bras de Sir John. Puis elle se laissa tomber par terre et se retourna juste à temps pour voir le barbu dégainer son épée. Elle en eut le souffle coupé. Heureusement, le premier coup l'avait déjà déstabilisé. Il leva son arme, mais Sir John en profita pour lui donner un grand coup de coude dans l'estomac. L'autre tituba en laissant éclater sa colère, avant d'envoyer de grands coups d'estoc, à droite et à gauche.

En face, Sir John esquivait avec la grâce qu'il avait conservée. Puis il fit tournoyer sa béquille, qu'il lui envoya dans la mâchoire. Le soldat bascula vers l'arrière et perdit l'équilibre, avant de s'écrouler, immobile.

— Victoire du boiteux !

Sir John était au-dessus du vaincu. On le sentait satisfait. Elizabeth se releva en prenant appui sur les mains, puis s'empressa de plaquer contre elle le pan de son corsage. Elle avait la tête qui tournait, et des points noirs dansaient devant ses yeux.

— Vous n'aviez pas à me venir en aide ! cria-t-elle.

L'instant d'après, elle se sentit basculer.

10

Elizabeth reprit conscience dans les bras de Sir John. Elle ne se souvenait même pas qu'il l'ait soulevée de terre.

Ce qui suffit à décupler sa colère.

— Sir John ! s'écria-t-elle, outrée.

— Chut...

Il jeta un coup d'œil derrière lui, puis tourna la tête vers elle, la mine renfrognée.

— Vous tenez à ce qu'on vous voie dans cet état ?

Elle sentit ses bras chauds et musclés autour de son dos et sous ses genoux. En effet, si quelqu'un le voyait en train de la porter... Soudain, elle constata que son corsage entrouvert laissait voir sa poitrine. Avec un cri étouffé, elle attrapa le bout de tissu qu'elle remonta.

— Où m'emmenez-vous ? souffla-t-elle.

— Dans ma chambre, nous y serons plus tranquilles.

Elle ouvrit la bouche pour protester, puis se rendit compte qu'il l'entourait de ses deux bras. Et sa béquille ? Il ne s'en servait pas. Elle était coincée sous son aisselle et la frôlait à chaque pas. Autre chose : il avait cessé de boiter.

Elle lui adressa un regard soupçonneux. Avait-il guéri en l'espace d'une journée ? C'était fort improbable ! Le temps pour lui de pousser une porte d'un coup d'épaule, ils se retrouvèrent dans sa chambre. Philip n'était pas là.

Lorsqu'il la déposa sur le lit, elle se hâta de se relever, tant bien que mal, le pan de son corsage plaqué contre elle.

— Pour quelqu'un qui vient de s'évanouir, vous êtes d'une agilité remarquable, fit-il en haussant un sourcil.

— Je ne me suis pas évanouie !

— Vous aviez les yeux fermés et n'avez pas répondu quand je vous ai appelée.

La main posée sur son épaule, il ajouta :

— J'ai eu peur pour vous.

La chaleur et la compassion qu'elle devinait dans ses yeux la touchèrent profondément. Bien trop, d'ailleurs. Elle se sentit perdue, impuissante. Elle détestait se savoir à la merci des hommes. Elle n'avait pas hésité à frapper son agresseur, c'était bien la preuve qu'elle se serait débrouillée seule ! Mais non, il avait fallu que Sir John prenne à nouveau des risques pour elle.

— Je vous remercie de votre aide, s'obligea-t-elle à dire. Je marchais au hasard.

— Je sais, je vous suivais.

— Encore ! s'exclama-t-elle avec un agacement redoublé.

— C'est plus fort que moi. Vous étiez troublée, en me quittant, et je me demandais ce que vous alliez faire. Mais vous n'avez pas à me remercier. Gardez cette histoire pour vous, plutôt.

— Comment ça ?

Pour toute réponse, il jeta sa béquille sur le lit et se mit à arpenter la pièce. Sans boiter, comme dans le couloir.

Ce spectacle la pétrifia.

— Vous avez menti au sujet de votre jambe ?

— C'était nécessaire. Je devais m'assurer que Bannaster, et maintenant Milburn, ne me mettrait pas à la porte.

À vrai dire, elle était plus intriguée qu'effrayée par cet aveu.

— Si vous souhaitez que je garde le silence au sujet de

votre fausse blessure, expliquez-moi pourquoi. Vous avez reçu des coups, c'est indéniable.

Il esquissa un sourire moqueur avant de répondre :

— J'ai demandé à mes propres hommes de s'en charger.

Elle fronça les sourcils. Cela n'avait aucun sens !

— Laissez-moi vous raconter toute l'histoire, que vous rapporterez à votre maîtresse. J'espère que vous comprendrez ce que j'ai fait. Car c'était pour de bonnes raisons.

— Qu'avez-vous fait, justement ? s'enquit-elle.

— John Gravesend n'est pas mon vrai nom. Je m'appelle John Russell et je suis venu sauver Lady Elizabeth, ma fiancée.

Abasourdie, dépassée, Elizabeth ne se souvenait même pas de s'être assise sur le lit. Elle se concentrait sur un détail tout à fait futile : cet homme ne ressemblait en rien à l'enfant dont elle avait gardé le souvenir. Ce petit garçon rondouillard, toujours sous la férule de sa mère. Et ses cheveux, est-ce qu'ils n'étaient pas plus clairs ?

— Je... Comment voulez-vous que je vous fasse confiance ? finit-elle par souffler en observant ce corps musclé.

Et animé par une volonté de fer.

— Vous ne ressemblez pas à... au portrait que ma maîtresse m'a fait de vous.

— La dernière fois qu'elle m'a vu, j'avais treize ans, répondit-il. Comme je vous l'ai dit cet après-midi, et c'était en grande partie la vérité, je ne faisais pas la fierté de mon père.

John était donc venu la retrouver... en fin de compte. Elle qui se croyait obligée de se battre toute seule. Mais non, quelqu'un était bien venu la secourir. Son fiancé, en l'occurrence !

Son fiancé qui l'avait embrassée, alors qu'il la prenait pour une suivante ?

Malgré son effarement, elle sentit la colère bouillir en elle et menacer de l'envahir. Encore un peu, et elle révélait son identité. Mais avait-elle intérêt à le faire ? Peut-être pas. Devait-elle le croire ? Et si cette histoire était un mensonge ? Après tout, elle était l'une des plus grandes héritières d'Angleterre, et les hommes étaient prêts à tout pour mettre la main sur sa fortune et sur le titre de comte.

Lui grimaçait, épiant sa réaction.

— Je sais ce que vous pensez. Je me suis mal comporté envers vous, depuis mon arrivée. Mais comprenez bien une chose : j'ignorais à qui j'étais en mesure de me fier, ici. Vous étiez la personne la plus proche de ma promise, le moyen le plus simple d'avoir accès à elle.

Ah, il pensait donc qu'elle serait *simple* à manipuler ?

— Pourquoi n'avez-vous pas décliné votre identité d'emblée ? Pourquoi n'avez-vous pas exigé de parler à votre fiancée ? demanda-t-elle d'une voix tendue.

— Tout le problème est là, dit-il en recommençant à arpenter la pièce. Quand j'ai reçu la lettre dans laquelle Lady Elizabeth m'apprenait le décès de ses parents, j'étais en Normandie. C'est elle-même qui m'a informé de la mort de mes frères. J'étais le dernier de ma fratrie et, tout d'un coup, je suis devenu baron, avec une fiancée qui m'attendait. J'étais sous le choc.

— Je suis navrée d'entendre que vous n'étiez pas au courant de l'accident de votre frère, dit-elle d'un ton pincé.

Voilà qui pouvait excuser son comportement. Enfin, si cet homme était bien John Russell.

— J'ignorais bien des choses au sujet de mon frère, commenta-t-il d'un ton amer.

Elle eut alors envie de défendre l'homme qu'elle avait aimé toute sa vie.

— Peut-on savoir ce que vous entendez par là ?

— C'est à cause de lui que j'ai dû imaginer toute cette mascarade. Il y a deux semaines, je suis rentré à Rame Castle. Et j'ai découvert que cet endroit avait été honteusement laissé à l'abandon. La plupart des fermiers étaient partis, leurs champs étaient en friche. Les moutons et le bétail avaient été vendus. Quant aux soldats, ils étaient partis se trouver un maître qui les payerait. Mon armée se compose de trois hommes. Ce n'est pas avec eux que je pourrai défendre Alderley, ironisa-t-il.

Elizabeth refusait de croire à de telles accusations.

— Vous déraisonnez. J'ai rencontré Lord William Russell, c'était un homme charmant. Sincère, aussi. Il n'aurait jamais osé faire ce genre de choses.

— C'est ce que j'ai voulu croire, répondit-il avec douceur.

Lorsqu'il s'assit sur le lit à côté d'elle, elle bondit aussitôt pour mettre de la distance entre eux, les bras plaqués sur sa robe en si piteux état.

— Il suffit de voir Rame Castle pour s'en convaincre, continua-t-il. Plusieurs serviteurs m'ont juré que William préférait vivre à Londres plutôt que dans son domaine. Et vivre à la cour demande de l'argent pour préserver les apparences. Enfin, c'était ce que pensait mon frère. Il devait se dire qu'en devenant comte il aurait l'argent nécessaire pour redonner à notre demeure son éclat d'antan. Mais pour ceux qui y habitaient...

Il se passa la main sur le visage, les joues ombrées par ses longs favoris. Plutôt que de relever la façon dont il accablait son propre frère, elle préféra résumer :

— En somme, vous n'avez aucune fortune, aucune armée, ni manière de prouver que vous êtes le fiancé de Lady Elizabeth.

— Oh ! j'ai des preuves, même si cela ne m'avance pas à grand-chose. J'ai la bague de ma famille.

Elle aurait aimé la voir, bien sûr, mais elle se souvint in extremis qu'elle n'était qu'une servante. Il n'avait pas à lui obéir ! Le blason des Russell figurait sur cette bague. On s'en était servi pour sceller son contrat de fiançailles. Elle était si jeune, si naïve, à l'époque. Elle pensait que ce futur mariage serait synonyme de liberté pour elle. Cette bague l'avait sauvée de tous ceux qui avaient essayé de mettre la main sur elle. Elle était promise à un bel avenir aux côtés de l'homme souriant qui était appelé à hériter de ce bijou...

Et voilà que cette bague la liait à un autre. À un menteur, qui manipulait les femmes. À un homme prêt à souiller la mémoire de son frère.

Elle le fixa et dut convenir, à son grand dam, que le bleu de ses yeux l'avait attirée depuis le premier instant. Ils étaient de la même couleur que ceux de William. Ce n'était pas étonnant si son visage lui avait semblé familier, quand elle l'avait vu allongé sur cette paillasse, dans la grande salle. Il n'était pas aussi beau que son aîné, certes, mais il avait des cheveux de la même teinte que leur autre frère, Robert.

Était-elle face à John Russell, vraiment ?

Elle qui pensait se réjouir de ces retrouvailles ! Au lieu de quoi, elle n'avait qu'une envie : pleurer sur son rêve d'être une épouse heureuse et aimée. Cet homme ne traitait pas les femmes avec la déférence qu'elles méritaient.

— Est-ce que vous me croyez ? s'enquit-il.

— Il ne m'appartient pas de vous croire ou de ne pas vous croire, répondit-elle d'un ton détaché. C'est ma maîtresse que vous devez convaincre.

— Je dois aussi vous convaincre, Anne.

Elle devinait de la sincérité et de l'honnêteté dans sa voix, mais pouvait-elle s'y fier ? Non, en aucun cas !

— Je me suis mal comporté avec vous, mais c'était parce que je n'avais pas le choix. Je n'avais qu'une façon de contacter Lady Elizabeth, et c'était en vous chargeant de lui transmettre un message de ma part. Vous étiez une parfaite inconnue, rien ne me prouvait que vous alliez me croire.

— Vous avez donc ressenti le besoin de... de jouer avec mes émotions ?

Il se raidit.

— Il n'était pas dans mon intention d'aller aussi loin.

Milburn nous a obligés à rester ensemble, et j'ai cru tout contrôler. C'est dans mes habitudes.

Il avait donc tendance à diriger son monde, songea-t-elle amèrement. Son grand rêve avait toujours été d'avoir un mari qu'elle aurait mené par le bout du nez, qui l'aurait laissée vivre comme elle l'entendait. Au lieu de quoi, elle se retrouvait face à John Russell, qui l'avait poussée à faire des choses dont elle ne se serait jamais crue capable. Où était passé le garçon toujours accommodant dont elle avait le souvenir ?

— Excusez-moi de m'être comporté de la sorte, continua-t-il.

— Dois-je excuser ce baiser ? souffla-t-elle. Dois-je excuser les actes d'un homme dont le seul but était de me faire souffrir ?

— Anne, je ne sais pas comment vous l'expliquer. Je n'ai jamais eu l'intention de... C'est la première fois que je rencontre une femme comme vous. Pourtant, j'ai voyagé, croyez-moi ! Les femmes que j'ai rencontrées ne pensaient qu'au plaisir. Et aux pièces que je leur donnais pour l'obtenir. Je n'ai jamais connu de femmes de votre trempe, ou de la trempe d'Elizabeth. Libres et intelligentes, qui font ce que leur dicte leur cœur, sans espérer qu'on les récompensera. Mais, puisque vous avez souffert par ma faute, dites à votre maîtresse ce que bon vous semblera. Je ne vous demande pas de cacher mon inconséquence.

Il lui adressa un regard éloquent avant d'ajouter :

— Mais n'oubliez pas que je suis là pour l'aider, n'oubliez pas de le lui rappeler. Soyez assurée que je remplirai mon devoir. Envers elle et envers vous.

Elizabeth dut lutter pour ne pas fondre en larmes. Elle n'écoutait même plus.

— Je... Je transmettrai votre message à ma maîtresse et je vous informerai de sa réponse.

Elle tenta de passer devant lui, mais il l'attrapa par le bras.

— Anne...

— Ne vous avisez plus de me toucher !

Des larmes perlaient aux coins de ses yeux. Oh non, pas ça. Sans perdre une seconde, elle sortit de la chambre en courant et fit claquer la porte derrière elle.

John se pencha, les deux mains posées sur les genoux. Tout s'était déroulé comme il l'avait prévu. C'est-à-dire très mal. Soudain, la porte s'ouvrit. Il leva la tête, plein d'espoir, mais ce n'était que Philip.

— J'ai vu notre amie traverser le couloir comme une flèche. Elle a détourné le regard en s'apercevant de ma présence. À mon avis, elle pleurait.

John hocha la tête. Mesurer tout le mal qu'il lui avait fait, la savoir dans un si triste état à cause de lui le rendait malade.

— Je lui ai dit la vérité.

Philip s'assit sur sa paillasse, face à lui.

— Qu'est-ce qui vous a poussé à le faire ?

— Oh ! je devais certainement avoir confiance en elle, puisque je l'ai embrassée cet après-midi.

— Vous l'avez *embrassée* ? s'écria son ami en écarquillant les yeux. Comment en êtes-vous arrivé là ?

John haussa les épaules.

— Ce n'était pas censé se produire. Pourtant... Ça a été plus fort que moi.

— Et la voilà partie pour tout raconter à Lady Elizabeth !

— Les choses sont allées trop loin. Je le lui ai dit et je m'en suis excusé. J'ignore ce qu'elle va raconter à sa maîtresse. C'est à elle d'en décider, quoi qu'il advienne.

— Votre fiancée aura un certain nombre de griefs envers vous. À commencer par ce mensonge selon lequel la fortune de votre famille aurait financé votre séjour en Europe.

— Je n'ai pas abordé cette question avec Anne. Elle a refusé de croire que mon frère se soit désintéressé de notre domaine... Je n'allais quand même pas l'accabler !

Philip bougonna. Il semblait désapprouver.

— Nous savons que c'est un mensonge, poursuivit John. Mais il n'a peut-être pas été colporté au-delà de Rame Castle, puisque j'ai rétabli la vérité auprès des habitants du château.

— À condition qu'ils vous aient cru vous plutôt que l'intendant de votre frère.

— Pourquoi refuseraient-ils de le faire ? William a volé leurs biens et leurs loyers, alors que j'ai donné toute ma fortune pour lancer les travaux.

— On pourrait penser que vous aviez quelque chose à vous reprocher.

— J'ai l'intention de tout expliquer à Lady Elizabeth quand nous nous verrons. Il ne doit pas y avoir d'ambiguïtés entre nous.

— Il y a déjà Anne, souligna Philip d'un air navré.

John se laissa tomber sur le lit et regarda son ami.

— Laissons ça de côté pour le moment. Que vous ont appris Ogden et Parker ?

— Les nouvelles ne sont pas bonnes. Ils ont passé la nuit dernière et la journée qui vient de s'écouler à rechercher les soldats d'Alderley. Ils ne les ont pas encore trouvés. Ils vont mener leur enquête dans les villages des alentours, au moins pour savoir dans quelle direction s'orienter. Mais il faut s'armer de patience, quand on n'a pas envie d'éveiller les soupçons.

John étouffa un juron, qui ne suffit pas à le libérer de sa frustration.

— Tant que nous n'avons pas une armée pour nous soutenir, il n'y a strictement rien à faire.

— Encore faut-il qu'ils se fient à nous, une fois que nous aurons retrouvé leurs traces.

— Croyez-moi, je saurai leur faire entendre raison, lâcha-t-il d'un air sombre. Avez-vous convenu d'un nouveau rendez-vous avec Ogden et Parker ?

— Non, ils vont continuer d'arpenter la région. Mais ils

ont promis qu'ils se manifesteront dès qu'ils auront l'information que vous cherchez.

John acquiesça sans un mot. Voilà qu'il pensait à Anne, une fois de plus !

— Lorsque j'ai vu ce soldat s'en prendre à elle, souffla-t-il, j'ai eu l'impression qu'une partie de moi était heureuse d'en découdre. Est-ce que cela vous est déjà arrivé d'être... impatient de vous entraîner, de tirer l'épée ?

— D'après vous, comment m'y suis-je pris pour garder un œil sur les troupes de Bannaster ?

— Vous avez eu de la chance. En ce qui me concerne, je ne suis pas dans mon assiette, comme si mes talents de guerrier s'évanouissaient à chaque minute passée sur un banc à cause de cette jambe prétendument cassée.

Il adressa un regard inquiet à Philip avant d'ajouter :

— Et si j'étais taillé pour une vie d'aventurier ? Je n'ai jamais songé à me marier. Rien ne dit que je serai un mari digne de ce nom. J'ai toujours aimé combattre, pas donner des ordres à des serviteurs !

— J'ai entendu beaucoup d'hommes nourrir ce genre d'inquiétude. Ils ont fini par se débrouiller.

— Comment ?

— Peut-être en se démenant pour ne pas se faire éjecter du lit conjugal.

Philip rit de sa plaisanterie, mais John ne voyait pas ce qu'il y avait de si drôle. Lorsqu'il finirait par rencontrer Lady Elizabeth, que se passerait-il, s'il était moins attiré par elle que par sa suivante ?

11

Elizabeth passa la nuit enveloppée dans une couverture devant la cheminée de la cuisine, vêtue d'une robe d'Adalia, avec l'impression qu'elle n'arriverait jamais à se réchauffer. Elle avait tellement pleuré que ses yeux en étaient rougis et troubles. C'était comme si son esprit flottait. Elle avait tenu bon le temps de la messe, qu'elle avait passé la tête constamment baissée. Est-ce que Sir John, enfin, John Russell, était dans la chapelle ? Aucune idée. Elle ne lui avait même pas demandé quel était le véritable nom de son ami Philip, qui l'avait vue traverser le couloir en larmes, la veille.

L'essentiel, c'était qu'on l'avait à nouveau autorisée à se rendre auprès d'Anne. À présent, elle portait un plateau entre ses mains tremblantes, alors qu'elle-même n'avait rien avalé. L'idée de manger lui retournait l'estomac. Les soldats s'écartèrent à son passage. Après avoir poussé un soupir de soulagement, elle grimpa quatre à quatre les marches du donjon.

Anne avait dû l'entendre, car elle ouvrit brusquement la porte des appartements privés. Elizabeth glissa le plateau sur la table, puis se tourna et prit son amie dans ses bras. Elle qui pensait avoir pleuré tout son soûl, éclata à nouveau en sanglots.

— Tout va bien, lui dit Anne en lui tapotant le dos. Les

soldats m'ont expliqué que vous aviez interdiction de me monter de quoi manger, hier. Milburn a découvert la lettre ?

Elizabeth ne put qu'acquiescer et la serrer encore plus fort.

— Vous... Vous n'avez pas trop faim ?

— Non, même si je n'ai pas reçu d'autre panier, le premier m'a permis de passer la journée avec quelque chose dans le ventre. C'était pour vous que je m'inquiétais. Je suis une héritière, lança-t-elle d'un ton sarcastique. L'intendant de Bannaster n'avait pas le droit de me punir trop sévèrement. Mais vous...

Elizabeth recula, puis accepta un mouchoir pour s'essuyer le visage et se moucher.

— Je n'ai pas été battue, ni affamée.

Là-dessus, elle raconta comment Milburn l'avait prise la main dans le sac.

— Que vous a-t-il fait ? Il s'est forcément passé quelque chose. Venez vous asseoir et racontez-moi. Vous êtes pâle comme un spectre. Est-ce que vous avez mangé, ce matin ?

Elizabeth eut un rire nerveux et secoua la tête.

— J'ai l'appétit coupé pour la journée, dit-elle en s'installant dans un fauteuil garni de coussins, devant l'âtre vide.

Anne s'assit sur l'autre et lui prit la main.

— Allons, racontez-moi.

— Il veut m'éloigner de vous, c'est l'évidence même. C'est pour ça qu'il m'a nommée secrétaire de Sir John.

— Sir John... Ah, cet homme qui vous regarde avec tant d'intérêt ? répondit sa suivante d'un air entendu.

Elizabeth soupira. Elle avait mal à la poitrine, à force de pleurer.

— J'ai découvert hier qu'il n'est pas celui qu'il prétend être.

Anne se redressa sous le coup de la surprise.

— Il n'est pas bailli ?

— Non, souffla-t-elle tout bas, c'est Lord John Russell, mon fiancé.

Anne resta bouche bée devant cette révélation.

— En êtes-vous sûre ?

— Il dit avoir le sceau de sa famille, répondit-elle d'un ton neutre. Étant simple servante, je n'ai pas demandé à le voir. Il a les yeux de William et les cheveux de Robert.

— Eh bien... Je ne sais pas quoi dire. C'est une bonne chose, non ? Vous lui avez raconté tous nos soucis.

— Oh ! tout irait très bien, s'il ne m'avait pas embrassée hier, répondit-elle en sentant sa voix se tendre. Quelques heures avant de m'avouer la vérité !

— Seigneur ! s'exclama Anne. Montons, ajouta-t-elle en lui prenant de nouveau la main.

Elizabeth la suivit docilement et la laissa refermer la porte de la chambre derrière elle.

Anne la regarda avec inquiétude, tandis qu'elle la guidait vers un autre fauteuil.

— En tout cas, vous lui plaisez. C'est une bonne chose entre deux personnes qui vont se marier.

— Vous ne comprenez pas ? Il m'a embrassée, moi, la servante, ignorant que j'étais sa promise. Il m'a menti éhontément.

— Mais vous êtes sa fiancée. Et vous lui avez menti, vous aussi.

Elizabeth était perplexe.

— Sauf que je ne l'ai pas embrassé ! Enfin, si, je lui ai rendu son baiser. Et je me sens terriblement coupable. Mais il a avoué qu'il s'était servi de moi pour vous contacter.

— Pour que vous vous contactiez vous-même, plutôt.

— Ça suffit, Anne, vous avez très bien saisi ce que je veux dire ! Il a jeté son dévolu sur moi, parce que je suis à votre service.

— Il a essayé de venir à mon, enfin... à votre secours ?

— C'est ce qu'il prétend.

— Vous êtes la seule à avoir accès au donjon. Son raisonnement est tout à fait sensé, non ?

— Tout ce qu'il avait à faire, c'était de gagner mon amitié, Anne, murmura-t-elle. M'apprendre à lui faire confiance, puis me dire la vérité. Au lieu de quoi, il m'a séduite, envoûtée et…

— Embrassée.

Elle acquiesça. Comment nier l'évidence ?

— À l'entendre, il ne voulait pas aller aussi loin, mais ça a été plus fort que lui.

— À nouveau, j'insiste : voyez le bon côté de la chose. Il doit être heureux de savoir qui vous êtes.

— Je ne lui ai rien dit.

Anne poussa un grognement et se cala dans son fauteuil.

— Après ce qu'il m'avait révélé ? C'était impossible. Il s'est servi de moi, Anne ! Si j'avais véritablement été une servante, j'aurais cru qu'il nourrissait des sentiments pour moi. Et mes propres sentiments auraient été piétinés. Ne me dites pas qu'il avait le cœur déchiré ! Je m'en moque. Il ne ressemble en rien à William. Il me traitait avec respect, lui, avec amour. John se sert des femmes. Il a même admis que celles qu'il avait l'habitude de fréquenter étaient *payées* pour cela !

— J'ai entendu que des hommes…

— Il n'a ni fortune ni armée ! la coupa-t-elle. Il prétend que son frère avait laissé Rame Castle à l'abandon, que leurs troupes étaient parties et que leurs gens vivaient dans la misère !

— Vous pensez qu'il ment ? demanda prudemment Anne.

Elizabeth prit une grande inspiration et répondit :

— Je ne sais pas s'il ment ou si quelqu'un lui a menti, mais c'est absolument impossible. William n'aurait jamais fait de mal à personne.

— Sauf que Lord Russell n'a pas d'armée.

— Non, à part trois hommes d'armes, dont Philip Sutterly,

peu importe son vrai nom. Je n'ai pas demandé où se trouvaient les deux autres. Bref, il n'a personne pour me venir en aide.

— Si je me souviens bien, vous ne teniez pas à ce qu'il ait une armée derrière lui. De peur que les occupants du château soient blessés ou tués.

— Je sais ! s'exclama Elizabeth en bondissant de son siège.

Impossible de rester assise une seconde de plus !

— Je voulais que mon mari soit un homme respectable. Mais John... court surtout après mon argent, dit-elle d'une voix brisée en se frottant les bras. J'ai l'impression d'être... sans valeur.

— Celui qui vous épousera recevra votre dot, souligna Anne. C'est comme ça. Vous avez tort de prendre la chose aussi personnellement. Quoi qu'il en soit, son domaine est en piteux état, quelle qu'en soit la raison. Auriez-vous eu le même sentiment, si William était venu vous voir en ayant besoin de votre argent ?

— Oui, euh... Non, je ne sais pas ! William est mort. La vie que j'espérais mener est morte avec lui. Et le pire, c'est que... même si je me suis sentie coupable, pour une fois j'ai eu l'impression d'être désirée comme une femme. Ce n'était qu'une illusion, hélas, John se servait simplement de moi pour parvenir jusqu'à vous. Enfin, jusqu'à moi. Oh !

Elle se laissa retomber dans son fauteuil.

— Est-ce qu'il s'en est voulu de vous avoir embrassée ?

— Il a affirmé que oui, mais rien ne le prouve. Comment faire la différence entre ce qui est faux et ce qui est vrai ? Si ça se trouve, il a volé le sceau de la famille Russell !

— Il ressemble à ses frères, vous m'avez dit.

— Juste un peu, bougonna-t-elle.

— Bien, comment comptez-vous réagir ?

Elizabeth lui adressa un regard angoissé.

— Que dois-je faire, à votre avis ?

Anne leva les mains.

— Oh ! ce n'est pas à moi de décider. C'est votre vie, votre avenir. Je n'ai pas rencontré Lord Russell, je ne saurais vous conseiller.

— Aurais-je intérêt à lui avouer la vérité ? À lui dire que je suis sa promise ?

Voyant que son amie haussait les épaules, Elizabeth poursuivit :

— À mon sens, non, pas tant que je suis incapable de lui faire confiance. Cela lui donnerait trop de pouvoir sur moi. Je suis constamment seule avec lui. Rien ne l'empêcherait d'abuser de moi, comme il l'a fait hier.

— Il vous a donc embrassée de force ? s'enquit Anne d'un ton hésitant.

— Je n'ai pas envie de m'en souvenir.

— Mais… Ça ne vous a pas déplu.

Elizabeth laissa échapper un grognement.

— Non, ça ne m'a pas déplu, mais la question n'est pas là ! Il risque de me compromettre, et je n'aurai plus le choix.

— Mais, s'il est bien votre fiancé…

— Encore faut-il qu'il le soit ! Le roi Édouard pensait unir deux familles puissantes. Et il semblerait que la famille de John se soit presque éteinte. Cela annule peut-être le contrat.

— Vous souhaiteriez vous opposer à la volonté de votre père ? Et votre mère ? La mère de Lord Russell et elle étaient les meilleures amies du monde ! Est-ce que tout cela ne risque pas de vous laisser à la merci de Lord Bannaster, ou de celui que le roi choisira pour vous ?

— Oh ! Anne, j'ai la tête qui menace d'éclater ! Je ne sais pas quoi faire au sujet de ces fiançailles. Pour l'heure, je dois savoir si cet homme mérite ma confiance ou pas, c'est tout. Il est peut-être notre seule chance. Mais il est peut-être aussi la pire chose qui me soit arrivée. Il faut que j'en aie le cœur net.

— Très bien, je comprends. Je suis même d'accord avec

vous. Seulement, ne lui cachez pas la vérité trop longtemps. Ce serait aussi injuste que ce qu'il vous a fait.

Elizabeth secoua la tête.

— Il aura mérité son sort, contrairement à moi.

— Oh ! Elizabeth, j'espère que vous n'aurez pas à le regretter. C'est un pari dangereux.

— Peut-être. Mais je dois savoir la vérité. Si, d'aventure, il se laisse convaincre de me montrer le sceau de sa famille…

— Pour le moment, qu'allez-vous lui dire de ma part ? Enfin, de *votre* part…

— Que j'ignore si je peux me fier à lui. Que je suis troublée, et inquiète pour les gens de ce château. Ce qui est vrai.

— Pourquoi ne pas lui demander ce qu'il a en tête pour vous sauver ?

Elizabeth prit une grande inspiration. Elle devait se concentrer sur les priorités. Et oublier la façon dont toute cette histoire l'affectait.

— Vous avez raison. J'aurais intérêt à l'interroger, mais je me méfie encore trop de lui pour le laisser passer à l'action. Qu'a-t-il fait pendant son long séjour sur le continent ? Mystère. Et pourquoi n'a-t-il pas un sou vaillant ?

— Parce qu'il est le dernier de sa fratrie ? avança son amie d'un ton plein d'espoir.

— Ce n'est pas la seule raison, j'imagine… Il va falloir que je continue de passer du temps avec lui. Quand nous nous connaîtrons mieux, je lui révélerai peut-être mon identité.

— Peut-être ?

Elizabeth lui jeta un regard noir, mais Anne afficha un grand sourire.

— Navrée, je ne voulais pas me moquer. C'est un dilemme de taille, et je n'aimerais pas être à votre place.

— Tout va bien, ici, pour vous, Anne ?

— Oui, même si j'espère qu'on nous secourra dans quelques semaines, et pas dans quelques mois.

Sur ces mots, Anne se leva.

— Donnez-moi un morceau de pain, et je vous raconterai le livre que je suis en train de lire. Oh ! j'aurais également besoin d'autres travaux de couture. Je suis tentée de m'atteler à votre motif de broderie.

— Et si nous mangions, plutôt ?

John prit lentement son petit déjeuner, en attendant la venue d'Anne. Comment allait réagir Lady Elizabeth, en apprenant la vérité ? Cela pouvait bien se passer ou tourner au désastre. Il risquait d'être jugé sur les erreurs de William. Ou sur les siennes, car elles ne manquaient pas.

La jeune femme sortit finalement des cuisines, et il se leva difficilement. Maudite soit cette attelle ! Plusieurs personnes présentes dans la pièce ricanèrent en les regardant tour à tour. Pourquoi ? Sûrement parce qu'ils se rendaient compte que leur nouveau bailli courtisait la suivante de leur maîtresse.

Lorsque Anne se trouva à sa hauteur, il lui adressa un sourire pour l'accueillir, comme si de rien n'était. Elle fronça les sourcils, signe de sa méfiance, puis sembla se rappeler leurs rôles et esquissa un sourire nerveux.

— Je vous attendais pour commencer le petit déjeuner, Anne, dit-il. Mais j'avais trop faim.

— Vous avez besoin de prendre des forces.

— Parfois, on n'en a jamais assez. Souhaitez-vous manger avec nous ?

Lorsqu'elle essaya de s'asseoir face à lui, il l'attrapa par la main et la fit s'installer à ses côtés. Il la sentit se raidir. Elle était gênée, c'était manifeste. Il détestait la brusquer, mais ils devaient poursuivre cette mascarade.

— Pardonnez-moi, souffla-t-il en se penchant sur elle.

La guimpe d'Anne lui effleura le visage. Quel dommage que ce ne soient pas ses cheveux ! Comment pouvait-il contrôler son désir pour elle, alors qu'il était forcé de lui conter fleurette ?

— Nous devons continuer notre petit jeu.

Il la vit acquiescer faiblement, puis elle attrapa un bout de pain dans son assiette et commença à le réduire en miettes. Exactement comme la veille.

— J'ai mangé avec Lady Elizabeth, dit-elle avec une certaine gêne.

— Je m'en doutais. Vous aviez beaucoup de choses à vous raconter, j'imagine.

Elle se contenta de hocher la tête. Il aurait tant voulu lui demander tout de go ce qu'il était ressorti de cette discussion ! Hélas, il y avait encore trop de gens dans la grande salle. Des serviteurs qui débarrassaient les tables, pour l'essentiel. Étrangement, ils ne donnaient pas l'impression d'avoir envie de partir. Ces gens passaient le plus clair de leur temps à ignorer Anne, et voilà qu'ils commençaient à jouer les chaperons ?

— Nous devons retourner à Hillesley aujourd'hui, annonça-t-il. Maître Milburn m'a expliqué qu'il était temps de collecter les loyers.

— Pourquoi vous confie-t-il une mission aussi importante ? Il vous connaît depuis si peu de temps, répondit-elle d'un ton impassible.

Parlait-elle également au nom de sa maîtresse ?

— Raison pour laquelle nous serons accompagnés par des soldats, poursuivit-il. Ils seront là pour nous protéger des brigands.

— Vous avez besoin d'argent, lâcha-t-elle sèchement.

Voilà ce qui s'appelait faire mouche ! Le dénuement dans lequel il se trouvait n'avait sans doute pas impressionné Lady Elizabeth.

— Allons marcher dehors.

À sa grande surprise, il la vit se pencher vers lui et lui toucher le bras. Il sentit son corps se tendre. Presque instantanément.

Dans un murmure, presque sur le ton de la confidence, elle demanda :

— Vous continuez de me faire la cour ?

— C'est nécessaire.

— Je ne vous faciliterai pas la tâche.

— Je sais.

Elle tint parole. Elle lui proposa de l'aider à descendre l'escalier qui menait à la cour, mais il refusa. Elle l'attendit donc patiemment au bas des marches, la tête levée vers lui avec un intérêt qui le rendit encore plus méfiant. Ils traversèrent la cour intérieure côte à côte, en longeant la caserne des soldats et les écuries. Ils étaient le point de mire de tous les regards. Comment réagiraient ces hommes et ces femmes en découvrant qu'il était leur prochain maître, et pas simplement un bailli qui jouait les séducteurs auprès d'une suivante ?

Soudain, comme si elle devinait le fond de ses pensées, Anne attrapa sa main libre, comme le ferait une amie. Mais de façon un peu trop intime à son goût. Ils s'arrêtèrent près du terrain d'entraînement pour observer les chevaliers et les soldats de Bannaster. Un jeune soldat résistait aux assauts de deux hommes.

— Toute cette violence est-elle bien nécessaire ? demanda-t-elle avec effroi.

— C'est un exercice on ne peut plus courant.

— Ce ne sont pas des épées d'entraînement. Et ce pauvre garçon fait partie de la garnison d'Alderley.

Ce qui expliquait la brutalité de ce qui ne devait être qu'un entraînement.

— Il ne reste ici que quatre de nos hommes, poursuivit-elle. Et on les oblige à subir cela ?

John vit alors Philip sortir d'un bâtiment juste à côté de la caserne. Il avait été affecté à l'armurerie. Il portait une armure de plates, même s'il tenait un livre de comptes à la main. Quand il les aperçut, il se dirigea vers eux.

— Bonjour, Sir John, fit-il avec un mouvement de tête. Bonjour, Anne.

Anne se raidit et lança à son compagnon d'armes un regard soupçonneux. De toute évidence, Philip ne lui inspirait plus confiance non plus.

Sans doute nota-t-il sa réaction, mais il continua de lui sourire.

— Philip, il y a là deux hommes de Bannaster opposés à un soldat d'Alderley, dit-elle en désignant le terrain d'exercice.

John fut soulagé qu'elle lui lâche alors la main.

Philip jeta un coup d'œil par-dessus son épaule, juste au moment où le soldat du château tombait à genoux, même s'il avait toujours le bouclier levé et parait les coups avec son arme.

— Hum, lâcha-t-il en grimaçant. Je m'en occupe ?

— Si c'est possible.

Philip ferait preuve de doigté. Se montrer trop insistant risquait de les mettre en danger. Tout à coup, il sortit son épée du fourreau. Oh non, pourvu qu'il n'ait pas pris cette remarque comme un défi personnel !

— N'ayez crainte, Anne. Je vais y remédier pour vous.

John la vit se mordre la lèvre, presque comme pour se retenir de sourire. Avec un grand éclat de rire, Philip se jeta au milieu des deux combattants, ce qui donna au soldat d'Alderley une chance de s'en tirer à bon compte.

Elizabeth l'observa se battre. Son maître était-il aussi fort, une arme à la main ? Il était bien plus facile de se concentrer sur Philip – si c'était bien son nom – que de penser à John. Il était drôle et compatissant, c'était une évidence. Et ce n'était pas lui qui s'était fixé pour projet de la séduire afin d'accéder au donjon.

Plusieurs soldats s'étaient rassemblés pour observer ce

nouveau combat. Tout à coup, elle songea à l'homme qui s'en était pris à elle. Il n'était pas dans le groupe, mais comptait-il se venger ? John l'avait battu à plate couture, bien que supposé blessé. N'était-ce pas une grave erreur ?

— Le soldat barbu est là, d'après vous ? demanda-t-elle.

L'hésitation qui perçait dans sa voix la contraria.

— L'homme qui s'en est pris à vous hier soir ? J'ai eu une petite conversation avec lui, ce matin.

— Et... ?

— Je l'ai convaincu que vous n'étiez pas intéressée par ses marques d'attention. Et que je suis les yeux et les oreilles de maître Milburn.

— Je vois.

John n'avait pas oublié de la protéger, elle n'avait même pas eu besoin de le lui demander. Ne trouvant pas la force de le remercier, elle lui jeta un regard en coin.

— Je ne vous suis pas indifférente.

— C'est l'impression que nous devons donner.

— Un homme qui tient à moi voudrait se trouver seul en ma compagnie. Alors, venez.

Elizabeth lui attrapa de nouveau la main et le sentit se raidir, même s'il garda le silence. C'était sa colère qui la guidait, et elle semblait incapable de la maîtriser, même si une partie d'elle lui criait de rester prudente, coûte que coûte. Elle conduisit John dans les jardins privés du château. Un muret les séparait du reste de la cour. Les plantes et les fleurs qui foisonnaient formaient un havre de tranquillité. Elle suivit l'allée de gravier qui circulait au milieu pour s'enfoncer dans la végétation, jusqu'à ce que les arbres et les buissons les mettent à l'abri des regards.

Lorsqu'ils atteignirent un banc en pierre, à l'écart, elle dit :

— Asseyez-vous et reposez votre jambe, Sir John.

— Vous savez que je n'ai pas besoin de...

Elle le poussa si violemment qu'il faillit s'accrocher à elle pour ne pas perdre l'équilibre. Il se retrouva sur le banc.

— Puisque nous sommes attirés l'un par l'autre, commença-t-elle en l'observant, ne devrais-je pas être assise sur vos genoux ?

Joignant le geste à la parole, elle prit place sur ses cuisses, la hanche collée contre son ventre, l'épaule contre son torse. Il s'écarta d'elle, les deux mains agrippées à l'arrière du banc, les yeux plissés.

— Qu'est-ce qui vous prend ? demanda-t-il.

Il semblait avoir le souffle court, ce qui n'était pas le cas un instant auparavant. Le regard perçant qu'il lui lança alluma comme un incendie en elle.

— Je vous séduis délibérément. C'est bien ce que vous avez fait avec moi, non ?

— Je n'étais pas si... si près de vous.

En guise de représailles, Elizabeth se lova tout contre lui, tâchant de ne pas remarquer la chaleur qu'il exhalait. Ne pouvant s'agripper qu'à son torse musclé, elle appuya le poing contre lui.

— Et ce baiser, qu'en faites-vous ?

— C'était une erreur dont je me suis excusé, répondit-il, les yeux posés sur ses lèvres. Je doute que vous souhaitiez avoir à me présenter des excuses.

L'espace d'une seconde, elle plongea les yeux dans les siens et s'aperçut soudain d'une chose. Elle aimait sentir le corps de Sir John sous le sien.

— Jamais, répliqua-t-elle en se relevant d'un bond.

Il se leva à son tour.

— Vous avez toutes les raisons du monde de m'en vouloir, Anne.

Le simple fait d'entendre le nom de sa suivante la mit vaguement mal à l'aise. C'était le monde à l'envers ! Alors qu'il n'avait rien fait pour ça, elle devait lui faire confiance en lui révélant son identité.

12

John se sentait à la fois frustré, coupable et furieux. Ils étaient enfin installés dans la charrette qui les menait à Hillesley. Ils étaient précédés par deux soldats à cheval qui discutaient entre eux, sans se soucier de l'attelage et de ses deux occupants derrière eux. Le ciel était couvert, et une légère bruine s'était mise à tomber. Mais cela ne suffisait pas à faire baisser la fièvre qui lui embrasait le corps.

Comment pouvait-il continuer à être attiré par Anne ? Elle était en colère, blessée, et elle avait tous les droits de le punir. De toute évidence, Lady Elizabeth lui avait demandé de le tourmenter. Afin qu'il fasse ses preuves, sans doute.

Il s'était acquitté de la première épreuve. Enfin, en ce qui concernait Anne. Il ne l'avait ni touchée ni embrassée.

Mais, au fond de lui, et c'était ce qui comptait, il avait le sentiment d'avoir échoué. Ses doigts étaient tellement impatients de la caresser. Et ce n'était rien en comparaison de la partie la plus virile de son anatomie. Comment était-il parvenu à dissimuler son désir ? S'écarter lorsqu'elle s'était lovée contre lui l'avait aidé.

Il avait nourri le maigre espoir qu'apprendre la vérité à Anne aurait rendu les choses plus faciles. Hélas, ce n'était pas le cas. Il continuait d'avoir envie d'elle. Pourquoi ne pouvait-il pas revoir Lady Elizabeth ? Dans son enfance, elle était d'une beauté qui le poussait à la suivre comme un petit chien. Après quoi, elle le chassait en riant. Mais voilà que ce souvenir s'effaçait, remplacé par l'image d'Anne. De sa peau d'une blancheur de lait, de ses yeux envoûtants. De ses lèvres…

Il fit claquer les rênes pour chasser ces visions et dit tout bas :

— Les soldats ne peuvent pas nous entendre. Nous sommes seuls. Comment a réagi Lady Elizabeth, quand vous lui avez parlé de moi ?

Anne portait une cape qui la protégeait de la pluie. La capuche lui cachait presque entièrement le visage, hormis le bout du nez et le menton. Il faillit lui demander de la rabattre, afin qu'il puisse décrypter son expression. Malheureusement, il ne pourrait se fier qu'au ton de sa voix.

— Anne ? répéta-t-il.

— J'ai entendu. Lady Elizabeth a été pour le moins troublée par votre plan pour parvenir jusqu'à elle.

John resta muet. Après tout, il s'était assez excusé.

— Elle a refusé de croire que l'état lamentable de Rame Castle était l'œuvre de votre frère aîné, en dépit de ce que vous prétendez.

— Je ne prétends rien, c'est la vérité.

— C'est ce que vous pensez, mais il y a forcément une autre explication.

John préféra ne pas insister. Lady Elizabeth avait été follement amoureuse de William. Mais, jusque-là, il n'avait jamais songé qu'il serait peut-être incapable d'obtenir l'affection de son épouse à cause du fantôme de son défunt frère. Et cela le mettait hors de lui.

— Elle ignore si elle peut vous faire confiance, ajouta Anne avec douceur. Elle est très perturbée.

— Quoi qu'il en soit, elle souhaite qu'on vienne à son secours. N'est-ce pas plus important que l'opinion qu'elle a de moi ?

— Ces deux choses ne sont-elles pas liées ? lança-t-elle en tournant enfin la tête vers lui.

Il lut de la tristesse et de la résignation dans ses yeux.

— Il ne s'agit pas uniquement de Lady Elizabeth. Elle s'inquiète du sort du château, et surtout de celui de ses occupants.

— Tout le monde serait soulagé de savoir qu'elle est à l'abri du danger.

— Ils n'auront pas ce sentiment si Lord Bannaster exerce sa colère sur eux. Ses liens avec le roi le mettent au-dessus du commun des mortels. Enfin, c'est l'impression qu'il donne. Ma maîtresse a peur qu'il soit capable… de tout.

— Très bien, répondit-il en regardant vers le lointain.

Alors qu'ils venaient d'atteindre le sommet d'une colline, Hillesley apparut devant eux.

— Dans ce cas, je dois la convaincre de ma sincérité. Si je lui écrivais, lui apporteriez-vous ma lettre ? À condition que cela ne vous mette pas en danger, bien sûr.

— Oui, elle aimerait vous lire.

John prit une grande inspiration. Il lui restait un sujet délicat à aborder.

— S'est-elle mise en colère, quand vous lui avez parlé du baiser ?

— Je ne l'ai pas encore fait.

— Ne tardez pas, répondit-il en lui adressant un regard réprobateur. Je refuse que vous cachiez des choses à votre maîtresse à cause de moi.

— Vous souhaitez la mettre au courant du fait que vous avez été attiré par sa suivante ?

Il tourna la tête. Anne l'observait attentivement. Pourquoi n'avait-il pas dit qu'il avait fait semblant de la désirer, rien de plus ? À cette heure, elle ne le porterait pas dans son cœur, mais au moins l'affaire serait réglée.

— Elle doit connaître la vérité, insista-t-il. Et elle mérite de savoir que c'est la situation qui m'y a poussé.

Elle fit une grimace, puis acquiesça.

— Très bien. Elle aimerait savoir si vous avez un plan pour lui venir en aide.

— Pour le moment, j'attends mon heure. J'ai un plan, mais je ne suis pas encore prêt à le dévoiler.

— Pourquoi donc ? s'enquit Anne d'un ton manifestement blessé.

— Parce qu'il n'est pas au point.

— Mais…

— Un autre plan impliquerait d'éloigner les deux gardes du donjon, ce qui ne serait pas compliqué. Non, le vrai problème sera de faire sortir Lady Elizabeth du château.

— Elle refusera de s'en aller.

— Quoi ?

— Comme je vous l'ai dit, elle a peur pour ceux qui dépendent d'elle. Elle ne les quittera pas. Elle a essayé d'envoyer un courrier au roi, mais Milburn l'a intercepté, vous le savez. Et si vous alliez voir notre souverain ?

Pour la première fois, il sentit une véritable impatience chez elle. Il serait malheureusement obligé de la décevoir. La pluie imprégnait sa chemise, et la route cahoteuse faisait tressauter sa jambe abîmée. Comment avouer à sa fiancée que son plan consistait à gagner le soutien de la garnison du château, si elle était inquiète du sort des occupants des lieux ? Elle refusait l'usage de la force, or une armée était justement faite pour ça !

— J'ai songé à demander audience à Sa Majesté avant même d'arriver à Alderley. Mais je ne suis qu'un baron sans fortune, sans armée derrière moi.

Enfin, pour le moment.

— Que faites-vous du sceau de votre famille ?

— Rien ne prouve qu'il me croira, surtout s'il a eu vent de toutes les rumeurs.

— Quelles rumeurs ?

Anne semblait suspendue à ses lèvres.

— Je comptais en parler plus tard à Lady Elizabeth, mais le temps presse, alors à quoi bon attendre ? Tandis que j'étais sur le continent, les habitants de mon domaine ont entendu dire que je réclamais sans cesse de l'argent. Ce qui expliquait pourquoi nos terres et notre château étaient en si piteux état. C'était un bon prétexte. Il pensait sans doute que je ne reviendrais pas, c'est pourquoi il n'a pas hésité.

— Qui ça ?

John posa les yeux sur elle.

— Mon frère.

Anne en resta bouche bée, l'air indigné. C'était prévisible. Lady Elizabeth se faisait toutes sortes d'idées fausses sur William, et elle les avait transmises à sa suivante.

— Comment osez-vous accuser un homme si bon ? Que Dieu ait son âme !

Un homme « si bon » qui n'avait eu aucun scrupule à le battre comme plâtre et à l'humilier pour l'endurcir, songea John avec amertume.

— L'intendant m'a avoué qu'il n'a fait qu'obéir aux ordres de mon frère, reprit-il. Qui pouvait prendre de telles décisions, à part lui ? Il a disposé de l'argent à sa guise et ne tenait pas à être tenu pour responsable.

Elle ouvrit la bouche comme pour le contredire, mais finit par lâcher :

— J'informerai ma maîtresse de ce que vous venez de me rapporter.

— Allez-vous lui donner ma lettre ? Si cela ne vous met pas en danger, bien entendu !

— Vous vous inquiétez pour moi ? s'enquit-elle d'une voix mal assurée.

— Oui, répondit-il sans quitter la route des yeux. Vous n'avez pas à vous retrouver coincée entre Lady Elizabeth et moi.

— Très bien, je la lui transmettrai.

À Hillesley, une table à tréteaux avait été installée sous une tente, au milieu de la grande étendue verdoyante au centre du village. C'était là qu'on avait décidé de collecter les loyers, afin de ne pas déranger le bailli qui achevait sa convalescence au manoir. Elizabeth était assise à côté de John, un livre de comptes ouvert devant elle, une plume et de l'encre à portée de main. Il lui avait indiqué la colonne comportant les sommes récoltées le mois précédent et lui avait demandé d'écrire dans celle d'à côté.

Hugh, l'assistant de maître Wilden, conversait avec lui ; John lui parlait de la dernière propriété dont il avait eu la charge. Elle les écoutait en tâchant de contenir son effarement et sa colère. Tout ce qu'il racontait n'était qu'un tissu de mensonges !

Elle s'efforça de se rappeler qu'il le faisait pour elle, pour lui venir en aide. Mais aussi pour mettre la main sur sa dot et sur le titre de comte.

Oh ! elle détestait nourrir ces pensées contradictoires. Dire qu'il avait encore osé accuser ce pauvre William ! Tout cet argent avait été volé par quelqu'un qui comptait monter les trois frères les uns contre les autres. C'était un coup de l'intendant, cela crevait les yeux !

Elle était soulagée que John ne souhaite en aucun cas passer ce baiser sous silence, ce qui plaidait en sa faveur.

À son grand dam, une partie d'elle souhaitait presque qu'il ait voulu garder ce moment d'intimité pour lui, tel un souvenir précieux.

Tout cela était si troublant ! Jouer ce rôle commençait à lui faire perdre le nord.

Durant l'après-midi, une trentaine de villageois vinrent présenter leurs respects au remplaçant du bailli. Et payer leurs loyers, bien sûr. Les récoltes de l'année précédente avaient été bonnes, et les suivantes étaient prometteuses. Plusieurs personnes contestèrent la somme qu'on leur demandait. Le plus respectueusement du monde, elle écouta John poser des questions avisées et le vit consulter les paiements effectués précédemment, avant de prendre des décisions. Dans un cas, il devrait expliquer à Milburn pourquoi il avait autorisé que le loyer soit payé plus tard, mais cela ne semblait pas l'inquiéter. C'était un homme sûr de lui, habitué à commander.

Et elle était appelée à l'épouser.

L'étudier avait quelque chose d'étrange. Elle avait passé les onze dernières années de sa vie à s'imaginer mariée à un autre. Un autre qui était la perfection et la bonté incarnées.

Malheureusement, John Russell avait bien trop de travers. Et bien trop d'incertitudes l'entouraient. Avait-il vraiment puisé dans la fortune familiale ? Si c'était le cas, comment pouvait-elle l'épouser ?

Ils furent invités à la taverne du village pour le souper. Cette fois, John accepta sans même lancer un regard dans sa direction. Manifestement, il ne tenait pas à manger seul avec elle. Comme si elle avait la force de retourner dans cette clairière ombragée, au bord de ce ruisseau, sans se souvenir de…

Du plaisir que lui avait procuré ce baiser ?

Ou de ce sentiment de trahison qu'il avait fini par provoquer ?

Il régnait une douce chaleur dans la taverne noire de monde, avec tous ces fermiers qui s'étaient rendus au village pour la journée. Elizabeth avait fréquenté la cour du roi à Londres, mais elle n'avait encore jamais mis les pieds dans ce genre d'endroit. Tout cela l'intriguait. Elle jeta un coup d'œil au plafond, traversé de larges poutres auxquelles étaient suspendus des jambons et des tresses d'oignons. Elle observa John qui esquivait ces victuailles, sans cacher sa bonne humeur. Était-elle sincère ou faisait-elle partie du rôle qu'il jouait ? Elle aurait tant aimé le savoir !

Hugh les conduisit à une table près du mur. Il n'y avait aucune autre femme qu'elle, à l'exception des servantes. Elle resta debout, pas très rassurée, tandis que les hommes commençaient à se décaler sur les bancs. John devant rester au bout, à cause de sa jambe « cassée », elle se glissa à côté de Hugh. La facilité avec laquelle les gens semblaient oublier qu'elle était la fille du comte la laissa pantoise. Peut-être avait-elle l'air si différente, avec sa robe toute simple et sa guimpe, qu'ils en avaient oublié la réalité. Ayant toujours eu l'habitude qu'on lui obéisse, elle faillit plus d'une fois donner un ordre, surtout quand on la collait d'un peu trop près.

Elle s'efforça de ne pas toucher Hugh trop familièrement, ce qui l'amena à se coller contre John. Si leurs hanches se frôlaient, leurs épaules se heurtaient ou se frottaient dès qu'ils bougeaient. Les servantes distribuaient des chopes de bière que les hommes levaient pour trinquer à la convalescence de leur bailli. Elizabeth essaya d'avaler quelques gorgées, mais cette bière était tellement forte ! Très vite, l'ambiance commença à lui plaire.

— Sir John, dit Hugh en essuyant la mousse sur sa lèvre, de quelle région du royaume venez-vous ?

— De Cornouailles.

Tandis qu'il se penchait pour mieux voir son interlocuteur, il lui frotta brièvement le côté de la poitrine avec le bras. Elle en resta pétrifiée, mais il ne parut pas s'en apercevoir. Il étudiait Hugh avec intérêt.

— Est-ce si différent de nos contrées vallonnées ? demanda ce dernier.

Tant que John ne la touchait pas de manière trop intime, elle était capable de se concentrer. Et elle était intéressée. De l'eau avait coulé sous les ponts depuis l'année qu'elle avait passée à Rame Castle. Quel dommage que cet endroit merveilleux soit tombé si bas !

— Mon village se trouve en haut d'une falaise qui surplombe la mer, expliqua-t-il. Nous passions le plus clair de notre temps en mer, à attraper des poissons pour nourrir nos familles.

Cela n'avait pas l'air d'être son cas, pourtant…

— Il y a toujours du vent, et les orages ne sont pas rares, mais c'est un bel endroit. Dans ma jeunesse, j'ai beaucoup voyagé avec l'espoir de devenir chevalier.

— Et vous continuez grâce à votre métier de bailli, fit remarquer Hugh avec un sourire.

John se pencha vers lui comme pour lui faire une confidence, et Elizabeth retint son souffle. Il avait le bras collé contre sa poitrine.

— Être sur les routes m'a toujours comblé, dit-il.

Elle peinait à se concentrer sur ce qu'il disait, tant la chaleur l'envahissait. Elle avait l'impression de frémir de la tête aux pieds. Elle avait également l'impression que ce récit était véridique.

— Chaque jour est différent, continua-t-il. Chaque endroit est nouveau. On découvre, on apprend. Et les femmes ne sont jamais les mêmes.

Tous les hommes présents autour de la table s'esclaffèrent. John lui donna volontairement un petit coup de coude, ce qui fit rire l'assistance encore plus bruyamment. Mais, au moins, son bras n'était plus en contact permanent avec elle. Si ça se trouve, il ne s'en était pas aperçu.

Elle se rappela qu'il avait quitté son foyer à seize ans. Un homme de cette trempe saurait-il être heureux à Alderley Castle ? Peut-être convoitait-il cet argent pour financer ses pérégrinations...

Elle se répéta qu'elle avait toujours souhaité un mari qui se rendrait régulièrement à la cour, en lui laissant la gestion du domaine. Ce qu'aurait fait William.

Étrangement, imaginer John en faire autant la rendit mal à l'aise et triste. Sans doute parce qu'elle regrettait de ne pas avoir eu la vie dont elle avait rêvé aux côtés de William...

Sur le chemin du retour, la charrette contenait un petit coffre rempli de pièces d'or. Un garde chevauchait devant le véhicule, un autre derrière. Ils observaient les collines, les bosquets et les forêts, où se cachaient peut-être des voleurs. La pluie avait cessé, et le soleil couchant perçait derrière les nuages bas, juste devant eux. Elizabeth se protégeait les yeux, et John semblait gêné par la luminosité, mais il conduisait sans se plaindre.

Elle était mal à l'aise d'être assise si près de lui, encore agitée de l'avoir frôlé si longuement, à la taverne. En un sens, agacée, même, qu'il ne s'en soit pas aperçu. Après tout, est-ce que cela ne prouvait pas qu'il ne la désirait pas vraiment ? Qu'il l'avait séduite parce qu'il en avait besoin, rien de plus ?

Soudain, elle se rendit compte qu'il était assis à l'extrémité de la banquette, comme s'il ne voulait pas la toucher, lui non plus. Elle tâcha de contenir son soulagement. Mais, avec toute la bière qu'elle avait bue, elle avait peut-être perdu un peu de sa lucidité…

— À quoi ressemble Lady Elizabeth ? demanda-t-il brusquement.

Sous le coup de la surprise, elle vit apparaître cette barrière invisible que le mensonge avait fait naître entre eux. À cause d'elle. Mais il le méritait.

— Elle a vécu un an auprès de votre famille, répondit-elle très respectueusement.

— Elle avait onze ans, à l'époque. Je ne l'ai pratiquement pas connue.

— Pourquoi ?

— Parce qu'elle ne s'intéressait pas à moi. William était l'étoile de la lignée.

L'ironie qu'elle percevait dans sa voix lui rappela les vilenies dont il avait cru son frère capable. Était-il jaloux qu'elle ne se soit pas intéressée à lui ? Ou avait-il simplement envie d'elle, parce qu'elle était promise à son aîné ?

— Vous souhaitiez passer du temps auprès d'une enfant de onze ans ?

— J'ai trouvé qu'elle était… amusante. Et adorable. J'étais presque certain qu'elle deviendrait une femme magnifique.

Elizabeth regarda un instant ses pieds.

— La beauté est si importante, à vos yeux ?

— Non, mais… Si cela ne vous dérange pas de me le dire, est-ce le cas pour elle ?

— Je ne comprends pas, répliqua-t-elle en se raidissant.

— Elle ne savait rien au sujet de William. Il avait huit ans de plus qu'elle. Et il se souciait peu des jeunes filles. Tout ce qu'il avait à faire, c'était de la gratifier de grands sourires…

La voix de John se brisa, puis il retrouva sa bonne humeur.

— Oh ! je ne suis pas parfait. J'étais dans la même situation avec elle.

N'importe qui peut dire la même chose pour gagner le cœur d'une femme, songea-t-elle. Il s'attendait sans doute à ce qu'elle coure rapporter tout cela à sa maîtresse, afin de lui faciliter la tâche. Il n'empêche : elle se sentait… déstabilisée.

— Avec moi, Lady Elizabeth n'aura pas à craindre que d'autres femmes se pâment devant la beauté de mon visage, ajouta-t-il avec un petit ricanement.

Espérait-il qu'elle lui adresse un compliment ? Puisque ses intentions lui échappaient, elle se garda bien de relever.

— Lady Elizabeth n'est plus une enfant, déclara-t-elle à la place. Elle sait que la valeur de quelqu'un se mesure à l'aune de ses actes et de sa parole. Pas de sa beauté.

Elle se sentit cependant coupable d'affirmer une telle chose, car la beauté de William l'avait souvent ensorcelée. Mais c'était son âme sensible et passionnée qu'elle appréciait le plus.

— Elle n'attachera aucune importance à votre cicatrice.

— Tant mieux. Je serais peiné qu'elle craigne que je fasse peur à nos enfants.

Nos enfants. Elizabeth se sentit frémir. Elle avait été élevée à la campagne, où les animaux étaient légion. Elle savait deux ou trois choses sur la façon dont on faisait les enfants. Imaginer ces moments d'intimité, ce corps musclé tout contre elle l'empêcha de le regarder.

— Comment avez-vous reçu cette balafre ? demanda-t-elle, histoire de penser à autre chose.

— Durant l'un de ces tournois où des nuées d'hommes en armure se poursuivent à travers un champ, une épée à la main, pour la plus grande joie des spectateurs.

— J'ai toujours trouvé ces combats barbares, surtout quand ils conduisent tant d'hommes valeureux à se blesser.

— Mon casque a été arraché, et trois hommes que j'avais battus en d'autres occasions en ont profité pour se venger.

Elizabeth grimaça.

— Une chance qu'ils ne m'aient pas crevé un œil ! s'esclaffa-t-il.

— Est-ce que cela vous gêne d'être… défiguré ?

— Est-ce que cela *vous* gêne que je le sois ?

Elle recula brusquement.

— Pourquoi mon avis vous importerait-il ?

— J'ai appris que cela ne changeait rien à la façon dont me voyaient les femmes. Enfin, les femmes du peuple, surtout. Et vous en faites partie.

Cette remarque la blessa tellement qu'elle demanda :

— Les femmes de la noblesse n'ont pas cette mansuétude ?

— Non, rarement.

— Voilà pourquoi vous m'interrogez sur Lady Elizabeth.

John haussa les épaules avant qu'elle reprenne :

— Vous vous faites bien trop d'idées sur son compte, répondit-elle froidement. Elle ne vous doit rien, surtout après la façon dont vous m'avez traitée.

— Je vais lui écrire. Elle changera d'avis à mon sujet, je le jure.

— Ce sera plus difficile que vous ne le pensez…

Tandis qu'elle disait cela, Elizabeth entendit un bruit étrange derrière elle. John et elle se retournèrent alors pour voir l'étonnement qui se peignait sur le visage du second soldat. Il avait une flèche plantée dans le torse !

Avant même qu'il tombe lourdement de sa selle, John la poussa sur le sol de la charrette, la tête la première.

— On nous attaque ! hurla-t-il au garde qui ouvrait la marche.

Le nez encore plongé dans la paille, Elizabeth osa jeter un coup d'œil par-dessus le rebord du véhicule, le cœur battant. Le soldat devant eux fit pivoter son cheval. Au même moment, une flèche le frôla et alla se planter dans un arbre.

— Anne, restez ici ! lui ordonna John d'un ton sans appel, tandis qu'il lui donnait la dague qui pendait à sa ceinture.

— Vous n'allez pas en avoir besoin ?

Il ne lui répondit pas. Des cris retentissaient dans la forêt, mais elle n'avait d'yeux que pour lui. Le temps de bondir par-dessus la banquette, il passa de l'autre côté de la charrette et se jeta sur le cheval sans cavalier. Elle crut manquer d'air en le voyant retomber en travers de l'animal. Au lieu de chuter, il parvint à se redresser et à attraper une épée dans la sacoche qui pendait à la selle. Même si la bête était devenue comme folle et tournait sur elle-même en refusant d'obéir, il réussit à la calmer et à en reprendre le contrôle. Couché à plat ventre sur sa monture, il se porta à la hauteur de l'autre soldat. Plusieurs flèches manquèrent leur cible, tandis qu'ils filaient vers le massif d'arbres d'où provenaient les tirs.

Une main agrippée au rebord de la charrette, l'autre autour de la dague, Elizabeth jeta un coup d'œil en direction des arbres, espérant voir ce qui s'y passait. Elle entendit des éclats de voix et des hennissements, pria pour qu'il n'arrive rien à John. Peu après, il apparut en galopant à bride abattue vers la route, poursuivant un voleur qui tentait de s'enfuir. Avec le pommeau de son épée, il le frappa à la tête. Le brigand s'écroula face contre terre.

Elizabeth en resta bouche bée. Dans la lumière qui diminuait, John fit cabrer son cheval, puis ils repartirent vers les arbres. Ce n'était pas de la peur qu'elle lut sur son visage, mais un mélange d'aplomb et de détermination. Elle peinait presque à le reconnaître, avec sa mine conquérante. À présent, elle l'imaginait fort bien en chevalier, en vainqueur de tournois et de batailles. C'était un homme confiant dans ses talents.

Voilà qui était aussi sidérant que troublant ! Elle ne savait plus quoi penser. Un homme accompagné de trois soldats était-il en mesure de la sauver des griffes de Bannaster ? Mystère. Mais, au moins, elle comprenait d'où lui venait la confiance en soi qu'il affichait.

Soudain, la charrette tressauta, et elle se retourna à temps pour voir un voleur grimper à l'arrière. Il était trapu, le visage hirsute, encadré d'une masse de cheveux sales. Accroupie dans la paille, elle lui montra la dague. Comme si elle savait s'en servir ! Il dévoila un sourire édenté et s'approcha d'elle.

La bouche grande ouverte, elle crut manquer d'air. Mille questions tourbillonnaient dans sa tête. Devait-elle viser le torse du bandit, ses jambes ou ses mains qu'il tendait vers elle ? Et puis, où était John ?

Avant même qu'elle prenne une décision, deux hommes surgirent de part et d'autre de la charrette, comme s'ils s'étaient cachés sous l'essieu. Elle poussa un cri perçant. Affronter trois hommes en même temps... C'était impossible !

À son grand étonnement, elle les vit attraper le premier brigand et le jeter par-dessus bord. Il atterrit par terre la tête la première et resta immobile, le cou tordu de façon bien peu naturelle.

Elle menaça les deux autres de son arme. Ils échangèrent un sourire. L'un d'eux, qui mâchonnait le bout de sa moustache, prit la parole.

— Bonjour, gente dame. Moi, c'est Ogden. Et lui, c'est Parker. On est les hommes de Sir John.

Parker regarda en direction des bois, où le bruit des combats faiblissait.

— Donne-le-lui, allez ! Il faut qu'on reparte.

Elle se tendit, mais Ogden se contenta de lui présenter un rouleau de parchemin.

— On a essayé de trouver le bon moment pour voir Sir John, aujourd'hui. Vous pourriez lui remettre ça ?

— N'approchez pas ! ordonna-t-elle. Posez ça dans la paille.

Ogden s'exécuta en hochant la tête d'un air approbateur.

— Vous vous en êtes bien tirée. On vous regardera depuis les arbres pour être sûrs que personne ne vous fera de mal, avant le retour de Sir John.

Elizabeth refusa de se détendre, même lorsqu'ils se fondirent dans la végétation, avant de disparaître. En entendant des chevaux galoper derrière elle, elle fit volte-face, sa dague brandie d'une main tremblante.

John et le soldat de Bannaster se hissèrent à l'intérieur de la charrette, l'air tout surpris.

— Est-ce qu'il y en a d'autres ? demanda-t-elle.

Seigneur, pourquoi fallait-il qu'elle parle d'une voix aussi plaintive ?

— Non, Anne, lui répondit John d'un ton rassurant. Milburn pourra vous remercier d'avoir vaillamment défendu l'argent des loyers.

Elle battit des paupières, la tête baissée vers le coffre. C'était après l'argent que les bandits en avaient, pas après elle ! Cela lui était complètement sorti de la tête. Elle se laissa tomber sur la banquette, le menton collé à la poitrine, et tâcha de reprendre son souffle.

John et elle étaient indemnes. Elle posa la main sur son ventre noué et en ébullition, comme pour garder ses émotions au fond d'elle. Le garde de Bannaster observait John avec le plus grand respect.

— Je vous remercie, Sir John, lui dit-il. C'est bien dommage que vous ayez renoncé à être chevalier.

En descendant du transport, John bascula à cause de sa jambe « cassée » et dut s'agripper au rebord. Elizabeth haussa un sourcil. Quel talent d'acteur ! Le garde s'empressa de mettre pied à terre pour l'aider à remonter sur l'attelage. Le front couvert de sueur et de poussière, John la regarda par-dessus l'épaule du soldat, content de sa duperie.

Le soldat proposa à Sir John de hisser le pauvre Balwin sur la charrette et de laisser les loups se charger des autres corps.

— Celui qui gît sur la route est simplement sonné. Attachez-le et installez-le à côté de votre capitaine. Il pourra peut-être nous donner quelques informations sur cette attaque.

Très vite, ils reprirent le chemin vers Alderley. Entre-temps, Elizabeth avait pu glisser le rouleau de parchemin dans sa manche. Elle attendit d'être à proximité du château pour le donner à John, profitant du fait que le soldat était parti en éclaireur.

Il regarda l'objet avec circonspection, tout en essuyant du revers de la manche la sueur qui ruisselait sur son front.

— Qu'est-ce que c'est ?

— Deux hommes nommés Ogden et Parker m'ont sauvé la vie et ont laissé ça pour vous.

Sans se soucier du message, il l'observa d'un œil inquiet.

— Vous êtes blessée ?

Elle secoua la tête.

— Non, mais j'étais à deux doigts de poignarder un brigand avant qu'ils interviennent.

— Voilà qui ne m'étonne guère, dit-il en retrouvant le sourire. Vous n'êtes pas femme à vous laisser faire.

Ils étaient presque au niveau des remparts. En voyant John glisser le message dans sa chemise, sans même le lire, Elizabeth étouffa un juron. Sa curiosité attendrait pour être satisfaite.

13

Le lendemain matin, tandis que John s'entretenait avec Milburn, Elizabeth descendit jusqu'au terrain d'entraînement. Aucune trace des deux hommes qui lui étaient venus en aide. Elle se rendit donc à l'armurerie. Elle y trouva Philip, seul, en train de dresser l'inventaire. La pièce sans fenêtres était plongée dans le noir, n'était la lueur d'une bougie sur une étagère.

— Excusez-moi… Philip ?

Il leva le nez de ses livres et lui adressa un sourire.

— Ah, c'est vous, Anne ! dit-il en jetant un coup d'œil derrière elle. Sir John n'a pas besoin de vous, aujourd'hui ?

— Votre maître est en compagnie de l'intendant pour discuter de la collecte des loyers à Hillesley, répondit-elle d'un ton pincé.

— Tout s'est passé à merveille, me semble-t-il. Enfin, hormis cette attaque, bien entendu.

Elle haussa les épaules avant de demander :

— Sauriez-vous où nous pourrions parler sans courir le risque d'être dérangés ?

Il haussa un sourcil et reposa son livre de comptes.

— Pour l'heure, nous sommes à l'abri, mais quelqu'un pourrait entrer. Venez avec moi, nous allons regarder les chevaliers s'entraîner.

Ils marchèrent jusqu'à l'extrémité du terrain, où se trouvait un banc. Elizabeth comptait bien en savoir plus sur John, qui était loin de lui avoir tout dit. Mais, à présent qu'elle était assise aux côtés de son ami chevalier, elle était perdue. Par où commencer ?

— Je sais que vous vous appelez Philip, finit-elle par lâcher. Mais quel est votre vrai nom de famille ?

Il lui sourit sans cacher son amusement et répondit :

— Sir Philip Clifford, pour vous servir.

— Vous faire passer pour quelqu'un d'autre à la demande de John ne vous a pas dérangé ?

Le sourire qu'il arborait s'effaça quelque peu, et il la regarda, l'air très sérieux.

— John peut me demander ce qu'il veut, je le ferai. Je lui dois bien cela, après toutes les fois où il m'a sauvé la vie.

— Depuis hier, je lui suis redevable, moi aussi, murmura-t-elle.

Le temps de prendre une grande inspiration, elle enchaîna :

— Vous l'avez accompagné dans ses voyages ?

— Pendant quatre ans, dit-il en penchant la tête vers elle. Me faites-vous passer un interrogatoire au nom de votre maîtresse ?

— Un interrogatoire ? N'exagérons rien…, répondit-elle en baissant les yeux. Disons plutôt que je mène ma petite enquête. Ce n'est pas facile d'être enfermée dans un donjon et d'apprendre que son fiancé est au château.

— Et qu'il a menti sur son identité, ajouta Philip d'un air entendu.

— Elle a compris que c'était un mal nécessaire, mais…

Elizabeth laissa sa phrase en suspens, avec un haussement d'épaules. Elle fut étonnée de voir que l'ami de John la regardait avec un mélange de compassion et d'empathie.

— Mais peut-être que *vous* ne comprenez pas la nécessité de tout ce qu'a fait John, avança-t-il.

Elle se sentit rougir. Ce n'était pas le genre de conversation qu'elle souhaitait avoir avec un étranger, aussi gentil soit-il.

— Philip, Sir John m'a raconté qu'il avait sillonné le continent en qualité de mercenaire et disputé des tournois pour gagner de l'argent. C'est bien à cela qu'a ressemblé sa vie ?

Il semblait deviner où elle voulait en venir...

— Ah, il vous a parlé de cette rumeur selon laquelle il aurait dilapidé la fortune de sa famille. Pour être tout à fait honnête, il n'a jamais reçu le moindre colis en provenance de Rame Castle, encore moins de l'argent. Bien souvent, le soir venu, nous avions juste assez d'argent pour passer la nuit dans une auberge douteuse ou dans une chambre au-dessus d'une taverne. Il n'y a pas pire.

Là-dessus, il secoua la tête et ajouta :

— Enfin, ce n'est que ma version des faits, et celle de John. Ce sera à votre maîtresse de décider si elle veut nous croire ou pas.

Effectivement. Mais, au moins, Elizabeth savait que John inspirait de la loyauté à cet homme.

— Il m'a expliqué qu'il aimait partir à l'aventure sur les routes.

— Je n'ai jamais vu un homme qui aime autant voyager ! C'est moi qui ai gardé un mauvais souvenir de ces nuits d'insomnie à l'étage de ces tavernes malfamées, pas lui. Il était même content de dormir à la belle étoile.

— Il ne regrettait pas d'être loin de son domaine, de sa famille ?

Philip hésita avant de répondre :

— Il était le dernier de sa fratrie, Anne. On n'attendait pas grand-chose de sa part et, à mon avis, il a ressenti le besoin de prouver sa valeur. Il a appris à gagner sa vie tout seul, car tout est passé entre les mains de son frère, à la mort de leurs parents.

— Je vous sens agacé, Philip, mais toutes ces informations sur le frère de John, c'est de lui que vous les tenez.

— En effet. Il n'a jamais rêvé d'être le maître de Rame Castle, vous savez ? En revanche, il a été terriblement déçu de voir que son frère s'en était si mal occupé.

La mâchoire serrée, Elizabeth répliqua :

— Vous ne savez pas...

— Votre maîtresse devait être très amoureuse de William, pour que vous le teniez en si haute estime.

La gentillesse dans sa voix, comme s'il avait pitié d'elle, l'irrita.

— Je ne suis pas là pour discuter du premier fiancé de ma maîtresse.

— Non, vous souhaitez parler de mon ami. Et vous refusez de croire ce que je vous dis.

Il n'y avait plus aucune trace d'amusement dans sa voix.

— Laissez-moi simplement vous dire une chose : j'étais à ses côtés quand il a vu l'état lamentable dans lequel était son domaine. Ainsi que la haine injuste que lui vouaient les uns et les autres. — Cela ne prouve rien. Il a peut-être pris conscience de ce que Rame Castle était devenu par sa faute.

— Cela prouve plutôt que William se moquait éperdument des conséquences de ses actes. John a sacrifié toutes ses économies pour lancer les travaux de rénovation.

— Parce qu'il se sentait coupable ?

— Parce que son sens de l'honneur l'imposait. C'était son devoir, répliqua froidement Philip.

— Pardonnez-moi, je ne voulais pas vous blesser.

— Vous ne faites qu'obéir à votre maîtresse, dit-il en commençant à se détendre.

— Avez-vous déjà rencontré le frère de Sir John ?

— Non. Là encore, je sais ce qu'il m'a raconté, rien de plus. Navré, je ne suis pas d'une très grande aide.

— Votre loyauté en dit long.

— Hum, voilà ce qui s'appelle une réponse diplomatique ! Vous n'êtes vraiment qu'une suivante ?

Elle acquiesça, en tâchant de ne pas se sentir trop coupable. Elle ne faisait que se protéger, après tout...

— Sir John vous a-t-il annoncé que d'autres personnes pourraient bien nous venir en aide en cours de route ?

À ces mots, Elizabeth se redressa. Voilà qui était intéressant !

— Non, comment ça ?

— Avez-vous déjà entendu parler de la Confrérie de l'Épée ? lui souffla-t-il tout bas.

— De nom, sans plus de précisions. Mon père en a peut-être parlé une fois.

— Est-ce que ses membres lui apportaient leur aide ?

L'émotion de Philip était palpable... Elle se concentra. Elle était censée être la fille d'un fermier, attention à ne pas l'oublier !

— Pas à ma connaissance. Est-ce que cette confrérie... aide les gens ?

— C'est une organisation secrète qui œuvre pour faire triompher la justice. J'en ai entendu parler depuis ma plus tendre enfance. Et figurez-vous que nous avons rencontré l'un de ses membres, Sir John et moi.

— Philip...

Déstabilisée, Elizabeth se retourna et aperçut John. Il était à quelques pas de leur banc, appuyé sur sa béquille. Elle était tellement occupée à étudier la moindre expression de Philip qu'elle n'avait pas fait attention à lui. N'importe qui aurait pu surprendre leur conversation. Une idée qui la mit aussitôt mal à l'aise.

Elle s'interrogea. John était-il agacé qu'elle soit seule avec son ami, même s'ils étaient au beau milieu de la cour du château ? Lorsqu'il la regarda, elle sentit la force de ses yeux, comme s'il l'avait vraiment touchée. Elle se rappela qu'il ne lui inspirait pas totalement confiance. En toute logique, elle avait ces choses bien en tête. Hélas, son corps refusait d'obéir et espérait toujours se blottir contre lui.

Philip croisa les bras sur le torse et lança :

— Bonjour à vous, Sir John.

— Vous avez tort de lui farcir la tête d'histoires à dormir debout.

— Quoi ? Cette confrérie n'existe pas ? s'enquit Elizabeth en les regardant tour à tour.

— Bien sûr que si ! s'exclama Philip. Nous avons rencontré l'un de ses membres il y a quelques jours, en venant ici. Pourquoi lui avez-vous caché cela ?

Devant cette accusation, Sir John se contenta de lever les yeux au ciel.

— À quoi bon laisser ma fiancée croire que l'on va miraculeusement voler à son secours ?

— Ils ont promis de la secourir, grogna Philip. C'est à vous…

Voyant qu'il n'allait pas au bout de sa phrase, John termina à sa place.

— Oui, c'est à moi que l'étranger a posé des questions pour se faire une idée de ma valeur.

Le temps de jeter un regard à Elizabeth, il ajouta :

— Vous voyez pourquoi j'hésite à me présenter devant le roi. Tout le monde croit les rumeurs sur mon compte, même des quidams qui prétendent appartenir à une organisation légendaire.

Elle avait de quoi être surprise devant ces avis si divergents ! Il n'empêche : elle était une femme rationnelle. Espérer qu'une mystérieuse confrérie vienne à son secours était grotesque.

Philip se tourna alors vers elle avec intérêt.

— Ils finiront par se rendre compte que Sir John est un homme de valeur, n'ayez crainte. Après tout, la Confrérie a aidé le roi à monter sur le trône.

— Tiens donc ! Moi qui croyais que c'était grâce à son armée…, lança John d'un ton moqueur.

Manifestement, il s'agissait d'un sujet de dissension entre eux depuis bien longtemps.

Philip sourit et secoua la tête.

— Un jour, vous aurez une preuve. En attendant, le fait que j'aie rencontré un membre de la Confrérie me donne la certitude qu'ils existent bel et bien.

Là-dessus, John se tourna vers Elizabeth.

— Un étranger nous a affirmé qu'il allait vous apporter son aide. Est-ce le cas ?

Elle était à présent coincée entre le scepticisme de John et l'impatience de Philip.

— Je n'ai croisé personne qui... Une minute ! Sir John, vous m'avez bien certifié que ce n'était pas vous qui aviez fait descendre ce panier de victuailles depuis le sommet du donjon ?

Philip bondit du banc.

— Vous vous êtes bien gardé de me parler de ça, John ! s'exclama-t-il. C'est l'œuvre de la Confrérie, cela ne fait aucun doute.

— C'est justement pour cela que je ne vous ai rien dit ! Il s'agit plus probablement de l'un des serviteurs de Lady Elizabeth, qui voulait l'aider. Ne faites pas toute une montagne d'un événement sans importance.

— Non, seul l'un de ces hommes de l'ombre aurait risqué sa vie pour tenter une chose pareille !

— Vous risquez bien votre vie pour Sir John et pour ma maîtresse, lui fit remarquer Elizabeth.

— Vous êtes aussi sceptique que lui, si je comprends bien, rétorqua-t-il, même s'il ne semblait guère blessé. Sur ce, je vous laisse rire dans mon dos.

John regarda son secrétaire s'éloigner, l'air navré.

— Comment se porte Lady Elizabeth, ce matin ? demanda-t-il juste après.

— Aussi bien que la situation le permet, répondit-elle en baissant les yeux.

— J'ai le message pour elle.

Il jeta un coup d'œil alentour, en veillant bien à tourner le dos aux chevaliers qui poursuivaient leur entraînement. Il sortit alors un bout de parchemin scellé et plié, qu'il lui tendit.

À son grand dam, elle s'aperçut qu'il était chaud après tout ce temps passé contre lui.

— Je vais le lui apporter, murmura-t-elle en le glissant dans la bourse attachée à sa ceinture.

Elle était presque déçue d'avoir à attendre le déjeuner pour la lire tout haut. Autant s'armer de patience. Et espérer que ce message expliquerait pour quelle raison il avait été contacté par ses hommes.

John resta immobile, penché au-dessus d'elle.

— Tout va bien ?

— Bien sûr, vous m'avez vue hier soir, répliqua-t-elle sans ménagement.

Elle avait pourtant deviné le sens caché de sa question. Il se demandait si elle lui avait pardonné. Ils ne seraient jamais amis, alors inutile de commencer.

— Je...

Une étrange expression se peignit sur son visage, et il recula d'un pas.

— C'est bien. Nous n'avons pas besoin de nous rendre à Hillesley aujourd'hui. J'ai hâte de lire la réponse de votre maîtresse. Bonne journée.

John s'éloigna en se maudissant d'avoir été aussi stupide. Il avait vu Anne et Philip ensemble, occupés à parler en tout bien tout honneur. Et, au fond de son âme, il avait eu atrocement mal. Pourtant, il se doutait bien qu'elle cherchait la vérité sur son compte afin de tout raconter à Lady Elizabeth, rien de plus.

Il avait beau se répéter qu'Anne n'était pas faite pour lui, que Philip et elle pouvaient très bien devenir...

Voilà jusqu'où son imagination acceptait d'aller. Elle était sa voie d'accès jusqu'à sa fiancée, point.

Qu'importe si Ogden et Parker s'étaient eux aussi servis d'elle pour lui transmettre un message. Un message qui contenait une excellente nouvelle : ils avaient localisé la garnison d'Alderley. Même s'ils étaient démoralisés, les soldats s'acquittaient de leur tâche, en débarrassant certains coins reculés des bandits qui y rôdaient.

Ogden et Parker étaient censés leur dire que la route menant à Hillesley avait besoin d'être protégée. Hélas, le capitaine de la garnison n'était pas enclin à croire la parole de deux hommes d'armes, et qu'importe le but louable qu'ils poursuivaient. Le militaire voulait la preuve que sa maîtresse répondait pleinement de John. Pourquoi lui obéiraient-ils, sinon ?

Afin d'obtenir cette fameuse preuve, John devait convaincre Lady Elizabeth de lui donner son autorisation. Mais cela attendrait les prochaines lettres. Cela prendrait du temps pour qu'elle lui pardonne la façon dont il s'était conduit avec Anne.

Anne... Le simple fait de penser à son prénom l'amenait à se sentir coupable. Mieux vaudrait pour tout le monde qu'elle ait une existence à elle, un foyer à elle. Ce serait bien trop gênant, si elle restait ici lorsqu'il serait marié.

Et si elle faisait sa vie avec Philip ?

Avant qu'il s'éloigne pour de bon, il entendit des pas derrière lui.

— Sir John ?

C'était la voix d'Anne. Il fit volte-face. Elle était tout près.

Les mains jointes, elle semblait maîtresse d'elle-même. Mais il sentait que la nervosité la tenaillait.

— Sir John, vous ne m'avez pas demandé si j'avais parlé de notre baiser à Lady Elizabeth. Je l'ai fait.

Il regarda autour de lui ; il n'y avait personne dans les

environs, alors il s'approcha. Peut-être était-ce à lui d'être nerveux, mais il était simplement méfiant.

Étonnamment, elle vint encore plus près et posa la main sur sa poitrine. Il en sentait la chaleur à travers le tissu de sa tunique.

Il avait beau faire tous les efforts du monde, un frisson le parcourut des pieds à la tête. Un frisson qu'elle dut forcément remarquer. Elle plissa les yeux pour mieux l'étudier.

— Elle veut savoir si elle peut vraiment se fier à vous. Savoir si vous lui serez fidèle, si vous êtes capable de vous contrôler, quelle que soit la situation.

John prit une grande inspiration, s'efforçant d'oublier cette main sur lui.

— Anne, hier matin, vous avez essayé de me mettre à l'épreuve. Et de me punir. Je n'ai pas réagi à ce moment-là, alors ne comptez pas sur moi pour commencer. Je me suis excusé une fois, cela devrait vous suffire. Si votre maîtresse souhaite de plus amples explications, elle n'aura qu'à me les demander quand je la rencontrerai. Est-elle disposée à accepter mon aide ?

— Elle y réfléchit. Vous lire l'aidera à se décider.

— Dans ce cas, j'attends sa réponse.

Il s'éloigna. Une perle de sueur courut le long de sa tempe. Anne ne l'avait pas vue, une chance. Il ne lui en voulait pas de mettre sa vertu sans cesse à l'épreuve. Visiblement, c'était sa maîtresse qui l'avait incitée à le faire. Mais, lorsqu'il regagna enfin sa chambre, il versa de l'eau dans une bassine et s'en aspergea le visage.

En apportant le déjeuner au donjon, Elizabeth trouva Anne en train de regarder par la fenêtre d'un air morose. Elle n'avait pas l'air de s'être aperçue qu'elle n'était plus seule dans la pièce.

— Anne ? dit-elle en posant le plateau.

La jeune femme sursauta, puis esquissa un sourire manifestement factice, mais si sincère dans son envie de lui faire plaisir qu'Elizabeth sentit sa gorge se serrer.

— Ah, un autre repas ! s'exclama Anne. J'ai une faim de loup.

— Plus de paniers ?

— Non. C'est sûrement parce que j'ai trop souvent penché la tête par la fenêtre pour regarder en l'air. Mon bienfaiteur ne peut plus prendre ce risque.

— Vous regardez souvent par la fenêtre en rêvant d'être libre, j'imagine.

Anne poussa un soupir et lui prit la main.

— Je ne regrette rien. C'est fascinant, tout ce qu'on voit depuis cette fenêtre. Je vous ai vue ce matin, près du terrain d'entraînement.

— Comment êtes-vous sûre que c'était moi ?

— Vous portiez l'une de mes robes, répondit simplement son amie. Et cette horrible guimpe ! Comment a fait Lord Russell pour avoir envie de vous embrasser ?

Elizabeth éclata d'un rire sans joie.

— Je questionnais l'ami de John. Il s'appelle Philip Clifford. John nous a surpris, mais il a eu l'air de comprendre ce que nous faisions.

— Ah, si seulement je pouvais distinguer leurs visages ! lança Anne, la main agrippée au rebord de la fenêtre. Je m'assieds ici et je regarde les allées et venues des gens en bas. J'imagine la vie de chacun. Un dîner dans la grande salle, une dispute avec un proche. C'est un bon moyen de ne pas m'ennuyer.

— Vous savez que, si c'est trop lourd à supporter, j'irai...

— Non ! s'exclama Anne d'un ton ferme. C'est la première fois de ma vie que je fais quelque chose d'aussi important. Ensemble, nous allons nous en sortir.

Elizabeth fit alors apparaître le message de John.

— Va-t-on nous venir en aide ? demanda Anne d'un ton pensif. C'est un message de Lord Russell ? Vous allez le lire ?

— Oui, il le faut.

Elle fixa le bout de parchemin et poussa un soupir. Anne s'approcha d'elle.

— Vous en avez assez de ce mensonge. Pourquoi ne pas lui avouer la vérité ?

— Parce que...

Elle se raidit et se força à répondre d'une voix assurée :

— ... Parce que je ne le connais pas assez.

Elle le revit en train de la défendre contre les brigands. Il avait risqué sa vie, certes, mais si c'était simplement un moyen de la convaincre ?

— Parler à son ami ne m'a pas renseignée, loin de là. Comment être sûre qu'il ne ment pas, lui non plus ? Cela étant, Philip a paru heureux d'apprendre que vous aviez reçu ce mystérieux panier. Il cherche des éléments probants à propos d'une certaine Confrérie de l'Épée. D'après lui, ses membres auraient décidé de nous aider. Mais John, enfin... Lord Russell n'est pas de cet avis. Il a l'air sceptique.

— Dans ce cas, lisez son courrier et prenez votre décision, répondit son amie sans cacher son impatience. Je vais me restaurer et vous laisser lire tranquillement.

— Pas question de vous cacher quoi que ce soit, je vais lire ce message tout haut !

Elizabeth brisa le sceau et déroula le parchemin. John écrivait d'une main lisible, sans trembler.

À L'ATTENTION DE LADY ELIZABETH,

À l'heure qu'il est, vous devez avoir été informée de ma volonté de prendre du temps avant de vous aider. J'aurais préféré me présenter à vous en compagnie d'une grande armée, afin de convaincre Lord Bannaster que me défier était une grave erreur. Malgré tout, j'ai appris par votre suivante que vous refusez toute effusion de sang. Les habitants de ce château ne doivent pas pâtir de la situation. Votre souhait d'éviter la violence est louable, mais guère avisé vu les circonstances. Il révèle une douceur toute féminine. Une qualité que j'admire...

Elizabeth s'interrompit pour lever les yeux au plafond.

— Il essaye de chanter vos louanges, commenta Anne avec enthousiasme.

— Il n'est pas aussi doué que son frère, néanmoins.

Anne ouvrit la bouche. Avant qu'elle puisse parler, Elizabeth ajouta :

— Ils n'ont pas reçu la même éducation, je sais.

— Imaginez ce que c'est de quitter sa famille à seize ans pour se rendre sur le continent.

— J'ai quitté ce château à dix ans pour échapper aux hommes qui en avaient après ma dot, lui rappela Elizabeth.

— Mais vous étiez aimée de vos parents. Adorée, même. Et puis, vous n'êtes partie qu'un an, et durant cette année on a pris soin de vous. On dirait que Lord Russell a été livré à lui-même.

— C'était le cas, admit Elizabeth à regret.

— Et c'est un homme d'honneur. Il risque sa vie pour tenir une promesse solennelle que son père a faite au vôtre.

— Et sa récompense sera mon argent, mon château, le titre de mon père et moi dans son lit !

Ce qui fit sourire Anne.

— Ce n'est pas une perspective si horrible. Vous avez pris plaisir à vous laisser embrasser, alors que vous n'auriez pas dû. C'est la même chose pour lui, non ?

— Je déteste quand vous avez raison, soupira Elizabeth. Laissez-moi finir cette lecture.

Même si mon domaine est en piteux état, je jure de le remettre sur pied. Ce joyau étincelant posé au bord de l'océan, je vous l'apporterai pour notre mariage. Pardonnez le rôle qu'a joué mon frère dans cette triste histoire. Il a toujours aimé fréquenter la cour du roi et il espérait réparer ses torts avant votre union, j'en suis convaincu.

Elizabeth leva de nouveau les yeux au plafond.

— Je ne suis pas d'accord. Ce pauvre William n'a pas pu commettre cette ignominie !

— Au moins, il défend son frère. Et il jure de tout remettre en état. Poursuivez.

Pour finir, milady, croyez bien que je suis animé des meilleures intentions. Pardonnez-moi de ne pas être arrivé plus tôt. Je vous promets qu'avec l'aide de mes hommes je ferai mon possible pour vous délivrer et honorer le souhait de nos pères respectifs.

Bien sincèrement,

John Russell

Cette lecture terminée, Elizabeth observa Anne.

— Il a un plan, mais refuse de me l'exposer. Pas tant qu'il ne pourra pas m'en parler avec certitude. Et il ne m'a pas indiqué ce que contenait le message envoyé par ses amis.

— C'est sa façon de vous protéger.

Elizabeth déposa délicatement la lettre sur la table et la contempla d'un air indécis. John attendait une réponse, mais que lui dire ? Il ne lui avait pas dédié un poème à sa gloire. Il ne lui avait pas déclaré sa flamme non plus. Pourtant, ces mots ressemblaient bien à l'homme qu'elle apprenait à connaître, animé par la seule volonté de tout arranger. Un homme qui s'était laissé rouer de coups pour avoir une bonne raison de rester à Alderley Castle.

— Qu'allez-vous répondre ? s'enquit Anne. Manifestement, il essaye de gagner votre approbation.

— Je sais bien, répondit tristement Elizabeth. Il a essayé de le faire par ses actes. Maintenant, il le fait par écrit. Mais je n'ai pas encore confiance en lui, Anne. Je ne le connais que depuis quelques jours. Comment savoir quand je pourrai m'en remettre à lui ?

— Ma mère conseillait de regarder l'attitude d'un homme quand il ignore qu'on l'observe. Ça révèle tout.

— Mais il sait quand je le regarde, nous passons le plus clair de notre temps ensemble ! Milburn nous y oblige. Une chose est sûre : je commencerai à me fier à lui si j'acquiers la certitude qu'il est bien celui qu'il prétend être.

— Vous ne le croyez toujours pas ?

— Peut-être que si, mais je refuse de suivre mon instinct, c'est terminé. Il m'a fait douter de moi-même, je ne peux plus prêter foi à mes impressions. Alors que, si je voyais le sceau de sa famille, si je savais sans l'ombre d'un doute qu'il est mon fiancé, je pourrais peut-être accepter l'idée d'un avenir avec lui.

— Dans ce cas, demandez-lui qu'il vous le montre. Si le fait d'être une suivante vous inquiète, dites que je vous ai chargée de cette tâche.

Elizabeth resta dubitative. Même si cette bague était susceptible de l'aider à en avoir le cœur net, pas question d'exiger une telle chose de John. Cela éveillerait certainement ses soupçons, et elle n'était pas encore prête à laisser tomber le masque.

— Allez-vous lui répondre par écrit ? s'enquit alors Anne.

— Est-ce une bonne idée ? S'il était surpris en possession de ce message ? On l'accuserait de comploter contre Bannaster.

Anne sourit d'un air entendu et lui répondit :

— À mon avis, vous ne savez pas quoi lui dire.

— Je dois lui rapporter ma conversation avec vous. C'est autrement plus difficile, croyez-moi !

Elizabeth réfléchissait déjà à la meilleure façon de mettre la main sur le sceau, consciente cependant que cela ne résoudrait pas tous leurs problèmes.

14

John attendait qu'Anne revienne après sa visite à Lady Elizabeth. Au bout d'une heure entière, il partit à sa recherche. Il commença par les cuisines, où travaillait son amie Adalia. Il apprit que celle-ci l'avait chargée d'arracher les mauvaises herbes dans le potager, quand elle aurait terminé de servir Lady Elizabeth.

La conclusion s'imposait : Anne l'avait délibérément évité. Et cela le peinait profondément.

La cuisinière semblait elle-même très hésitante. Méfiante, même, ce qui était assez surprenant. Pourquoi lui en voudrait-elle de jouer les jolis cœurs auprès d'Anne ? Adalia ne tenait pas à ce qu'une servante soit en mesure de devenir l'épouse d'un bailli ?

Une fois dehors, il se rendit au potager, où poussaient les légumes qui nourrissaient les habitants du château. Plusieurs jeunes femmes étaient penchées au-dessus des rangs, mais il ne tarda pas à apercevoir Anne. Elle était la seule à porter une guimpe.

Pourquoi portait-elle cet horrible voile, d'ailleurs, alors qu'elle était une fille à marier ?

Difficile de lui poser une question aussi personnelle. D'autant qu'il essayait de garder ses distances.

Remonter les allées étroites sans tout écraser avec sa béquille n'était pas évident. Cette comédie ne durait que depuis quelques jours, mais il commençait à en avoir par-dessus la tête. Il finit par longer un rang de haricots et boitilla prudemment vers elle. Elle leva la tête, la main en visière pour se protéger les yeux du soleil, l'air impassible. Le temps d'un hochement de tête dans sa direction, elle se remit à la tâche.

— Arracher les mauvaises herbes fait partie des attributions de la suivante de la maîtresse des lieux, maintenant ? s'enquit-il, penché au-dessus d'elle.

— Oui, quand on empêche la suivante en question de s'acquitter de ses missions habituelles.

Il attendit, les yeux posés sur sa nuque et sur son dos gracile, mais elle n'en dit pas plus. Plusieurs servantes leur adressaient des coups d'œil amusés, essayant visiblement de ne pas éclater de rire. Les regards stupéfaits des jours précédents avaient enfin cédé la place à un peu de gaieté, c'était déjà ça !

Constatant qu'elle continuait de l'ignorer, il lui demanda :

— Anne, est-ce que vous avez parlé à votre maîtresse ?

— Oui.

— A-t-elle quelque chose à me donner en retour ?

Elle s'accroupit et essuya son visage en sueur avec le dos de la main. Ce qui lui laissa sur le front une trace de poussière qu'il trouva tout à fait charmante. Oh non, bon sang, pourquoi avait-il noté ce détail ?

— Elle a peur qu'un tel message ne soit découvert. Ce qui vous compromettrait tous les deux, répondit-elle. Elle m'a donc chargée de vous transmettre qu'elle l'a lu et qu'elle va réfléchir à ce que vous lui écrivez.

John eut du mal à dissimuler son étonnement.

— C'est tout ?

— Qu'auriez-vous souhaité de plus ? répliqua-t-elle avec un certain trouble.

Malgré la colère qui l'animait, il était surtout frustré par la situation. Par son incapacité à aider sa fiancée dans l'immédiat.

Par son refus de quitter le château, si d'aventure il parvenait à entrer dans le donjon. Sans oublier son attirance incroyable pour Anne et l'inquiétude qui commençait à le tenailler. Anne ne serait pas facile à oublier. C'était la première fois qu'une femme hantait autant ses pensées. Le simple fait de la regarder travailler dans la poussière lui rappelait à quel point elle était agile et forte à la fois. Et à quel point il voulait partager sa couche avec elle.

Il lui adressa un regard méfiant.

— Merci de lui avoir remis ce courrier. Vous êtes d'une loyauté digne d'éloges.

Elle lui adressa un hochement de tête et retourna à sa tâche. Comme si arracher des mauvaises herbes lui demandait de gros efforts, physiquement et mentalement.

Ou parce que cela lui donnait une bonne raison de l'ignorer.

Très tôt ce soir-là, juste après le souper, Elizabeth étudia attentivement les moindres faits et gestes de John. Lorsqu'il se lança dans une partie de jaquet avec Philip et d'autres chevaliers, elle se glissa hors de la grande salle et se précipita dans la chambre qu'occupaient les deux hommes. Une fois à l'intérieur, elle referma la porte avec soulagement et regarda autour d'elle. Par où commencer ? Après avoir ouvert les rideaux pour profiter des derniers rayons du soleil, elle inspecta tout d'abord une sacoche posée sur le lit de John. Même si elle méritait de connaître la vérité, elle se sentait coupable de l'espionner. Et de continuer ce jeu de dupes, alors qu'il lui avait dit la vérité.

Elle fouilla, mais n'y trouva que quelques vêtements. Il y en avait une autre sur la paillasse de Philip. Elle ne la toucherait pas, sauf si c'était nécessaire. Un coffre rangé contre le mur ne contenait que des draps. Elle laissa courir les doigts sur le manteau de la cheminée et chercha même quelques pierres disjointes. Un trésor était peut-être caché derrière, qui sait !

Son cœur battait furieusement, et elle avait le souffle court. À chaque minute qui passait, le besoin de s'enfuir se faisait sentir. Elle venait de glisser les mains sous le matelas quand un bruit retentit. La porte ! Elle venait de s'ouvrir et de se refermer. Elle écarquilla les yeux, incapable de respirer.

Juste au moment où elle essaya de se glisser discrètement sous le lit, une voix se fit entendre.

— Je sais que vous êtes là. Et tout le château doit déjà être au courant.

C'était la voix de John. On le sentait bouillir. Ce qui était assez inhabituel chez lui. Avant qu'elle puisse se mettre à genoux, il était à côté d'elle. Il la força à se relever en l'attrapant par les bras, puis se pencha vers elle, l'air furieux.

— Qu'est-ce qui vous a fait croire que vous alliez vous en sortir ? rugit-il en désignant la chambre d'un geste large.

— Je...

— Un soldat vous a vue. Il l'a dit à l'un de ses congénères. Qui s'est empressé de me l'annoncer, devant le reste des chevaliers. Tout le monde trouve que j'ai bien de la chance de vous avoir dans ma chambre, à m'attendre.

D'une voix tremblante, elle parvint à articuler :

— Je n'ai jamais voulu...

— Un jour ou l'autre, cette nouvelle finira par remonter jusqu'à votre maîtresse. Et elle pensera que je... que nous...

Il la lâcha dans un grognement et s'écarta vivement, les mains plongées dans ses cheveux châtain.

— Tous les occupants de ce château penseront que leur seigneur a couché avec la suivante de leur maîtresse.

Le menton bien haut, Elizabeth lança :

— Je leur dirai la vérité. Ils me croiront.

— C'est à peine s'ils vous adressent la parole ! Pourquoi vous croiraient-ils ? Et puis, que faites-vous ici ?

Elle se mordit la lèvre et resta coite. En observant la chambre, John aperçut sa sacoche ouverte.

— Elle vous oblige à fouiller dans mes affaires, à présent ? demanda-t-il d'une voix rauque.

— Elle souhaite avoir l'assurance que vous êtes celui que vous prétendez être.

— Vous cherchez donc le sceau de ma famille, devina-t-il, tout en marchant vers elle.

— Oui.

Au même moment, elle sentit son dos heurter le mur.

— Ma parole ne suffit pas ?

— Bien des hommes donnent leur parole, répliqua-t-elle fièrement en plantant les yeux dans les siens. Parfois, elle ne vaut rien.

John plongea alors la main dans l'encolure de sa chemise et en sortit une chaîne au bout de laquelle pendait une grosse bague sertie d'une émeraude. Elle la fixa, l'air pétrifié, tandis que le bijou brillait de tout son éclat dans les derniers rayons du soleil.

— Souhaitez-vous la toucher, afin d'être certaine qu'elle n'est pas fausse ? railla-t-il.

Elle aurait voulu répondre que non, mais il lui attrapa la main, qu'il referma autour de la bague en la maintenant fermement. Le bijou était tout chaud à force d'être resté contre lui. Cette main virile qui emprisonnait la sienne était bien trop forte pour elle. Le bras de John frottait contre sa poitrine. Elle aurait dû se sentir furieuse ou mal à l'aise de se retrouver dos au mur, seule dans sa chambre.

Mais une vague de chaleur terrible s'empara d'elle et la fit frémir des pieds à la tête. Elle avait les paupières lourdes, la bouche sèche et les yeux posés sur la bouche de John. Elle se souvint alors de la sensation délicieuse qu'il avait fait naître en elle en l'embrassant.

Il la regardait avec intensité. Soudain, il se pencha vers elle, comme pour terminer ce baiser qu'ils avaient été obligés d'interrompre. Elle en avait oublié ce jeu de dupes entre eux.

Qu'importe s'ils ne se faisaient pas confiance. Elle voulait ressentir cette plénitude, finir ce que cette prétendue séduction avait commencé.

Dans ce moment suspendu, une foule de pensées tourbillonnèrent dans l'esprit de John. Lady Elizabeth ne se fiait pas à lui. Sans doute préférait-elle devenir l'épouse d'un autre, quel qu'il soit. Mais Anne... Anne le désirait autant qu'il la désirait. Tant pis s'ils étaient tous les deux conscients de faire une grave erreur. Si le roi Henri brisait ce contrat de fiançailles, il pourrait prendre Anne pour épouse et...

Il inspira longuement et recula, avant de lui lâcher la main. Le sceau glissa entre les doigts de la jeune femme, puis il le remit à sa place, sous sa tunique.

Où avait-il la tête, bon sang ? Comment osait-il ainsi bafouer son honneur et celui de sa famille ? Cela à cause du désir que lui inspirait une suivante. Il était le seul à pouvoir redorer le blason des Russell, prouver à ses parents qu'il avait les moyens de concrétiser leurs espérances.

— Retournez auprès de votre maîtresse et dites-lui que vous avez eu la preuve de ce que j'avance, lui intima-t-il sans ménagement.

Elizabeth se passa la langue sur les lèvres. Elle tremblait, mais n'en répondit pas moins avec un détachement et une froideur qui le laissa admiratif, bien malgré lui.

— Comment saura-t-elle que vous n'avez pas volé ce sceau ?

Eh bien, voilà qui lui montrait dans quelle estime on le tenait. Après tous les risques qu'il avait pris pour aider Lady Elizabeth ! Avant qu'il puisse répondre, on frappa doucement à la porte.

Le visage d'Anne se décomposa.

— Ils sont déjà au courant que vous êtes là, dit-il.

Il alla tout de même ouvrir, non sans avoir attrapé sa

béquille, qu'il coinça sous son bras. C'était Adalia. Elle parut toute surprise de le voir.

— Je... J'ai entendu qu'Anne était... avec vous ? avança-t-elle prudemment. J'ai besoin de lui parler.

John ouvrit la porte en grand et lui fit signe d'entrer. Sans hésiter, elle passa devant lui. Elle parut se détendre en apercevant le lit encore tiré au cordeau. Et Anne habillée de pied en cap.

Au lieu de parler librement, Adalia se rendit auprès d'elle et lui glissa quelques mots à l'oreille. John observa la scène d'un air curieux. Anne avait beau essayer de ne rien laisser paraître, elle écarquilla les yeux de stupeur.

— Merci, Adalia.

Ses yeux se portèrent alors vers lui, sans vraiment que leurs regards se croisent.

— Je dois partir. Bonne soirée à vous, Sir John.

Anne le frôla en coup de vent, suivie par la cuisinière qui lui fit une brève révérence. Il les observa tandis qu'elles s'éloignaient en toute hâte dans le couloir, puis les suivit à bonne distance.

Anne ne pensait tout de même pas qu'il en resterait là, après un épisode aussi curieux ?

Lorsqu'elles furent assez loin de la chambre de John, Elizabeth souffla à Adalia :

— Comment mes sœurs ont-elles pu entrer sans être annoncées ?

— Apparemment, les rumeurs au sujet de votre captivité ont fini par leur parvenir. Je ne sais pas quelle mouche les a piquées. Elles voulaient peut-être surprendre Lord Bannaster ?

— Où est leur tuteur ? demanda Elizabeth avec une certaine exaspération.

Adalia haussa les épaules d'un air fataliste.

— Comment a réagi Milburn en les voyant ?

— Il leur a dit qu'elles ne pouvaient pas vous voir et qu'il les renverrait demain auprès de leur tuteur avec une escorte importante. De peur qu'elles ne fassent un scandale, je leur ai intimé de se tenir tranquilles. Elles se sont tout de suite calmées et laissé docilement conduire dans leur chambre.

— Ce que vous avez fait tient du miracle, alors ! Elles, dociles ? Je ne les ai pas vues depuis l'enterrement de nos parents, il y a six mois, mais je peine à croire qu'elles aient changé à ce point !

Le temps de gravir un escalier en colimaçon, toutes deux atteignirent la chambre que les sœurs d'Elizabeth partageaient, au deuxième étage.

Elle frappa à la porte. On lui demanda de décliner son identité.

— C'est Anne, la dame de compagnie de votre sœur, répondit-elle.

Sarah, l'une de ses deux cadettes, âgée de seize ans, ouvrit en grand, l'air effaré.

— J'étais certaine d'avoir reconnu ta voix !

— Plus bas ! souffla Elizabeth en la poussant à l'intérieur.

Adalia tourna les talons.

— Je dois aller retrouver mon fils, dit-elle avec un grand sourire. Bonne nuit, ladies.

Lorsque la porte fut refermée, les deux jeunes filles, aussi rousses qu'Elizabeth mais bien moins grandes, la prirent dans leurs bras et s'écrièrent en même temps :

— Cet homme a prétendu que tu étais enfermée !

— Il faut t'appeler Anne, maintenant ?

Elizabeth leur caressa le dos, puis finit par s'écarter.

— Tout va bien. Ces brutes croient en effet me retenir prisonnière, mais Anne et moi avons échangé nos identités.

— Tu aurais pu t'enfuir, non ? demanda Sarah.

De ses deux sœurs, c'était elle qui avait l'esprit le plus rationnel.

— Non, Lord Bannaster se serait vengé sur nos amis et nos domestiques. Et cela, c'était hors de question. Je vais trouver un moyen de tout arranger.

— Tu te fais passer pour une servante, alors ? fit Katherine, qui avait l'air de ne pas en croire ses yeux. Tu es l'aînée d'un comte, tout de même !

— À la guerre comme à la guerre. Et ce n'est pas comme si je me tuais à la tâche. L'intendant ne m'autorise à monter dans le donjon qu'à l'heure des repas.

— Anne est emprisonnée là-haut ! s'écria Sarah. Depuis combien de temps ?

— Cela fait cinq jours.

— Oh ! Liz, souffla Katherine. J'ai si peur pour toi !

Liz. Voilà des mois qu'on ne l'avait pas appelée de cette façon !

Elizabeth passa un bras autour de ses épaules. Katherine était peut-être en âge de se marier, mais elle avait toujours vécu entourée de l'affection des siens. Cela avait été la même chose pour elle, avant la mort de leurs parents.

— Il y a de quoi avoir peur, c'est sûr, dit-elle en déposant un baiser sur le front de Katherine, mais Lord Bannaster ne souhaite pas me faire du mal. Il veut simplement devenir mon tuteur. Et peut-être mon mari. Ce qui est contraire à la loi, puisque je suis fiancée.

Sarah les prit toutes les deux dans ses bras.

— Promets-moi que, si tu n'arrives pas à te libérer toute seule, tu nous préviendras. Notre famille adoptive sera heureuse de venir à ton secours.

— C'est promis.

En réalité, elle ne tenait pas à ce qu'une autre famille, surtout si modeste, se trouve impliquée dans une situation qui risquait fort de dégénérer.

Soudain, la porte s'ouvrit à toute volée, et les trois jeunes femmes sursautèrent, terrifiées. Elizabeth hésita à se retourner pour voir qui était l'intrus. Mais, en faisant volte-face, elle constata que son pire cauchemar s'était concrétisé.

John se tenait sur le pas de la porte, l'air plus furieux que jamais. Il avait dû les entendre. Il fit violemment claquer le battant et s'avança dans la pièce, sa béquille à la main.

— Ladies, ne craignez rien pour votre sœur, dit-il.

Cette voix grave était aussi agréable à l'oreille qu'effrayante.

— Elle ne vous a pas raconté toute la vérité. Je suis Lord Russell, son fiancé, et c'est moi qui prendrai soin d'elle.

La lueur qui animait son regard était tout sauf rassurante. Il la regardait comme si elle était Ève surprise en train de parler au serpent dans le jardin d'Éden.

Comme si elle l'avait trahi !

Elle releva le menton et lui répondit par un regard glacial. Qu'importe si elle avait l'estomac complètement noué. Lui aussi avait menti. Il s'était même servi d'elle.

Oh ! pourquoi ne s'était-elle pas résolue à lui avouer la vérité plus tôt ?

Elle s'attendit à ce qu'il le lui reproche, mais il se tourna simplement vers ses sœurs, qui le regardaient avec un certain soulagement. Comme s'il les avait déjà tous sauvés.

Alors qu'elle était parfaitement capable de se sortir de ce guêpier sans lui !

— Ladies, reprit-il, je suis venu ici incognito pour secourir votre sœur. La discrétion sera donc de mise pour la sortir de cette situation, mais je vous promets que nous y parviendrons, elle et moi.

Cette phrase la rendit encore plus furieuse. Voilà qu'il l'associait à son plan, comme s'ils œuvraient main dans la main. Elle n'en croyait pas un mot. Elle avait plutôt l'impression qu'il cherchait à endormir leur méfiance en essayant de prendre les rênes… tout en gardant le secret sur son fameux plan !

Cela n'empêchait pas Sarah et Katherine de le regarder comme un chevalier servant, à la tête d'une armée. Comment leur expliquer qu'il n'avait même pas de quoi se payer une armure ?

— Mais ce sera bien plus difficile si nous devons nous inquiéter pour vous deux, poursuivit-il. Je vais donc vous demander de quitter le château et de patienter jusqu'à ce que nous vous donnions de nos nouvelles.

— Entendu, promit Sarah avec un sourire éclatant et plein d'espoir. C'est une grande joie de faire enfin votre connaissance.

— Toutes nos condoléances pour la mort de votre frère, ajouta Katherine d'un ton compatissant.

John hocha la tête.

— Je vous remercie, ladies. À présent, si cela ne vous ennuie pas, j'aurais besoin de parler à Lady Elizabeth.

La légère insistance avec laquelle il prononça son prénom la fit grimacer.

— Si vous me voyez demain avant votre départ, ajouta-t-il, je ne vous adresserai pas la parole. De votre côté, faites mine de ne pas me connaître. Et, si vous parlez à votre sœur, n'oubliez pas qu'elle est une servante.

— Nous lui parlerons comme s'il s'agissait d'Anne ! lança gaiement Katherine.

— Inutile de prendre ce risque, dit Elizabeth à sa cadette. Évitons plutôt de nous croiser demain matin.

Sur ces mots, elle les serra à tour de rôle dans ses bras.

— Prenez soin de vous. Merci d'être venues. Vos parents adoptifs savent-ils que vous êtes là ?

— Nous avons prétendu que nous allions rendre visite à Lady Louisa, répondit Sarah.

— Dans ce cas, faites demi-tour immédiatement, avant qu'ils découvrent le nid de vipères dans lequel vous avez failli vous fourrer.

Katherine les fixa, John et elle, avec un certain intérêt.

— Souhaitez-vous parler ici ? Nous pourrions quitter la pièce...

— Non, ce ne sera pas nécessaire, fit-il. Bonne soirée, ladies.

Dans le couloir, il coinça à nouveau sa béquille sous son bras et avança en boitillant, après l'avoir saisie d'une main de fer. Un valet, qui servait habituellement dans la grande salle, les regarda passer devant lui, l'air ébahi.

— Vous n'avez pas à vous appuyer sur moi, gronda-t-elle tout bas, lorsque le garçon s'éloigna.

Il se contenta de lui jeter un coup d'œil, sans répondre.

— Où m'emmenez-vous ?

— Dans ma chambre, lâcha-t-il d'un ton glacial. Inutile de refuser, tout le château pense que vous vous êtes donnée à moi. Bon sang, vivement que je révèle à tous mon identité ! Les gens me remercieront de vous avoir prise en main et mise en sécurité.

La mâchoire serrée, elle garda le silence. Autant laisser la colère de John s'estomper. Il l'entraîna assez rapidement dans une volée de marches, pour un homme censé avoir une jambe cassée. Mais il se montrait aussi prudent qu'à l'accoutumée.

Dans sa chambre, ils trouvèrent une bougie allumée. Philip était peut-être passé ici. Elle attendit que la porte se referme, puis se tourna pour affronter John, prête à entendre ses récriminations.

Il jeta alors sa béquille sur le lit, puis il la saisit pour la coller contre le battant. Et l'embrasser.

Ce n'était pas le baiser délicat et plein de sentiment de la fois précédente. Non, on aurait dit qu'il fondait sur ses lèvres telle une armée furieuse. Ce baiser-là était brûlant, impérieux, puissant. Elle avait la tête en arrière, le corps plaqué contre la porte par la force écrasante de cet homme. Il glissa la langue dans sa bouche. Pas de doute : il allait prendre possession d'elle, ici, maintenant.

L'une des grandes mains de John lui entourait le visage. Elle aurait eu du mal à se révolter. Son autre main courut le long de sa nuque, puis plus bas, sur son sein, qu'il empauma.

Un geste qui la troubla et la rendit furieuse tout à la fois. Ce besoin incontrôlable qu'il avait de la toucher lui fit comprendre une chose. Il avait dû se faire violence depuis qu'il lui avait avoué sa véritable identité. Et cela semblait le mettre terriblement en colère.

Dans l'intensité de ce moment, une foule d'émotions la traversa. Leurs bouches s'ouvrirent et s'unirent, tandis qu'ils penchaient la tête pour mieux s'explorer l'un l'autre. Elle lui rendit son baiser, la langue plongée dans sa bouche, tout en luttant pour ne pas lui laisser l'avantage.

Elizabeth aurait aimé s'abandonner à la chaleur et à la puissance qui émanaient de lui, mais c'était déjà bien trop fort ! Les bras jetés autour de son cou, elle l'attira contre elle. Le désir qui s'était emparé d'elle la rendait insatiable.

La colère et la passion qui bouillaient en elle ne firent bientôt plus qu'une. Et elle devint quelqu'un d'autre, quelqu'un qu'elle ne reconnaissait plus. Une femme aux instincts presque animaux.

15

Tandis qu'il embrassait Elizabeth, John sentit sa colère se fondre dans la passion qu'il éprouvait pour elle depuis l'instant où ils s'étaient rencontrés. Il était incapable de se lasser du goût de sa bouche, de la douce rondeur de ses seins. Elle ne luttait pas contre lui, au contraire : elle était aussi impétueuse, les doigts agrippés à sa tunique pour le tenir contre elle.

Il commença à défaire sa guimpe sans cesser de l'embrasser. Puis il ôta les épingles de sa coiffure et laissa ses cheveux roux aux reflets blonds retomber en cascade. Il plongea le nez dedans, savourant cette satisfaction que rien ne pouvait égaler : elle était à lui.

Elle l'avait pourtant laissé éprouver un désir coupable pour « Anne », alors qu'il désirait réellement la femme qu'il était destiné à épouser.

Songeant à cela, il s'écarta brusquement d'elle et passa la manche de sa tunique sur sa bouche. La rage s'était de nouveau emparée de lui.

Elle était éclairée par la lumière de la bougie, collée contre la porte, ses longues boucles dénouées et ses yeux brillants posés sur lui. Sa poitrine se soulevait et s'abaissait au rythme de sa respiration haletante.

Une femme somptueuse, même s'il ne l'avait pas reconnue, avec ses cheveux dissimulés.

— Vous n'avez pas beaucoup changé depuis notre enfance, dit-il tout bas. Toujours en train de mener la danse.

— J'essaye de me protéger et de protéger ce château. Vous me le reprochez ?

— Je suis justement là pour ça ! Je devrais vous faire quitter les lieux sans attendre une seconde...

— Et prouver que vous ne valez pas mieux que Bannaster ?

— C'est ce que vous pensez de moi ?

— C'est bien mon domaine et mon titre qui vous intéressent, non ? Pourquoi devrais-je penser autrement ?

— Nos parents ont souhaité unir nos deux familles. Je ne fais que respecter le vœu de mon père et de ma mère.

— Non, c'est à William que votre père et votre mère souhaitaient me donner. Au lieu de quoi, vous n'avez fait que le salir depuis que vous êtes arrivé, alors que la terre de sa tombe est encore fraîche.

Les yeux clos, il s'efforça de contrôler son exaspération. Pourquoi fallait-il qu'elle aime encore William ?

— Je ne vous ai pas menti à propos de ce qui est arrivé à Rame Castle.

— Et si vous ne connaissiez pas toute la vérité, vous y avez pensé ? Vous avez quand même menti sur votre identité...

— Comme vous ! rétorqua-t-il.

— C'est vrai, nous avons fomenté ce jeu de dupes. Nécessité fait loi.

— Sauf que vous avez continué de me mentir, alors que je vous avais révélé la vérité. Je vous avais même demandé votre aide !

Elizabeth ne prit pas la peine de réagir.

— Quant à la façon dont vous avez tenté de me séduire...

— Je n'ai rien fait de tel ! tonna-t-il en marchant vers elle.

La main posée sur son visage, il l'obligea à le regarder.

— Si j'avais voulu vous séduire, je n'aurais pas hésité.

Elizabeth écarta sa main d'un geste sec et alla se planter au centre de la pièce.

— Ce n'est pas ma faute si je n'arrive pas à vous faire confiance.

Ils s'étudièrent un long moment en silence. Seule leur respiration était audible. La méfiance qui les séparait était presque palpable.

— Dites ce que vous voulez, finit par lâcher John, mais vous serez ma femme. Vous avez beau prétendre que vous regrettez mon frère, ce n'est pas ce que laissent entendre votre corps et vos lèvres.

— Grossier personnage !

— Un jour ou l'autre, vous admettrez que vous aimez ces moments. Souhaitez-vous toujours échapper aux griffes de Lord Bannaster, même si c'est pour remettre votre sort entre mes mains ?

Il la sentit tressaillir à ces mots. Mais elle releva la tête d'un air de défi.

— Nos fiançailles nous obligent. Je ne déshonorerai pas mes parents en tentant d'y échapper.

Il avait presque l'impression qu'elle en avait pourtant envie. Ce qui le démoralisa.

— Dans ce cas, je vais avoir besoin d'une lettre écrite de votre main.

— Expliquez-moi pourquoi, je vous prie, répondit-elle en plissant les yeux.

— Mes hommes, ceux qui vous ont remis ce parchemin, hier, ont retrouvé la trace de votre armée.

Elle poussa un profond soupir. Il devina du soulagement dans ses yeux.

— En revanche, le capitaine de la garde vous est entièrement dévoué. Il n'acceptera jamais d'écouter de simples soldats, même s'ils reçoivent leurs ordres de votre fiancé. Il veut être assuré qu'il peut se fier à moi. Vous seule pouvez l'en convaincre.

Elizabeth détourna le regard. Elle continuait de s'interroger, il le sentait. Une chose était sûre : elle se méfiait toujours un peu de lui. Elle ne lui aurait jamais caché la vérité aussi longtemps, sinon !

— Vous avez besoin qu'on vous vienne en aide, ajouta-t-il froidement.

— Une attaque de mon armée ne s'impose pas.

— Je suis un chevalier. Je n'attaquerai qu'en dernier ressort, vous avez ma parole. Mais j'ai besoin de soldats, Elizabeth !

— Pour quoi faire ?

— Pour les entraîner. Mes hommes sont des combattants aguerris, ils connaissent des techniques de combat qui commencent tout juste à se développer en Angleterre.

— Des techniques de combat !

En un pas, il était près d'elle, la main plaquée sur sa bouche.

— Plus bas ! murmura-t-il contre son oreille. Vous tenez à ce qu'on surprenne notre conversation ?

La voyant se débattre, il se détacha d'elle. La toucher le troublait profondément. Il en oubliait tout, hormis le fait qu'ils seraient bientôt ensemble dans le lit conjugal.

L'espace d'un instant, il s'interrogea. Et s'ils se donnaient l'un à l'autre sans attendre, afin de sceller leur union ? Bannaster ne pourrait plus rien faire ! Seulement, ils étaient tous les deux furieux. Inutile que leur relation commence sous d'aussi mauvais auspices. Par ailleurs, si le vicomte ne courait qu'après le titre attaché au château, il ne verrait aucun inconvénient à épouser une femme déflorée.

Anne pinçait les cordes de son luth en essayant de trouver une mélodie joyeuse. Hélas, seules de tristes ballades s'égrenaient sous ses doigts. Étrangement, ce soir-là, cette solitude écrasante semblait peser de toutes ses forces sur elle. Chaque nuit, elle s'efforçait de la combattre. Elle détestait souffler sa bougie et laisser les ténèbres l'emporter, tandis que ses peurs ne faisaient que grandir. Elle restait éveillée de plus en plus tard chaque nuit. Et, lorsque le soleil levant l'éveillait, elle était plus épuisée que jamais.

Soudain, un bruit se fit entendre de l'autre côté de la fenêtre. Elle resta immobile, les doigts posés sur les cordes, la tête penchée. Sans doute un oiseau qui avait fait halte sur le rebord. Cela avait été souvent le cas, ces derniers jours. Elle essayait de les inviter à entrer dans la pièce. Comme si des créatures aussi libres allaient se laisser apprivoiser !

Le bruit se fit à nouveau entendre, comme si quelque chose frottait contre les volets.

Quelqu'un descendait-il un autre panier ?

Elle bondit de son siège, posa le luth sur une table et ouvrit en grand. Au début, elle ne vit rien dans l'obscurité ambiante. Puis, tout à coup, quelque chose fonça sur elle, ce qui la fit tressaillir. Ce n'était que le bout d'une corde à nœuds. Elle bougeait.

Un moment plus tard, un pied botté se posa sur le rebord de la fenêtre, puis un autre. Un homme se pencha et jeta un coup d'œil à l'intérieur.

— Lady Elizabeth ?

Cette apparition aurait dû la faire mourir de peur. Lord Bannaster était peut-être capable de tout pour vaincre le cœur d'Elizabeth ! Mais ce visage inconnu avait l'air si amical qu'elle se contenta de hocher la tête.

— Pardonnez cette intrusion, dit l'homme, toujours agrippé au rebord et en équilibre instable à l'extérieur de la tour. Auriez-vous l'obligeance de me laisser entrer ?

Anne se couvrit la bouche pour étouffer un rire nerveux. Il lui voulait peut-être du mal, autant ne pas l'oublier. Mais qu'importe, elle avait tellement besoin de compagnie !

— Bien sûr, sir, dit-elle, mais j'ai une dague. Je n'hésiterai pas à m'en servir.

Il se baissa de manière à s'asseoir sur le rebord de la fenêtre, puis pencha la tête et se releva. C'était un homme de haute taille, mince, énergique et musclé, même s'il n'était pas excessivement large d'épaules. Il avait des cheveux bruns aux reflets roux. Et des yeux d'un vert éclatant. Elle n'en avait jamais vu de semblables.

Il s'inclina et la salua d'un grand geste de la main.

— Lady Elizabeth, je suis Sir Philip Clifford.

Ce nom lui était familier, pourquoi ? Elle était incapable de s'en souvenir !

— Êtes-vous un membre de la Confrérie de l'Épée, Sir Philip ? On vient de m'apprendre l'existence de cette organisation secrète. Est-ce vous qui m'avez descendu ce panier de victuailles ?

— Je crains que non, dans les deux cas, milady, répondit-il d'un air sincèrement peiné. Mais j'ai entendu parler de cette légendaire Confrérie de l'Épée ainsi que de ce mystérieux panier. Je me demandais comment il vous était parvenu et j'ai décidé de tenter l'expérience moi-même.

— On vous a parlé de ce panier ? s'étonna-t-elle. Seule ma suivante est au courant.

— Et Anne en a informé mon maître.

— Lord Russell, souffla-t-elle.

Ça y est, elle comprenait le fin mot de l'histoire !

— Vous êtes donc la femme à laquelle il est fiancé, dit Sir Philip d'un air admiratif. Je vais dire à John qu'il est l'homme le plus chanceux du royaume. Vous êtes d'une beauté sans pareille.

Anne se sentit rougir. Aucun homme ne l'avait complimentée de façon aussi délicate. Durant ses rares séjours dans sa famille, les voisins de son père s'étaient bornés à remarquer qu'elle avait des hanches assez larges pour donner des frères et sœurs aux enfants qu'ils avaient eus avec leurs précédentes épouses.

Elle devait se ressaisir. Si elle n'y prenait garde, elle risquait de défaillir à force de contempler les beaux yeux verts de Sir Philip.

— Croyez-vous vraiment que cette fameuse confrérie essaye de me venir en aide ? De toute évidence, Lord Russell n'est pas de cet avis.

— Lord Russell est habitué à commander. Il s'appuie sur des preuves tangibles avant de prendre des décisions.

Sir Philip lui adressa un clin d'œil appuyé et ajouta :

— Disons qu'il lui manque encore certains éléments.

— Et vous ? Vous acceptez de vous en passer ? demanda-t-elle avec un sourire.

— J'ai fait des recherches approfondies. Et je me suis forgé mon opinion. Nous avons également été approchés par un membre de la Confrérie qui nous a affirmé qu'il vous aiderait. Tout cela me suffit.

Il regarda en direction de la fenêtre.

— C'est bon de savoir que je peux venir jusqu'à vous de cette façon.

Elle passa devant lui et pencha la tête dehors. Tout était sombre, en bas. Des torches créaient de petits îlots de lumière le long des remparts et dans la cour.

— C'est très dangereux, on dirait.

— C'était palpitant ! répondit-il, tout heureux. Avec le clair de lune, je voyais étonnamment bien. Si nous avons besoin de vous faire sortir de la tour par ce chemin, ce sera possible.

Anne recula et secoua la main en signe de dénégation.

— Non, pas question que je parte. Ce serait dangereux...

— Pour les habitants du château, termina-t-il en soupirant bruyamment. Je sais.

Soudain, son visage parut s'éclairer.

— Je dois parler de ma découverte à John. Il pourrait ainsi vous rendre visite.

— Non, ne faites pas ça, par pitié ! Il risquerait de se briser le cou en tombant. La vie me serait insupportable.

— Et vous seriez à la merci de Lord Bannaster, ajouta-t-il.

Anne haussa les épaules en guise de réponse. Philip aperçut alors le luth.

— Je vous ai entendue jouer. Vous êtes assez talentueuse. En fait, je vous ai peut-être déjà entendue jouer, mais je n'étais pas sûr que le son venait de cette pièce.

— Il faut bien que je m'occupe l'esprit.

— Et vous lisez, poursuivit-il, admiratif, en remarquant les quelques livres posés sur la table. Je pense rédiger les chroniques de la Confrérie pour les générations futures.

— Vous êtes un de leurs fervents partisans, ma parole ! Mais, s'ils sont si secrets, c'est peut-être parce qu'ils ne souhaitent pas que l'on connaisse leurs faits d'armes.

— Nous verrons...

Anne regretta d'avoir refroidi les grands projets de Philip, car il décida de repartir très vite après.

— Verriez-vous un inconvénient à revenir ? lança-t-elle.

Sans doute trop vite...

— Vous voulez recevoir ma visite, mais pas celle de votre fiancé ? s'étonna-t-il.

Elle sentit aussitôt son visage s'enflammer. Quelle grossière erreur ! Il lui sourit avec compassion.

— Vous êtes très seule, je comprends.

— Pardonnez cette requête impulsive, murmura-t-elle. Je ne cours aucun danger immédiat, et vous devez me penser capable de supporter quelques jours en tête à tête avec moi-même. Mais c'est étonnamment... épuisant.

— J'imagine. Converser avec les gens vous tient à cœur.

— C'est ça, souffla-t-elle en essayant de ne pas se pâmer devant la beauté de cet homme.

— Les soirées dans la grande salle doivent vous manquer.

À ces mots, Anne sentit ses yeux la piquer. Elle avait la gorge si nouée qu'elle se contenta de hocher la tête. Ce qu'elle pouvait être ridicule ! Heureusement, Sir Philip ne le remarqua pas.

— Ce calvaire sera bientôt terminé, dit-il en tirant sur la corde.

Sûrement pour s'assurer qu'elle supporterait de nouveau son poids.

— Ne perdez pas courage, Lady Elizabeth. John va tout arranger, c'est promis. À bientôt.

— Soyez prudent ! lui lança-t-elle, alors qu'il posait le pied sur le rebord de la fenêtre.

Le haut de son corps était hors de la tour, à présent.

D'un bond, il enroula les pieds autour d'un nœud, se hissa plus haut et disparut.

John observait Elizabeth d'un œil noir lorsque la porte s'ouvrit. Philip fit son apparition. Il s'arrêta net en les voyant et en apercevant la guimpe par terre.

— Dois-je m'en aller ? s'enquit-il d'un ton hésitant.

— Restez et fermez la porte !

John était conscient d'avoir parlé d'un ton brusque, mais son ami se contenta de hausser un sourcil, avant de s'exécuter.

— Philip, je vous présente Lady Elizabeth.

Celui-ci en resta bouche bée, incapable de cacher sa stupeur. Les bras croisés sur la poitrine, Elizabeth lui adressa un bref signe de tête.

— Milady, je...

Il parut soudain perdu, mais se remit de sa surprise pour dire :

— Vous avez échangé vos identités. Astucieux !

John le foudroya du regard.

— Et trompeur, s'empressa d'ajouter ce dernier.

Elizabeth prit une grande inspiration et tenta de se justifier :

— Je devais...

— Inutile de raconter une fois encore cette histoire, la coupa-t-il. Pour faire simple, elle ne me fait pas confiance et aurait aimé que mon frère soit toujours de ce monde.

Elle afficha un air contrarié et détourna le regard, sans desserrer les dents.

— Eh bien, votre dame de compagnie joue votre rôle à la perfection, dit Philip. Je viens justement de votre chambre.

John et Elizabeth le regardèrent avec effarement.

— Je voulais voir s'il était facile de descendre depuis le sommet du donjon, comme l'un des membres de la Confrérie de l'Épée aurait pu le faire.

— Et, puisque vous ne vous êtes pas brisé le cou, ironisa John, j'en conclus que ce n'était pas si compliqué.

— C'est assez prenant. Et cette pauvre enfant avait terriblement besoin de compagnie. Mais elle ne m'a jamais amené à me demander si elle n'était pas quelqu'un d'autre.

Il se frotta le menton avant d'ajouter :

— C'est votre suivante, alors ? Nous avons des choses en commun, elle et moi : nous ne reculons devant rien pour nos amis. Je me suis laissé rouer de coups, et elle a accepté qu'on l'emprisonne.

— Vous en serez tous les deux récompensés quand nous serons sortis de ce pétrin, lui assura John.

— Ce pétrin, comme vous dites, c'est ma vie ! s'insurgea Elizabeth.

Sur ces mots, elle attrapa sa guimpe, qu'elle posa sur ses cheveux avec une certaine habileté, puis l'enroula autour de sa tête et se dirigea vers la porte.

— Maintenant, si vous voulez bien m'excuser, je dois retrouver ma paillasse.

— N'oubliez pas le message, intervint John en lui barrant le passage. J'en ai besoin pour demain.

Il la vit hésiter. Il devinait son inquiétude. Il essaya de parler d'un ton plus doux, sans guère de succès.

— Votre armée souhaite vous défendre, afin d'honorer le serment qu'ils ont fait à votre père. Ne leur faites pas l'affront de refuser.

Elizabeth poussa un long soupir et ferma les yeux.

— Je ne veux pas d'effusion de sang.

— Je ferai tout mon possible pour l'éviter.

Elle finit par acquiescer.

— Vous aurez mon message. Et l'empreinte du sceau de ma famille. À présent, laissez-moi sortir.

Il sentit alors le soulagement l'envahir et dissiper sa colère.

— Où dormez-vous, déjà ?

— Dans les cuisines.

— Ce n'est pas un endroit sûr pour la fille d'un comte. Vous devriez rester ici. Tout le monde pense déjà que vous êtes ma maîtresse.

— Pas les vrais occupants de ce château, répliqua-t-elle tout bas. Ils me font confiance.

— Voilà pourquoi ils osaient à peine vous adresser la parole, ces derniers jours. Ils avaient peur de révéler votre identité. Ils vous sont très dévoués.

— Et je refuse de les trahir.

Constatant qu'il ne s'écartait pas, elle leva les yeux d'un air implorant.

— Je vous en prie…

John baissa la tête vers elle et vit une femme qui traversait des épreuves indépendantes de sa volonté. Une femme dont les parents et le fiancé étaient morts. Elle était responsable d'un château où vivaient des dizaines de personnes, alors que deux hommes s'affrontaient pour elle.

Il ressentit alors un premier élan de compassion pour elle.

Il libéra le passage, et Elizabeth quitta la pièce majestueusement. Comme une comtesse digne de ce nom.

Philip referma derrière elle, puis s'adossa au battant avec un grand sourire.

— Tout se passe à merveille pour vous, on dirait. Vous n'avez plus à vous sentir torturé par vos sentiments.

— Effectivement, c'est le seul rayon de soleil dans cette histoire de fous. Mais il ne pèse pas lourd, quand je pense à ce qui m'attend. Ma future épouse se méfie de moi et elle aurait préféré devenir la femme d'un autre.

— Vous ne vous connaissez que depuis quelques jours, lui répondit son ami en posant la main sur son épaule. Donnez-lui une chance de changer d'avis sur vous. Vous êtes un homme de valeur, John. Elle s'en rendra compte très vite.

John eut beau acquiescer, il en doutait. Il était devenu un homme talentueux et plein d'aplomb. Pourquoi Elizabeth n'avait-elle aucun mal à lui donner l'impression qu'il était toujours ce petit garçon dont personne n'attendait grand-chose, à commencer par lui ?

Mais il gagnerait sa confiance et son respect. Il lui ferait comprendre que l'honneur de sa famille comptait plus que tout, au diable les titres ! Il se ferait aimer par les gens de ce château, au lieu de se lancer sur les routes. Il avait assez voyagé durant toutes ces années.

Pourtant, cela n'avait aucune importance, puisque avant toute chose il avait besoin d'argent. Il avait beau espérer que la conjoncture soit différente, cela ne suffisait pas à chasser sa culpabilité.

16

Le lendemain matin, alors que Sarah et Katherine montaient en selle pour retrouver leurs parents adoptifs, Elizabeth les observa discrètement, cachée derrière un buisson de son jardin privé. Elles étaient si jeunes ! Elles avaient la vie devant elles. Elles apprenaient ce que signifiait être la maîtresse d'un château. Aucune d'elles n'était fiancée. Ce serait d'ailleurs à son futur mari d'y pourvoir.

Oui, John aurait pour tâche de leur trouver un bon parti, à l'une comme à l'autre. Et il serait certainement très fier de le faire en tant que maître de cet endroit. Si seulement elle pouvait l'aider au moment où il ferait ces choix décisifs !

Étrangement, elle eut toutes les peines du monde à s'arrêter de pleurer, tandis que ses sœurs et leur escorte franchissaient la grande porte. Elle aurait aimé être à leur place. Croire que tout pouvait encore s'arranger. Elle ne savait même pas *comment* tout arranger !

Elle apporta à Anne son petit déjeuner et l'écouta parler avec animation de l'homme qui était entré par la fenêtre.

Cette dernière finit par se rendre compte qu'elle était très taciturne.

— Alors, que s'est-il passé ? demanda-t-elle, les mains sur les hanches. Vous m'avez laissée parler comme...

— Vous en aviez besoin. Vous n'avez jamais personne à qui parler.

— Oui, mais c'est à peine si je me suis rendu compte que vous étiez troublée. Vous parlez d'une amie !

Elizabeth retint un soupir et la gratifia d'un sourire, qui ressemblait plutôt à une grimace.

— John a découvert mon identité.

— Comment ?

— Il m'a surprise, tandis que je persuadais mes sœurs de repartir.

— Parce que vos sœurs sont là ?

Elizabeth lui expliqua ce qui s'était passé. Et la façon dont John s'était comporté avec Sarah et Katherine. Il avait eu assez de tact pour ne pas l'accabler de reproches devant elles, il fallait l'admettre.

— A-t-il souhaité vous parler seul à seule ?

— Bien sûr. Il était furieux.

— Et soulagé, sûrement.

— Soulagé ? répéta Elizabeth sans comprendre.

— Il est... épris de vous, non ?

Elle essaya de ne pas rougir et répondit :

— Il jouait un rôle.

Malgré tout, elle se rappelait ce baiser passionné qu'il lui avait donné. Était-ce parce qu'il était soulagé ? Peut-être était-il simplement satisfait de savoir qu'il ne serait pas mal vu par les occupants du château au moment où les masques tomberaient.

Pour elle, il y avait quelque chose de... dérangeant dans le fait d'être l'objet de son désir, alors qu'elle chérissait toujours le souvenir de William.

Une chose était sûre : si elle avait eu la possibilité de vivre ces moments d'intimité avec William, elle aurait été encore plus attachée à lui. Lorsqu'il souriait, c'était comme si le soleil brillait avec plus d'éclat. Et elle s'abandonnait à cette chaleur rassurante.

En revanche, quand le regard ensorcelant de John s'était posé sur elle, elle avait senti son esprit plonger dans les ténèbres. Elle avait perdu le contrôle. Elle s'était perdue elle-même.

John dormit très mal durant la nuit. Tout semblait tourbillonner dans son esprit. Que devait-il faire au sujet d'Elizabeth ?

Après la messe, il prit son petit déjeuner et resta seul avec ses pensées, devant son assiette. Il n'arrivait pas à y croire. La femme qu'il connaissait sous le nom d'Anne était sa promise ! Même si elle refusait de lui accorder sa confiance, au moins, elle n'exigeait pas que leurs fiançailles soient annulées. Cela ne voulait dire qu'une chose : elle préférait l'avoir pour époux plutôt que Bannaster. Mais peut-être tenait-elle seulement à honorer les souhaits de ses parents ?

Hélas, il peinait à oublier tout ce qui le rendait fou de rage. S'y attarder ne faciliterait pas leur future vie de couple. Il était temps de la convaincre que ce mariage ne serait pas un calvaire. Il devait mettre sa colère de côté. Et espérer qu'elle en fasse autant.

Qu'il la désire charnellement n'avait pas l'air primordial pour elle. Pas pour le moment, du moins. Même si elle avait envie de lui, elle semblait considérer que cela aggravait les choses. Comme si les sentiments qu'elle éprouvait la dérangeaient.

Elle voulait être courtisée, oui, mais de loin, par un homme qui lui déclarerait son admiration et son amour en lui écrivant des poèmes plutôt qu'en lui témoignant sa passion.

C'était dans ses cordes, même si tout cela ne lui paraissait guère nécessaire. Il préférait cependant avoir une épouse reconnaissante plutôt que déchaînée contre lui. Il apprendrait à vivre avec des doutes et des déceptions. Et, si ce mariage ne prenait pas la tournure qu'il espérait, il se rappellerait que c'était pour le bien de tous.

Tant pis si lui-même n'y trouvait pas son compte.

Quand Elizabeth entra dans la grande salle, après avoir rapporté le plateau dans les cuisines, elle aperçut John en grande conversation avec Milburn. Les deux hommes la regardèrent. L'intendant eut un mouvement de tête, et John avança vers elle en boitillant, appuyé sur sa béquille.

— Anne, dit-il fort courtoisement. Maître Milburn souhaite que nous retournions à Hillesley. Le verger doit être inspecté en prévision des récoltes de l'automne. Il faut savoir si elles seront suffisantes pour nourrir le château.

— En additionnant les récoltes de tous les villages des environs, nous nous en sommes toujours sortis.

John ne se départit pas de son sourire. Ni de cette politesse glaçante.

— Peu importe. Il veut que nous nous rendions sur place.

— Très bien.

Elizabeth ne put que s'interroger. John prenait-il ce prétexte pour se retrouver seul avec elle ?

Pourtant, lorsqu'ils quittèrent le château à bord de leur charrette, un soldat devant eux et Philip derrière, il se contenta de conduire. Au moment où elle lui tendit la lettre qu'elle avait écrite à l'attention du capitaine de la garde, il la glissa dans une poche en la remerciant. Sans plus.

— Vous ne voulez pas savoir ce que dit ce message ?

— Je vous fais confiance, répondit-il en lui jetant un rapide coup d'œil.

Elle eut bien du mal à ne pas lever les yeux au ciel. Elle ne sentait pas la moindre once de colère chez lui, comme s'il s'efforçait de ne rien laisser paraître, absolument rien.

À force d'être assise juste à côté de lui, elle laissa son esprit vagabonder et repensa à ce qu'elle avait éprouvé tout contre lui. Comment avait-elle pu s'agripper à lui pour l'attirer à elle comme si sa vie en dépendait ?

Cette matinée avait beau être fraîche, elle avait soudain terriblement chaud. Elle n'oubliait pas la manière dont cette main virile s'était posée sur sa poitrine, le plaisir presque douloureux qu'il avait fait naître en elle. Et la façon dont ses tétons s'étaient durcis à ce contact.

Ils franchirent le cours d'eau au bord duquel ils s'étaient embrassés pour la première fois. John ne proposa même pas de faire une halte !

Pourquoi fallait-il qu'elle sente la déception l'envahir ?

Maintenant qu'il pouvait disposer d'elle, est-ce qu'il ne ressentait plus le besoin de la séduire ? N'était-elle plus qu'un objet dont il était devenu le propriétaire ?

— Parlez-moi de William, lui demanda-t-il brusquement.

Elle l'observa sans cacher son étonnement.

— Pourquoi me faire parler d'un homme à qui j'ai été fiancée pendant tant d'années ? Un homme que vous accusez de tous les maux !

— Je suis resté huit ans sans le voir.

— Pour ma part, je ne le voyais qu'une ou deux fois par an. Mais il m'a souvent écrit.

Cette précision était-elle bien nécessaire ? La situation était déjà assez gênante comme cela...

— Peut-être avait-il changé, avança-t-il.

— Changé ? Comment cela ? Je n'avais que onze ans à l'époque où nous avons été fiancés, et il se montrait déjà très attentionné. Cela n'a pas bougé au fil des années.

— Dans ce cas, expliquez-moi pourquoi vous êtes encore à marier, alors que vous avez vingt-deux ans.

— C'était le souhait de mon père, répondit-elle d'un ton crispé.

— Vraiment ? Il ne tenait pas à mettre fin à ces longues fiançailles et à vous laisser vivre auprès de votre mari ?

Elizabeth poussa un soupir et expliqua :

— Mes sœurs étant élevées loin de notre domaine, mes parents ont préféré me garder près d'eux, plutôt que de souffrir de mon absence. J'ai ainsi appris beaucoup de choses sur la façon de diriger Alderley. Et William était occupé à Londres. Nous étions certains d'avoir tout le temps devant nous, ajouta-t-elle avec tristesse.

— Que faisait William, de son côté ?

— Il siégeait au Parlement une partie de l'année, à la Chambre des lords.

— Quand le roi Henri est revenu en Angleterre pour monter sur le trône, comment William a-t-il changé de camp ?

— Aucune idée. Il n'abordait pas de tels sujets dans ses lettres.

John n'était pas surpris. William avait su mener sa barque de main de maître en dépit de cette situation ô combien délicate. Il était parvenu Dieu sait comment à sauver Rame Castle des mains du nouveau roi, qui aurait pu lui faire payer ce soutien à son prédécesseur. C'était un exploit, et non des moindres. William méritait qu'on se souvienne de lui pour une bonne raison, voilà qui était rassurant.

— De quoi vous parlait-il ? continua-t-il. Pardonnez cette question trop personnelle, mais il s'agit de mon frère.

— Dans nos lettres, nous évoquions nos projets pour Alderley. C'était l'avenir qui nous intéressait, cet avenir ensemble. Pas le présent.

— Il ne vous disait rien sur lui ? Sur ce qu'il faisait à la cour ?

— Non, il parlait souvent… de moi.

Elizabeth détourna la tête. Tout cela semblait la gêner.

— Ah, ces fameux poèmes, dit-il.

Il sentit son humeur s'assombrir, mais tâcha de ne pas le montrer.

— On se sentait unique au monde, lorsqu'il vous écrivait, murmura-t-elle.

— Et quand il était auprès de vous ?

Pourquoi fallait-il qu'ils entrent dans les détails ? Enfin, il valait mieux que tout soit clair entre eux. Au moins, il saurait contre quels souvenirs il aurait à se battre. Comment modifier l'opinion qu'elle avait de lui, sinon ?

— Il était souvent avec mon père, bien sûr, mais ne m'oubliait jamais. Il suffisait qu'il m'adresse un sourire quand je traversais la pièce ou qu'il me dédie une chanson.

John n'appréciait pas de la voir prendre un air à la fois triste et rêveur. Et de ne pas savoir chanter lui-même ! Mais son frère s'était montré attentionné vis-à-vis d'Elizabeth, et c'était une bonne chose.

— Vous ne saviez donc rien de cela ? demanda-t-elle brusquement.

— Nous n'étions pas très proches.

— Ça ne m'avait pas échappé, répondit-elle sèchement.

— J'étais bien plus jeune que lui, cela ne m'empêchait pas de me sentir gêné. J'étais petit et...

— Dodu ?

Il lui jeta un regard surpris.

— J'allais dire « vilain », mais oui, j'avais aussi quelques kilos en trop.

— William n'a pas essayé de vous venir en aide ? Il avait l'air attentif aux autres.

— Il pensait que je me laissais aller. Quand j'ai eu quinze ans, il a décidé de me prendre en main. C'était sa mission.

— Vous voyez bien qu'il essayait de vous aider ! conclut-elle d'un air triomphant.

L'espace d'un instant, John lut un réel bonheur sur son visage. Et non plus cette inquiétude insondable ou cette volonté de masquer ses sentiments. Lui sourirait-elle un jour de façon aussi rayonnante ? Surtout, avait-elle raison ? William avait-il vraiment essayé de l'aider à sa manière, si stupide soit-elle ?

— Il a donc pris soin de vous chaque jour ? demanda-t-elle.

Il hésita à lui dire la vérité. Elle risquait de penser qu'il recommençait à présenter son frère sous un bien mauvais jour.

— Oui, répondit-il d'un ton grave. Et je finissais couvert d'écorchures et de traces de coups.

— Vous deviez travailler dur.

Trop dur, même. C'était ce qu'il avait toujours pensé. Mais était-ce vraiment le cas ? Il avait peut-être pris la chose trop à cœur, parce qu'il s'agissait de son frère. D'autres écuyers subissaient le même sort que lui, après tout. Il avait cependant trouvé ce traitement humiliant. Le pire, c'était que son père n'avait pas bougé le petit doigt pour y mettre un terme.

— Pour ma part, je n'ai pas vu les choses de cette façon. Mon père et lui étaient convaincus de m'aider. Après avoir essuyé tous ces échecs plus cuisants les uns que les autres, j'ai été heureux de devenir écuyer chez mon cousin. En fait, c'était peut-être pour prouver ma valeur aux yeux de ma famille que je n'ai pas ménagé ma peine.

Quelque chose de profond, de troublant, changea au fond de lui. Il ne savait pas trop comment réagir. Le regard entendu d'Elizabeth était devenu trop personnel. Il n'était pas prêt à pardonner les dernières trahisons de William. Et voilà qu'il essayait d'aborder le sujet une bonne fois pour toutes avec elle. Or, cette conversation l'avait probablement confortée dans ses certitudes.

Les yeux à nouveau posés sur lui, elle dit d'un ton résigné :

— William était quelqu'un de bien, il ne méritait pas de mourir si jeune.

Pendant le reste du trajet, Elizabeth étudia John. De toute évidence, il avait éprouvé très jeune le besoin de quitter pour de bon sa famille. Elle savait en partie pourquoi, désormais ! Elle essaya de se mettre à sa place. Qu'aurait-elle ressenti, si son père avait été un homme froid et strict ? Peut-être aurait-elle voulu se marier plus tôt, afin de lui échapper.

Mais William aurait-il souhaité l'épouser plus tôt ? Elle avait toujours cru que, si ses noces avaient tant tardé, c'était à cause de son père. Et s'il l'avait protégée, en lui cachant que son fiancé n'était pas prêt ? Qu'il appréciait bien trop la vie londonienne ?

Elle avait également cru que John avait abandonné sa famille pour se mettre en quête de gloire. Mais, en apprenant la mort des parents de sa promise, il avait renoncé à cette existence pour la rejoindre, même s'il n'était pas en position de force, sans armée derrière lui. Cela avait dû être très difficile pour lui qui avait des projets en tête. Des projets qui incluaient la renaissance de Rame Castle pour obtenir un pouvoir et une puissance qui dépassaient tout ce qu'un chevalier mercenaire était en droit d'espérer. Le tout sans avoir à se plier à ses obligations familiales.

Elle ne cessa de l'étudier attentivement, jusqu'à la fin de l'après-midi. Elle le vit remettre sa lettre à Philip, qui s'éloigna à bride abattue. Non sans la gratifier d'un sourire. Une petite fille apporta à John un gâteau qu'il dégusta en mettant un genou à terre pour lui parler. Ils examinèrent les premiers fruits dans les vergers. Après quoi, ils regardèrent plusieurs enfants jouer aux chevaliers avec des bâtons en guise d'épées. John leur prodigua gentiment des conseils. Il repoussa même son entretien avec Hugh pour leur montrer la bonne façon de tenir une épée.

Elizabeth se souvint brusquement que William faisait rarement preuve d'une telle patience avec son écuyer, loin de là. Réservait-il le même traitement à son frère cadet ?

Penser aux défauts de William lui déplaisait, mais ce n'était qu'un être humain comme les autres. À ceci près qu'elle ne s'en était jamais rendu compte.

Avait-il été capable de négliger son propre château ?

Non, c'était forcément exagéré.

Seulement, il n'était pas rentré chez lui pour s'occuper de ses affaires. Il avait préféré s'amuser à Londres.

Son contrat de fiançailles stipulait qu'elle épouserait

l'héritier des Russell, pas William en particulier. Ses parents avaient-ils nourri des doutes ?

En voulait-elle à William d'avoir perdu la vie si bêtement, en l'abandonnant dans ce pétrin, seule face à ses rêves d'enfance perdus ? Cette belle histoire d'amour, ce mariage… Il ne lui restait plus rien.

Est-ce qu'elle le faisait payer à John ?

Sur le chemin du retour, elle éprouva le besoin d'avoir une certitude.

— John, la nuit dernière, vous étiez furieux contre moi, et je m'attendais aujourd'hui à un voyage pesant. Qu'est-ce qui vous a fait changer d'avis ? Vous avez parlé de votre famille comme si nos différends n'avaient jamais existé.

Il ne daigna pas lui adresser un regard. Mais elle eut l'impression qu'il serrait les dents.

— Je me suis aperçu qu'insister ne servait à rien.

— Alors, vous m'en voulez toujours ?

— Pas vous ? répliqua-t-il en tournant la tête vers elle. Savoir que nous avons été plongés dans cette situation contre notre volonté ne vous révolte pas ?

Elle enroula les bras autour de ses genoux.

— Si, je suis en colère, admit-elle tout bas.

— Contre qui ? Dites-le-moi. Je sais que vous m'en voulez. La façon que j'ai choisie pour vous approcher était odieuse. Si j'avais eu affaire à la véritable Anne, elle en aurait été blessée. Mes excuses n'y changeront rien.

Les lèvres plissées, Elizabeth secoua la tête et sentit l'inquiétude monter en elle. Si elle commençait à parler, elle fondrait en larmes dans la seconde.

— J'ai passé la journée à essayer de vous traiter comme vous souhaitez l'être.

— Je n'ai jamais…

— Dès que vous en avez l'occasion, vous mettez en avant la déférence que William vous témoignait, la coupa-t-il. On dirait que vous souhaitez un homme lointain. Pas un être de chair et de sang, avec des besoins.

— J'ai cru que cette distance venait du fait que vous aviez obtenu de moi tout ce que vous vouliez.

— Tout ce que je voulais ! s'exclama-t-il d'un ton incrédule, en lâchant les rênes. Je suis déchiré entre l'envie de mettre un terme à votre captivité à ma manière et celle de trouver une solution qui vous convienne. Je commence même à espérer que cette fameuse Confrérie de l'Épée existe vraiment, car ces gens pourraient nous être utiles. Mais, si j'avais vraiment tout ce que je voulais, Elizabeth, je serais en train de vous tenir dans mes bras au lieu de suer sang et eau pour me retenir, comme cet homme courtois que vous appelez de vos vœux.

La charrette s'immobilisa au beau milieu de la route, et le cheval baissa la tête pour brouter de l'herbe. Elizabeth regarda John sans en croire ses yeux. Essayait-il de se comporter comme elle le voulait, d'après lui ? Comme si elle-même savait encore ce qu'elle voulait ! On lui avait révélé tant de choses depuis ces derniers jours qu'elle n'arrivait plus à avoir les idées claires. Elle se sentait perdue et hésitante. Un rien suffisait à la faire changer d'avis.

Le soldat qui assurait leur protection jeta un coup d'œil par-dessus son épaule, haussa les épaules et poursuivit sa route.

— Oui, je suis en colère, répéta-t-elle. En colère parce que tous mes projets sont partis en fumée. En colère parce que votre frère a été suffisamment bête pour mourir prématurément. Et, si ça se trouve, ce n'était pas l'homme que je m'imaginais. Je suis même en colère après mes parents, que Dieu les garde, parce qu'ils n'ont pas été capables d'assurer mon avenir en me mariant.

— C'est la seule chose qui n'est pas arrivée, et j'en suis heureux.

John avait prononcé ces mots d'une voix grave, rauque

et pleine d'aplomb. Elle se méfiait du désir qu'il éprouvait. Ce désir brut, primitif et nourri de sensations qu'elle ne comprenait pas. À elle seule, l'étincelle qui brillait dans son regard la troublait profondément. Elle dut détourner les yeux et serrer les poings, frémissant de la tête aux pieds.

Elle l'entendit reprendre les rênes et ordonner au cheval de repartir au trot. Elle était taraudée de pensées contradictoires. Elle avait besoin de lui, de plus d'une façon. Et c'était troublant pour elle qui n'avait jamais eu besoin de personne.

17

L'après-midi suivant, Lord Bannaster revint avec un détachement de troupes armées. D'instinct, Elizabeth chercha John, mais il n'était pas au château. Elle courut alors jusqu'à la porte à double battant et jeta un coup d'œil dans la cour intérieure. Tout était sens dessus dessous. Des chiens aboyaient en courant au milieu des chevaux, tandis que les gens évitaient les ruades des bêtes excitées. Au milieu de cette agitation, Lord Bannaster était perché sur sa monture.

L'air un peu trop fier de lui, songea-t-elle. Elle sentit la nausée l'envahir et tenta anxieusement d'apercevoir John. Finalement, elle le vit claudiquer en direction du château depuis le terrain d'entraînement, talonné par Philip. Seigneur, elle ne commençait tout de même pas à être dépendante de sa présence ? Elle leva les yeux vers le donjon. Est-ce qu'Anne observait la scène, elle aussi ?

N'était-il pas déjà trop tard ? Elle n'avait toujours pas trouvé le moyen de se libérer de cet enfer sans que ses gens en pâtissent. Une poignée de jours seulement s'étaient écoulés depuis que le vicomte était parti pour Londres. Le roi Henri n'avait pas dû être difficile à convaincre. Le souverain avait-il abandonné l'idée de le nommer tuteur et opté pour un mariage, afin de régler le problème que sa dot et elle représentaient ?

Bannaster passa la jambe par-dessus la selle et sauta à bas de sa monture, avant de rejeter sa cape sur ses épaules.

Il laissa ses soldats s'occuper des chevaux et grimpa quatre à quatre les marches menant à la grande salle. Elizabeth recula brusquement. Par bonheur, il ne la remarqua même pas lorsqu'il passa devant elle. Elle n'était qu'une suivante qu'il n'avait vue qu'une fois, après tout.

— Qu'on m'apporte une bière ! tonna-t-il. Ce voyage m'a donné soif.

Une bonne dizaine de chevaliers le suivaient. Ils s'esclaffaient et se poussaient comme des enfants, tout en observant autour d'eux, en quête de proies faciles.

De femmes.

Elizabeth se sentit très vulnérable, contre ce mur. Au même moment, John franchit la porte, et son corps immense se retrouva entre elle et le reste de la salle.

— Tout va bien ? souffla-t-il.

Elle hocha la tête d'un air reconnaissant qu'elle regretta presque. Pourtant, elle n'aurait rien pu faire si, d'aventure, les hommes de Bannaster avaient décidé de s'amuser à ses dépens.

— C'est donc lui qui compte s'emparer de ce qui m'appartient ? lui glissa-t-il dans le creux de l'oreille.

Ce qu'il pouvait être agaçant ! Elle lui adressa un regard noir et répondit :

— Tout cela est encore à moi !

Il leva les yeux au plafond, puis demanda :

— A-t-il déjà annoncé quelque chose ?

— Non, mais est-ce qu'il n'a pas l'air fier comme un paon ?

John lui attrapa la main, la posa sur son coude chaud et se retourna pour observer le vicomte.

— Vous parlez d'un vantard ! Il ne donne pas l'impression de manquer de confiance en lui. Et il n'a pas dû rester plus d'une nuit à Londres, pour revenir aussi rapidement.

— Et moi qui croyais que nous serions tranquilles quelques jours encore, murmura-t-elle.

« Que nous serions tranquilles » ? Cette formulation la déstabilisa. Elle tenta de se convaincre qu'Anne était incluse dans ce « nous ». John pencha la tête vers elle, sans faire de remarque.

— Patience, susurra-t-il.

Patience... Elle se rappela soudain que c'était ce mot qui figurait sur le message accompagnant le panier de victuailles.

— J'ai du mal à croire que le roi accepterait de briser si facilement un contrat de fiançailles, poursuivit-il.

— Il a peut-être fait de Bannaster mon tuteur, rien de plus.

— Tâchons d'en avoir le cœur net.

Même si, dans la grande salle, le repas de midi touchait à sa fin, le vicomte et ses hommes étaient affamés. Des serviteurs surgirent des cuisines avec quelques plats contenant du pain et du fromage. La pauvre Adalia devait faire des pieds et des mains pour réchauffer ce qui restait du repas.

Milburn salua respectueusement son maître, puis s'assit à sa droite pour lui faire son rapport. John et Elizabeth marchèrent nonchalamment le long des murs. S'ils approchaient suffisamment pour les entendre...

Au lieu de quoi, l'intendant leva la tête, les aperçut et lança :

— Sir John, venez prendre place avec nous !

Lorsque Elizabeth lâcha John, Milburn lui indiqua la direction des cuisines.

— Apportez-nous encore à manger, Anne.

Tout en s'éloignant, elle jeta un coup d'œil par-dessus son épaule. John était présenté à Lord Bannaster. Quand elle revint avec un plateau garni de saladiers, Milburn expliquait que le vieux bailli de Hillesley était tombé malade, et que John l'avait remplacé au pied levé, sans difficulté.

Bannaster, lui, avait l'air distrait. Il prit un morceau de pain qu'il tartina de beurre. Lorsqu'elle déposa sa salade devant lui, il leva la tête et s'arrêta net. L'étincelle qui traversa son regard la glaça.

— N'êtes-vous pas la suivante de Lady Elizabeth ? demanda-t-il.

— Si, milord.

— Comment se porte votre maîtresse ?

— Bien, milord.

— Elle ne réclame pas à cor et à cri qu'on la libère ?

— Non, milord.

Il poussa un soupir et répondit :

— C'est une femme courageuse. Peut-être sera-t-elle heureuse de me voir.

Elle se retint in extremis de lui rire au nez.

— A-t-elle réfléchi posément à la situation ? Après tout, elle a été assez bête pour croire qu'elle saurait diriger ce domaine toute seule.

Sans réfléchir, Elizabeth répliqua :

— Elle s'est acquittée de cette tâche six mois durant, milord.

Milburn perdit son indifférence coutumière pour la regarder avec stupéfaction. Et pour cause : elle avait dépassé les bornes ! Mais Bannaster se contenta d'éclater de rire.

— Oui, peut-être bien. À moins que les habitants de cet endroit l'aient aidée sans même qu'elle s'en aperçoive.

Elizabeth fit la révérence et se dirigea vers un autre soldat affamé. Encore un peu et elle s'attirait des ennuis !

John ne fut pas convié à partager le repas du vicomte. Du coin de l'œil, elle le vit se diriger vers la cheminée, levant la jambe comme s'il souffrait vraiment beaucoup.

Le culot dont elle avait fait preuve avait manifestement éveillé l'intérêt de Bannaster. Tout en mangeant, il la regardait de temps à autre. Et elle n'aimait pas la manière dont il le faisait, loin de là. Il but comme une outre d'un bout à l'autre du repas. Alors que le jour déclinait, il continua de boire. Il ne mentionna pas une seule fois son audience avec le roi. Au souper, il fut d'excellente humeur et essaya de divertir les personnes présentes dans la salle en racontant les hauts faits des nobles qu'il avait croisés à la cour, et qui avaient tous l'air d'imbéciles imbus d'eux-mêmes.

Elizabeth se garda évidemment de réagir à ces propos, d'autant qu'elle était enfin parvenue à échapper aux regards appuyés du vicomte. Resterait-il loin du donjon, si d'aventure il avait échoué dans sa quête ? Non, inutile de se bercer d'illusions.

Très tôt dans la soirée, alors qu'on allumait les torches et qu'on débarrassait les tables, Bannaster reposa soudain violemment sa chope et se leva. Il chancela dangereusement, retrouva l'équilibre, puis lança à la cantonade :

— Je m'en vais rendre visite à votre maîtresse.

Le temps d'échanger un regard avec John, Elizabeth courut jusqu'à la tour. Les deux soldats l'observèrent d'un œil étonné.

— Vous n'apportez pas le repas de Lady Elizabeth ? demanda le garde à la solde de Bannaster.

Le repas ! Oh non, cela lui était sorti de la tête. Mais il était trop tard pour faire demi-tour : on entendait déjà Bannaster approcher en chantonnant d'une voix avinée.

— Ce soir, je souhaitais lui demander si quelque chose lui ferait plaisir, répondit-elle. Auriez-vous l'obligeance de me laisser monter ?

Hélas, le soldat pencha la tête et se mit au garde-à-vous, tout comme celui qui faisait partie de la garnison du château. À regret, cependant.

Elizabeth n'avait plus le temps de prévenir Anne. Elle se retourna pour affronter Bannaster, qui se borna à lancer aux deux hommes :

— Quelqu'un a-t-il osé défier les gardes que j'ai postés ici pendant mon absence ?

— Non, milord, répondit le soldat à sa solde.

— Tant mieux. Dans ce cas, je monte.

— Milord, intervint alors Elizabeth en attirant l'attention du vicomte. Je dois venir avec vous.

— Non, ce que j'ai à dire à votre maîtresse ne regarde qu'elle et moi, déclara-t-il avec un rictus répugnant.

— Mais, milord, vous ne pouvez pas la voir seul à seule. Que vont penser les gens de ce château… De *votre* château ? ajouta-t-elle afin de l'amadouer.

— Je me fiche bien de…

Il commença à désigner le bâtiment d'un grand geste, puis s'interrompit. Une petite dizaine de personnes se tenaient à proximité. Certains se dirigeaient vers un couloir, d'autres étaient sortis de la grande salle par curiosité, comme John.

— Très bien, damoiselle, soupira-t-il. Quel est votre nom, déjà ?

— Anne, milord.

— Alors venez avec moi, Anne. Vous seule.

— Merci, milord.

Elle franchit la porte devant lui. Il la talonnait. Grimper l'escalier qui courait le long du mur la rendait nerveuse. Elle n'aimait pas le savoir derrière elle, en train de regarder sa chute de reins. Elle avait presque l'impression de l'entendre respirer comme un soufflet de forge.

Une fois devant la porte des appartements privés, elle frappa et lança :

— Milady ? C'est moi, Anne, je suis en compagnie de Lord Bannaster.

Elle n'entendit rien à l'intérieur.

Elle tressaillit en sentant le vicomte poser la main sur sa hanche et souffler :

— Écartez-vous, je vais frapper plus fort.

Au même instant, la porte s'ouvrit en grand, et une lumière chaude illumina l'escalier. Anne était plantée là, l'air maussade mais extrêmement digne, dans sa robe en soie bleue.

— Bonsoir, Lord Bannaster, répondit-elle doucement en s'effaçant pour les laisser entrer.

Elizabeth pénétra dans la pièce la première. Sans doute

aurait-elle dû se placer derrière Anne, mais elle préféra se tenir à côté d'elle, face à leur adversaire. Comme si gravir cette volée de marches avait épuisé son corps d'ivrogne, il s'affala mollement sur un tabouret et sourit.

— Vous n'avez pas changé, Lady Elizabeth. Toujours aussi belle et inaccessible.

— Je vous ai vu arriver, milord. Vous paraissiez fort satisfait.

Elizabeth resta soufflée. L'enfermement n'avait fait qu'accentuer le courage d'Anne.

— Vous étiez donc impatiente de me voir revenir ? s'enquit-il avec fatuité.

— Impatiente ? Non, milord. Je n'ai guère d'occupations, hormis regarder par la fenêtre.

Elle avait accompagné sa phrase d'un grand sourire, mais le message était passé. Pourtant, Bannaster se contenta de s'esclaffer. Avec tout ce qu'il avait bu…

— Vous êtes tellement rafraîchissante, Lady Elizabeth ! Je ne me lasserai jamais de vous.

Anne prit une grande inspiration et lâcha :

— Allons droit au but, milord. Le roi a-t-il accepté que vous deveniez mon tuteur ?

Elizabeth retint son souffle. Le moment de vérité était arrivé. Le vicomte pencha la tête en arrière pour l'appuyer contre le mur. Subitement, son regard se voila.

— Il réserve sa décision et me préviendra en temps voulu.

Elizabeth baissa les yeux vers le plancher. Elle avait peur que son visage ne trahisse son soulagement.

— Vous avez tort d'avoir l'air si heureuse, dit-il d'une voix menaçante.

Elle releva la tête à temps pour voir le sourire d'Anne s'effacer.

— Pourquoi m'adressez-vous ce reproche ? demanda cette dernière avec douceur. Mon fiancé arrivera très bientôt, et je ne souhaite pas que vous interfériez.

— Le roi pense néanmoins que mon souhait de vous protéger est justifié. Ce n'est qu'une question de temps avant qu'on m'octroie la responsabilité de guider votre avenir.

Il étudia Anne des pieds à la tête de telle manière qu'Elizabeth crut bon de se rapprocher. Elles seraient cependant bien incapables d'empêcher un homme de cette corpulence d'agir à sa guise.

— En fait, continua-t-il en se levant tant bien que mal de son siège, si je m'empare de vous maintenant, le roi sera bien obligé de me donner votre main.

Elizabeth se raidit. Il ne faisait plus mystère de ses intentions. Mais il ne serait pas assez bête pour obtenir ce qu'il souhaitait en usant de la violence.

Anne recula d'un pas.

— Non, sir, vous n'avez pas le droit de me forcer à quoi que ce soit.

— Je ne vais vous forcer à rien, ma belle. Je suis assez persuasif.

Elizabeth s'interposa entre son amie à qui elle tenait tant et Bannaster. Elle ne laisserait personne faire de mal à Anne, même si elle devait révéler son identité. Il l'attrapa par le bras d'un geste agacé mais, avant qu'il l'écarte, Anne se mit à hurler. Il y avait de quoi être impressionné. C'était un vrai cri de terreur. Quelqu'un viendrait forcément, en l'entendant.

— Chut ! dit le vicomte. Je ne vais pas vous faire de mal, allons.

Poussée par ce rustre, Elizabeth trébucha et s'écroula par terre.

— Un baiser, c'est tout ce que je demande !

Mais Anne cria de plus belle.

— Un baiser, et vous verrez que je peux être le meilleur mari du monde.

Tandis qu'elle se relevait, Elizabeth entendit des bruits sourds. Il y avait quelqu'un dans l'escalier ! La porte s'ouvrit à toute volée, et les deux gardes se précipitèrent à l'intérieur. Anne éclata en sanglots. Elizabeth lui entoura les épaules de son bras. Bannaster chancela et posa la main sur le torse de son soldat.

— C'est un malentendu. J'allais partir.

Anne se calma un peu, ses sanglots devenant des hoquets. Elizabeth continua de lui tapoter le dos, tandis que Bannaster renonçait à ce qu'il avait en tête, peu importe ce que c'était. Mais cela ne la rassurait pas, non, car il reviendrait à la charge une prochaine fois. Et là, qui l'empêcherait de passer à l'acte ?

Les trois hommes une fois partis, Elizabeth et Anne se blottirent l'une contre l'autre. Puis Elizabeth lui tendit un mouchoir afin qu'elle sèche ses larmes.

— Je ne l'aurais jamais laissé vous toucher. Tout cela devient trop dangereux. Il est temps de mettre fin à cette mascarade.

— Non ! Je savais que vous diriez ça. C'est pour ça que j'ai pleuré. Pour le chasser avant que vous fassiez une bêtise !

Elizabeth soupira.

— Si vous comptiez l'effrayer, c'était réussi.

Anne secoua la tête, l'air inquiet.

— Pour le moment, Elizabeth, pour le moment seulement. Son entrevue avec le roi ne s'est pas du tout passée comme prévu. Il a l'air aux abois.

— C'était peut-être à cause de tout le vin qu'il a ingurgité. S'il avait eu de mauvaises intentions à votre égard, il aurait essayé d'entrée de jeu, la première fois. Je vais charger plusieurs personnes de garder un œil sur lui et sur la tour, c'est promis. Comme ça, il ne risquera pas de monter en douce.

Anne hocha la tête, mais ne semblait guère convaincue. Elle devait se sentir si vulnérable ! Elizabeth en éprouvait une culpabilité terrible. Mettre un terme à cette comédie était la meilleure solution, quoi qu'en dise son amie.

— Permettez-moi de vous apporter de quoi manger, dit-elle. Avaler un morceau vous rend toujours votre bonne humeur.

Anne esquissa un pâle sourire.

— À vous entendre, je suis un ventre sur pattes.

— Mais non, quelle idée ! Vous devez mourir de faim. Je reviens tout de suite.

Elizabeth quitta la pièce, ferma la porte derrière elle et se rua dans l'escalier. Elle avait à peine descendu quelques marches qu'une ombre surgit brusquement face à elle. Elle tressaillit et se plaqua contre le mur, s'agrippant pour ne pas tomber.

C'était Lord Bannaster. Il lui souriait. La lumière d'une torche se reflétait sur ses dents. Seigneur, qu'avait-il entendu de leur conversation ? S'il avait écouté à la porte, il savait qui elle était vraiment.

— Vous êtes magnifique, Anne, dit-il.

Elle s'intima l'ordre de se calmer. Il n'avait pas découvert le pot aux roses. Seulement, cette drôle de lueur dans son regard fit naître en elle une peur panique.

— Et j'ai besoin de compagnie, ce soir, continua-t-il d'un ton charmeur.

À l'entendre, ils allaient passer la soirée à jouer aux cartes ou aux dés dans la grande salle, mais elle se doutait bien qu'il avait d'autres projets en tête. Sans un mot, elle se tourna et essaya de dévaler l'escalier à toutes jambes. Il l'attrapa alors par le bras, et elle tomba à genoux sur la pierre froide.

— Allons, allons, vous risquez de vous briser le cou. Soyez prudente, une chute est si vite arrivée.

Il n'y avait pas de rambarde. Les escaliers des donjons étaient prévus pour des combats au corps à corps et conçus pour faire basculer l'ennemi en contrebas.

Bannaster l'aida à se relever.

— Venez, laissez-moi vous montrer la chambre que j'utilise ici. C'était celle du comte, elle est magnifique.

L'idée qu'il souhaite la traîner jusqu'au lit de ses parents lui donna la nausée. Mais ils étaient dans une situation trop précaire pour qu'elle lutte. Il la fit pivoter, un bras autour d'elle, puis descendit les marches avec elle.

— Dieu que c'est lent ! dit-il en ricanant.

Elizabeth poussa un petit cri quand il la souleva par la taille comme un sac de farine. Puis il descendit les marches de plus en plus vite. Elle s'agrippa au bord de l'escalier. Les ténèbres et les torches tourbillonnaient autour d'elle. Impossible de crier, de pleurer. La peur l'empêcha de respirer.

Soudain, le vicomte trébucha, alors qu'ils atteignaient la dernière marche. Elle tomba et roula loin de lui. Le souffle court, elle s'aperçut que son visage ruisselait de larmes. Elle ne se souvenait même pas de les avoir versées ! Elle leva la tête vers lui, sans cacher sa colère. Ni sa peur.

Il la regarda, l'air contrarié.

— J'ai bien veillé à ne pas vous lâcher. Que faites-vous par terre ? Allez, on se relève, ma jolie ! Évitons d'effrayer les soldats.

Il tendit la main, et elle n'eut pas d'autre choix que de l'attraper. Lorsqu'il ouvrit la porte, au pied du donjon, elle lui échappa, se faufila entre les soldats et se mit à courir.

— Voilà qui est amusant ! lança-t-il. Moi qui adore la chasse !

Il était peut-être ivre, mais il était rapide. Elle aurait bien du mal à le semer. Elle tenta de passer par un dédale de couloirs, sans jamais le distancer. Un serviteur qui passait par là se colla contre le mur quand elle le croisa en coup de vent, mais elle ne s'arrêta pas. Pourquoi Bannaster ne renonçait-il pas ?

Lorsqu'il fut à deux doigts de la rattraper, il s'esclaffa, comme si c'était un jeu. Pour elle, c'était un cauchemar d'enfance qui resurgissait. Avant ses fiançailles, elle avait toujours eu l'impression d'être traquée par des hommes qui profitaient de leur passage à Alderley pour lancer leurs fils à ses trousses. Quand ils ne s'en chargeaient pas eux-mêmes... Un cauchemar renouvelé qui l'empêchait de dormir. Elle en avait même perdu l'appétit, jusqu'à ce que ses parents se décident enfin à l'envoyer loin d'ici... En l'occurrence, dans le château de la famille de John. Elle s'y était sentie en sécurité pour la première fois. Ses fiançailles l'avaient protégée, aidée à reprendre confiance. Hélas, tout cela était terminé. Arrêterait-elle de courir un jour ?

John... Elle éprouva le besoin aussi soudain qu'impérieux de le voir, mais pas question de mener le vicomte jusqu'à lui. Il la protégerait même si cela l'amenait à être jeté en prison... Ou pire.

Et elle ne voulait pas qu'il disparaisse.

Son corps commençait à la lâcher. Mais elle ne pouvait pas s'arrêter seule dans un couloir, compte tenu de la menace qui pesait sur elle ! Il ne lui restait qu'à rejoindre la grande salle, en espérant que Bannaster soit distrait par quelque chose.

Elle passa en courant sous une arche et atteignit la grande cheminée. Des soldats dansaient avec des servantes au son d'un chalumeau et d'un luth. Milburn déplaçait des pièces sur le plateau de jeu. Il leva les yeux vers elle, la mine fermée. Elle imagina à quoi elle devait ressembler. Elle avait le visage ruisselant de sueur. Ce qu'elle aurait aimé retirer cette guimpe de malheur et la jeter au feu !

Malgré sa difficulté à respirer, elle essaya de traverser la pièce en marchant calmement. Mais avec ses jambes flageolantes... John était là, assis à côté de Philip sur un banc. Il se leva dès qu'il l'aperçut. Il fronça les sourcils d'un air menaçant et posa la main sur la dague qui pendait à sa ceinture.

Mais Elizabeth refusait de l'impliquer dans cette histoire, c'était hors de question. Elle secoua vigoureusement la tête et fut heureuse de voir Philip attraper le bras de son ami.

— Anne ! Assez joué.

La voix de Bannaster venait de retentir dans la pièce.

Il était juste derrière elle. Il la fit pivoter, puis l'attira à lui... pour l'embrasser. Malgré les cris joyeux des soldats, elle sentit le silence irréel qui était tombé sur la grande pièce.

Le vicomte leva la tête et jeta un coup d'œil alentour avec un sourire incertain. Celui d'un homme pris de boisson.

— Qui a arrêté la musique ? Je voulais danser avec Anne.

— Au feu !

Une voix suraiguë venait de résonner. Bannaster la lâcha immédiatement pour se retourner. Elizabeth en fit autant. Elle ne voyait pas de fumée. C'était Adalia qui avait crié. Elle faisait de grands gestes en direction des cuisines.

Partout, les gens se mirent à courir. De nombreux soldats se ruèrent en direction des portes pour sortir mais, Dieu soit loué, les habitants du château s'empressèrent de mettre la main sur des seaux. Bannaster, sans doute de peur que cet endroit qu'il convoitait ne parte en fumée, suivit le flot vers les cuisines.

Elizabeth en aurait fait autant, mais quelqu'un l'attrapa par-derrière. Elle poussa un petit cri, d'instinct.

— C'est moi ! souffla John.

Toute frissonnante, elle se jeta alors dans ses bras. Il la souleva de terre et l'emmena.

— Est-ce qu'il vous a fait du mal ? lui demanda-t-il à l'oreille.

— Non, j'ai juste eu peur, surtout quand il m'a couru après dans le château. Même ivre, il court vite !

John la reposa par terre. Elle en profita pour se détacher de lui, l'air méfiant.

— Un incendie s'est vraiment déclenché ? s'enquit-elle brusquement.

La réaction qu'elle avait eue en voyant John la rendit timide. Elle avait eu tellement peur qu'un rien était susceptible de l'effrayer.

— J'en doute, répondit-il. Mais allons voir.

Des cris résonnaient dans la cuisine, et on n'apercevait qu'un tout petit panache de fumée. Bannaster se tenait dans l'encadrement de la porte et observait le remue-ménage. Juste avant qu'Elizabeth et John arrivent à sa hauteur, le contenu d'un seau d'eau atterrit sur lui.

Il recula de quelques pas, avant de contempler sa tenue en soie et brocart. Il était trempé des pieds à la tête.

D'un bras autour de sa taille, John attira Elizabeth contre lui. Elle ne protesta pas. Tout autour d'eux s'était formé un groupe de servantes, de valets et de pages. Au milieu, on apercevait Bannaster recrachant l'eau qui dégoulinait sur son visage.

— Mes vêtements sont fichus ! s'exclama-t-il en essorant sa chemise. Anne, je vais avoir besoin que...

Il s'interrompit en constatant qu'il était cerné. Personne n'avait l'air compatissant ou ne lui proposait assistance. Le regard du vicomte se posa alors sur Elizabeth. Il remarqua forcément le bras de John autour de sa taille et la façon protectrice dont il la tenait.

— Milord, dit un jeune homme qui s'était frayé un chemin parmi la foule en jouant des coudes, j'ai défait vos coffres dans la grande chambre. Souhaitez-vous que je vous aide à vous changer ?

Il s'agissait sûrement de son écuyer. Et il n'en menait pas large.

Bannaster jeta un coup d'œil alentour, avec un sourire amusé, puis finit par hocher la tête.

— Oui, je vous suis. Fort étrangement, je me sens fatigué. J'ai dû forcer sur le vin.

Elizabeth battit des paupières, tandis que le vicomte tournait les talons et suivait son écuyer. Plusieurs personnes lui souhaitèrent alors gentiment bonne nuit. Elle ne put que leur répondre par des sourires, se retenant de fondre en larmes. Ils avaient tous volé à son secours.

Elle tenta de se détacher de John, mais il resserra son étreinte et lui souffla tout bas :

— Il va recommencer.

— Je ne pense pas. Il a vu la façon dont tout le monde s'est massé autour de lui.

Au fond d'elle, elle n'avait cependant aucune certitude.

— Anne...

— Chut !

Elle se retourna pour prendre appui sur son torse et se détacha de lui.

— Je dois monter son repas à Lady Elizabeth.

— Je vous accompagne.

— Non. Il faut que je remercie Adalia de ce qu'elle a fait. C'est elle qui m'accompagnera.

— Mais si vous tombez sur cette brute...

— Si vous étiez à mes côtés, vous voudriez résoudre le problème à votre manière.

— Je suis un chevalier ! lâcha-t-il d'une voix rauque.

— Et vous seriez banni du château. Ou tué. C'est ce que je souhaite, d'après vous ?

John ouvrit la bouche, mais aucun son n'en sortit. Il la regarda d'un air tout surpris.

— Laissez-moi partir, à présent. Je n'irai pas voir Anne seule, promis.

— Pas tant qu'il sera là.

— Oui, c'est entendu. Ensuite, j'aurai à vous parler. Je passerai dans votre chambre.

Elizabeth tâcha de ne pas remarquer l'étincelle qui s'alluma dans les yeux de John, tandis qu'il hochait la tête. Elle comptait lui parler du plan qui s'était formé dans son esprit, quand Bannaster avait tenté de s'en prendre à elle. Une façon de sortir de cette impasse, sans violence inutile.

18

John faisait les cent pas dans sa chambre, en évitant le baquet rempli d'eau fumante. Il avait renoncé à prendre son bain, mais oublié d'en avertir les serviteurs. Tant pis, l'eau refroidirait.

Philip préparait une sacoche.

— Je suis navré d'avoir à vous chasser, Philip.

— Lady Elizabeth a besoin de vous, répondit son ami avec un haussement d'épaules.

— C'est uniquement parce qu'elle a quelque chose d'urgent à me communiquer.

— Bien sûr ! Et quelle sera votre excuse, demain soir ?

John fut bien incapable de protester. Il voulait qu'Elizabeth soit à l'abri, ce qui signifiait qu'elle devait rester à ses côtés. Comment la convaincre, sinon ?

— Je ne vois pas plus loin que ce soir, dit-il cependant. Où allez-vous dormir ?

— Dans la grande salle. J'ai connu pire, vous savez.

— Merci de tout cœur.

Philip éclata de rire et secoua la tête.

— Je vais peut-être demander une chambre au capitaine de la garde. Ne suis-je pas son assistant et son secrétaire, après tout ?

Une fois de plus, John regretta amèrement d'avoir été obligé d'inventer cette histoire de jambe cassée. L'énergie de l'entraînement lui manquait. Quoi de plus stimulant que de confronter ses talents à ceux d'un adversaire ? Il aurait aimé défier Bannaster en combat singulier et régler la question une bonne fois pour toutes. C'était une solution toute simple... mais qui risquait évidemment d'incommoder le roi, ainsi qu'Elizabeth. Alderley devait être ce qu'il y avait de plus important dans leurs vies. Et pour l'heure, c'était le cas.

Mais que se passerait-il si leur quotidien de couple marié devenait un long fleuve tranquille, bien trop tranquille ?

John chassa vite cette idée et reporta son attention sur Philip.

— Est-ce que votre proximité avec les soldats vous a permis d'apprendre quelque chose ?

— Pas encore, mais j'ai bon espoir. Tout ce qu'ils m'ont dit, c'est que, dans chaque garnison, une majorité d'hommes font leur devoir. Et qu'une poignée seulement aime semer la pagaille.

— Vous avez vu la garnison d'Alderley ?

Philip fit non de la tête.

— Selon Parker, il y a une centaine d'hommes. Si vous les avez de votre côté, vous devriez reprendre le château.

— *Si* je les ai de mon côté, comme vous dites ! Quant au château, je risque de le récupérer sans la permission de ma promise. Pas sûr que notre future nuit de noces soit des plus joyeuses. En tout cas, merci pour votre aide.

Sur ces mots, son ami se dirigea vers la porte.

— Comment occuperais-je mon temps, si j'étais ailleurs qu'ici ? Je vendrais sûrement mon épée au plus offrant.

— Au lieu de quoi, vous me la prêtez gratuitement.

Philip leva les yeux au plafond, lui souhaita bonne nuit et quitta la chambre.

John se remit à arpenter la pièce. Il savait qu'Elizabeth s'attarderait probablement auprès de sa suivante pour lui raconter ce qui s'était passé. Mais le temps lui parut interminable avant qu'il entende doucement frapper à la porte. Il ouvrit brusquement et la vit plantée face à lui.

— Vous m'aviez promis de ne pas venir seule, grogna-t-il.

Il la tira à l'intérieur et referma aussitôt la porte.

— Adalia était avec moi, mais je lui ai demandé de repartir. John, Bannaster s'est forcément endormi, soûl comme il l'était.

Il ferma les yeux. Surtout, ne pas s'énerver.

— Elizabeth, à de rares exceptions près, les soldats de ce château sont à sa solde. On aurait pu vous conduire jusqu'à lui sur un simple mot de sa part. Vous prenez bien trop de risques, et ça m'inquiète. À partir de maintenant, vous dormirez ici. Comme cela, je pourrai vous protéger.

Il s'attendait à ce qu'elle proteste. Au lieu de quoi, elle se redressa fièrement.

— Cela colle parfaitement avec mon plan.

— Votre plan ? répéta-t-il d'un ton soupçonneux.

— Je vous avais promis que j'en échafauderais un. C'est fait.

Elle déglutit et croisa son regard d'un air grave.

Il fut alors surpris de la voir défaire sa guimpe et la jeter sur la table. Ses cheveux détachés retombèrent en cascade sur ses épaules et sa poitrine. Elle les rejeta en arrière et leva les bras pour détacher les lanières de sa robe.

Tout au fond de lui, le désir qu'il tentait de contenir se réveilla brusquement et commença à envahir tout son corps.

— Que faites-vous ? demanda-t-il d'une voix rauque.

Impossible de détourner les yeux de cette robe qu'Elizabeth était en train de défaire.

— Je ne peux plus garder mon innocence, c'est bien trop dangereux, annonça-t-elle d'un ton impassible. Faites de moi une femme, Bannaster ne sera plus une menace.

Lui qui croyait qu'elle avait besoin de réconfort pour la nuit, après toutes ces émotions. Mais elle était trop forte pour cela. Et, avec cette proposition, elle allait le faire passer pour le plus faible des hommes. Mais comment refuser ?

Il se sentit comme pétrifié, tant il était incapable de bouger. Sans la moindre émotion apparente, elle se défit de sa robe et révéla une chemise en toile avec de longues manches, qui remontait jusqu'en haut de son cou. Elle s'assit sur un tabouret pour ôter ses chaussures et ses bas. Il déglutit difficilement en apercevant les courbes douces de ses cuisses, quand elle retira sa jarretière. Ensuite, elle grimpa sur le matelas, le couvre-lit remonté jusqu'à la taille, mais replia un coin de la couverture, comme une invitation.

Une invitation qu'elle lui lançait.

Une partie de lui voulait se déshabiller pour la rejoindre. Pour lui montrer le mari passionné qu'il serait après leurs noces. Il n'imaginait pas une seconde se lasser d'elle, de son intelligence et de son courage, ni même de son besoin de prendre les décisions. Il lui obéirait au doigt et à l'œil... Enfin, surtout dans le cocon de la chambre conjugale. Et elle aurait enfin la preuve qu'elle avait vraiment envie de lui. Elle abandonnerait ce rêve d'un homme distant et prêt à la mettre sur un piédestal.

Il laissa le regard courir des seins d'Elizabeth, qu'il devinait sous le tissu vaporeux de la chemise, jusqu'à sa gorge et à son visage délicat. Soudain, il aperçut une lueur d'effroi et de fragilité dans ses beaux yeux, mais cela ne dura qu'un instant. Aussitôt après, ils avaient retrouvé leur détermination.

Seulement, leur mariage pouvait-il s'ouvrir sur ce moment d'intimité où sa future épouse se sentait forcée, parce qu'elle ne voyait pas d'autre solution ?

Il poussa un profond soupir. Il lui fallait oublier à quel point tout son corps était en éveil. C'en était presque douloureux. Un bain glacé lui ferait le plus grand bien !

Une fois assis au bord du lit, il essaya de ne pas remarquer qu'elle s'était raidie.

— Non, Elizabeth, ma douce, pas comme ça.

— Que voulez-vous dire ? Le fait que cette idée vienne de moi vous dérange ?

— Non, répondit-il avec bienveillance. Votre proposition est tout à fait valable. Et très flatteuse, croyez-le bien. Mais nous allons trouver un autre moyen.

Cette réponse parut la faire tomber des nues.

— Mais... Les hommes ont toujours eu envie de moi et de ce qu'ils étaient susceptibles d'obtenir en m'épousant.

— Croyez-moi, l'homme qui se trouve face à vous vous désire énormément. Et je me moque de la fortune que vous auriez à m'offrir. Mais je veux trouver une solution qui respecte votre honneur.

À ces mots, elle détourna la tête, les épaules baissées.

— Ce n'est jamais une très bonne idée d'être désirée à ce point.

John se garda de répondre, en espérant qu'elle lui en dise plus.

— Quand j'avais dix ans, commença-t-elle tout bas, avant mon séjour à Rame Castle, un vieil ami de mon père nous a rendu visite en compagnie de son jeune fils. J'avais l'habitude de croiser des partis potentiels. Savoir que mon père choisirait mon futur mari ne me dérangeait pas. J'avais foi en ses choix. Mais... Plusieurs chefs de famille s'étaient déjà montrés très insistants. Leurs enfants essayaient de jouer seuls avec moi. Et, même s'il ne se passait rien de particulier, c'était comme si... on leur avait donné l'ordre de le faire. Le titre de comte les attirait tous, même si le roi n'avait pas encore décidé comment mon père le transmettrait. Nous avions envie de faire confiance à ce vieil ami de la famille. C'était un soulagement de les avoir avec nous, son fils et lui.

John voulut la tenir contre lui. Quelque chose lui disait que cette histoire s'était mal terminée. Mais Elizabeth paraissait perdue dans ses souvenirs.

— Un jour, cet homme a souhaité nous emmener en

promenade près d'un étang, son fils et moi. J'étais tout émoustillée à l'idée de montrer mes talents de cavalière ! Et puis, c'était une façon d'éviter la tension qui régnait au château. Des invités essayaient de convaincre mon père de leur accorder ma main. Avant de grimper sur ma monture, j'ai eu l'impression que quelque chose… n'allait pas. Je n'avais que dix ans, mais je voyais bien que les fontes des chevaux étaient plutôt remplies pour une simple balade.

John acquiesça. Il voyait où elle voulait en venir.

— Il avait l'intention de vous enlever ?

— Il ne l'a jamais avoué à mon père. Même quand on a fouillé ses bagages. Il a continué de prétendre que son fils et lui comptaient partir juste après, et qu'il avait simplement préparé ses affaires très tôt, mais personne ne l'a cru.

— D'après votre père, que comptait-il faire ?

— Du chantage, peut-être, répondit-elle en haussant les épaules. Ou quelque chose d'encore plus sinistre, qui n'avait rien à voir avec son fils. Il venait de perdre sa femme.

— Elizabeth, c'était une épreuve terrible pour une toute jeune fille.

Elle essaya de sourire.

— C'est précisément pour cette raison que mes parents ont décidé de m'envoyer auprès de votre famille.

— Et certains jours, vous regrettez qu'ils aient pris cette décision, je parie, dit-il sèchement.

— Non. Sur le moment, j'en ai été ravie. Je suis rentrée chez moi et, pendant un long moment, Alderley a semblé si tranquille. J'y ai passé des années merveilleuses.

— Jusqu'à la mort de vos parents, j'imagine.

Avec un hochement de tête, elle admit :

— Depuis, tout le monde a des vues sur moi.

Au fond de son cœur, Elizabeth sentait une douleur sourde qui refusait de la lâcher, malgré tous les efforts qu'elle pouvait faire. Son père et sa mère avaient essayé de la protéger du monde. Désormais, il n'y avait plus aucun obstacle entre elle et les hommes qui se battaient pour l'avoir. Elle en avait assez de se sentir impuissante. Cette nuit, elle prendrait les choses en main !

Seulement, John était un homme d'honneur, un homme digne, même si cela lui coûtait de le reconnaître. Il suffisait de voir ses traits tendus pour s'en rendre compte ! Il était rentré chez lui pour accomplir son devoir vis-à-vis de sa famille. Le tout en étant livré à lui-même et sans un sou vaillant. Plus personne ne respectait le nom des Russell, peu importe qui était responsable de cette déchéance. Il avait passé des années à se construire une réputation sur le continent. Tout cela pour rien. Même s'il avait l'habitude de cacher sa douleur, il y avait dans son regard une lueur captivante et ensorcelante qui l'attirait. Elle avait envie que les choses s'arrangent pour lui.

Sans même s'en rendre compte, elle leva la main pour lui caresser le visage. Il resta aussi immobile qu'une statue, les yeux clos, tendu. Puis il sembla soudain lâcher prise. Lorsqu'elle se pencha pour l'embrasser, il écarta les lèvres, puis frissonna.

— Elizabeth…

Il avait parlé tout contre elle, d'une voix lourde de sous-entendus.

— Rien qu'un baiser, murmura-t-elle en l'embrassant à nouveau avec une lenteur calculée. Comment voulez-vous que j'apprenne à ne pas avoir peur de ce qui se passe entre un mari et sa femme, sinon ?

Elle savait qu'il la laissait mener la danse, et cette sensation avait quelque chose de grisant. La tête penchée, elle approfondit leur baiser, passant la langue autour de ses lèvres avant d'oser plonger dans sa bouche, puis d'en ressortir. Elle posa les mains sur les siennes, agrippées aux draps. Elle les caressa doucement, en espérant que cela l'apaiserait, mais il était un homme, et elle devinait déjà qu'ils étaient bien différents, tous les deux. Elle sembla même l'embraser, car il lui attrapa la main avec un grognement et la plaqua sur lui, à un endroit où elle sentait son cœur battre la chamade. Elle eut un bref souvenir du moment où il l'avait caressée, au même endroit. Et cela la fit frémir.

La main de John glissa sur sa hanche, même si elle était couverte par les draps. Puis plus haut, dans le creux de sa taille, et jusqu'en haut de sa poitrine.

Elle mit fin à leur baiser et l'interrogea du regard, sans parvenir à reprendre son souffle.

— Laissez-moi vous montrer un aperçu de ce que vous êtes venue chercher ici ce soir, ma douce, murmura-t-il en l'embrassant sur la joue, tout en lui caressant le lobe de l'oreille. Je continue de croire que nous devrions attendre notre nuit de noces pour nous abandonner au plaisir mais, ah… À force d'y goûter, j'ai terriblement envie de vous en montrer davantage.

Elizabeth acquiesça en silence. Il tiendrait promesse, cela ne faisait aucun doute. Pourtant, tandis que la puissance de leur attirance s'emparait d'elle, elle commença à se poser des questions. Est-ce que ses résolutions tiendraient, face à la flamme du désir ? Elle était incapable d'y résister, et cela l'effrayait. Mais il l'embrassait avec une intensité grandissante, tout en tirant sur la lanière qui retenait sa chemise. Leurs langues se mêlaient.

Elle avait envie de lui. Elle voulait être emportée, tout oublier.

Une fois détachée, sa chemise glissa le long de ses épaules, lentement. Il ne cessait pas de l'embrasser, la main plaquée au creux de son dos, pour qu'elle reste tout près. Il se lança alors dans une exploration sinueuse le long de son cou, qu'il lécha, qu'il mordit doucement, avant de dessiner un cercle à la base, avec la langue. Il la releva pour qu'elle s'agenouille sur le lit. Lui resta assis. Dans cette position, il n'avait pas besoin de se pencher sur elle. Sa chemise resta accrochée une seconde au bout de ses seins, puis tomba.

John prit une grande inspiration, les yeux plongés dans les siens. Il n'avait pas perdu une miette du spectacle.

— Vous êtes parfaite, murmura-t-il.

Elizabeth ne savait pas quoi penser, quoi faire. Seule certitude : être admirée par ce regard-là procurait une sensation divine.

Il pressa la bouche contre ses seins. Sentir ses cheveux et ses favoris lui frotter la peau avait quelque chose de délicieux et de presque douloureux à la fois. Ils restèrent dans cette posture. Finalement, elle s'enhardit et plongea les doigts dans ses cheveux si doux. Depuis le temps qu'elle en rêvait ! Il tressaillit en grognant de plaisir.

Il commença à goûter sa peau, en déposant des baisers aériens le long des courbes de ses seins. Le désir qui l'animait grandit, encore et encore... pour céder la place à une véritable frustration, car ces baisers si enivrants avaient suivi une autre route au lieu de se poser sur ses tétons.

John la tortura de cette façon pendant plusieurs minutes, jusqu'à ce qu'elle laisse échapper un gémissement. Alors seulement, il sembla atteindre le but qu'il recherchait, car il attrapa doucement l'un de ses seins, qu'il lécha lentement.

Elle faillit sursauter, traversée par un frisson dévastateur. Tout en la tenant fermement, il poursuivit son œuvre, en la léchant comme si elle était la plus douce des friandises. Lorsque sa bouche s'occupa de son autre sein, il continua de la caresser avec ses longs doigts. Deux sensations mêlées qui ne ressemblaient à rien de ce qu'elle avait pu ressentir par le passé. Il y avait comme un incendie dans son bas-ventre, alimenté par le moindre de ses gestes. Vivement qu'elle se débarrasse du dernier de ses vêtements, afin qu'elle lui offre ce qu'il désirait !

Mais s'agirait-il vraiment de *son* choix ? Ou allait-il imposer sa volonté ?

Il finit par aspirer son téton, si intensément qu'elle le sentit à peine relever sa chemise par-derrière. Il fallut qu'un pan de tissu lui caresse les fesses pour qu'elle s'en aperçoive. Puis la main de John prit la place du pan de chemise. De l'autre, il plongea vers les draps, jusqu'à ce qu'il trouve la partie la plus intime de son anatomie.

Lorsqu'elle se raidit, il murmura son nom comme si elle était un animal sauvage qu'il devait apaiser. Il la touchait, il la caressait au travers du drap, il faisait tout pour lui prodiguer ces gestes divins. Elle se serait déjà affalée mollement sur le lit s'il ne l'avait pas maintenue droite. Elle n'arrivait pas à comprendre la façon dont il la contrôlait et ces sensations qui lui traversaient le corps.

La main de John remonta soudain le long de sa cuisse, sous sa chemise, et la caressa. Plus aucune barrière ne séparait leurs peaux. Ses doigts virils jouaient sans effort apparent, comme s'il connaissait tous les secrets du corps féminin. Elle était perdue, maladroite, gagnée par une panique grandissante sous les assauts de cette passion brûlante. Il alla plus loin en elle, et elle s'aperçut que son corps devenait tout humide pour le laisser entrer. De sa belle bouche charnue, il lui agaçait les seins, tout en esquissant des cercles à l'endroit le plus sensible de son corps. Elle se raidit en attendant, non, en priant pour qu'il lui donne ce qu'elle appelait de ses vœux.

Le plaisir s'empara d'elle si brusquement qu'elle se cambra, emportée par un tressaillement incontrôlable. Plus rien n'existait en dehors de John, de ces mains et de cette bouche qui la caressaient, qui la possédaient, qui lui offraient ces gestes si délicieux.

Il l'allongea alors sur le lit. Sans bouger un muscle, elle l'observa d'un air étonné, avec un malaise croissant. Un lien puissant venait de se créer entre eux. Elle s'interrogea.

Était-elle capable de faire des folies pour éprouver à nouveau un tel plaisir ? Son esprit ne lui appartenait plus. Avait-elle été séduite parce qu'il l'avait voulu ?

John observait son visage, et elle le vit prendre conscience de quelque chose. Sans un mot, il remonta sa chemise pour couvrir sa nudité. Puis ce fut le tour de la couverture. En un sens, c'était pire que tout, car il avait sacrifié son propre plaisir pour lui donner un aperçu de ces moments d'intimité.

— Dormez, susurra-t-il.

Si seulement la fatigue avait pu fondre sur elle et lui faire fermer les yeux, pour qu'elle ne voie plus son visage ! Elle n'était plus maîtresse d'elle-même, quand il était dans son champ de vision. C'en était presque effrayant. Elle baissa les paupières.

Mais elle n'avait pas sommeil, pas vraiment. Elle était... revigorée, différente. Mille pensées tourbillonnaient dans son esprit, avec ces nouvelles sensations corporelles qu'elle essayait de comprendre ! Elle entendit John aller à droite, à gauche. Au fait, où allait-il dormir ? Sur la paillasse de Philip, par terre, ou avec elle ?

Cette idée la fit à nouveau frissonner. Il lui fallait en avoir le cœur net. Elle rouvrit les yeux, juste un peu, et observa la chambre à travers ses longs cils. Elle aperçut aussitôt John, debout à côté du baquet.

Ça par exemple, il était en train de se déshabiller !

Allons, c'était bien naturel. Il n'allait quand même pas dormir habillé de pied en cap. À moins qu'il n'ait d'abord prévu de prendre son bain...

Atterrée de l'avoir surpris dans un moment aussi intime, elle referma les yeux. Mais est-ce qu'il n'avait pas *caressé* la partie la plus intime de son anatomie ? Et puis, elle ne faisait que regarder.

Une fois de plus, elle regarda à travers ses paupières entrouvertes. John venait d'ôter sa chemise. Elle avait déjà eu un aperçu de son corps, quand Rachel, la guérisseuse, s'était occupée de ses blessures. Mais la vue de ce torse nu et musclé la fit frémir jusque dans le tréfonds de son âme. C'était à la fois délicieux et gênant, mais… Comment renoncer à ce spectacle ?

Le corps de John était puissant, alors que le sien était tout en courbes. Une toison légère recouvrait ses pectoraux et descendait jusqu'au niveau de son abdomen, qui semblait dur comme de la pierre. Des cicatrices, souvenirs de ses nombreux combats, traçaient des lignes blanches sur sa peau.

Il ne pouvait pas revêtir de hauts-de-chausses à cause de son attelle. Il ne portait que des braies, qui jetaient un simple voile de tissu sur le bas de son corps. Il lui tournait le dos quand il les retira. Et voilà, il était nu.

Ses fesses avaient l'air si fermes, si parfaites qu'elle eut envie de les toucher… Seigneur, comment osait-elle avoir des idées aussi inconvenantes ? Avec le plaisir que lui avaient procuré ses caresses, elle s'était découvert une envie d'explorer à son tour ce corps viril. Avec les yeux, pour l'heure. Et ce qui apparut devant eux faillit bien les aveugler.

John se pencha pour tester l'eau de la baignoire, qui devait être froide, à présent. Lorsqu'il se mit de profil, elle vit son pénis tendu, qui formait un angle droit avec le reste de son corps.

Elle sentit aussitôt quelque chose bouillir en elle, comme si elle avait besoin de lui pour se sentir entière. C'était de cette façon qu'un homme s'unissait à une femme. Sa mère avait tenu à ce qu'elle sache ce qui passerait lors de sa nuit de noces. À l'époque, elle n'avait pas imaginé tout cela. Mais, à présent, c'était tout à fait évident.

John avait encore envie d'elle. Il lui avait offert le plaisir ultime, sans avoir cette chance lui-même.

Un autre homme aurait-il été capable de se montrer aussi peu égoïste, alors qu'elle l'avait autorisé à continuer de lui procurer du plaisir ?

Il entra dans la baignoire et plongea dedans avec un soupir, même si l'eau ne devait lui arriver qu'au niveau de la taille. Il était tellement grand ! Mais la seule baignoire qui aurait fait l'affaire était dans l'aile réservée à la famille. Elle avait été construite à la demande de son père. Elle n'aurait qu'à la faire transporter dans la chambre de John et…

On dirait que je suis déjà son épouse, songea-t-elle. Elle pensait à son confort, à ses besoins.

Avait-elle enfin accepté l'idée qu'il deviendrait son époux ?

Elle continua à le regarder prendre son bain. Le voir se frotter lentement la peau à l'aide d'un morceau de tissu la berça jusqu'à ce qu'elle s'endorme.

John était son dernier espoir. Mais, au fond d'elle, quelque chose lui disait qu'elle était en train de se perdre pour cet homme.

19

Le lendemain matin, lorsque Elizabeth monta son repas à Anne, celle-ci lui apprit qu'elle avait reçu un nouveau panier. On l'avait descendu jusqu'au rebord de la fenêtre durant la nuit. Il contenait des friandises et des livres, mais aussi une flûte ! Est-ce que ce mystérieux bienfaiteur l'avait entendue jouer ?

Quand elle redescendit, John l'attendait au pied du donjon. Fort étrangement, elle fut soulagée et heureuse de le voir. Certes, il faudrait une armée pour l'obliger à quitter ce château, mais... Il marcha à ses côtés, boitillant toujours, et elle se rappela à quel point il s'était montré attentionné, la veille. Dire qu'il avait dormi sur la paillasse de Philip et non pas dans le lit, avec elle !

Elle avait presque été déçue de se réveiller seule.

Dans la grande salle, Milburn vint à leur rencontre, ce qui les obligea à s'arrêter. Elle sentit la panique l'envahir, de façon presque irrationnelle, ce qui lui arrivait très rarement. John avait-il été démasqué ? Le fait qu'elle ait dormi à l'abri dans sa chambre avait-il créé des remous ?

L'intendant attrapa le plateau qu'elle tenait et le donna à John.

— Lord Bannaster souhaiterait vous voir, Anne.

Au même instant, la détermination qui l'animait depuis toujours refit surface, et elle retrouva aussitôt son calme. Il y avait des gens tout autour d'eux. Une nouvelle journée venait de commencer, et Bannaster avait dû dessoûler.

John fit pourtant un pas en avant, la main sur sa dague, ce qui fit hausser un sourcil à Milburn.

— Tout va bien, lui glissa-t-elle en l'attrapant par le bras. Je ne vais pas quitter la salle.

Elle le vit serrer les dents, puis il esquissa un hochement de tête. Le soulagement qui l'envahit céda la place à une profonde gratitude. Il avait suffisamment confiance en elle pour la laisser prendre ses décisions. Combien de femmes pouvaient en dire autant de leur futur époux ?

Le simple fait de regarder John lui procurait une douce chaleur. Même Milburn, toujours si impassible, en paraissait presque… amusé. Elle tâcha de prendre une mine fermée et marcha jusqu'à l'estrade sur laquelle Bannaster était assis, à la grande table, face à son petit déjeuner.

Le vicomte leva le nez à son approche. Aucune trace de gêne sur son visage. Pourquoi s'en étonner ? Il était certain qu'il pouvait avoir n'importe quelle jolie femme de son choix.

— Anne, dit-il après avoir mâché et avalé un morceau de pain, allez dire à Lady Elizabeth que j'ai entendu parler de son fiancé, à Londres.

Elle se raidit, sous le coup de la surprise, mais se borna à hocher la tête, avec l'espoir qu'il continue.

— J'ai été assez surpris d'apprendre que le roi a régulièrement reçu des rapports sur son compte, des années durant. Il est assez connu sur le continent, on dirait.

— Lady Elizabeth a eu vent de ses talents de guerrier, répondit-elle prudemment.

— Il a remporté de nombreux tournois. Manifestement, c'est un mercenaire assez demandé. Un sacré gaillard.

Elizabeth nageait dans le brouillard. Pourquoi Bannaster lui racontait-il tout cela ? Où voulait-il en venir ?

— Malheureusement, aussi talentueux soit-il, il se soucie

peu de ses obligations familiales. Un travers qu'avait aussi son défunt frère. Car il n'est pas revenu pour votre maîtresse.

Elle baissa les yeux. Inutile d'arborer un air triomphant. L'instant d'après, son enthousiasme se dissipa. Encore quelqu'un qui voyait William d'un mauvais œil.

Bannaster poussa un soupir et poursuivit :

— William était un compagnon agréable, cela dit, et je dois admettre qu'il me manque. Il savait troubler une salle remplie de jeunes femmes d'un simple regard. Il avait toujours le bon mot pour faire mouche. À sa mort, je me suis inquiété de savoir ce qu'il adviendrait de ce domaine. En tant qu'ami, je m'assure qu'on en prend soin, ce n'est que justice.

Il donnait l'impression de parler le plus sincèrement du monde. Comme si un mariage et une dot impressionnante étaient un immense fardeau que personne ne souhaitait porter.

Il l'étudia à nouveau.

— Je compte sur vous pour rapporter mes propos à Lady Elizabeth.

— Bien sûr, milord.

Le temps d'une révérence, elle tourna les talons et s'éloigna.

John l'attendait devant la cheminée, appuyé sur sa béquille. Il ne s'était pas trompé sur le compte de son frère, et elle avait douté de lui ! Tout en marchant dans sa direction, elle le vit sourire. La cicatrice sur son visage sembla s'animer, ce qui l'attendrit profondément.

— Milburn m'a chargé de comptabiliser le nombre de moutons qui paissent sur les pâtures de Hillesley, dit-il quand elle s'arrêta devant lui.

— Je suis prête à partir.

Comme il haussait un sourcil, elle s'empressa d'ajouter :

— Pour Hillesley, je veux dire.

— Tout va bien ? en profita-t-il pour souffler tout bas. Que voulait-il ?

Elizabeth jeta un coup d'œil alentour, mais la salle était

en train de se vider. Ne restaient que quelques valets qui nettoyaient les tables à tréteaux.

— Oui, je vais bien. Il souhaitait salir votre réputation.

Surpris, John regarda en direction du vicomte, qui s'entretenait déjà avec Milburn. Les deux hommes se dirigeaient vers la porte à double battant qui donnait sur l'extérieur.

— Ma réputation ? répéta-t-il sans cacher son amusement.

— Il semblerait que le roi ait suivi vos faits d'armes. Moi qui croyais que cela dérangerait Bannaster, mais il est bien trop imbu de lui-même.

— En quoi m'a-t-il dénigré ?

Elizabeth prit une grande inspiration.

— Il vous a comparé à votre frère. À l'entendre, vous vous souciez aussi peu de vos obligations que lui.

Sans mot dire, John l'observa. On lisait tant de résignation dans ses yeux qu'elle faillit fondre en larmes. Oh ! elle en avait assez de ces émotions qu'elle avait tant de mal à contrôler.

— On dirait bien que le roi vous admire. Cela pourrait nous être utile, un jour. Alors, autant que je ne sois pas prise au dépourvu. Dans quel état se trouve Rame Castle ?

— Vous savez, je commence à croire que William n'était peut-être pas au courant de ce qui se passait là-bas. Rien ne prouve que l'intendant ne s'est pas joué de lui.

— John, vous n'êtes pas obligé de me protéger. Indépendamment de mon opinion, William aurait dû visiter le château de sa famille et évaluer la situation de visu. Ce qu'il n'a pas fait.

— Je vais vous dire tout ce que vous souhaitez savoir, ma douce, murmura-t-il. Rame sera à vous également. Et je sais que vous prenez soin de tout ce qui vous appartient.

Elizabeth prit subitement conscience d'une chose. Elle ne se contentait pas de céder ses biens. John lui proposait de partager les siens.

— Venez, vous n'aurez qu'à m'en parler pendant le trajet jusqu'à Hillesley.

Alors qu'ils sortaient dans la cour, elle eut l'impression qu'elle avait enfin éloigné le fantôme de William. Même s'il avait essayé de lui plaire d'une façon qui pouvait charmer une jeune fille, il avait ses failles, lui aussi. Peut-être aurait-il fait sombrer Alderley Castle et dilapidé toute sa fortune, s'il était devenu son mari.

John ne suivrait jamais cet exemple. Il savait à quel point l'intérêt de tous les habitants du château était important pour elle. Il semblait s'interroger sur l'aide qu'elle pouvait lui apporter et se préoccuper de son opinion. S'il n'en avait qu'après sa fortune, il se moquerait comme d'une guigne de ce qu'elle pensait.

Est-ce que c'était de l'amour ? Allait-elle enfin grandir et prendre conscience de ce qui était important dans sa vie ?

Elle reprit le cours de sa journée le cœur léger, pour la première fois depuis très longtemps. Tout allait s'arranger. Le roi écouterait John pour avoir sa version des faits. La patience : voilà peut-être tout ce qu'elle avait besoin de cultiver.

Après le souper, ce soir-là, Elizabeth se rendit aux cuisines pour le repas à apporter à Anne.

— Pourrais-je vous parler un moment ? lui demanda alors Adalia d'un air hésitant.

— Bien sûr, répondit-elle avec une certaine inquiétude.

Où était passée la bonne humeur coutumière de la cuisinière ? Quelque chose n'allait pas ?

Comme elle l'avait promis, elle se retourna pour vérifier si John les avait dans son champ de vision. Il hocha la tête, et elle tenta de se dire qu'elle ne lui demandait pas la permission. Non, elle lui faisait ce plaisir pour qu'il n'ait pas à s'inquiéter pour elle.

Elizabeth suivit Adalia dans sa chambre, à l'autre bout du couloir, derrière les cuisines.

— Vous n'avez pas dormi ici la nuit dernière, milady, dit celle-ci en lui attrapant la main.

— Pardonnez-moi de ne pas vous avoir prévenue. Je ne savais pas ce qui allait se passer.

— Bannaster n'est pas... revenu vous voir, rassurez-moi ?

— Non ! s'empressa de lui répondre Elizabeth en lui tapotant la main. J'étais en lieu sûr.

— Avec Sir John ?

L'air méfiant, Elizabeth hocha la tête.

— Oui, mais pas de la façon que vous imaginez peut-être. Il n'a pas... Il ne fait que me protéger.

Adalia ferma les yeux, l'air soulagé.

— Oh ! Dieu soit loué ! Je l'ai bien vu traîner autour de vous. Pauvre homme, il ne sait pas qui vous êtes vraiment.

Elle eut envie d'avouer la vérité, mais comment pouvait-elle donner des informations qu'il importait de garder secrètes ? Cela ne ferait que rendre la situation un peu plus compliquée.

— Il comprend... comment se passent les choses entre nous, finit-elle par répondre.

— Mais il souhaite vous protéger malgré tout. C'est quelqu'un de bien. Je devrais peut-être essayer de lui conter fleurette, moi aussi !

La cuisinière s'esclaffa, mais Elizabeth dut répondre par un sourire forcé.

Était-elle déjà *jalouse* de l'intérêt qu'on portait à John, quel qu'il soit ? Elle n'aimait pas douter de ses forces, pas question de tomber dans ce genre de travers ! Avant ces derniers mois, elle n'avait jamais douté de ses qualités. Mais elle n'avait jamais vraiment eu l'occasion de les mettre à l'épreuve non plus.

John passa une soirée tendue, les yeux fixés sur Bannaster. Elizabeth était restée près de lui, comme il le lui avait demandé, mais le vicomte risquait fort de la repérer par hasard.

Ce dernier resta plutôt sobre, contrairement à la veille.

En fait, il semblait presque… mélancolique, comme s'il avait eu tort d'être trop confiant dans son plan pour approcher le roi. Être le cousin d'un monarque ne donnait manifestement pas tous les droits.

Or, un homme qui avait perdu confiance dans sa façon de résoudre un problème se rabattait souvent sur une solution plus dangereuse. John avait prévenu les quatre gardes de la garnison d'Alderley d'être extrêmement prudents lors de leurs tours de garde au pied de la tour. Philip était censé suggérer la même chose aux soldats de Bannaster, afin de déterminer qui, parmi eux, serait enclin à protéger la maîtresse des lieux, peu importe qui elle était aux yeux de leur employeur.

Bannaster finit par se retirer dans sa chambre. Peu après, Philip, qui jouait aux dés avec les soldats, croisa incidemment le regard de John à l'autre bout de la pièce et pencha légèrement la tête en direction du couloir. Son ami avait-il besoin de s'entretenir avec lui ? Cette question le rendit à nouveau nerveux.

Mais d'abord, il escorta Elizabeth jusqu'à sa chambre. En voyant qu'il n'entrait pas à sa suite, elle lui adressa un regard interrogateur.

— Je dois parler à Philip, lui dit-il. Ce ne sera pas long. Je serai dans le couloir, pas loin.

Elle fronça les sourcils.

— Vous n'avez pas à vous inquiéter constamment. Notre ennemi commun ne s'en est pas pris à moi, aujourd'hui.

— Ne croyez pas qu'il en a terminé avec vous. Les hommes aux abois commettent les pires erreurs. Et un homme resté longtemps sans voir une femme est tout aussi dangereux

— Est-ce un conseil ? demanda-t-elle doucement. Ou une menace ?

Il faillit éclater de rire, et cela lui fit du bien. Pourquoi était-il inquiet à l'idée de passer sa vie avec Elizabeth ? Elle était même amusante, et il aimait ce trait de sa personnalité.

— Je n'ai pas besoin de menacer, susurra-t-il en reculant.

— Oh ! dans ce cas, je me contenterai de succomber à votre charme.

Cela le fit sourire.

— C'est vous qui le souhaitiez.

Là-dessus, il la laissa complètement déboussolée.

Lorsqu'il tourna au bout du couloir, il tomba sur Philip qui l'attendait, le dos appuyé contre le mur.

— Eh bien ?

— Comme je vous l'ai dit, John, il y a plusieurs hommes de valeur dans l'armée de Bannaster. Je mettrais ma vie entre leurs mains... si je me battais à leurs côtés.

— Est-ce qu'ils estiment que Bannaster ne devrait pas monter seul en haut du donjon ?

— Oui, mais le vicomte est leur maître. Comment pourraient-ils l'arrêter ?

— Ils auraient le soutien du soldat de la garnison du château, qui monte la garde en même temps. Cela dit, est-ce que ça retiendrait cette crapule de faire tuer son homme, s'il lui désobéit ?

— Là encore, furieux d'avoir été contesté, il risquerait de se retourner contre la véritable maîtresse des lieux.

Philip avait beau parler tout bas, John grimaça.

— Vous ne devriez pas évoquer de tels sujets au beau milieu d'un couloir.

— Je n'ai pas été suivi.

John tâcha de se détendre. Son ami avait raison, inutile d'être trop méfiant.

— Ne doutez-vous pas un seul instant de vos talents ? lança-t-il d'un ton sarcastique.

— C'est vous qui m'avez appris à ne jamais en douter.

Soudain, un bruit sourd retentit. Philip piqua du nez et s'écroula dans ses bras. Il avait perdu conscience. John eut tout juste le temps d'apercevoir un gourdin qui le visait en pleine tête. Il lâcha le corps de son compagnon pour lever sa béquille. Hélas, il était trop tard. Le coup le frappa au niveau de la tempe. Une douleur aiguë s'empara de lui, puis le couloir plongea dans les ténèbres.

Lorsqu'il reprit connaissance, John fut incapable de déterminer s'il avait les yeux ouverts ou fermés. Tout était plongé dans l'obscurité la plus totale. L'air était chargé d'humidité, et il y flottait une drôle d'odeur. Dans le lointain, il entendait faiblement des gouttes d'eau tomber.

Il avait mal. Sa tête bourdonnait. Il lui fallut plusieurs minutes pour avoir les idées claires. Il se rappela alors que Philip était tombé sur lui, puis qu'un gourdin l'avait pris pour cible. Tout s'était passé si vite qu'il n'avait pas pu voir qui les avait attaqués.

Il était allongé sur une surface dure et irrégulière, humide à plusieurs endroits. Il se redressa, les bras tendus au-dessus de lui. Pas question de se faire mal à nouveau.

Une douleur perçante l'immobilisa, le temps que la sensation de nausée s'estompe. Il se tâta la figure. Aucun bandeau ne lui couvrait les yeux. Il porta la main à la tempe et sentit qu'il saignait. Il suivit la trace le long de son visage puis de ses vêtements, qui n'avaient pas l'air tellement imprégnés de sang. Avec un peu de chance, cette blessure n'était pas trop sérieuse.

Il tenta de deviner sur quoi il était assis. Il n'y avait que de la pierre pour être aussi froide et râpeuse.

Près de lui, un grognement se fit entendre. John ne bougea plus un muscle.

— Philip ?

Petit réconfort dans son malheur : aurait-il été emprisonné avec son fidèle lieutenant ? L'espace d'un instant, il n'entendit qu'une respiration profonde et heurtée.

— John ?

La voix de Philip était rauque, plaintive.

— Je suis là. Je viens de me réveiller.

— Vous arrivez à voir quelque chose ?

— Non. Au moins, nous ne sommes pas devenus aveugles. Je suis sur une sorte de margelle en pierre.

— Moi aussi. Vous n'avez pas exploré plus avant ?

— J'allais le faire, et c'est là que je vous ai entendu.

— Savez-vous ce qui s'est passé, John ? Je me souviens que j'étais en train de vous parler, et puis... plus rien.

John secoua la tête. Philip pouvait difficilement se rappeler davantage.

— Quelqu'un vous a frappé par-derrière, vous vous êtes écroulé sur moi, et j'ai reçu presque aussitôt un coup de gourdin sur la tête. Vu l'écho de ma voix, je doute que nous soyons dans une pièce immense. Je vais suivre le mur derrière moi et voir où il mène. Vous pouvez vous lever ?

— Je crois, oui.

— Alors partez sur votre gauche, j'irai sur ma droite. Espérons qu'on se rejoigne.

Cela ne fut pas long. Ils avancèrent pas à pas sur le sol irrégulier, mettant parfois le pied dans des flaques peu profondes. Le mur était râpeux, manifestement creusé à même la pierre, couvert de moisissure et de mousse. Ils mirent quelques minutes à se retrouver, puis firent demi-tour. D'autres « bancs » avaient été sculptés dans la pierre.

Avant qu'ils se rejoignent, John toucha une surface en bois. Des échardes se plantèrent dans ses doigts lorsqu'il les fit courir dessus.

— J'ai trouvé une porte.

Philip le rejoignit très vite après.

— C'est bien ce que je craignais. Nous sommes dans des oubliettes.

— Alderley a des oubliettes ? s'étonna son ami.

— À ma connaissance, non. Aucun soldat n'en a parlé ?

— Ils ne sont pas d'ici, pas plus que nous.

Pendant plusieurs minutes, ils essayèrent d'enfoncer la porte, qui refusa de bouger.

— Dans ce cas, nous n'avons plus qu'à attendre, finit par dire John en frottant son épaule douloureuse.

— Et à nous creuser la tête, ajouta Philip d'un ton sombre. Vous pensez qu'on devrait crier ?

— Des oubliettes sont généralement assez profondes pour étouffer le moindre bruit, mais vous pouvez toujours essayer.

Philip s'exécuta, jusqu'à ce qu'il commence à s'abîmer la voix. À quoi bon parler ? Ils ne tenaient pas à évoquer un sujet trop confidentiel, de peur que quelqu'un les écoute. Après quoi, ils essayèrent de trouver le sommeil. Sans succès du côté de John. Il avait les yeux grands ouverts quand il aperçut de la lumière.

— Philip, vous avez vu ça ?

— Cette lumière, à travers les interstices de la porte ?

— Oui.

Sans un mot, ils attendirent. La lumière gagna en intensité et dessina les contours de la porte. Ils se postèrent de part et d'autre. Quelqu'un serait peut-être assez bête pour entrer seul.

Une voix résonna alors dans le couloir, juste de l'autre côté.

— Sir John, vous m'entendez ?

— Qui êtes-vous ? Laissez-nous voir qui nous a attaqués en traître.

— En traître, allons donc ! Voilà plusieurs jours que je me méfiais de votre secrétaire. Notre capitaine lui faisait bien trop confiance.

— Vous souhaitez avoir ma place ? répliqua sèchement Philip.

Discrètement, John interrogea Philip. Est-ce qu'il reconnaissait la voix de leur agresseur ? Avec une grimace, son ami secoua la tête.

— Vous êtes trop talentueux, une épée à la main, pour être

un simple secrétaire, Sutterly. J'ai commencé à vous suivre, hier. Et, ce soir, ma patience a été récompensée.

— Comment ? lança Philip. Vous m'avez vu parler à mon premier employeur.

— Mieux : j'ai surpris votre conversation. À vous entendre, Lord Bannaster risque de s'en prendre à *la véritable maîtresse des lieux*, si on lui interdit d'accéder au donjon.

Philip grimaça. Grâce aux faibles rais de lumière qui filtraient, John put le voir articuler sans un bruit : « Je suis désolé. » Il haussa les épaules. Ce n'était plus le moment de battre sa coulpe.

— J'ai attendu l'occasion de montrer ma loyauté, dit le soldat. Quand je vous amènerai à Lord Bannaster, il me félicitera d'avoir été aussi malin.

— Personne ne sait que nous sommes là ? s'enquit John d'un ton méfiant.

— Vous êtes mes prisonniers. Quand le vicomte se réveillera, je vous conduirai jusqu'à lui, comme mes trophées. Révélez-moi qui est la véritable maîtresse des lieux, et je veillerai à ce que vous ayez la vie sauve.

Comme si un simple soldat avait un tel pouvoir !

Philip déclara alors :

— Je ne sais pas de quoi vous parlez. J'avais peur que Lady Elizabeth ne soit en danger en haut de son donjon, si d'aventure Lord Bannaster décidait de lui faire du mal.

— Non, ce n'est pas ce que vous avez dit, rétorqua leur interlocuteur.

Philip perçut tant d'agacement dans sa voix qu'il espéra le voir ouvrir la porte. En vain.

— Vous laissiez entendre qu'on est en train de se jouer de Lord Bannaster, poursuivit leur geôlier. Et si vous êtes au courant de ça, c'est que vous n'êtes pas ceux que vous prétendez être, tous les deux. Ce sera un plaisir de vous faire avouer la vérité !

— Essaye un peu, qu'on rigole ! reprit Philip. Entre et viens profiter de mes talents de lutteur.

— Non, je ne suis pas fou. Vos aveux peuvent attendre jusqu'à demain matin. Bonne nuit !

Avant que la lumière s'estompe, John tenta de le retenir.

— Qui êtes-vous ? Vous intelligence m'impressionne.

Il n'obtint pas de réponse.

— Vu ce qu'il touchera demain, il a tout intérêt à attendre, commenta Philip.

— Si nous sommes seuls contre lui, nous pourrons prendre le dessus. Essayons de dormir.

Hélas, John ne trouva pas le sommeil. Ses pensées tourbillonnaient dans sa tête à une vitesse folle. Il connaissait bien ce sentiment d'impatience, quand tout son corps se préparait au combat. Bon sang, lui qui s'irritait de ne pas passer à l'action, qui avait hâte de se débarrasser de sa béquille inutile et de montrer ce qu'il avait dans le ventre, il allait être servi ! Pourtant, il avait beau se répéter que Philip et lui avaient des chances de s'en sortir, il se sentait mal à l'aise, inquiet.

Tout ça à cause d'Elizabeth.

Pour la première fois dans sa vie, quelqu'un dépendait vraiment de lui. Étant le dernier de sa fratrie, il n'avait jamais été responsable de qui que ce soit, hormis de sa propre personne. Chaque jour avait été une aventure. À présent, il avait la charge d'un titre, de deux vastes domaines, de plusieurs demeures et d'une fiancée isolée, en danger, mais d'une force mentale incroyable.

Qu'adviendrait-il d'Elizabeth, s'il trépassait ? Bannaster l'aurait pour lui seul. Elle se battrait comme une lionne pour avoir le droit de décider de sa vie, et le roi lui donnerait alors un époux qui la contrôlerait d'une main de fer.

Pour l'heure, il était impuissant. Il comprenait enfin ce qu'Elizabeth avait ressenti pendant toutes ces années où on l'avait empêchée de vivre sa vie. Il avait eu tort de croire que la méfiance qu'il lui inspirait était due aux fausses rumeurs qui couraient sur son compte. C'était prendre les choses trop à cœur. En réalité, elle avait été obligée de réapprendre à accorder sa confiance à quelqu'un, c'est tout. En refusant de passer la nuit à ses côtés, dans le même lit, il avait peut-être commencé à la convaincre d'une chose : qu'il était celui à qui elle pouvait se fier.

20

Au beau milieu de la nuit, Elizabeth se réveilla en sursaut, sans savoir pourquoi. Elle fut très déçue de se découvrir seule dans le lit. S'attendait-elle à ce que John se glisse sous la couverture à côté d'elle ? Cela ne risquait pas d'arriver, puisqu'il avait refusé qu'elle se donne à lui !

Inutile de lui en faire le reproche, d'autant qu'il lui avait offert un moment de plaisir dont elle avait été la première surprise. Elle se redressa sur un coude. Le feu s'était éteint dans la cheminée, et elle ne voyait pas grand-chose dans la pièce.

La paillasse était vide. Et, à première vue, personne ne s'était allongé dessus.

Elle repoussa la couverture, puis posa les pieds sur le sol froid. Combien d'heures s'étaient écoulées ? Elle ouvrit prudemment la porte et jeta un coup d'œil dans le couloir. Rien à l'horizon. Elle l'appela tout bas, mais personne ne répondit.

Il lui avait pourtant promis qu'il serait tout près d'elle ! L'avait-il laissée seule, livrée à elle-même ? Elle refusait de le croire.

Elle s'empressa de s'habiller, puis suivit prudemment les couloirs éclairés qui menaient jusqu'à la grande salle. Là, elle resta dans l'ombre, derrière l'arche qui marquait l'entrée de la pièce. Plusieurs dizaines de personnes dormaient par terre, enveloppées dans des couvertures. Mais personne qui ressemble à John. Ou à Philip.

Puisqu'elle ne pouvait pas fouiller chaque chambre, elle regagna celle de John. Il ne l'avait pas abandonnée, impossible ! En admettant qu'il soit animé des pires intentions, il n'allait certainement pas quitter Alderley, ni le pouvoir et la richesse qui allaient avec.

De toute façon, cela ne lui ressemblait pas. Il était peut-être venu honorer un pacte scellé entre leurs deux familles, mais il éprouvait des sentiments pour elle, désormais. C'était quelqu'un de bien. Un homme d'honneur.

Un homme à qui elle n'avait pas cessé de répéter qu'il ne lui inspirait pas confiance. Et si cela l'avait fait fuir ?

Assez, il fallait qu'elle arrête de penser des choses pareilles ! Dès que l'aube se lèverait, elle remuerait ciel et terre pour découvrir ce qui lui était arrivé.

Elle regagnait la chambre, lorsqu'elle aperçut quelque chose qui lui avait échappé un peu plus tôt. Sa béquille. Elle gisait le long du mur du couloir ! Elle la ramassa et scruta les environs, comme si une menace rôdait dans l'ombre. La seconde d'après, elle se précipita dans la pièce et fit claquer la porte derrière elle. Puis elle s'adossa au battant, sur le qui-vive. Et si quelqu'un essayait d'entrer ?

De longues minutes s'écoulèrent. Elle s'agrippa à la béquille comme si c'était tout ce qui lui restait de John. Brusquement, son avenir défila lentement devant elle. Sans lui, il semblait morne, vide et effrayant.

Où était-il donc ?

Lorsque John se réveilla, il faisait toujours aussi noir dans le cachot, mais quelque chose lui disait que l'aube approchait. Tout comme son face-à-face avec Bannaster.

Il voulut appeler Philip, mais celui-ci s'écria subitement :

— Ça me revient !

— Qu'est-ce qui vous revient ?

— Oh ! vous êtes réveillé, tant mieux. J'ai passé la moitié de la nuit à me demander qui était notre geôlier.

— La moitié de la nuit, vraiment ? Vous vous êtes mis à ronfler presque tout de suite.

— Dans ce cas, j'ai dû me réveiller il y a déjà quelques heures. Mais ça y est, j'ai mis un visage sur cette voix. Je ne peux pas vous dire le nom de ce gredin, mais c'est un simple soldat. Je le reconnaîtrai en le voyant. Il m'avait affronté à l'entraînement, et j'ai peut-être fait une bêtise en le battant assez facilement.

— Voilà qui était intelligent !

— Je sais, j'implore humblement votre pardon.

— Je vous l'accorderai quand nous serons sortis d'ici.

— Au moins, vous avez bon espoir.

Un silence tendu s'abattit sur le cachot. John eut l'impression qu'il dura des heures.

— Il nous a oubliés, vous pensez ? demanda Philip.

— J'ai du mal à le croire.

John imagina Elizabeth dans son lit, en train de dormir, sans lui. Cette idée le troubla, et pas qu'un peu. Il tâcha de se ressaisir, puis s'assit. Même si sa tête continuait de lui faire un mal de chien, il se sentait bien. Il éprouvait vraiment le besoin de remuer, mais ce n'était pas la peine de risquer une chute.

S'il collait l'oreille au battant de bois, peut-être entendrait-il quelque chose... Il le fit aussitôt et trouva la porte... entrouverte !

— Philip, la porte est déverrouillée, vous n'avez rien entendu, quand c'est arrivé !

John sentit Philip dans son dos, tandis qu'il ouvrait.

— Je savais bien que vous aviez passé votre temps à dormir !

Pour toute réponse, Philip poussa un grognement.

Très vite, John posa les deux mains sur un mur. C'était bien la preuve qu'ils étaient dans un couloir ! Ils tournèrent d'abord à gauche, pour tomber dans un cul-de-sac, puis repartirent dans la direction opposée. Une nouvelle porte était entrouverte. Elle donnait sur un escalier menant à l'étage supérieur.

Au pied des marches, John se mordit la lèvre et demanda :

— Qu'est-ce que vous dites de ça ? Vous pensez que c'est un piège ?

— Il nous avait à sa merci, pourquoi nous aurait-il libérés ? — Si seulement j'avais une épée ! Qu'importe, allons-y.

John ouvrit le chemin, gravissant lentement l'escalier. Il regrettait d'être gêné par son attelle. Il avait une main tendue devant lui, l'autre rasait le mur. Au bout d'un moment, il s'en voulut de ne pas avoir compté le nombre de marches, car cette ascension lui paraissait interminable.

Son crâne finit par heurter quelque chose.

— Aïe !

— Que se passe-t-il ?

John leva le bras et fit courir les doigts sur une surface plane, juste au-dessus de lui.

— Je crois que c'est une trappe.

Elle bougeait, mais pas beaucoup.

— Mettez-vous à côté de moi et aidez-moi à l'ouvrir.

À tous les deux, ils réussirent à la soulever. La trappe donnait sur une cave à peine éclairée par une torchère.

— C'est le souterrain qui se trouve juste sous le château ! s'écria-t-il en apercevant les voûtes qui soutenaient le plafond. S'il y a quelqu'un dans cette pièce, il ne nous remarquera pas.

— On a tout de même laissé un flambeau pour éclairer notre chemin.

— Je vais soulever le battant. Vous vous glisserez dans l'espace dégagé et l'ouvrirez complètement.

La trappe n'était pas spécialement lourde mais capricieuse. Il parvint à l'ouvrir en se dressant sur la pointe des pieds.

Philip se hissa à l'extérieur et resta accroupi pour observer les environs.

— La voie est libre, finit-il par dire en lui adressant un signe de tête.

John le rejoignit. Ils repérèrent une autre volée de marches, qui menait sûrement au rez-de-chaussée.

— Quelqu'un nous a laissés nous échapper, dit Philip en avançant à pas de loup jusqu'à la trappe suivante.

— Et si c'était un mauvais tour que nous jouait notre geôlier ?

— Ou l'œuvre de la Confrérie de l'Épée ?

John ne prit même pas la peine de cacher son agacement.

— Ils ont affirmé qu'ils ne m'aideraient pas.

— Ah, vous y croyez, alors !

— Je n'ai pas dit cela. Mais l'homme qui nous avait rendu visite au coin du feu a affirmé que je ne le méritais pas.

— C'est parce qu'il était encore sceptique. Manifestement, la Confrérie a décidé de se ranger de votre côté.

— Ce qui signifie que des inconnus sont parvenus à pénétrer dans le château, trouver ce cachot et ouvrir toutes les portes sans faire de bruit, alors qu'ils auraient pu nous expliquer leur plan, tout bêtement.

— Ils aiment agir à leur guise. Il faut être assez intelligent pour se débrouiller seul, en fonction de leurs plans.

— En résumé, nous étions censés nous réveiller au bon moment ? bougonna John, la mine renfrognée.

— C'est ce que nous avons fait, n'est-ce pas ?

— Hum. Quelle que soit la personne qui nous a libérés, la prudence est de mise, tant que nous n'aurons pas mis la main sur le soldat qui nous a emprisonnés. Qui sait s'il n'a pas déjà tout raconté à Bannaster, à l'heure qu'il est.

Philip n'avait pas l'air de cet avis.

— Je ne crois pas. Il ne pensait qu'à son coup d'éclat et à ce que cela pourrait lui rapporter.

— Alors trouvons-le avant qu'il tombe sur nous.

Philip l'observa de la tête aux pieds.

— Vous êtes tout sale. Commencez par vous laver avant qu'on vous voie.

— Faites-en autant.

La trappe suivante donnait dans un couloir derrière les cuisines. Une chance pour eux, il était assez sombre. Les serviteurs qui passèrent par là ne leur lancèrent qu'un regard curieux.

Ils purent ainsi regagner leur chambre en toute discrétion. Elizabeth s'y trouvait. Elle sembla à la fois surprise et soulagée de les voir. Il y avait une lueur particulière dans son regard.

Elle se contenta de se lever et de déclarer calmement :

— J'étais inquiète de ne pas vous voir revenir.

Puis elle écarquilla les yeux en découvrant leur allure.

— Que vous est-il arrivé ?

John aurait été ravi si elle s'était pendue à son cou, mais elle était parfaitement maîtresse d'elle-même. Il lui raconta leurs mésaventures. Elle avait beau rester calme, il sentit bien que la panique la gagnait.

— Philip a reconnu la voix de notre ravisseur, annonça-t-il. Nous allons le retrouver.

— Pour quoi faire ? Vous ne comptez pas le tuer ?

John secoua la tête. Le tuer ? Évidemment que non.

— Nous allons l'emprisonner, comme il l'a fait avec nous, en espérant que personne ne le trouve tant que nous n'aurons pas réglé ce problème.

— Tout devient de plus en plus compliqué, souffla-t-elle. Et je me sens inutile ! Vous allez être encore plus en danger. Quand allons-nous sortir de cet enfer ?

John tenta de lui caresser le bras, mais elle se raidit. Il la laissa donc se détourner de lui.

— Elizabeth…

— La Confrérie vous est-elle venue en aide, d'après vous ? s'enquit-elle avec un élan d'espoir.

John jeta un coup d'œil à Philip, qui posa les mains sur les hanches, sans rien dire.

— Je ne sais pas, finit-il par répondre. Si on nous aide dans l'ombre, j'ignore de quoi il retourne. Je vais essayer d'entrer en contact avec nos mystérieux alliés, afin que nous unissions nos forces. Elizabeth, je dois vous le demander à nouveau : permettez-moi de vous emmener loin d'ici. Nous n'aurons qu'à laisser un message à Bannaster pour l'informer qu'Anne n'est pas la vraie maîtresse de ce château.

Sans surprise, elle faisait déjà non de la tête.

— Il n'y croira pas une seconde. Il pensera que c'est une astuce pour le lancer à notre poursuite. Il veut s'en prendre à Anne, il l'a déjà prouvé. Pas question de l'abandonner.

— Vous êtes sacrément têtue ! grogna-t-il entre ses mâchoires serrées. Vous vous mettez constamment en danger.

— D'autres ont besoin de moi ici, insista-t-elle.

John dut admettre que la loyauté et la bravoure de cette femme faisaient partie des choses qui l'attiraient chez elle.

— Très bien. En ce cas, commençons par nous occuper de ce soldat.

Elle les regarda tous les deux d'un air inquiet, puis souffla :

— Soyez prudents.

— Nous le sommes toujours, répondit John avec un grand sourire. Et maintenant, retournez-vous. Nous allons nous laver et nous changer.

Elle jeta alors un coup d'œil vers la porte.

— Non, Elizabeth, à partir de maintenant, je ne vous lâche plus !

Elle leva les yeux au plafond, puis attrapa un tabouret sur lequel elle prit place, en leur tournant le dos.

— D'accord, mais dépêchez-vous !

Vingt minutes plus tard, alors qu'ils étaient prêts à partir, Philip fit remarquer :

— C'est l'heure où les soldats commencent leur entraînement. Je vais mettre la main sur notre ravisseur.

— N'y comptez pas !

C'était un cri du cœur. John ressentait le besoin de faire quelque chose.

— Voilà des jours que je reste assis à bayer aux corneilles, alors que vous avez tout le loisir de croiser le fer.

— Je ne vois pas ce qu'il y a de si amusant là-dedans, s'étonna Elizabeth.

— Rien de tel que d'affronter un adversaire et de le battre avec un peu de talent et d'intelligence.

— Et une épée, crut bon d'ajouter son ami.

— Vous n'imaginez pas le plaisir qu'on a à tout recommencer le lendemain matin, conclut-il.

À quoi bon le nier ? Il n'était pas peu fier de ce qu'il avait entrepris dans l'existence. Rien de tout cela ne se serait produit, si son père ne l'avait pas autorisé à quitter leur domaine, à l'âge de seize ans. Est-ce que ce dernier ne l'avait pas aidé, en un sens ?

— Mais enfin, John, inutile que nous y allions tous les trois ! lança Philip. Nous risquons plus encore d'être capturés.

— Et si vous êtes fait prisonnier, Philip ? s'enquit Elizabeth d'un ton anxieux.

John fronça les sourcils. Inutile d'aller trop vite en besogne.

— Nous nous en inquiéterons, si cela se produit.

— Ce qui ne sera pas le cas, répliqua Philip en bombant le torse. Je sais me faire très discret. Attendez ici, tous les deux. Je vais sortir du château en passant par votre jardin privé, contourner la grande salle et revenir le plus vite possible.

Philip une fois parti, John et Elizabeth se regardèrent, et une véritable tension s'installa entre eux.

Elizabeth était troublée de s'être sentie si soulagée de découvrir qu'il allait bien. Elle avait bien failli se jeter à son cou lorsqu'il avait mis le pied dans la pièce, et tant pis s'il était crasseux. Encore un peu, et elle aurait fondu en larmes.

Se savoir si fragile ne lui plaisait guère. Mais qu'importe : s'inquiéter pour quelqu'un n'était pas une preuve de faiblesse, et John deviendrait bientôt son mari. Il la rendait heureuse, à bien des niveaux, mais il y avait encore tant de choses qu'elle ignorait. Quel époux serait-il au quotidien ? Elle fit son possible pour oublier que Philip avait décidé de prendre des risques inconsidérés.

— John, quand nous serons mariés...

Il releva la tête, un grand sourire aux lèvres.

— Oui, je ne manque pas d'espoir, avoua-t-elle.

— Vous êtes certaine que tout se passera selon vos plans, c'est tout.

— Verriez-vous un inconvénient à ce que je continue de le faire, quand je serai votre épouse ?

Le temps de croiser théâtralement les bras sur le torse, il fronça les sourcils en faisant mine de réfléchir intensément.

— Comptez-vous me mener la vie dure, si je ne suis pas d'accord avec vous ?

— Pas tant que vous avez une bonne raison, répondit-elle en essayant de ne pas éclater de rire.

John s'assit sur le lit, ce qui la ramena instantanément à ce qui s'y était passé. Mais aussi au moment où elle l'avait vu nu, juste après.

— Avez-vous l'intention de vous laisser absorber par vos pensées, quand nous serons mariés ? s'enquit-il.

— On est aisément distrait, avec vous !

— Je sais être très troublant.

Il laissa le regard s'attarder sur elle d'un air tentateur. Pourquoi fallait-il qu'elle porte cette robe, et non pas ses plus beaux atours, ceux qui la mettaient si bien en valeur !

Comme s'il n'avait pas déjà exploré son corps !

— Alors dites-moi, de quelle façon voyez-vous notre mariage ? demanda-t-il en esquissant un sourire.

Avec les yeux de John fixés sur elle, Elizabeth eut l'impression d'avoir la tête vide. Oui, absolument vide.

— Je n'arrive pas à croire que vous me mettez dans cet état, murmura-t-elle. Je devrais penser à Philip, qui est en train de courir un si grand danger. Je devrais me demander comment neutraliser celui qui n'a pas hésité à vous jeter dans un cachot…

John marcha alors lentement vers elle et l'attrapa par la taille.

— C'est à moi de m'en occuper.

— Voilà à quoi ressemblera notre existence, quand nous serons mari et femme ? Vous souhaiterez me protéger de tout ?

— Si j'étais homme à garder mes secrets pour moi, vous ne sauriez pas l'état dans lequel se trouve Rame Castle.

— Si ma mémoire ne me fait pas défaut, vous avez attendu, avant d'aborder la question.

— Parce que je croyais parler à Anne, répondit-il avec un sourire désarmant.

Comment le contredire ?

— Promettez-moi de ne rien me cacher, quand nous serons mariés.

— Je vous dirai tout.

— Même ce que vous apprendrez, quand vous serez en train de siéger au Parlement ?

— Vous saurez tout, soyez sans crainte. Je vous enverrai des dizaines de lettres, mon messager vivra un vrai calvaire !

— Vous avez l'air de croire que je contrôle tout, n'est-ce pas ?

Elle avait presque répondu de façon hargneuse. Ce qu'elle pouvait être susceptible !

— Vous pouvez me contrôler tant que vous voulez, dit-il doucement. Dites-moi où vous souhaitez que je pose la main.

Elizabeth sentit un léger frisson la parcourir. Mais tout

cela la gênait également. Aucun homme ne souhaitait être le pantin d'une femme. Lorsqu'il serait à Londres, elle resterait à Alderley, pour s'occuper de tout ce qui lui tenait à cœur. Voilà comment elle avait toujours imaginé son quotidien. John avait ses rêves, lui aussi. L'Angleterre devait reconnaître ses talents et sa réputation. Mais, avec ce titre de comte, il n'aurait pas aussi souvent l'occasion de partir à l'aventure.

Il lui manquerait, elle s'en rendit compte, subitement. Elle avait été séparée de lui quelques heures, tout au plus, mais cela lui avait montré à quel point son absence lui était douloureuse.

Il attendait toujours sa réponse. Et la lueur amusée dans son regard l'aguicha.

— Posez votre main... sur ma joue, dit-elle en levant le menton d'un air de défi.

John l'attrapa et la serra contre lui.

Elle tressaillit et essaya de se dégager de son étreinte. Mais cela ne fit que la rapprocher de son corps.

Son corps qui semblait en éveil.

Il se pencha comme pour lui donner un baiser.

— Non, s'empressa-t-elle de crier, je ne vous ai pas autorisé à ça ! Vous pouvez m'embrasser...

Elle hésita un instant, puis désigna son front.

— Là.

Il déposa alors délicatement les lèvres entre ses sourcils. Ces bras qui l'entouraient étaient tout chauds. C'était si rassurant.

— Vous pouvez m'embrasser aussi, si vous le souhaitez.

Une voix d'homme venait de retentir.

Elizabeth tenta de se dégager, mais John refusa de la lâcher.

— Et pourquoi vous embrasserais-je, Philip ? lança-t-il.

— Parce que j'ai résolu notre problème.

John la laissa se retourner, mais garda le bras enroulé autour de sa taille. Philip n'avait pas l'air de s'émouvoir de ce spectacle, ce qui la rassura.

— Vous avez retrouvé le soldat ? demanda-t-elle.

— Non. Figurez-vous qu'il est parti.

— Quoi ? s'écria John.

— On dirait que notre ravisseur n'a pas donné signe de vie depuis la nuit dernière. Lorsqu'il ne s'est pas présenté pour son tour de garde, ce matin, les autres sont partis à sa recherche. Toutes ses affaires ont disparu, et il manque un cheval.

— Il est... parti, c'est tout ?

Elle n'en croyait pas ses oreilles !

— C'est insensé ! grogna John.

— Sauf s'il n'a pas eu le choix, avança Philip avec un sourire. La Confrérie s'est décidée à vous venir en aide, je vous l'ai dit !

— Si c'est le cas, pourquoi ne font-ils pas davantage ?

— C'est peut-être le cas, répondit son ami avec un haussement d'épaules.

Elizabeth en profita pour intervenir :

— Comment savoir si ce soldat n'a pas raconté à quelqu'un qu'il avait enfermé des gens au cachot ?

— Il voulait en retirer toute la gloire, répondit Philip. Mais ce n'est pas tout : j'ai traversé la grande salle sans me cacher. Milburn y était, et personne n'a rien dit.

— Vous avez pris des risques, souffla John.

— Mais est-ce que ce n'est pas ce qui nous fait vivre ?

Tous deux échangèrent un sourire, et Elizabeth se sentit... exclue. Mal à l'aise, même.

— Tout ça m'a donné faim ! lança-t-elle alors. Je suis sûre qu'Adalia nous a mis de côté quelque chose à manger. Je dois également me rendre auprès d'Anne, ce matin.

John poussa un soupir et lui lâcha la taille.

— Puisque vous devez sortir, laissez-nous vous accompagner.

Elle lui tendit alors sa béquille, qu'il coinça sous son bras d'un air maussade.

— J'en ai par-dessus la tête de ce satané bout de bois !

Dans les cuisines, Adalia les accueillit avec une moue inquiète. Elle ouvrit la bouche pour parler, puis observa les deux hommes.

— Nous vous attendons près de la grande salle, dit John.

Puis Philip et lui s'éloignèrent.

— Bannaster vient de recevoir un message, expliqua alors la cuisinière. Il a immédiatement doublé le nombre de gardes au pied de la tour.

Elizabeth sentit aussitôt resurgir l'inquiétude que ce moment de légèreté avec John avait quelque peu apaisée.

— Vous ne savez pas pourquoi ?

— Non. Il a interdit qu'on vous prépare un plateau, enfin… pour Anne. Mais il y a pire : il veut vous voir.

— Où est-il ?

— Dans la grande salle. Il a l'air d'une humeur massacrante. Il était dehors avec ses hommes, sur le terrain d'entraînement, quand il a reçu cette mystérieuse missive. Il est toujours dans la salle, vêtu de son armure, l'épée au fourreau.

— Au moins, on ne risque pas de le croiser dans les couloirs.

— Promettez-moi que vous serez prudente, ajouta la cuisinière en posant la main sur son bras.

— Je ne serai pas seule avec lui. Tout ira bien.

— Ce n'était pas le cas, la fois dernière. J'ai dû mettre le feu à la cuisine pour arrêter cette brute.

— Vous avez été héroïque.

— Pour vous, je serais prête à tout. Et eux ?

Adalia parlait évidemment de John et de Philip.

— Je vais leur demander de rester ici. Y voyez-vous un inconvénient ?

— Je risque d'avoir du travail pour eux.

— Ce n'est pas moi qui vous le reprocherai !

Sur ces mots, Elizabeth rejoignit les deux hommes pour leur faire part de la nouvelle.

— J'ai besoin que vous restiez ici.

— Ne comptez pas sur moi pour vous abandonner, gronda John.

— Mais, si cela concerne votre ravisseur ? Il était peut-être trop effrayé pour mettre son plan à exécution. S'il avait écrit à Bannaster, à la place ?

— Vous ne l'avez pas entendu se pavaner, lui fit remarquer Philip. Il est parti… et quelqu'un l'a aidé à disparaître.

— Quoi qu'il en soit, j'ai besoin que vous restiez ici. Vous avez le droit de regarder, en cachette, mais s'il vous plaît faites-moi confiance. Quelque chose ne tourne pas rond.

Une fois encore, Elizabeth fixa John, prête à l'entendre exprimer son désaccord. Il se borna cependant à hocher la tête. Ce qui la soulagea profondément.

— Merci, murmura-t-elle. Je ne suis pas si inquiète, vous savez.

— Moi, si. Vous prenez de trop grands risques.

Elizabeth esquissa un sourire, puis pénétra dans la grande salle. Bannaster se tenait près de la cheminée et conversait avec Milburn.

Les deux hommes se retournèrent pour la regarder, et le vicomte lui fit signe d'approcher. Vêtu de son armure, il avait l'air bien plus impressionnant que dans ses beaux atours. Et le long fourreau qui pendait à sa ceinture le rendait encore plus intimidant.

Elle tomba des nues quand il s'assit dans l'un des fauteuils devant la cheminée et qu'il lui désigna l'autre. C'était là que ses chers parents prenaient souvent place.

Elle s'installa et attendit.

— Je viens de recevoir une missive, commença-t-il sans ambages.

Elle hocha la tête poliment en tâchant d'avoir l'air dépassée.

— Un occupant de Rodmarton Castle a eu vent d'événements qui m'ont intéressé.

Elizabeth sentit soudain un frisson glacial lui traverser tout le corps. Pourvu qu'elle ne laisse rien paraître ! Rodmarton Castle... C'est là-bas que ses sœurs vivaient !

— Cette information m'a été vendue cher, mais je ne regrette pas d'avoir payé pour l'avoir, ajouta le vicomte avec un sourire sinistre.

— Milord, je ne comprends pas pourquoi vous me racontez tout ça.

— On m'apprend que Lord Russell se cache au château incognito, pour essayer d'aider sa fiancée.

Elle adressa une brève prière. *Seigneur, faites que John ne soit pas démasqué !* Est-ce que quelqu'un avait surpris ses écervelées de sœurs, alors qu'elles évoquaient cette histoire ? Même si ce fut au prix d'un effort incommensurable, elle fronça les sourcils d'un air perplexe.

— Ce messager a sûrement mal compris, milord.

Hélas, il ignora sa protestation.

— Avec l'aide de Milburn, j'ai tenté de découvrir sous quelle identité Russell pouvait se cacher. Mon intendant pense qu'il ne peut pas s'agir d'un serviteur. Cet homme est un chevalier, après tout, et il est bien difficile de le dissimuler.

Elizabeth mourait d'envie de jeter un coup d'œil en direction des cuisines. Si seulement elle pouvait faire signe à John et à Philip de s'enfuir !

— Un seul chevalier n'appartient pas à cette maison, poursuivit le vicomte.

Impossible de feindre l'ignorance sans donner l'impression qu'elle mentait délibérément. La mort dans l'âme, elle répondit :

— C'est... C'est de Sir John Gravesend qu'il s'agit ?

Bannaster acquiesça sans la quitter des yeux.

— Mais, milord, j'ai travaillé à ses côtés chaque jour. C'est un bailli, il n'a jamais laissé entendre autre chose. Certes, il a été chevalier, mais il a renoncé à cette condition, faute de moyens.

— Il attendait le moment propice, en se servant de vous pour parvenir jusqu'à Lady Elizabeth.

C'était en effet ce qu'avait fait John dès son arrivée à Alderley. Le sort se montrait parfois d'une cruauté sans limites !

— Ce n'est pas possible, affirma-t-elle avec aplomb.

— Nous l'avons démasqué avant qu'il mette son plan à exécution. Si vous nous disiez où il se cache ? Si je ne m'abuse, vous avez passé ces dernières nuits en sa compagnie.

Il avait les yeux mi-clos, et le ton lourd de sous-entendus.

— Milord, je ne...

Elle aurait voulu achever sa phrase, mais une voix retentit :

— Nous le tenons, milord !

21

Elizabeth se retourna : deux soldats entraînaient de force John et Philip dans la salle. Avant même qu'elle puisse se laisser gagner par la panique, John fit tomber l'un des gardes par terre et dégaina son épée. L'autre attrapa Philip et le fit mettre à genoux.

Des gens s'écartèrent en criant et en hurlant. D'un geste, John trancha les liens qui retenaient son attelle et libéra sa jambe.

Bannaster avait déjà bondi de son fauteuil. Mais, au lieu d'avoir l'air déstabilisé, il afficha un sourire triomphant et sortit son épée à son tour.

— Reculez ! ordonna-t-il à ses hommes.

Pourquoi n'avait-elle pas remarqué le nombre inhabituel de soldats dans la salle, en ce milieu de matinée ? Le vicomte avait certainement prévu d'attendre l'arrivée de John pour le prendre par surprise.

— Russell ! tonna-t-il en avançant au centre de la pièce. Quelle joie de faire enfin votre connaissance !

Des murmures stupéfaits se firent entendre un peu partout, et plusieurs personnes regardèrent Elizabeth, les yeux écarquillés. Heureusement, Bannaster et Milburn étaient concentrés sur John, l'épée au clair, le regard toujours en mouvement, même pour observer le vicomte d'un air mauvais.

— Personne ne va vous défier à part moi, poursuivit ce

dernier. Ce qui tombe à pic, puisque nous nous battons pour la même femme.

— Nous ne nous battons pas pour la même femme ! rétorqua John. Mais parce que vous vous êtes comporté envers ma fiancée d'une manière indigne d'un chevalier.

Bannaster effaça la distance qui les séparait.

— Je ne fais que réparer vos torts. Vous avez laissé Lady Elizabeth seule pendant des mois.

— Je suis revenu dès qu'on m'a mis au courant, répliqua John, effectuant une fente.

Le vicomte esquiva, d'un bond sur le côté.

— Ah oui, j'oubliais que vous n'étiez que le troisième sur la liste. Cela ne doit pas être une sensation agréable.

— Je suis le dernier de ma fratrie, répondit John sans se démonter. Cela a toujours été mon quotidien.

— Vous allez perdre, vous savez, dit le vicomte en visant ses jambes. Pourquoi ne pas vous contenter de cette suivante, puisqu'elle semble à votre goût ?

— Je me suis servi d'elle, c'est tout.

Elizabeth tressaillit et tâcha de prendre une mine outrée. Adalia se rendit auprès d'elle et l'entoura de son bras pour la réconforter.

Les deux hommes finirent par croiser le fer. Le bruit des armes résonna dans toute la pièce. Puis ils s'écartèrent l'un de l'autre, sans qu'aucun des deux n'ait été touché.

Au milieu des cris et des vivats, Adalia souffla :

— Étiez-vous au courant de son identité ?

Elizabeth acquiesça d'un bref mouvement de tête.

— Et lui, il était au courant, pour vous ?

Nouveau mouvement de tête.

— Quel homme ! conclut la cuisinière d'un air admiratif.

Elizabeth l'observa avec une certaine surprise. Mais, en entendant les épées s'entrechoquer à nouveau, elle reporta toute son attention sur le combat. Ou plutôt, sur la démonstration ahurissante donnée par John. Il se déplaçait à une telle vitesse qu'on peinait à le suivre, plongeant ou parant les coups de son adversaire avant même que celui-ci puisse approcher. L'aplomb de Bannaster s'évanouit peu à peu et laissa place à une concentration implacable.

Les mains jointes, elle chercha du regard Philip, toujours agenouillé et retenu fermement par deux soldats. Tous les trois semblaient fascinés par l'affrontement.

John s'écarta une fois de plus. Si son adversaire respirait bruyamment, lui paraissait à peine essoufflé. Il souriait avec assurance, alors que le vicomte tâchait de dissimuler sa colère.

— Voici plusieurs jours que vous vous cachez à Alderley. Mais vous n'avez pas encore vu Lady Elizabeth.

— Je n'ai pas besoin de la voir pour comprendre qu'elle a besoin de mon aide, répondit John en parant le coup de son rival aussi aisément que s'il avait été porté par un enfant. Pourquoi faut-il que vous emprisonniez les femmes que vous convoitez ?

— Je ne l'ai pas emprisonnée, je veille sur elle.

John éclata d'un rire sans joie.

— Je doute qu'elle soit du même avis que vous !

Une fois encore, Elizabeth observa Philip... qui n'était plus là ! Les deux soldats qui le retenaient étaient pliés en deux et grimaçaient de douleur. Comme personne ne semblait s'en être aperçu, elle reporta rapidement son attention sur le combat.

Comment tout cela allait-il se terminer ? John pouvait difficilement tuer Bannaster. En plus d'être vicomte, l'homme était cousin du roi. Et il venait de faire appel au monarque de manière officielle dans une affaire qui les concernait tous les deux. Ils n'allaient quand même pas se battre jusqu'à ce que mort s'ensuive. Assez de cette violence barbare !

Si Bannaster envoyait John au cachot, cette fois, il y aurait des gardes pour le surveiller. La Confrérie aurait bien plus de mal à lui venir en aide.

Malgré tout, c'était lui le plus fort et le plus doué des deux combattants. Ce spectacle lui fit regretter de ne pas l'avoir vu remporter tous ces tournois sur le continent !

Et si elle en organisait à Alderley ? John pourrait...

Mais enfin, où avait-elle la tête ? Son fiancé risquait de mourir maintenant... Ou de l'épouser et de partir à l'aventure, comme avant. Elle n'aurait plus qu'à se convaincre qu'elle avait toujours voulu cela.

Seulement, elle ne s'imaginait pas séparée de lui, même si cela signifiait qu'elle devrait partager la gestion d'Alderley avec lui.

Mais lui, souhaitait-il rester avec elle ? Lorsqu'ils auraient couché ensemble, peut-être qu'il se lasserait d'elle. Pour sa part, elle n'imaginait pas se lasser de ses baisers et de ses caresses. Malheureusement, il n'en était pas à sa première conquête.

Allons, elle ne devait pas laisser ses pensées vagabonder. Deux hommes étaient en train de se battre pour la posséder. Chacun voulait l'emporter. Elle n'était pas dupe : elle serait le nouveau jouet de Bannaster. Mais qu'était-elle pour John ?

Un grand cri retentit dans l'assistance, et tout le monde recula : Bannaster venait de se lancer à la poursuite de John. Celui-ci grimpa sur une table, prit son élan et sauta par terre, tout près des portes. Soudain, elle aperçut Philip, qui avait l'air de tomber des nues. Il venait d'atterrir au milieu d'un groupe de soldats ! Il regagna à toutes jambes le centre de la pièce, talonné par un groupe d'hommes qui se lancèrent à ses trousses jusqu'à l'autre bout de la grande salle, puis dans les couloirs.

Ce qui libéra les portes donnant sur l'extérieur.

Le temps de faire une profonde révérence au vicomte, John se retourna et sortit. Il avait fait passer Bannaster pour un imbécile grâce à son seul talent de combattant, mais personne n'avait été blessé. Pas une seule goutte de sang n'avait été versée !

— Rattrapez-le ! cria son rival en se précipitant vers les portes.

Si la majorité des soldats avait suivi Philip, qui les avait sans doute entraînés dans une joyeuse course-poursuite à travers le château, les autres s'étaient trouvés pris de court par la retraite inattendue de John. Lorsqu'ils suivraient leur maître dans la cour intérieure, lui aurait déjà eu le temps de s'enfuir, cela ne faisait aucun doute.

Elizabeth se rapprocha des portes. Appuyée contre le battant, elle regarda le remue-ménage qui se déroulait à l'extérieur. Des soldats couraient à droite, à gauche, au milieu des charrettes, des chevaux, des chiens et des poulets.

John s'était volatilisé.

Comment ferait-il pour revenir ? Bannaster connaissait son identité, à présent. Tenter de pénétrer à nouveau dans le château serait de la folie.

Sans qu'elle comprenne pourquoi, une irrésistible envie de pleurer s'empara d'elle. Une fois de plus, Adalia fut là, juste à côté d'elle.

— Vous allez tenir le coup ?

— Bien sûr, acquiesça-t-elle. John ne renoncera pas. Pourvu qu'il ne se fasse pas tuer, c'est tout ce que j'espère.

— Il me semble tout à fait capable de se montrer prudent. Mais, pour ce qui est de prendre soin de vous, il a encore des progrès à faire.

Elizabeth jeta un coup d'œil alentour, puis souffla tout bas :

— Il voulait me faire sortir d'ici, mais j'ai refusé.

— Pourquoi ?

— Si je vous avais abandonnés ici, vous auriez subi les conséquences de mes actes. Je souhaite arranger les choses et je le ferai, peu importe comment.

Il n'en restait pas moins que l'avenir semblait de plus en plus sombre. Elle n'avait jamais demandé à John où elle pourrait le retrouver si, d'aventure, il était forcé de quitter le château.

Adalia secoua la tête d'un air navré.

— Vous tenez tellement à vous montrer courageuse ! Si seulement vous acceptiez de comprendre que vous n'êtes pas seule.

— Je me sens si seule, pourtant.

Tout à coup, Bannaster réapparut et regagna en toute hâte l'escalier qui menait à la grande salle. Elizabeth recula. Mais c'était vers elle qu'il se dirigeait.

— Dites à votre maîtresse que j'ai fait fuir Russell. Ce lâche ! Il ne tient pas assez à elle pour se battre jusqu'au bout, ça crève les yeux.

Elle baissa la tête.

— Dites-lui aussi qu'elle ne va pas tarder à comprendre que j'agis au mieux, dans son seul intérêt. J'ai des sœurs, je sais de quelles bêtises les femmes sont capables.

La seconde d'après, il la quitta et cria :

— Milburn ! Nous devons renforcer nos défenses. Postez davantage de soldats sur les remparts et en haut des portes du château. Hors de question que cet homme remette les pieds ici.

Elizabeth attendit que les deux hommes s'éloignent pour pousser un long soupir. Il était temps pour elle de reprendre son rôle.

— Adalia, j'ai besoin d'un plateau pour Lady Elizabeth.

— Montez la voir, Anne. Elle saura vous réconforter.

La cuisinière avait raison. Une fois en haut du donjon, Elizabeth laissa Anne la prendre dans ses bras. Son amie était au courant de tout, désormais.

— Votre fiancé est capable de se débrouiller seul.

— Comment en êtes-vous si sûre ? Vous ne l'avez même pas rencontré !

— Ce que vous m'avez raconté à son sujet m'en a convaincue. Ayez confiance, il reviendra vous chercher.

— J'essaye de me répéter que je n'ai pas besoin de lui, bafouilla Elizabeth. Mais c'est faux. Je crois que je suis amoureuse de lui.

Anne l'entraîna vers un banc et prit place à côté d'elle.

— Alors, c'est une très bonne chose.

— Une très bonne chose, vous plaisantez ? J'ai planifié toute mon existence, et aimer quelqu'un de toutes mes forces n'en a jamais fait partie. Je n'ai jamais voulu donner à mon époux un tel pouvoir sur moi. Je voulais conserver mon cœur libre, afin d'avoir ma vie pendant qu'il aurait la sienne. À présent, je risque de ne jamais être autorisée à l'épouser, alors que je souhaite tellement…

La voix d'Elizabeth se brisa. Elle menaçait dangereusement de fondre en larmes.

— Il reviendra vous chercher, insista Anne avec aplomb. Nous le savons, vous comme moi.

— Cela lui coûtera peut-être la vie !

— Non. Bannaster a l'air de prendre la parole du roi très au sérieux. S'attaquer à un membre de la noblesse d'Angleterre mettrait son avenir en péril, aussi n'en fera-t-il rien. Il croit d'ailleurs que son cousin le roi tranchera en sa faveur. Mais notre souverain respectera vos fiançailles. Il ne prendra pas le risque de se mettre à dos deux familles aussi importantes que les Alderley et les Russell, c'est certain ! Croyez-moi : vous allez devenir la femme de Lord Russell, et cette union vous comblera tous les deux.

— John est un homme épris d'aventure, Anne. Il me quittera une bonne partie de l'année. C'est ce que j'ai toujours espéré.

— Cessez de vous inquiéter vainement et ayez confiance en vous.

Avoir confiance en elle… Elizabeth l'avait toujours fait. Mais était-ce encore suffisant ?

John et Philip se rejoignirent dans une clairière au fond des bois. Un endroit que John avait choisi dès l'instant où ils étaient partis pour Alderley incognito. Philip menait deux chevaux.

— Vous n'êtes pas le plus mauvais, une épée à la main ! lança gaiement celui-ci. Vous avez apprécié ce combat ?

— J'aurais préféré découper le vicomte en rondelles, mais je suis patient.

— Les soldats de Bannaster vous offriront une nouvelle chance de faire étalage de votre talent. Ils vont certainement se lancer à nos trousses.

— Laissons-les chercher. Ils ne nous trouveront pas.

— Est-ce que tout ira bien pour Lady Elizabeth, maintenant que nous sommes partis ?

— Elle serait la première à nous dire qu'elle est capable de se débrouiller seule. Mais je retournerai auprès d'elle ce soir. Pour le moment, conduisez-moi jusqu'à la garnison.

Après un trajet de plusieurs lieues, ils furent contrôlés par des gardes avant d'être autorisés à entrer dans un campement qui s'étendait sur une vaste prairie, au cœur d'une forêt. Des tentes réservées aux chevaliers de haut rang se dressaient çà et là, au milieu de nombreux feux de camp. Des hommes s'occupaient de préparer le repas de midi dans de grandes marmites, d'autres étaient rassemblés dans un coin dégagé. L'herbe avait été piétinée et enfoncée dans la terre par la centaine de soldats qui s'entraînaient.

Juchés sur leurs montures et depuis l'abri offert par les arbres, John et Philip observèrent les exercices durant quelques minutes. Ogden et Parker finirent par les rejoindre. Ce dernier lança :

— Bien content de vous revoir, milord !

— Merci de nous avoir secourus quand nous avons été attaqués par ces brigands. Ma fiancée et moi ne l'oublierons pas.

Tout sourires, Ogden déclara :

— C'est un sacré bout de femme, milord. Elle avait une dague à la main et elle n'aurait pas hésité à s'en servir.

John hocha la tête, puis se tourna vers les soldats à l'entraînement.

— Moi qui croyais qu'apprendre de nouvelles techniques motiverait les troupes d'Alderley… Pourquoi sont-ils si apathiques ?

Ogden mordilla le bout de sa longue moustache.

— La missive de Lady Elizabeth les a quelque peu déridés, mais ils ne nous font pas confiance, pas plus qu'à vous. Pour eux, vous n'êtes qu'un soupirant de plus qui se bat pour elle. Vous êtes son dernier espoir, pas forcément l'homme qu'il lui faut.

John haussa un sourcil étonné.

— Je ne fais que répéter ce qu'ils ont dit, s'empressa d'ajouter son homme d'armes en rougissant.

John hésita à galoper jusqu'aux soldats et à se présenter à eux. Seulement, comment obtenir leur soutien, s'ils se méfiaient de lui ? Soudain, il eut une idée.

— Ogden, avez-vous organisé un petit tournoi, pour qu'ils mettent à l'épreuve leurs talents ?

— Non, milord. Mais ce serait peut-être une bonne idée.

— J'y participerai.

— Est-ce qu'ils ne vont pas hésiter à…

— Ils ne sauront rien de mon identité. Trouvez-moi un casque, une armure d'entraînement, et apportez-les ici. Parker n'aura qu'à les distraire en organisant l'événement. Regroupez les hommes pour qu'ils s'affrontent entre eux et faites cesser chaque combat avant la moindre effusion de sang. Que les vainqueurs continuent de s'affronter jusqu'à ce qu'il ne reste plus qu'un combattant.

Ces explications firent sourire Philip.

— Et vous comptez faire partie des vainqueurs, je parie ?

— À mon avis, ce sera loin d'être facile, répondit John. Surtout s'ils ont appris à manier l'épée aux côtés de Parker.

— Dans ce cas, bonne chance à vous, milord ! plaisanta l'intéressé.

John attendit dans la forêt que ses trois hommes d'armes rassemblent les soldats d'Alderley. L'idée d'un tournoi fut d'abord accueillie avec enthousiasme. Mais, peu à peu, les hommes commencèrent à s'inquiéter, surtout quand on leur demanda de garder leur casque. Les chevaliers n'avaient évidemment aucun mal à se reconnaître les uns les autres, mais ce n'était pas le cas des simples soldats. Ogden mélangea tout le monde, ce qui permit à John de se glisser dans un groupe, quand les hommes se dispersèrent au milieu des arbres.

Le premier de ses adversaires fut un soldat qui se battit avec une énergie tout à fait impressionnante. John commença à décrire de grands cercles autour de lui pour le troubler, mais le jeune combattant était trop impatient et s'épuisa à force de chercher à donner l'assaut. Ogden était chargé d'arbitrer leur groupe : il déclara la fin du combat quand John mit son adversaire à genoux après l'avoir désarmé.

Au terme du quatrième combat, il ne restait plus qu'une douzaine de participants. Des chevaliers, pour la plupart. Plus d'un homme demanda rageusement à connaître son identité, mais John se contenta de répondre l'épée à la main. Tout le monde était épuisé, et des volutes de chaleur flottaient au-dessus des armures. Les perdants grossissaient peu à peu les rangs des spectateurs en se laissant tomber par terre et en se débarrassant de leurs casques pour mieux voir.

Finalement, John se retrouva face à son dernier adversaire. Il n'y avait plus qu'eux deux. Il sentit la curiosité de la foule. Tous essayaient encore de deviner qui il était, évidemment ! Malgré la fatigue, il était prêt à en découdre, surtout contre un adversaire quelque peu présomptueux. Il ne garderait pas longtemps son épée brandie bien haut. Elle tremblait déjà un peu dans sa main. Cette fois, plus le temps de manœuvrer avec prudence. John avança en faisant tournoyer son arme, ce qui obligea le dernier concurrent à sauter pour éviter la lame et à chanceler. Le chevalier leva cependant son épée assez haut pour parer un autre coup puissant. John sentit l'onde de choc remonter jusqu'en haut de son épaule. Il respirait comme un soufflet de forge. Il avait très chaud sous son casque, et la sueur ruisselait sur son visage en lui piquant les yeux. Il était malheureusement dans l'incapacité de relever la visière pour l'essuyer. De loin, il entendit des hommes pousser des cris d'encouragement. À l'aide de son épée, il défonça le bouclier de son adversaire.

Sous la violence de l'assaut, le chevalier grogna et essaya de s'écarter, mais John ne le laissa pas battre en retraite. Lorsque son adversaire s'écroula, incapable de lever son épée, Ogden et Parker décrétèrent l'arrêt du combat et déclarèrent John vainqueur.

Le perdant parvint à se remettre debout, tant bien que mal.

— Je suis le capitaine de la garde, dit-il en ôtant son casque. Qui m'a vaincu ?

John rengaina son épée et se découvrit à son tour. Les cris de joie laissèrent soudain place à un silence tendu.

— Je ne vous connais pas, dit le capitaine. Je suis Sir Jasper. Et vous, qui êtes-vous ?

John plongea la main dans sa chemise et en sortit la chaîne qui pendait à son cou. Il montra lentement le sceau accroché au bout, laissant l'émeraude miroiter au soleil.

— Je suis le baron John Russell. En vertu d'un accord conclu par votre précédent maître, je suis le fiancé de Lady Elizabeth.

Le capitaine écarquilla les yeux.

— Milord, pourquoi ne vous êtes-vous pas présenté à nous ?

— Des réserves sur mes capacités ont circulé parmi les soldats d'Alderley. On a également mis en doute mes intentions.

John tourna lentement sur lui-même en croisant autant que possible le regard des hommes.

— Je voulais vous faire comprendre qu'être à vos côtés et défendre le château ainsi que votre maîtresse ne me fait pas peur. Pas question de laisser Bannaster l'emporter, alors qu'il vous a chassés de chez vous. Quand j'aurai besoin de vous, répondrez-vous à mon appel ?

Un par un, les soldats et les chevaliers se levèrent. Leurs visages exprimaient tantôt de la détermination, tantôt de l'enthousiasme.

Sir Jasper lui adressa un hochement de tête.

— Nous sommes heureux de vous offrir notre soutien, milord. Nous marcherons avec vous si c'est nécessaire.

John finit par sourire aux hommes épuisés qui bombaient le torse, la main sur l'épée.

— Ce ne sera pas pour tout de suite, Sir Jasper, mais vous avez toute ma gratitude.

Des murmures se firent entendre derrière lui, et il put voir la mine méfiante des soldats face à lui. Il se retourna et aperçut quatre étrangers émerger des arbres. Philip se plaça près de lui, l'air attentif.

— D'autres invités.

John reconnut l'un d'eux. C'était celui qui avait nié être un membre de la Confrérie de l'Épée. Même si ceux qui l'accompagnaient n'étaient pas habillés de la même façon que lui, ils marchaient tous à la même allure et avec la même rigueur. Suivaient-ils l'enseignement du même maître ? Possible.

— Lord Russell, devons-nous leur prendre leurs armes ? demanda Sir Jasper.

John secoua la tête.

— Je reconnais cet homme. Attendez mes ordres.

Philip et lui traversèrent la prairie pour aller à la rencontre des quatre étrangers. L'homme qu'ils avaient rencontré avant leur arrivée à Alderley s'inclina courtoisement devant John.

Sur son visage on lisait une sagesse et une expérience qui rendaient son âge très difficile à déterminer. Les trois autres avaient l'air concentrés, mais on sentait bien qui menait le groupe.

— Lord Russell, nous nous revoyons enfin, dit l'étranger.

John hocha la tête.

— Nous n'étions pas si loin l'un de l'autre, récemment.

— Vous aimez les entrées théâtrales, ajouta Philip avec un sourire. Dites-nous comment vous vous êtes glissé dans le château pour nous sortir de ce cachot et nous débarrasser de ce satané soldat, le tout en l'espace d'une nuit !

L'homme se contenta de hausser les épaules, l'air amusé.

— Car c'est bien vous qui nous avez libérés, n'est-ce pas ? insista Philip.

— Vous méritiez de sortir de là.

— Vous ne répondez pas vraiment à la question, fit remarquer John. Mais, puisque je « méritais » d'être libéré, ai-je reçu votre approbation ?

— Vous avez rendu espoir à Lady Elizabeth Hutton. Jusqu'ici, vous avez été capable de l'aider sans que les habitants de son château aient eu à en souffrir.

Il lança un regard en direction des soldats de la garnison et ajouta :

— La suite de votre plan m'intéresse.

— Dans ce cas, si vous aidiez les soldats du château à s'entraîner ? Philip m'a raconté que votre sens de la discrétion est aussi légendaire qu'impressionnant. Ils auront besoin de tout votre savoir, s'ils doivent envahir le château en évitant de semer la mort et la destruction.

L'étranger observa ses trois compagnons. Aucun d'eux n'ouvrit la bouche, mais ils parurent se comprendre d'un simple regard.

— Très bien, finit par déclarer l'étranger. Usez de notre aide à votre guise. À charge pour vous d'agir judicieusement.

Vous pourrez compter sur l'aide de mes hommes pendant une semaine, pas plus.

— Je m'en contenterai, dit John. La situation sera résolue avant ce délai. Vous avez toute ma gratitude. Laissez-moi vous présenter Sir Jasper, le capitaine de la garde. Vous travaillerez avec lui, car je dois me rendre quelque part de toute urgence.

La journée passa avec une lenteur insupportable. Elizabeth voulait croire que tout s'arrangerait. Elle évita la grande salle où Bannaster, trop heureux de sa victoire, plastronnait comme si la décision du roi était d'ores et déjà une affaire réglée.

Elle évitait aussi les habitants du château, qui la regardaient avec compassion. Peut-être étaient-ils navrés de songer que son fiancé était ici, à ses côtés, mais qu'il n'avait pas pu l'emporter sur le vicomte.

Elle espérait aussi recevoir un message de John, mais rien ne lui était encore parvenu.

Cette nuit-là, elle se retira seule dans la chambre qu'il avait occupée avec Philip, et que des soldats fouillant le château sur ordre de Bannaster avaient débarrassée de ses maigres bagages. Cela la réconfortait d'être dans son lit, de sentir son odeur sur les oreillers.

Elle s'endormit, imaginant qu'il était avec elle. Quand elle se réveilla quelques heures plus tard, elle n'était pas seule… John ! Seigneur, il était là, penché sur elle, la main posée sur sa bouche.

Tout son corps se raidit sous l'effet de la surprise. Après quoi, il la lâcha, et elle jeta les bras autour de son cou. C'était si bon de le tenir contre elle !

Il était tout chaud, et elle était à l'abri auprès de lui. Il sentait… la paille ?

Elizabeth releva la tête de son épaule et l'observa attentivement.

— John, comment avez-vous fait pour revenir au château ? murmura-t-elle d'une voix tremblante. Si quelqu'un vous a vu…

— Personne ne m'a vu, lui assura-t-il en lui caressant le visage, puis les cheveux.

— Vous êtes revenu, souffla-t-elle en le dévorant des yeux.

Tandis qu'elle suivait la cicatrice qui courait le long de sa joue gauche, mille émotions l'envahirent. Il avait pris tous les risques pour elle, et elle voulait en faire autant pour lui. Elle posa les lèvres contre cette trace fine, et il se tendit tout contre elle. Elle honora les blessures qu'il avait reçues au cours de son existence mouvementée, alors qu'il se croyait rejeté par sa propre famille, qu'il s'était cru seul au monde.

Plus question qu'il soit seul, désormais !

Il se mit à respirer lourdement quand ses baisers délicats traversèrent la barbe naissante qui lui ombrait la mâchoire.

— Elizabeth…

Elle le fit taire d'un baiser sur la bouche. Ses lèvres, si fermes et si douces à la fois, finirent par épouser les siennes. Tout en maintenant le visage de John entre ses mains, elle colla la bouche contre la sienne, comme pour en graver le moindre détail dans sa mémoire. La forme, la douceur…

Et puis, ce goût. La tête penchée, elle approfondit son baiser. Il poussa un grognement, mais ne reprit pas le dessus. Non, il la laissa agir à sa guise.

Et cela la comblait de joie et de reconnaissance. Jamais aucun homme n'avait essayé de la comprendre à ce point. Elle le goûta avec la langue, qu'elle plongea avant de la retirer, encore et encore, jusqu'à ce qu'elle le sente trembler. Elle laissa courir les mains dans ses beaux cheveux, s'y agrippant parfois pour le retenir près d'elle, même si ce n'était pas nécessaire. Il l'attrapa par la taille, assis à côté d'elle sur le lit.

Ce n'était pas assez. Elle avait terriblement envie d'être tout contre lui. Vêtue de sa seule chemise, elle se mit à genoux en laissant la couverture retomber.

Puis elle finit par mettre un terme à ce long baiser, les lèvres tendues et tremblantes, pour le regarder droit dans les yeux.

Elle attrapa alors l'extrémité de sa chemise pour la retirer, ce qui la laissa nue.

John avait le souffle court. Elle sentit son regard brûlant courir le long de son corps, s'attarder sur ses seins, puis sur la toison bouclée qui cachait son intimité. Elle tira sur la lanière en cuir qui retenait ses cheveux.

Il esquissa un geste pour la prendre dans ses bras, mais elle le devança et posa les mains sur son torse. Elle avait vu les prouesses dont il était capable avec une épée. À présent, elle voulait voir bien davantage. Elle défit la ceinture qui retenait le fourreau de son épée et la laissa délicatement tomber par terre. Elle le fit se lever à côté du lit et se leva à son tour. Il portait un pourpoint et des hauts-de-chausses noirs, qui avaient dû l'aider à se tapir dans l'ombre. Vêtu de cette façon, il n'était plus un simple bailli blessé, dont l'attelle couvrait la jambe nue sous la tunique. Il avait maintenant l'air d'un chevalier, d'un baron.

Et cela la fit frissonner de se dire qu'il la désirait aussi fort qu'elle-même le désirait. Elle tourna autour de lui, nue, dénouant les lanières de sa tenue, puis l'aidant à la retirer. Tandis qu'il ôtait sa chemise et bataillait pour la faire passer au-dessus de la tête, elle glissa les mains sous le tissu pour le toucher.

— Je vous ai regardé prendre votre bain, l'autre soir, souffla-t-elle, quand son torse large et musclé apparut devant elle.

La bague de la famille Russell pendait contre le cœur de John.

Il haussa un sourcil, surpris.

— Je n'étais pas endormie, continua-t-elle. Je vous ai regardé vous déshabiller et j'ai étudié votre corps avec une curiosité qui m'a ébahie moi-même.

— J'espère avoir été à la hauteur, murmura-t-il contre son oreille.

Elizabeth soupira, tandis qu'il déposait des baisers le long de son cou, puis l'attirait contre sa peau brûlante. Elle en éprouva une sensation presque douloureuse qui l'amena à montrer encore plus à quel point elle avait envie de lui.

Elle laissa glisser les mains le long de son torse musclé, frôlant la toison légère qui le recouvrait jusqu'à la ceinture, à laquelle ses hauts-de-chausses étaient attachés. Elle défit chaque bouton d'un coup sec. Le voir frissonner ne fit que renforcer le désir qui l'animait. Elle ressentait un véritable besoin de s'unir à lui, de ne faire qu'un avec lui. Et cela accaparait tout son esprit. Lorsqu'elle lui eut retiré le dernier de ses vêtements, elle baissa les yeux vers son sexe dressé, qui lui caressa le corps. De quoi la faire frémir. John leva le menton et plongea les yeux dans les siens.

— N'ayez pas peur, ma douce.

— Oh ! la peur est bien la dernière chose que j'éprouve ! répondit-elle avec un sourire enjôleur.

Lorsqu'il lui rendit son sourire avec soulagement, Elizabeth l'embrassa à nouveau, lovée contre lui, la promesse de ce membre viril dressée entre eux. De ses bras musclés, il la serra plus encore contre lui. Les baisers qu'il lui donnait étaient sauvages et passionnés. La sensation de sa toison légère contre ses tétons sensibles attisait le brasier grandissant qu'était devenu son désir. Elle posa la main sur son sexe, mais il l'arrêta.

— Ma douce, je souhaite que cette nuit dure. Or, vos caresses vont hâter mon plaisir.

— Je ne comprends pas. J'ai besoin de vous offrir ces caresses.

— Laissez-moi faire, il faut que vous soyez prête pour m'accueillir.

Prête ? Les sourcils froncés, elle préféra ne pas relever ces mots sibyllins. Elle avait mené la danse jusqu'ici. C'était à lui de jouer, à présent.

Que comptait-il faire ? Elle n'en savait rien, ce qui décuplait son plaisir. Ils se glissèrent jusqu'au centre de la chambre. Leurs mains se cherchaient, se caressaient. Il la fit se pencher en arrière, afin de couvrir ses seins de baisers. Sentir sa bague rebondir contre elle avait même quelque chose de délicieusement érotique ! Elle s'abandonna à cette étreinte en sachant bien qu'il ne comptait pas la lâcher. Il collait les lèvres sur sa poitrine. Quand il se mit à la mordiller doucement, elle frissonna et tressaillit entre ses bras puissants. Une main glissa le long de son dos, puis sur les courbes de ses fesses. Être explorée par ces doigts experts était absolument divin !

La main de John continua de descendre, pour se refermer autour de son genou. Il lui fit lever la jambe et se plaça entre ses cuisses, son sexe dur et viril contre le cœur de son intimité. C'était la plus enivrante des caresses. Et il la lui prodiguait avec des gestes précis, sachant où se frotter.

Il lui suçait les tétons, les léchait, tout en la retenant de ses mains larges. Le plaisir qui l'envahissait devenait une torture qui n'en finissait pas. Avec un grognement, elle tenta de l'accueillir en elle, mais il refusait catégoriquement. Elle finit par décoller du sol et se perdit dans ses sensations. Le plaisir explosa au fond d'elle et s'empara peu à peu de son corps tout entier, en longues vagues de plaisir déferlant sur elle.

Avec un murmure étouffé, John l'enlaça contre le bord du grand lit, en glissant ses cuisses autour de lui. Ça y est, il entrait enfin en elle. Elle était incapable d'arrêter de bouger, d'arrêter de l'attirer contre elle. Il l'emportait au sommet de la jouissance.

— Du calme, ma douce, murmura-t-il en l'allongeant sur le lit. Je ne veux pas vous faire mal. La première fois d'une femme…

— Peu importe, dit-elle en plaquant les pieds sur son dos pour qu'il s'enfonce en elle.

Il avait les sourcils couverts de sueur, la mine contractée, alors qu'il tâchait de s'écarter d'elle, comme s'il connaissait son corps mieux qu'elle.

C'était peut-être le cas mais, pour l'heure, elle avait besoin de s'unir à lui. Elle laissa courir les mains sur toutes les parties du corps de John qu'elle pouvait toucher, cambrée au-dessus du lit pour le sentir plus profondément. En l'entendant pousser un râle quand elle lui toucha les tétons, elle se concentra sur cet endroit précis. Puisque de tels gestes, savamment prodigués, avaient su lui procurer un tel plaisir… La peau de John, tout d'abord douce et veloutée, se couvrit de picots.

Finalement, il lui saisit les hanches et entra en elle.

Elle en ressentit une vive douleur, qui laissa rapidement place à une sensation enivrante. Voilà, elle ne faisait plus qu'un avec l'homme appelé à devenir son époux, son âme sœur.

Il commença à aller et venir en elle, et le plaisir, si nouveau, si merveilleux, déferla de nouveau sur elle. Cette peau, si douce au niveau de son torse, si rugueuse au niveau de ses jambes, lui faisait éprouver mille sensations, plus intenses les unes que les autres.

Plaqué contre elle, John se maintenait à la force des bras, l'air entièrement concentré sur leur union. Elle était heureuse de lui rendre le plaisir qu'il lui avait donné, et qui s'emparait d'elle avec une intensité fiévreuse. Les cuisses refermées autour de lui, elle croisa les pieds dans son dos et le laissa la dominer. Une fois encore, il la caressa et la tourmenta en plongeant profondément en elle, ou bien en se détachant une seconde de trop, jusqu'à ce que la sensation de l'avoir perdu la fasse paniquer. Le désir qu'il lui inspirait était absolument incontrôlable, et elle s'y abandonnait totalement, sans réfléchir. Elle ne pensait plus qu'à la recherche de ce plaisir qu'il pouvait lui donner.

22

John était perdu. Il ne s'était jamais autorisé à ne faire plus qu'un avec une femme pendant l'amour. Il en oubliait presque qui était qui.

Mais cette femme n'était pas comme les autres. C'était Elizabeth. Belle, pleine d'audace et si exigeante, bien que ce soit sa première fois. Les endroits les plus intimes de son corps étaient presque brûlants. Il avait été comme happé et avait pris un plaisir fou à se détacher d'elle, pour la pénétrer à nouveau.

Le goût de ses seins, les petits cris que la passion lui arrachait, le bruit que faisaient leurs corps en s'épousant... Tout le poussait à s'abandonner à son tour au plaisir, malgré ses efforts pour se retenir.

Finalement, alors qu'elle atteignait de nouveau les sommets de la jouissance, cambrée sous lui, il la rejoignit dans un long frisson et savoura ce moment divin.

Ils reprirent leurs esprits lentement, la peau moite. Elle garda une jambe enroulée autour de lui. Sentir sa hanche frotter négligemment la sienne lui rappelait avec quelle spontanéité elle avait accepté les plaisirs de l'amour. Il était toujours arc-bouté, en appui sur les coudes, les yeux sur elle. Incapable de rester dans cette position plus longtemps, il reposa les pieds par terre.

Seulement, comment quitter le plaisir réconfortant que lui offrait ce corps magnifique ?

Elizabeth lui sourit, le souffle court, laissant les doigts courir le long de sa cicatrice. Tournant la tête, il attrapa dans sa bouche le bout d'un de ses doigts.

Les yeux clos, elle soupira :

— C'est tellement facile d'oublier qu'il y a le monde, à l'extérieur de cette chambre !

— Quand nous serons mariés, bien des jours s'écouleront avant que je vous autorise à vous souvenir de cela.

Elle éclata de rire, ce qui agita sa poitrine voluptueuse contre lui.

Il voulut se relever, mais elle se servit de ses bras et de ses jambes pour le retenir et le serrer contre elle de toutes ses forces.

— Ne partez pas.

— Je ne compte pas partir. Laissez-moi mieux m'installer dans ce lit.

Se détacher d'elle lui sembla être la chose la plus difficile au monde. Il la prit ensuite dans ses bras pour la déposer au milieu du lit, puis s'installa à côté d'elle. C'était si bon de sentir sa douce chaleur. Ses cheveux s'étalaient sur lui, et il lui fit lever la tête pour embrasser ses lèvres rouges et gonflées.

C'était ce moment de passion qui l'avait mise dans cet état. Et elle l'avait accepté.

— Expliquez-moi comment vous avez pu entrer ici, dit-elle. C'est cette mystérieuse Confrérie ? Elle s'est enfin décidée à vous aider ?

— Oui, nous avons son soutien, mais je suis revenu à Alderley par mes propres moyens. Enfin, avec l'aide de mes hommes et de votre amie guérisseuse, Rachel.

— Rachel ?

— Quand nous sommes partis, Philip et moi, nous avons retrouvé Ogden et Parker. Ils m'ont conduit jusqu'à votre armée. J'ai été impressionné par les talents de guerrier de votre capitaine de la garde.

— Sir Jasper ? Est-ce qu'ils vont bien, tous ?

— Oui, et ils vivent pour vous servir. Ils s'entraînent dur, même à l'heure où nous parlons, avec le concours des membres de la Confrérie.

Elizabeth perdit aussitôt son sourire.

— Pourquoi s'entraînent-ils ?

— Au cas où on aurait besoin d'eux. Aucune attaque n'est prévue, mais nous devons être prêts à tout, ma douce.

C'était la vérité. Pour le moment, du moins.

— Bannaster n'est pas assez sot pour croire qu'il s'est débarrassé de moi. Il doit se douter que j'essayerai de revenir.

Elle déposa un baiser sur son torse et se blottit contre son épaule.

— Un grand nombre de soldats montaient la garde, aujourd'hui. Ils fouillaient tous ceux qui entraient.

— Philip m'a conseillé de me grimer en femme enceinte. C'était le déguisement idéal.

Elle le regarda d'un air ahuri, puis se mordit la lèvre, sûrement pour se retenir d'éclater de rire.

— Oh ! je me doutais bien que ça ne marcherait pas, dit-il. Une grossesse ne suffirait pas à expliquer ma taille. Nous avons donc décidé d'entrer à bord d'un chargement attendu de longue date.

— Les soldats inspectaient en effet tous ceux qui franchissaient la grande porte. J'ai passé l'après-midi assise dans la cour intérieure, à les observer, comme si…

Elle s'interrompit, et John sentit son cœur s'emballer. Elle tenait à lui, cela ne faisait aucun doute.

— … Comme si j'allais les voir vous capturer, continua-t-elle dans un murmure. J'ai même fini par prier pour que vous arrêtiez de m'aider. Pour que vous vous protégiez, au lieu de revenir ici.

Elle tourna la tête, ce qui lui permit de contempler son profil. Elle était encore troublée, cela se sentait. Comment lui en faire reproche ? Ils n'étaient pas encore libres de se marier... Il sentait d'ailleurs qu'une part d'elle résistait encore à la dépendance qu'implique une telle relation.

— Comme si j'allais vous quitter ! s'insurgea-t-il en essayant de lui rendre un peu de sa belle humeur. En fin de compte, je me suis caché dans un chargement de paille pour les écuries.

— Les soldats n'ont pas fouillé la charrette ?

— Bien évidemment que si, mais c'est là que Rachel nous a aidés. Elle nous a conduits chez le forgeron du village. Avec des planches, il a créé un double fond, à l'intérieur duquel je me suis caché !

L'admiration qu'il lisait dans ses yeux lui fit chaud au cœur. La rendre heureuse pour le restant de ses jours serait une grande joie. Cette idée le troubla aussitôt, et il faillit se perdre dans ses pensées. Est-ce qu'il se contenterait de rester à Alderley et de voir les mêmes visages tous les jours ?

— Un double fond ? répéta-t-elle en faisant tourner autour d'un doigt la chaîne qu'il portait au cou.

Au même moment, la cuisse d'Elizabeth remonta le long de la sienne.

— Ma douce, plus vous bougerez, moins je serai capable de faire des phrases cohérentes.

Elle s'écarta vivement, l'air honteux.

— Pardonnez-moi.

— Bien, où en étais-je ? reprit-il en l'attirant contre lui. Ah oui, le double fond. C'était vraiment très étroit, et j'avais toutes les peines du monde à respirer. J'étais allongé sur le dos, le fond de la charrette posé sur moi. Le trajet jusqu'au château m'a paru interminable. Et je ne vous parle pas des cahots sur la route ! Mon dos doit être en miettes.

Elizabeth se releva aussitôt et le poussa.

— Retournez-vous et montrez-moi un peu ce que vous

avez enduré pour vous emparer de mon château et de sa châtelaine.

Il répliqua du tac au tac :

— J'ai déjà un château. Alors, dites-vous bien une chose : c'est pour vous et vous seule que j'ai choisi de souffrir le martyre.

Elle le regarda un long moment. Un trop long moment, même. Elle paraissait si sérieuse, tout à coup ! Nourrissait-elle toujours des doutes sur ses motivations ?

Comme si elle prenait seulement conscience de ce qu'elle avait révélé, elle allégea l'atmosphère en levant les yeux au plafond. D'un geste, elle le poussa sur le ventre. Il posa la tête sur ses bras croisés. Elle écarta le drap sous lequel il était nu, et il sentit bientôt la caresse légère de ses doigts graciles sur ses omoplates. Il frémit.

— C'est vrai, cela n'a pas dû être agréable.

Il eut la surprise de la sentir déposer de tendres baisers à cet endroit. Elle descendit jusqu'au creux de ses reins et lui attrapa les fesses.

— Encore des bleus. Vous n'aviez pas de quoi amortir les chocs à cet endroit.

Elle l'embrassa également. Sentir cette caresse légère lui fit oublier tous les nuages qui pesaient sur son esprit.

— Allons, continuez votre récit, dit-elle.

Elle l'écoutait maintenant allongée sur ses mollets. Il sentait sa masse de cheveux roux le frôler. Il en avait même oublié de quoi ils parlaient !

— Vous en étiez à ce trajet si peu confortable, ajouta-t-elle en lui donnant une petite tape sur les fesses.

John secoua la tête pour s'éclaircir les idées. Le front plongé dans ses bras, il lança :

— C'est ça... À l'entrée du château, la charrette a été fouillée. Le fermier qui la conduisait a mis sa vie en danger.

— Encore quelqu'un qui a pris des risques inconsidérés pour moi, fit-elle remarquer en cessant aussitôt ses caresses.

Il regarda par-dessus son épaule et la vit subitement très triste.

— Elizabeth, ne dites pas cela. Est-ce que ces gens préfèrent vivre sous la férule de Bannaster, à votre avis ? Non, c'est à vous qu'ils souhaitent obéir, parce qu'ils vous connaissent.

— Et vous ? Ils ne vous connaissent pas ! rétorqua-t-elle.

John sentit de la tension dans sa voix. Il aurait bien aimé se retourner pour lui faire face, mais elle aurait vu son pénis tendu. Ne risquait-elle pas de croire qu'il ne pensait qu'au sexe ? Il préféra donc s'abstenir.

— Elizabeth, vous avez été leur châtelaine, depuis la disparition de votre père. Ils vous font confiance et veulent vous aider.

Elle répondit par un sourire, mais l'heure était grave.

— Venez, dit-il en lui faisant prendre place à côté de lui, tout en veillant bien à ne pas se coller contre elle.

— Je suis là. Le fermier va bien. Les soldats ont inspecté la charrette, et je les ai entendus fouiller dans la paille. Ils avaient peur que je me cache dessous.

— Ce qui était le cas ! s'écria-t-elle en l'observant avec étonnement.

Il haussa les épaules et remit d'aplomb l'oreiller sur lequel ils étaient appuyés, afin qu'ils restent les yeux dans les yeux.

— Quoi qu'il en soit, ils ne m'ont pas trouvé. La charrette a été conduite jusqu'aux écuries, en attendant qu'on la décharge. J'ai patienté jusqu'à la tombée de la nuit. J'ai entendu un certain nombre de conversations. Qui parlaient de moi, parfois.

Elizabeth sourit et se pencha pour l'embrasser sur le menton.

— Qu'ont dit mes garçons d'écurie ?

— L'un d'eux a prétendu qu'il avait deviné qui j'étais depuis le début, répondit-il en glissant une mèche de ses beaux cheveux derrière son oreille.

— Ah oui, vraiment ?

Il adorait la façon dont elle plissait le nez quand elle riait.

— L'autre ne l'a pas cru non plus. Pour être honnête, quelqu'un a trouvé que j'avais été lâche de battre en retraite.

— Comme si vous étiez censé battre Bannaster et toute son armée !

En la voyant si outrée, il eut envie de la serrer plus encore contre lui. Lorsque leurs corps se touchèrent, elle lui jeta un regard dubitatif.

— Savoir que je prends votre défense met tous vos sens en éveil, on dirait, commenta-t-elle.

Pour toute réponse, il se pencha et l'embrassa derrière l'oreille, en humant l'odeur si douce et si féminine qui émanait d'elle.

— Tout ce que vous faites met mes sens en éveil, précisa-t-il en se lovant contre elle. Il suffit que vous marchiez à mes côtés dans la grande salle, un plateau à la main, que vous vous mettiez à genoux pendant la messe ou...

L'air offusqué, elle se couvrit la bouche de la main.

— Le prêtre vous dirait qu'avoir de telles pensées est un péché !

— Je suis votre fiancé. Aux yeux du prêtre, c'est presque comme si nous étions mariés. Un mari est censé désirer sa femme, pour qu'ils aient des enfants. Comment pouvez-vous affirmer que c'est un péché ?

Elizabeth éclata de rire, et il l'embrassa jusqu'à en perdre haleine. Elle commença à le regarder avec envie. C'était ce qu'il voulait pour le restant de ses jours. Qu'elle le désire. Qu'elle l'aime, sans le soupçonner de convoiter sa fortune. Il comptait bien y parvenir, peu importait comment.

Entre deux baisers, il lui glissa tout bas :

— Quand tout était silencieux, j'ai soulevé le double fond. Le temps de tout remettre en place, je suis monté jusqu'ici pour obtenir ma récompense.

Là-dessus, il se coucha sur elle pour se placer entre ses

cuisses. Mais, avant qu'il puisse faire quoi que ce soit, elle plaqua les deux mains sur son torse et le repoussa.

— Non, John, nous n'avons pas le droit de perdre du temps de façon aussi égoïste.

Il prit appui sur les mains pour la regarder. Elle semblait troublée, alors qu'il était en proie à un véritable brasier. Mais il aurait eu tort d'insister. Il préféra donc rouler sur le côté et retomber lourdement sur le lit avec un grognement.

Elizabeth se redressa sur un coude.

— Ne restez pas ici, c'est dangereux, dit-elle. Si des soldats débarquaient ici, vous soupçonnant de tout tenter pour me voir ?

Il lui adressa un sourire enjôleur, et elle lui donna une petite tape sur l'épaule.

— Ne faites pas l'idiot, allons ! Qu'allons-nous faire, maintenant que vous êtes là ?

John retrouva aussitôt son sérieux.

— Il ne vous arrivera rien, ma douce. Je vous protégerai. Il y a des moments où je me prends à rêver que nous sommes un homme et une femme du peuple, libres de se marier comme bon leur semble. Je vous prendrais sans dot, sans votre titre, sans toutes ces questions d'argent et de biens.

Elle se rassit et remonta le drap sur sa poitrine, avant de s'écarter légèrement de lui.

— Ce n'est malheureusement pas le cas, John. Vous êtes un homme d'honneur, je le sais. Vous êtes devenu quelqu'un, alors que votre famille vous en croyait incapable. Vous avez tenu la promesse que vos parents avaient faite aux miens, même si cela vous a arraché à la vie aventureuse que vous aimiez.

Une lueur étrange traversa alors son regard. Si rapidement qu'il faillit se convaincre qu'il avait rêvé. Elle ajouta avec douceur :

— Vous avez pris de grands risques pour moi...

— Et j'en prendrai d'autres. Je vous aime, Elizabeth.

John pensait voir de la joie dans son regard, à cet aveu. Mais il n'y lut que de la douleur. L'instant d'après, elle tournait la tête. Lui qui était certain de lui montrer qu'ils pouvaient s'aimer ! Au lieu de quoi, il ne faisait qu'ajouter à la pression qui pesait sur ses épaules.

— Et je vous ai brisé le cœur, continua-t-elle tout bas. Je ne sais pas comment tout cela va se terminer avec Bannaster. J'ai peur de voir l'aube arriver. Le temps nous manque.

— Elizabeth...

— Non, vous devez partir tout de suite ! Je ne pourrai pas vivre en sachant que quelqu'un vous a découvert ici.

John sortit alors du lit. Tout en se rhabillant, il constata qu'elle refusait de croiser son regard. Il partirait, oui, mais pas question de laisser une ambiguïté les séparer. Assise au milieu du lit, elle semblait se servir du drap comme d'un bouclier. Pourtant, Dieu savait s'il avait envie de l'attirer à lui pour qu'elle lui avoue ce qu'elle avait sur le cœur !

— Je ne quitterai pas cette pièce tant que vous ne m'aurez pas livré le fond de votre pensée, lâcha-t-il alors.

Il devina de l'incertitude dans son regard, puis elle arbora de nouveau cet air digne qui la rendait si impressionnante, si inaccessible.

— Le seul plan que nous avons pour protéger les habitants du château risque de leur faire subir le pire, voilà ce qui m'inquiète.

— Je ne parle pas de cela, et vous le savez bien. Je vous ai avoué mon amour, et vous avez immédiatement pris vos distances. Je n'aurais peut-être pas dû vous révéler mes sentiments aussi vite. Vous avez peur et...

— C'est faux, rétorqua-t-elle en le foudroyant du regard.

— Dans ce cas, dites-moi ce qui ne va pas. Je ne suis pas en train de vous forcer à vous déclarer. La période que vous traversez est terrible. Tout ce que votre famille a construit risque de finir entre les mains d'un autre.

— Et c'est bien mon problème ! siffla-t-elle, les doigts agrippés aux draps. Me voilà face à une situation que je suis incapable de résoudre. Pourtant, je n'ai eu aucune difficulté à…

Sa voix se brisa, et elle se détourna.

Il aurait voulu la toucher, mais il savait dans quel dilemme elle se débattait.

— Aucune difficulté à quoi, Elizabeth ?

Après un moment d'hésitation, elle répondit d'une voix grave mais ferme :

— Je n'aime pas me sentir incapable de… me contrôler, quand je suis avec vous.

John eut un élan de compassion pour elle, mais ce n'était pas ce qu'elle voulait susciter en lui, pas maintenant.

— La passion qui pousse deux cœurs l'un vers l'autre peut paraître écrasante, déclara-t-il doucement. Vous trouvez peut-être cela troublant, anormal, même. Mais c'est uniquement parce que vous n'avez jamais été amoureuse.

— Et vous, alors ?

— Non plus. Prétendre le contraire serait mentir. Vous êtes la seule femme que j'aie jamais aimée.

— Ou que vous croyez aimer, s'empressa-t-elle de corriger.

— Vous semblez penser que mon propre cœur m'est inconnu. Faut-il que vous soyez troublée à ce point ? Je n'ai pas été amoureux avant vous, mais j'ai fréquenté un certain nombre de femmes, sans jamais bouder mon plaisir.

Elizabeth grimaça. Pourquoi avait-il fallu qu'il la blesse ?

— Apprécier les plaisirs de la chair n'est pas la même chose que de se donner à quelqu'un, corps et âme. Ce que j'ai vécu ce soir avec vous, je ne l'ai jamais éprouvé, pas une seule fois. Le lien qui nous unit si étroitement m'incite à l'humilité. Il me fait comprendre que je souhaite partager cela avec vous pour le reste de mon existence.

— Est-ce que vous n'avez pas un peu peur ? Peur du changement ? Peur… de vous perdre ?

— Peur que vous ayez du pouvoir sur moi, surtout, non ?

Elle se mordit la lèvre. Il avait vu juste…

— C'est ce que je veux, Elizabeth. Plus que tout au monde. Il est temps que j'abandonne tout ce dont je pensais avoir besoin pour être heureux dans la vie. Je me fiche de l'existence que j'ai menée auparavant, de ces voyages, de ces combats. Si vous n'êtes pas avec moi, rien de tout cela n'aura d'importance.

— Je refuse de croire que ces choses qui vous tiennent à cœur cesseraient subitement d'avoir de l'importance à vos yeux.

— Ce n'est pas ce que je dis. Vous passez avant, la voilà, la vérité. Mon amour de l'aventure m'a servi à remplacer mon rêve d'un véritable amour. Je n'ai jamais osé nourrir un tel espoir. J'étais le troisième de ma fratrie, je n'avais rien à offrir à une épouse !

Elizabeth leva la tête vers lui, les yeux embués de larmes.

— Alors, si je reprends la route, j'aimerais que vous soyez à mes côtés, poursuivit-il. Vous comptez tellement pour moi !

Elle ferma les yeux, et deux grosses larmes roulèrent le long de ses joues.

— D'habitude, je sais toujours quoi dire, en toute occasion, avoua-t-elle. Mais là, avec vous, je n'y arrive pas.

— Vous vous obligez à être parfaite, Elizabeth. Je ne vous demande rien de tel. Ce château est rempli de gens qui dépendent de vous. Et je viendrai grossir ce nombre, je le sais.

— Je ne vous vois pas de la même façon que mes serviteurs et mes amis.

Il lui adressa un sourire plein de tendresse.

— Voilà tout ce que je peux vous demander pour le moment. Soyez patiente avec vous-même.

— De nous deux, c'est vous qui êtes le plus patient, dit-elle. Vous êtes revenu, et je vous ai presque sauté dessus.

— C'était merveilleux, et j'ai aimé votre façon de me

montrer vos sentiments. Je peux me passer des mots. Pour le moment, en tout cas.

Elizabeth baissa la tête.

— Vous devriez partir, reprit-elle. Cachez-vous. Si Bannaster vous trouve ici…

— Il pensera que vous êtes de mèche avec l'ennemi.

— Non, je ne m'inquiète pas pour moi ! répliqua-t-elle en l'attrapant par la main. C'est vous qui allez souffrir à ma place. Et ça, je ne le supporterai pas.

Elle embrassa le dos de sa main, et il referma la paume sur sa joue. Comment ne pas être touché de la voir en larmes, le cœur déchiré ?

— C'est entendu, je pars, ma douce, murmura-t-il en se penchant pour l'embrasser sur le front. Je reviendrai vous voir demain soir. Vous n'êtes pas seule, ne l'oubliez pas.

Il la quitta alors et retourna dans les souterrains, où les cachettes ne manquaient pas. Il s'installa aussi confortablement que possible sur des sacs de farine. Autant qu'il s'endorme, et vite. Hélas, les yeux tristes d'Elizabeth continuaient de hanter son esprit.

23

Le lendemain matin, Elizabeth se rendit dans les cuisines en attendant qu'Adalia prépare un repas pour Anne. Elle avait l'esprit quelque peu embrumé. Le manque de sommeil, sûrement. La cuisinière lui adressa plusieurs regards inquiets, sans toutefois chercher à en savoir plus. Elle se contenta de lui dire bonjour. D'un ton hésitant, il est vrai.

En réalité, ce n'était pas seulement le manque de sommeil qui l'écrasait. Elle ne savait pas quoi penser de John. De sa gentillesse, de son attitude compréhensive. Elle se sentait indigne de ses attentions, d'autant qu'elle ignorait ce qu'elle pouvait lui offrir en retour !

Elle aurait pu lui ouvrir son cœur, tout simplement, malgré son hésitation. Ne s'était-elle pas déjà demandé si elle l'aimait ? Est-ce que faire l'amour avec lui n'aurait pas dû l'aider à trouver la réponse ?

Cela l'avait au contraire fait battre en retraite. Or, John ne le méritait pas, pas après les sacrifices qu'il avait faits pour elle.

Elle était lâche. Un constat qui la déstabilisait et la décevait.

Mais était-ce vraiment faire preuve de lâcheté que de souhaiter l'épargner, si jamais les sentiments qu'elle éprouvait pour lui étaient moins forts que les siens ? Bien des gens heureux en ménage n'étaient pas amoureux !

Ce qui n'avait pas été le cas de ses parents, songea-t-elle avec tristesse. Ils avaient tout partagé, même la mort.

Ce qu'elle avait été bête de croire qu'elle avait été amoureuse de William ! Cet « amour » ne contenait pas une once de ce tourbillon d'émotions qu'elle éprouvait avec John. De ce mélange de peur, d'extase et de désespoir.

De terreur, aussi. Comment continuer de vivre, s'il arrivait quelque chose à cet homme ?

— Anne ?

Elizabeth se força à revenir à la réalité. Adalia l'observait d'un air soucieux.

— Cela fait deux fois que je vous appelle. Je ne vais quand même pas donner un plateau à une femme qui a la tête dans les nuages !

Elizabeth essaya de sourire.

— Pardonnez-moi. J'étais perdue dans mes pensées. Je suis là, maintenant.

— Tant mieux.

Adalia jeta un coup d'œil alentour et chuchota :

— Il va tout arranger.

— Qui donc ?

La cuisinière secoua la tête d'un air navré et lui tendit le plateau.

Elizabeth traversa la grande salle en ignorant les regards compatissants qu'on lui adressait. De nombreux soldats l'observaient également. Ce qui la surprit. Et la mit mal à l'aise.

Au pied du donjon, elle tomba sur Bannaster. Il l'attendait. Voilà donc pourquoi les soldats se montraient aussi curieux !

Sans lâcher le plateau, elle lui fit la révérence.

— Bonjour à vous, milord.

— Bonjour, Anne.

Il la regarda fort innocemment, comme s'il ne l'avait pas poursuivie dans les couloirs du château, avec la ferme intention de la mettre dans son lit !

Seulement, pourquoi était-il là à l'attendre ?

— Je vais vous accompagner jusque chez Lady Elizabeth, dit-il.

— Milord, laissez-moi monter d'abord, afin qu'elle ait le temps de se préparer avant de vous recevoir. Elle aime se coiffer pour...

— Peu m'importent ces frivolités, la coupa-t-il. La beauté de Lady Elizabeth est naturellement éblouissante. Montez, je vous suis.

Les deux soldats s'écartèrent sans lui lancer le moindre regard. La tête baissée, Elizabeth passa devant le vicomte et entra la première dans la tour, avant de grimper l'escalier. Tenterait-il de la toucher ? Peut-être que oui. Ce danger la fit grimper si vite qu'elle était tout essoufflée à l'approche de la dernière marche.

Que voulait-il ? Blesser volontairement « Lady Elizabeth » en lui apprenant que John avait été chassé du château ? Se demandait-il si elle avait aidé son fiancé, d'une façon ou d'une autre ?

Elle frappa à la porte en précisant, comme la fois précédente, que Lord Bannaster l'accompagnait. Elle l'entendit glousser, mais il garda le silence en attendant qu'on leur ouvre.

Anne prit un long moment pour venir jusqu'à la porte. Avait-elle reçu un nouveau panier qu'elle avait besoin de cacher ? Finalement, elle ouvrit et recula.

— Bonjour, Lord Bannaster, dit-elle d'une voix douce.

— Bonjour à vous aussi, répondit-il courtoisement.

Cet homme était atrocement imbu de lui-même ! Dieu soit loué, Elizabeth avait déjà révélé à Anne la véritable identité de John. Pour autant, sa suivante ne savait pas qu'il était revenu et qu'il se cachait dans le château à cette heure. En un sens, cela valait peut-être mieux.

— Puis-je prendre mon petit déjeuner avec vous ? demanda le vicomte.

Anne désigna la table d'un geste, et ils prirent place. Elizabeth servit le repas sans un bruit. Elle les laissa ensuite manger et s'installa plus loin, dans un fauteuil placé dans un coin. Elle prit un cerceau de broderie pour faire mine de s'occuper.

Bannaster tendit à Anne un morceau de pain.

— Votre suivante vous a certainement dit que John Russell nous espionnait.

Espionnait ? Drôle de façon de présenter les choses. Anne se contenta de pencher la tête, en attendant qu'il poursuive.

— Il est déterminé à vous avoir, même si le roi est désormais au courant qu'il n'est pas le meilleur candidat au titre de comte.

— Pourquoi ne le serait-il pas ? s'enquit Anne.

— Mon cousin a chargé quelqu'un de se renseigner sur l'état de son château ainsi que sur ses finances. Et ce n'est pas brillant. Ce n'est qu'une question de temps avant que le contrat soit rompu. J'ai donc pris une décision : il vaut mieux que je renonce à être votre tuteur et que je vous épouse.

Elizabeth se piqua avec une aiguille et tâcha de ne pas grimacer. Anne cessa de manger.

— Demandez-moi en mariage, milord, cela ne signifiera pas que...

— *Demander* n'est pas le mot juste, l'interrompit-il avec un sourire qui semblait forcé. J'ai l'intention de vous épouser, Elizabeth. Russell est un scélérat, indigne de servir mon royal cousin. Je vais me rendre auprès de notre monarque et lui soumettre mon idée. Il annulera un contrat de fiançailles conclu par son prédécesseur sur le trône. Quel évêque oserait se dresser contre lui ?

— Vous ne pouvez pas me forcer à vous épouser.

Anne avait la voix qui tremblait. Que se passerait-il, s'il la poussait dans ses derniers retranchements ? Se trahirait-elle en jetant un coup d'œil vers sa dame de compagnie pour obtenir un conseil ?

Bannaster sourit.

— Je n'aurai pas à vous forcer.

Sur ces mots, Anne bondit de son siège.

— Je ne vous laisserai pas... me toucher. Ce n'est pas *cela* qui me convaincra de devenir votre femme.

— Je n'irai pas jusque-là non plus, répondit calmement le vicomte. Russell est en disgrâce, et le roi est sans doute déjà conscient qu'il est indigne de votre personne. J'ai annoncé au prêtre de la paroisse que nous souhaitions nous marier demain, et que j'ai acquis une autorisation spéciale pour me marier sans que les bans soient publiés.

Elizabeth sentit la terreur la gagner. Bannaster avait tout prévu de longue date ! Il se leva, et Anne se contenta de le fixer, le visage déformé par la peur.

— Si vous vous prépariez à cette belle cérémonie, milady ? Et cessez de me regarder comme si je comptais vous faire du mal ! ajouta-t-il avec agacement.

Lorsqu'il quitta la pièce, Elizabeth referma la porte derrière lui et se rendit auprès d'Anne qui s'était rassise, immobile, l'air dévasté.

— Je ne le laisserai pas faire, rassurez-vous, dit-elle avec force.

— Je sais bien, soupira son amie. Mais j'ai peur de votre réaction.

— Il ne me laisse plus le choix. Je n'ai plus qu'une solution.

— Elizabeth, vous m'inquiétez.

— Vous n'avez plus besoin de vous inquiéter.

À la nuit tombée, la nouvelle s'était répandue dans tout le château, et elle était parvenue jusqu'à John. Bannaster comptait épouser Lady Elizabeth dès le lendemain et avait ordonné qu'un banquet soit préparé. Les serviteurs marchaient en rasant les murs. John dut attendre que les bruits du souper s'estompent au-dessus de sa tête pour se rendre auprès de sa fiancée.

Il « emprunta » une cape et rabattit la capuche pour

dissimuler son visage. Il connaissait les couloirs comme sa poche, à présent, et savait où se cacher si quelqu'un passait.

Il frappa doucement à la porte de la chambre, se glissa à l'intérieur et attira aussitôt Elizabeth dans ses bras. À sa grande surprise, elle se lova contre lui et lui fit baisser la tête pour l'embrasser. Il en resta immobile et stupéfait. Que se passait-il, enfin ? Lorsqu'il sentit son corps s'éveiller et son esprit s'embrumer, il mit un terme à leur baiser.

— Elizabeth, je sais ce que Bannaster compte faire. Nous devons mettre mon plan à exé...

Elle laissa tomber sa robe, révélant sa nudité. Il en resta sans voix, incapable d'en croire ses yeux. Il observa ses seins, qu'il avait pris tant de plaisir à caresser et embrasser, déglutit difficilement.

— Ne dites rien, John, souffla-t-elle. J'ai pensé à ce moment toute la journée. J'ai besoin de vous.

Il se débarrassa alors de ses vêtements et la fit décoller du sol, juste à l'endroit où ils s'étaient embrassés. Elle se frotta contre lui en gémissant, les jambes enroulées autour de sa taille. Il la porta jusqu'au lit, où il s'assit en l'installant sur ses jambes, puis laissa courir les mains sur elle. Il l'incita à se pencher en arrière, afin qu'il puisse goûter à ses seins merveilleux.

Il laissa échapper un grognement, son sexe tendu entre eux.

Soudain, Elizabeth se redressa, les bras autour de ses épaules.

— Est-ce qu'on peut faire l'amour dans cette position ?

Il acquiesça :

— Imaginez que je suis votre monture, mon petit capitaine.

Il s'allongea sur le dos et observa l'émerveillement qui se peignit sur son beau visage, tandis qu'elle prenait place sur lui. Un nouveau continent semblait s'ouvrir à elle. Elle se frotta langoureusement contre son érection, et il ferma les yeux avec un bruit guttural. Elle poursuivit ce manège jusqu'à ce qu'il commence à perdre pied, le corps traversé de frissons. Lorsqu'elle lui lécha les tétons, il fut obligé de l'arrêter.

— J'ai besoin de me donner à vous, souffla-t-il. Guidez-moi.

Lorsqu'elle le prit dans sa main, il se sentit frissonner. Lorsqu'elle glissa sur lui, il dut faire tous les efforts du monde pour contrôler son envie d'imprimer un rythme beaucoup plus rapide à leur étreinte.

La vie d'Elizabeth n'était peut-être qu'un grand champ de ruines, mais, grâce à lui, elle pouvait au moins contrôler les choses dans ce domaine.

— Oh ! que c'est bon, dit-elle.

Elle se pencha sur lui, les mains agrippées à lui. Il la souleva, la maintenant par les hanches, puis la fit redescendre, lui montrant ainsi comment procéder. Lorsqu'elle s'y essaya seule, il lui caressa les seins, les pétrit, les malaxa, lui pinça doucement les tétons. Il observa la passion qui embrasait son visage, l'intensité avec laquelle elle grimpait vers les cimes du plaisir. Il prit appui sur les coudes pour l'embrasser, puis lui attrapa un sein comme un fruit mûr pour le prendre en bouche.

À chaque mouvement, Elizabeth devenait de plus en plus audacieuse, et il cambra les reins pour plonger en elle plus profondément. Lorsqu'elle atteignit le plaisir, il s'écroula sur le lit en lui agrippant les hanches, afin de la garder tout contre lui. Il ne tarda pas à la rejoindre.

Quand elle se laissa tomber sur son torse, il la serra contre lui en écartant ses cheveux mouillés et déposa des baisers sur son front, sur sa joue, son oreille. Il était toujours plongé en elle. Le désir qui l'animait lui donnait envie de la faire rouler sur le dos et de la prendre à nouveau.

— Merci, murmura-t-elle.

Même s'il voulait la garder près de lui, elle se dégagea et s'assit à côté de lui sur le lit, en se servant une fois encore du drap pour dissimuler sa nudité. Tant bien que mal.

— Vous avez donc entendu la nouvelle, dit-elle alors.

John s'assit à son tour. La colère commençait à le gagner.

— Oui. Et je ne vais pas laisser cette canaille devenir votre époux à ma place ! Comment ose-t-il ne pas attendre la décision du roi ?

— John, par pitié, écoutez-moi.

Lorsqu'elle posa la main sur son bras, il finit par baisser la tête vers elle. Il la sentait déterminée, et cela ne lui disait rien qui vaille.

— Je compte bien me battre, John.

La sérénité avec laquelle elle avait parlé le troubla profondément.

— Qu'est-ce qui vous prend, Elizabeth ? Bien sûr que nous allons nous battre !

— Non, bien trop de gens ont souffert à cause de moi. Mon intendant est mort…

— Ce n'était pas votre faute…

Elizabeth poursuivit comme s'il n'avait rien dit :

— Anne est injustement emprisonnée depuis plus d'une semaine.

— Elle voulait vous aider !

— Et vous, John, vous avez risqué votre vie pour moi. On vous traque, à présent. C'est insupportable !

Elle poussa un soupir, fut secouée d'un frisson, et il s'aperçut que sa cascade de cheveux cachait ses larmes.

— C'est mon choix, Elizabeth. J'ai l'intention de vous épouser.

— Je refuse que vous vous fassiez tuer, répliqua-t-elle en lui adressant un regard farouche.

— Elizabeth…

— Vous ne comprenez pas ? J'ai cru que je pouvais être différente des autres femmes, que je pouvais forger mon destin. Cela a été difficile, mais j'ai appris que je ne vaux pas mieux qu'une autre. Trop de gens dépendent de moi ; je ne supporterais pas que quelqu'un meure en me défendant. Je vais épouser Bannaster.

John en eut le souffle presque coupé. Il luttait pour maîtriser sa colère. Elle ne se laisserait jamais intimider, ça non, mais elle était assez intelligente et rationnelle pour accepter. À condition que cette tactique fonctionne.

— Elizabeth, il est toujours question de contrôle avec vous. Vous faites tout pour garder la possibilité de choisir, même si cela vous oblige à vivre un enfer jusqu'à la fin de vos jours.

— Ce n'est pas vrai !

— Si. Même ce soir, vous avez profité de ce que nous faisions l'amour pour avoir la main, par désespoir.

Elle secoua la tête. Elle pleurait toujours, mais il tâcha de ne pas se laisser atteindre.

— Je me rends, vous n'avez toujours pas compris ? lâcha-t-elle d'une voix blanche.

— Peut-être, mais c'est votre décision, uniquement la vôtre. Je n'ai absolument pas le choix. J'ai une armée à ma disposition, pourtant.

— C'est la seule façon d'éviter un bain de sang, John ! Combien de gens vont perdre la vie pour que j'obtienne gain de cause ? C'est d'une injustice ! Toute femme à la tête d'un riche domaine doit accepter qu'on lui choisisse un mari. La preuve, on vous a choisi pour moi. J'exerce peut-être mon libre arbitre pour la dernière fois, mais c'est mon droit et ma responsabilité.

— Vous avez déjà décidé de vous entêter dans cette voie avant mon arrivée, rétorqua-t-il sans cacher sa colère.

Elizabeth se mordit la lèvre et acquiesça.

— Vous avez donc souhaité faire de ce moment un adieu ?

Elle ferma les yeux ; les larmes continuaient de ruisseler le long de ses joues.

John se hâta de se rhabiller tandis qu'elle lui tournait le dos en pleurant doucement. Il était trop en colère pour se montrer compatissant et tenter de la calmer. Il pouvait tout arranger, mais elle ne lui faisait pas confiance.

Des années auparavant, il aurait douté de ses capacités. Plus maintenant. Il savait que son père croyait en lui. Il avait même rédigé le contrat de manière à ce qu'il puisse éventuellement épouser Elizabeth. La colère qui l'animait s'évanouit, et il eut brusquement une pensée émue pour sa famille disparue, qu'il n'avait jamais vraiment pleurée.

À quoi bon essayer de convaincre Elizabeth ? Il la connaissait trop bien pour imaginer qu'elle changerait d'avis. Elle pensait prendre la bonne décision. Qui était-il pour lui dénier le droit de choisir ?

L'homme qui l'aimait.

Il ne renoncerait pas à leurs fiançailles mais, s'il le lui avait avoué, elle se serait inquiétée davantage. Une armée attendait de la libérer, et il comptait faire de son mieux pour s'assurer que peu de gens auraient à en pâtir.

Penché au-dessus du lit, il la regardait, recroquevillée sur elle-même et sur son sort. Elle avait cessé de pleurer, mais elle frissonnait à chaque respiration, comme si vivre était une épreuve. Il lui caressa doucement le bras, mais elle s'écarta vivement. Elle prenait ses distances, à nouveau, comme si elle essayait de lui forcer la main. Elle se rassit et essuya ses dernières larmes, l'air dur et impassible.

Elle voulait qu'il la haïsse, afin qu'il reprenne le cours normal de sa vie.

Mais elle l'aimait, il le savait, et qu'importe si elle refusait de l'admettre devant lui. Peut-être même de l'admettre tout court. Sauf qu'en essayant de le sauver elle ne faisait que lui prouver ses sentiments.

— Au revoir, Elizabeth.

Elle croisa enfin son regard, le menton levé d'un air de défi.

— Au revoir.

Elizabeth regarda John traverser la pièce et se mit à trembler. Cela commença par de légers frissons, puis des tremblements douloureux l'agitèrent lorsqu'il referma la porte derrière lui.

Elle avait la gorge nouée à force de contenir ses larmes, mais elle ne pleurerait plus. Il était temps de grandir, de comprendre que la responsabilité et le sens du devoir étaient les seules choses qui importaient. Épouser Bannaster était la seule façon de protéger celles et ceux qui comptaient sur elle. De protéger John, aussi. Écarter cette solution ne servirait à rien.

Hélas, elle se sentait aussi fragile que du verre, prête à voler en éclats si on la touchait. Les dernières caresses de John avaient bien failli la faire chavirer. Elle aurait aimé le supplier de l'emmener avec lui, mais, au bout du compte, elle avait tenu bon. Elle avait de quoi être fière.

Elle l'aimait, bien sûr qu'elle l'aimait. C'était un amour véritable, un amour d'adulte, pas le rêve illusoire d'une petite fille. Cet amour-là n'était pas une idée en l'air, car elle avait mal, comme si quelqu'un lui avait planté une épée dans le cœur. Ne pas avouer son amour à John lui causait une douleur écrasante.

Elle s'aspergea le visage d'eau froide, puis s'habilla soigneusement. Dommage qu'elle ne puisse pas porter l'une de ses robes, car elle devait être à son avantage.

Elle avait une idée bien précise en tête.

24

Sortir du château se révéla bien plus facile que d'y entrer. Le soleil se couchait. Les serviteurs repartaient vers leurs villages respectifs. Un flot de personnes sortait par la grande porte, et les soldats ne prenaient même pas la peine de les fouiller.

Enveloppé de sa cape, John courba les épaules. Il valait mieux marcher lentement, plutôt que de se presser. Très vite, il rejoignit la campagne, où il ne lui fut pas difficile de se fondre dans un massif d'arbres et de quitter les villageois.

Son cheval l'attendait chez Rachel. Le temps de le seller, il reprit sa route. La nuit commençait à tomber quand il arriva au campement de la garnison. La prairie était constellée de petits points lumineux. À l'orée du bivouac, il imita le cri de l'alouette. C'était le signal. Aussitôt, Ogden et Parker apparurent.

Tous deux le conduisirent auprès de Philip, qui rongeait le peu de viande encore accrochée à un os. Il l'agita pour les saluer.

John planta les mains sur les hanches.

— Elizabeth a décidé d'épouser Bannaster.

Philip jeta son os dans les flammes et se leva.

— Ce qui veut dire que votre belle risque d'être emmenée de force chez votre ennemi.

John fronça les sourcils. Elizabeth n'était pas sa *belle*...

— Comme si je n'avais pas remarqué le temps que vous

passiez seul avec elle ! ajouta son ami en levant les deux mains. J'ai du mal à croire que vous soyez restés sages.

John se retourna vers Ogden et Parker.

— Convoquez Sir Jasper et ses soldats immédiatement ! Le mariage est censé avoir lieu demain matin.

Philip eut l'air de tomber des nues.

— Vous comptez attaquer ? Lady Elizabeth ne veut pas...

— Pour une fois, elle ne commandera pas, l'interrompit John, la mine sombre.

Elizabeth frappa à la porte de la chambre occupée par Bannaster. C'était autrefois celle de ses parents. L'écuyer du vicomte vint lui ouvrir. Il tressaillit en la voyant, avant de s'effacer pour que son maître, affalé dans un fauteuil près de la cheminée, puisse la voir.

— Dites à votre maîtresse que vous envoyer plaider sa cause ne sert à rien, déclara-t-il avec un grand sourire. Le mariage aura lieu demain matin.

— Je suis venue ici de mon propre chef, répondit-elle.

L'ambiguïté de la phrase fit le reste. Bannaster pencha la tête, puis, d'un signe, intima l'ordre à son écuyer de quitter la pièce. Celui-ci sortit aussitôt dans le couloir et referma la porte. Elizabeth était désormais seule avec le vicomte. Elle resta immobile. Avait-elle peur ? Même pas. Elle se sentait calme. Et maîtresse de la situation. C'était tout ce dont elle avait besoin pour affronter le quotidien.

Bannaster se releva lentement et marcha vers elle. Il n'était pas aussi grand que John, mais il était impressionnant. C'était un homme habitué à commander. Au lieu de s'arrêter face à elle, il se mit à tourner autour d'elle comme pour l'inspecter.

Son tour terminé, il l'attrapa par le menton pour qu'elle lève la tête. Elle recula.

— Je n'ai pas le droit de toucher ? lâcha-t-il en ricanant. Ce n'est pas pour ça que vous êtes venue ?

Pour toute réponse, Elizabeth défit sa guimpe. Le sourire du vicomte s'effaça, tandis que ses boucles, qu'elle avait longuement brossées pour les rendre soyeuses, retombaient en cascade.

Bannaster reprit la parole d'une voix rauque.

— Me séduire ne m'empêchera pas d'épouser votre maîtresse.

— Mon intention n'est pas de faire annuler ce mariage, dit-elle. En revanche, ce n'est pas la femme en haut du donjon que vous allez épouser, mais moi.

Il éclata de rire. Pourtant, son hilarité céda bientôt la place à l'étonnement.

— Votre maîtresse a perdu la tête. Pourquoi prendrais-je en mariage une suivante à la place d'une héritière ?

— Parce que je ne suis pas une servante. Je suis Lady Elizabeth Hutton.

— Bien essayé, répliqua-t-il d'un ton pincé.

Elle poursuivit comme si elle ne l'avait pas entendu :

— Ma suivante et moi-même avons échangé nos places pour me laisser la possibilité de contrarier vos plans. Mais je n'y suis pas parvenue. Je choisis donc de me rendre, afin de sauver les habitants de ce château.

Il la fixa, l'air abasourdi.

— Dites à votre maîtresse que je ne vais pas me laisser piéger en épousant quelqu'un d'autre.

— Ce n'est pas un piège, milord. Vous avez gagné, je m'avoue vaincue. Posez-moi des questions sur mes parents ou sur les fiançailles que vous souhaitez faire annuler.

— On a pu vous indiquer les réponses à me donner.

— Demandez à n'importe qui, ici et ailleurs, on vous dira qui je suis. Je me suis battue tous les jours pour cacher la vérité, à vous-même comme à vos serviteurs. Mes sœurs sont même venues me voir en votre absence, et j'ai dû les renvoyer. Vous tenez bien vos informations sur Lord Russell d'un occupant de Rodmarton Castle, non ? Et ce jour où l'excès de boisson vous a poussé à vous en prendre à moi...

— Je n'ai pas essayé de...

— Les habitants d'Alderley se sont empressés de me défendre. Cela vous aurait-il échappé ? Il n'y a pas eu d'incendie dans les cuisines.

Bannaster avait à présent l'air perdu et troublé.

— Vous a-t-on déjà dit à quoi je ressemblais ? insista-t-elle.

— Lady Elizabeth a la réputation d'être une belle jeune femme aux cheveux clairs.

— Et de quelle couleur sont les cheveux de la femme qui se trouve dans le donjon ? Ils sont loin d'être clairs !

Une étincelle traversa les yeux du vicomte, et il pâlit.

— Si vous me mentez, je n'aurai aucun mal à le savoir d'ici le mariage.

Sur ces mots, il marcha vers elle. Seule une table les séparait.

— Tout le monde sera soulagé d'apprendre qu'il n'est plus nécessaire de faire semblant de m'ignorer.

Pourquoi était-il si certain de s'assurer de la vérité d'ici le lendemain matin ? Aucune importance. Elle devait à présent tâcher d'éviter ce que la colère le conduirait à faire. Il tenta de l'attraper, mais elle l'esquiva et s'éloigna le plus possible du lit.

— Cessez immédiatement de me menacer de la sorte, milord ! dit-elle d'un ton ferme.

— Et pourquoi ? On m'a menti, on s'est joué de moi. Tous ces gens ont dû se moquer, depuis le début.

— Il n'y avait vraiment pas de quoi rire à leurs yeux, bien au contraire ! Ce stratagème était très dangereux, pour moi comme pour eux. S'ils n'ont pas vendu la mèche, c'est par loyauté à mon égard. Et ils vous témoigneront la même loyauté, si le roi vous accorde le titre de comte.

— *Si* ?

— Il n'y a aucune garantie. Le contrat de fiançailles stipule que le prochain comte doit être l'héritier de la famille Russell.

— J'ai démontré qu'il n'était pas à la hauteur de ses prétentions. Estimez-vous heureuse que j'aie chassé ce lâche.

Il ne croyait pas un mot de ce qu'il disait, on le sentait. John l'avait dominé, lors de leur duel à l'épée. Soudain, il écarta le tabouret qui se trouvait entre eux d'un coup de pied.

— J'ai des conditions à faire valoir avant de vous épouser, Lord Bannaster.

— Si vous souhaitez détendre l'atmosphère, ne vous privez pas ! s'esclaffa-t-il en penchant la tête en arrière.

— Je ferai une excellente épouse. Je gérerai vos domaines, je me montrerai proche des gens et je vous donnerai des héritiers.

— Et quel sera mon rôle ? lança-t-il d'un ton sarcastique.

— Gardez-vous de me toucher avant notre nuit de noces. Promettez-moi également de ne pas vous venger sur les gens de ce château. Ni sur ma suivante ni sur Lord Russell en particulier.

— Ils m'ont menti.

— C'est *moi* qui vous ai menti. Si vous refusez ces conditions, votre vie sera un enfer. Je vous mettrai des bâtons dans les roues à la moindre occasion. Si vous avez l'intention de m'exhiber comme un trophée à Londres, vous deviendrez la risée du royaume. Je sais mener la danse, comme vous l'aurez constaté.

Il plissa les yeux.

— Tout ce que j'ai à faire, c'est de renoncer à m'en prendre à vos serviteurs et à Russell ?

— Oui, sans oublier les habitants des villages des environs. Je les ai mis dans la confidence et je peux les amener à vous être loyaux.

— Et si Russell revient vous chercher ?

— Peu importe, je serai votre femme.

Bannaster s'éloigna et regagna son fauteuil devant la

cheminée. Elle attendit qu'il prenne place pour pousser un soupir, le corps traversé d'un frisson.

— Marché conclu, finit-il par dire, avant de la détailler de la tête aux pieds. Je ne souhaite pas que ce mariage tourne au vinaigre. J'ai fait le serment de vous rendre heureuse, ce sera le cas. Nous commencerons dès notre nuit de noces.

Il lui sourit. Elle hocha la tête, retenant ses larmes au prix d'un effort surhumain. Une fois dans le couloir, elle s'adossa au mur et poussa un soupir navré. Bannaster s'était montré étonnamment accommodant, vu la façon dont elle s'était jouée de lui. Elle qui avait toujours rêvé d'avoir un mari qui se laisserait mener par le bout du nez, quelle ironie !

Avec John, elle avait laissé éclater des dissensions qui l'avaient amenée à vivre l'une des relations les plus intenses de sa vie. Elle était tombée amoureuse d'un homme aussi fort qu'indépendant. Désormais, il ne lui restait plus qu'à faire une croix sur son rêve de jouer les premiers rôles dans son couple.

Cela n'avait plus aucun intérêt à ses yeux.

Un nouveau défi l'attendait : découvrir ce que Bannaster avait vraiment en tête et le mettre en échec, si nécessaire. Si elle donnait rapidement naissance à un enfant, elle aurait le plaisir de se dire que l'enfant de John serait peut-être le prochain comte d'Alderley.

Enveloppé dans une cape dont le capuchon lui dissimulait le visage, John patientait au milieu de la foule, devant les portes du château. Le soleil ne s'était pas encore levé. Il menait une première vague de soldats, habillés en fermiers, en marchands, voire en gardes, pour certains. Les autres suivraient par petits groupes, durant l'heure suivante.

Fort heureusement, Bannaster souhaitait que l'assistance soit nombreuse à la cérémonie, et une cinquantaine de personnes s'étaient déjà rassemblées à l'entrée du château, dans l'espoir de voir un mariage dans l'aristocratie. Ou, du moins, de voir à quoi cela pouvait ressembler. D'autres personnes arrivaient par la grande route. Qu'allait faire Lady Elizabeth ? Chacun donnait son avis. Mais aucun des villageois n'allait jusqu'à imaginer une invasion discrète par la garnison d'Alderley.

Lorsque les portes s'ouvrirent enfin, tout le monde se précipita pour entrer. De quoi submerger les quelques soldats postés à cet endroit avec, pour mission, de fouiller les visiteurs. Ils jetèrent un coup d'œil à quelques sacoches, au hasard, puis décidèrent, au bout du compte, de participer aux réjouissances en levant un verre en l'honneur des futurs mariés.

Depuis sa place près de l'escalier menant à la grande salle, John vit ses soldats se mêler à la foule et se cacher derrière ou à l'intérieur de chaque bâtiment. Au cours des heures qui suivirent, les soldats de Bannaster disparurent, les uns après les autres. La discrétion que les hommes de John avaient apprise des membres de la Confrérie leur fut fort utile, car personne ne sembla avoir de soupçons, chaque fois qu'un soldat était attaqué par-derrière et neutralisé. Les hommes avaient ordre de ne pas tuer leurs victimes. Mais, surtout, de faire vite.

Le lendemain matin, Elizabeth descendit du donjon vêtue de la robe blanc et or qu'elle avait fait confectionner en prévision du jour de son mariage. Elle avait les cheveux détachés, signe de son célibat. Elle se sentait à la fois calme et déterminée. Anne avait bien essayé de la convaincre de renoncer, pleurant à chaudes larmes, en vain. Certaines choses étaient inévitables, alors à quoi bon s'y attarder ?

Il aurait été trop douloureux de penser à ce qui n'aurait jamais lieu. Ce mariage avec John, ce bonheur avec l'homme qu'elle aimait.

Suivie par Anne qui marchait d'un pas résigné, elle fit son entrée dans la grande salle, dans laquelle sa suivante n'avait pas mis les pieds depuis près d'une semaine. Bannaster l'attendait déjà à la table principale. Il se leva en l'apercevant. Progressivement, un profond silence se fit, et tout le monde l'observa avec effroi. Tandis qu'elle traversait la pièce, les gens lui firent la révérence et s'inclinèrent, leur étonnement laissant place à la résignation. Ils avaient compris ce qui se tramait.

Ce n'était pas le cas des soldats, qui parlaient entre eux fort peu discrètement. Elle ralentit un instant à hauteur de la table du soldat barbu qui s'en était pris à elle, quelques jours plus tôt. Après l'avoir regardée sans en croire ses yeux, il s'inclina, sans un mot.

Elle poursuivit son chemin en souriant à tout le monde et caressa la tête du fils d'Adalia, qui se précipita vers elle en criant son nom, tout à sa joie de la voir. Elle n'eut même pas envie de croiser le regard de Bannaster après cette nouvelle confirmation de son identité. Il n'était pas idiot.

De nombreuses personnes se pressaient dans la grande salle, bien plus qu'en temps normal lors de cette collation matinale. Bannaster avait dû envoyer des messagers jusque dans les villages les plus reculés, car les gens continuaient d'affluer dans la pièce, alors que tout le monde se restaurait.

Elle savait qu'elle était censée saluer les uns et les autres mais, en ce jour particulier, elle se sentait presque détachée de son corps, soulagée d'être assise seule, au lieu de faire la conversation. Si jamais l'envie lui prenait de regarder les gens, elle risquait de chercher le beau visage de John. Pourvu qu'il soit loin d'ici, qu'il ne la voie pas courber l'échine définitivement ! D'autant que les soldats de Bannaster étaient sûrement toujours à ses trousses.

Finalement, le vicomte se mit debout et leva les mains. Les conversations se turent instantanément, comme si chacun n'attendait que son signal.

— Cette journée est parfaite pour une cérémonie,

commença-t-il, tout sourires. Aujourd'hui, le prêtre va unir ces grandes maisons que sont les Bannaster et les Alderley.

Seuls les soldats poussèrent des cris de joie. Leur maître leur jeta un regard agacé, puis continua :

— La vérité a enfin éclaté. Lady Elizabeth a compris qu'il ne servait à rien de tromper son monde. Certains d'entre vous connaissaient sa véritable identité...

Il marqua une pause, et des murmures s'élevèrent, tandis que tous échangeaient des regards tendus.

— Votre loyauté envers elle est louable, mais à présent cette loyauté doit également s'appliquer à moi, car nous avons pris la décision de nous marier.

D'un ton qui se voulait plus léger, il ajouta :

— J'ai d'autres bonnes nouvelles à vous annoncer. Je viens de recevoir la confirmation que le roi Henri sera là à temps pour bénir cette union. Il est à une heure de route du château.

Elizabeth retint son souffle et jeta un coup d'œil autour d'elle. L'inquiétude la gagna. Elle croisa le regard d'Anne, qui semblait aussi troublée qu'elle. Le roi serait là ? Bannaster était forcément au courant depuis longtemps, mais il s'était gardé de le lui préciser, la veille au soir.

Parce que cela risquait peut-être de tout changer.

Elle eut la sensation de perdre pied. Que faire ? Jusqu'à présent, c'était elle qui avait décidé de son sort, en se faisant passer pour une simple suivante, puis en révélant son identité, avant de négocier avec Bannaster, dont elle allait devenir l'épouse.

Comme s'il devinait ce qui l'agitait, le vicomte parut soudain très attentif et resta volontairement près d'elle tandis qu'on débarrassait la grande salle des tables à tréteaux. Il n'y avait plus de place pour tous ceux qui se tenaient devant les portes de la chapelle où aurait lieu la cérémonie, comme le voulait la tradition.

— J'aurais aimé être informée de la présence de notre invité de marque, lui dit-elle. J'aurais pu faire pavoiser le château.

— Alors que vous n'étiez qu'une suivante ? ironisa-t-il.

Elle baissa la tête pour répondre :

— J'espère que l'état de ma demeure ne rejaillira pas négativement sur vous.

Alderley était un château somptueux, l'un des plus grands de cette région du royaume, et ils le savaient tous les deux. Bannaster observa la pièce sans cacher sa fierté, comme si c'était à lui seul qu'on devait ce bijou.

— Le roi sera satisfait. Comme il le sera de constater que vous avez accepté l'inévitable.

Elizabeth garda la tête baissée.

L'appel d'un cor finit par résonner dans le lointain. Les gens se précipitèrent dans la cour intérieure pour admirer la procession des soldats et des courtisans, ainsi que le monarque. Pour sa part, Elizabeth se plaça aux côtés de Bannaster devant la grande porte à double battant, les yeux posés sur cette agitation joyeuse. Le roi Henri souriait et saluait la foule. Il devait encore séduire son peuple. L'année précédente, il avait dépossédé de la couronne son propre cousin, Richard III.

Il grimpa l'escalier menant à la grande salle. Elizabeth lui fit la révérence, pendant que Bannaster s'inclinait profondément. Henri la prit par la main et l'aida à se relever.

— Ravi de vous revoir, Lady Elizabeth. Merci de nous accueillir chez vous.

Si Bannaster avait besoin qu'elle prouve une dernière fois son identité, voilà qui était fait… Il s'empressa de lui donner le bras et suivit le monarque à l'intérieur. Le château se remplit davantage : un nouveau contingent de soldats venait de se fondre à la foule.

Elizabeth n'avait jamais vu autant de monde, si ce n'était

dans les rues de Londres. La température grimpa dans la pièce, alors que l'heure de la cérémonie approchait.

Même si Bannaster souhaitait manifestement rester auprès de son cousin, le capitaine de la garde souhaita s'entretenir avec lui en privé. Le vicomte resta impassible, mais jeta un coup d'œil en direction de la grande porte, puis du roi. Il s'inclina en glissant quelque chose à son cousin, qui l'autorisa d'un geste à s'éloigner. Bannaster se hâta de fendre la foule et quitta la pièce. Elizabeth put alors observer le roi Henri.

Ce fut à la dernière relève de la garde qu'on finit par remarquer les absences. John était resté aux aguets quand on avait donné l'alerte, ce qui avait créé un certain remue-ménage. Le capitaine de la garnison n'était pas stupide, mais il n'avait pas encore crié à ses hommes de redoubler de vigilance. À la place, il s'était engouffré à l'intérieur du château.

Tout était devenu encore plus chaotique avec l'arrivée inattendue du roi. John aurait aimé prendre une seconde pour réfléchir à ce que cette nouvelle pouvait impliquer, mais il était trop occupé à mener secrètement l'assaut. La foule présente dans la cour intérieure avait grossi démesurément avec le cortège royal. Fort heureusement, les soldats du monarque l'avaient suivi à l'intérieur.

Maintenant que le capitaine était parti avertir Bannaster de ce qui se tramait, il n'y avait plus de temps à perdre. Il fallait prévenir les occupants du château et les villageois de se mettre à l'abri, soit en se réfugiant à l'intérieur, soit en regagnant le village. Pourvu que cela suffise à amadouer Elizabeth, quand elle découvrirait ce qui se jouait !

La cour s'était déjà vidée lorsque le vicomte sortit par la grande porte, l'épée hors du fourreau. Comme s'il s'agissait d'un signal, les derniers hommes à sa solde dégainèrent leurs armes et se regroupèrent pour mieux se protéger, tout en guettant l'ennemi.

Bannaster descendit les marches en courant, l'épée brandie en direction de la première personne qui croisa son chemin. En l'occurrence, une femme, qui poussa un grand cri et resta pétrifiée face à lui. Même s'il lui fit signe de s'écarter, John refusa de prendre le moindre risque. Pas question de blesser des innocents. Il sortit alors de l'ombre, son arme bien en évidence, avant de rabattre son capuchon.

— Pour Alderley ! hurla-t-il à pleins poumons.

Un chœur de cris et de vivats retentit aussitôt. Les soldats de Bannaster se retournèrent pour répondre à l'attaque, mais ils étaient trop peu nombreux : la victoire était promise aux forces d'Alderley !

John se concentra sur le vicomte, dont le visage exprimait un mélange de colère et de détermination, depuis qu'il l'avait vu sortir de l'ombre.

Ce dernier se rua vers lui, l'épée au clair. Sans un mot, il frappa, mais John parvint à dévier le coup. D'abord avec sa lame, puis avec son bouclier.

— Hors de mon chemin, Bannaster ! tonna-t-il. Je suis le fiancé légitime de Lady Elizabeth. Interrogez votre cousin le roi.

— Vous n'êtes pas digne d'elle !

Le vicomte décocha plusieurs coups que John parvint à contrer. Il en avait assez de l'arrogance de ce prétentieux. Il passa alors à l'offensive et repoussa son rival vers l'escalier. Celui-ci trébucha et s'écroula sur le dos.

John plaça la pointe de son épée tout contre sa gorge.

— Vous comptez me tuer ? lâcha le vaincu d'une voix tendue, le corps en travers des marches.

— Cela me réjouirait grandement, après la façon dont vous avez torturé Elizabeth, grogna-t-il entre ses dents.

— Elizabeth ou Anne ? Nous ne convoitons pas la même femme, visiblement.

Aveuglé par la colère, John approcha davantage sa lame. La pointe froide frôlait la peau de Bannaster.

— Arrêtez !

Une voix pleine d'autorité venait de résonner au-dessus d'eux.

John ne prit même pas la peine de relever la tête, les yeux toujours plongés dans ceux de Bannaster. Mais il avait reconnu la voix de Milburn. Il laissa l'intendant descendre les marches.

— N'avancez plus ! lui ordonna-t-il alors.

Milburn n'était plus très loin d'eux.

— Milords, cessez cette folie, je vous en conjure ! Le roi commence à s'inquiéter. Est-ce que l'un d'entre vous voudrait bien lui expliquer ce qui se passe ?

En une fraction de seconde, John imagina les différentes possibilités. Quelles qu'elles soient, il perdait Elizabeth. Tuer Bannaster risquait de rendre le monarque fou de rage. Sans compter que cette arrivée inopinée avait contrarié son plan pour forcer son rival à libérer Alderley.

Il écarta son épée et recula. Bannaster se frotta prudemment le cou.

— Vous n'êtes pas blessé, lui dit John. Si je vous avais tranché la gorge, vous vous en seriez déjà rendu compte.

Le vicomte se releva tant bien que mal, en lui jetant un œil mauvais.

— Milord, le roi attend ! insista Milburn.

— J'ai gagné, Russell, grogna Bannaster. Gardes, à moi !

Deux soldats seulement répondirent à son appel. Le vicomte prit conscience de la situation et monta les marches à reculons, tandis que la garnison d'Alderley se massait en contrebas.

— Mon cousin sera au courant de tout ! menaça-t-il en atteignant la dernière marche.

— Allez-y ! répondit John d'un air de défi. Vous n'aurez pas le courage de donner mon nom.

Avec un sourire triomphant, Bannaster tourna les talons et s'engouffra à l'intérieur.

Au retour de Bannaster, Elizabeth observa le roi Henri, l'homme qui pouvait décider de son sort. Le vicomte avait l'air hors d'haleine, mais il arborait un grand sourire. Le bras passé autour des épaules de son cousin, il l'entraîna à l'écart pour lui parler tranquillement. Enfin, aussi tranquillement que peuvent l'être deux hommes entourés d'une nuée de conseillers. Ils jetaient un coup d'œil dans sa direction, de loin en loin. Était-ce d'elle qu'ils parlaient ? Le roi Henri fronçait les sourcils pour s'adresser à son cousin. Bannaster devait jouer serré pour obtenir le droit de l'épouser.

On décidait de son avenir à sa place, alors qu'elle avait toujours voulu jouer les premiers rôles. C'était même elle qui avait accepté de devenir la femme du vicomte !

Le roi était peut-être en mesure de lui venir en aide, mais elle serait contrainte de se plier à sa volonté. Or, mettre à nu son cœur et son âme, ignorant pour quel résultat, était la plus terrible des épreuves qu'elle ait jamais affrontées.

Hélas, elle était bien obligée de prendre des risques. À quoi bon tout contrôler, si c'était pour ne jamais être heureuse ?

Elle marcha lentement vers l'estrade. La foule s'écarta pour la laisser passer, et sa mine sombre provoqua un profond silence qui se répandit de loin en loin, comme des ronds dans l'eau. Elle vit le visage de Bannaster passer de la curiosité à l'inquiétude, puis à la peur. Il tenta de saisir le roi par le bras, pour l'entraîner plus loin, mais il était trop tard. Le monarque l'avait vue, lui aussi. Il attendit patiemment qu'elle s'arrête, juste devant eux.

Puis elle se mit à genoux. Les flammes des torches faisaient briller les fils d'or de sa robe qui se déploya autour d'elle. La lumière qui traversait les vitraux colorés des fenêtres l'éclairait aussi. Elle avait savamment choisi l'endroit où elle souhaitait se tenir.

C'était la dernière chose qu'elle était en mesure de contrôler. À présent, son existence tout entière était entre les mains d'un seul homme.

25

Caché au sein de la foule qui se pressait dans la grande salle, John vit le moment où Elizabeth se dirigeait vers le roi. Il se sentait mal. Les habitants du château avaient voulu se battre pour elle et la libérer de cet enfer. Alors que lui avait été forcé de reculer.

Lorsqu'il l'avait vue dans sa robe brodée d'or, parée d'atours dignes de l'héritière qu'elle était, il avait senti son cœur cesser de battre une seconde. Elle était si supérieure à lui ! Pourtant, cette femme, qui n'avait eu aucun mal à le mettre dans son lit, était là, prisonnière du rôle qu'elle s'était donné, du rôle qu'elle avait accepté de jouer.

Il aurait presque aimé qu'elle l'aperçoive, afin qu'elle puisse faire son choix, une dernière fois. S'il profitait de ce moment pour se déclarer ?

Lorsqu'elle se mit à genoux devant leur souverain, au milieu de la salle silencieuse, où tout le monde avait même cessé de respirer, il se sentit comme hors du temps. Une impression des plus étranges.

Allait-il perdre Elizabeth au nom du sens du devoir ?

Ou au contraire gagner son amour ?

— Majesté ! lança-t-elle d'une voix forte et claire.

Bannaster se força à s'esclaffer.

— Ma chère, si vous êtes si impatiente de commencer la

cérémonie, inutile de vous montrer si théâtrale. Je suis sûre que nous...

— Majesté ! répéta-t-elle. J'ai besoin de votre aide.

Le roi s'avança légèrement, son fin diadème en or brillant dans la lumière.

— Navré d'entendre que votre fiancé n'est pas là, Lady Elizabeth. Mais je suis heureux que vous souhaitiez régler la question de cet immense héritage, dont vous avez su vous montrer digne.

— Majesté, loin de moi l'idée de déclencher votre courroux, mais je suis incapable de me taire plus longtemps.

Bannaster essaya d'attraper le bras du roi, mais le monarque la regardait d'un air intrigué.

— D'où vient cette inquiétude, milady ?

— Lord Bannaster prétend que, pour me protéger des prétendants qui se disputent ma main, il a été obligé de me garder enfermée loin de mes amis, de celles et ceux qui comptent sur moi. Peut-être était-il animé des meilleures intentions du monde, mais un emprisonnement reste un emprisonnement.

Un murmure ébahi parcourut la foule, et John se rapprocha du centre de la salle, la main sur l'épée cachée sous sa cape. Elizabeth prenait un gros risque en accusant Bannaster.

— Vous n'avez pas été emprisonnée ! s'insurgea le vicomte.

— Uniquement parce que ma suivante a pris ma place ! J'ai tenté de me libérer sans que les habitants de ce château aient à en pâtir. Reste que mon fiancé, Lord Russell, est en vie, Majesté. Je l'aime et je souhaite l'épouser.

John faillit trébucher. Ces mots l'avaient tellement pris de court ! Elizabeth risquait de subir les foudres du roi et de perdre tous ses biens... pour lui. Il aurait voulu bomber le torse tant il était fier... et tremblait de panique en songeant à la décision du roi.

Le souverain posa son regard si impressionnant sur son cousin.

— Vous m'avez dit que Russell était introuvable et qu'il était sûrement mort !

— Nous l'avons tous cru, Majesté, s'empressa de répondre le vicomte. C'est un homme indigne de notre confiance, il a abandonné Lady Elizabeth !

Voilà tout ce que John avait besoin d'entendre. Le temps de se débarrasser de sa cape, il s'avança à son tour pour s'agenouiller à côté de sa fiancée. Elle leva la tête vers lui sans en croire ses yeux. La stupeur qu'on lisait dans son regard céda la place à une immense tendresse. Des émotions qu'il n'eut aucun mal à deviner, puisqu'il éprouvait exactement la même chose.

— Majesté, dit-il, je suis le baron John Russell, neuvième du nom. Je suis venu auprès de vous réclamer mon épouse.

Il glissa la main dans celle d'Elizabeth. Elle avait la peau froide et humide, mais le sourire qu'elle lui adressa le réconforta.

Avant que le roi puisse prendre la parole, tous les occupants de la grande salle poussèrent des cris de joie, qui ne cessèrent qu'au bout de longues minutes. Bannaster était devenu pâle de fureur contenue, et les regards qu'il jetait à Elizabeth laissaient entendre qu'elle ne serait guère heureuse, si elle n'avait pas gain de cause.

Le roi leva la main, et les dernières acclamations s'estompèrent.

— Lord Russell, lui lança-t-il avec une certaine méfiance, avez-vous la preuve de votre identité ? Voilà plusieurs années que vous êtes parti. Même si vous ressemblez aux Russell que j'ai pu connaître, cela ne suffit pas.

John leva la main. La bague de sa famille était désormais à sa place, autour de son doigt. Il vit les épaules de Bannaster s'affaisser, puis se redresser. Le combat n'était pas terminé.

— Je me porte garante pour lui, Majesté, ajouta Elizabeth.

Je me souviens de lui depuis l'année où j'ai été hébergée à Rame Castle. Lors de nos discussions, il m'a prouvé sans le moindre doute possible qu'il se rappelait certains événements que seul un Russell était susceptible de connaître.

Le roi arborait cependant un air sceptique, et John sentit le désespoir le gagner. Ce n'étaient pas des preuves suffisantes.

Au même moment, l'un des conseillers du roi sortit du rang. C'était un homme de petite taille, avec une barbe hirsute, mais l'air bienveillant.

— Majesté, j'étais à Paris l'an passé et j'ai vu Lord Russell remporter un tournoi au terme d'une prestation impressionnante. C'est le même homme.

John inclina la tête avec une profonde reconnaissance.

— Vous avez toute ma gratitude, Lord Fogge.

Le scepticisme du roi sembla faiblir, même s'il répondit sans ménagement :

— Lord Russell, j'ai découvert que Rame Castle avait largement perdu de sa splendeur, au cours des dernières années.

— C'est vrai, Majesté, admit John. Je m'emploie à renouer les liens que ma famille a toujours eus avec ses terres et leurs habitants.

— Il n'en a qu'après l'argent de Lady Elizabeth ! grogna le vicomte.

Le monarque haussa un sourcil perplexe.

— L'argent... Voilà bien une chose qui ne vous intéresse pas, mon cousin !

Bannaster rougit et balbutia :

— Ce n'est pas ma préoccupation première. Cet homme a laissé péricliter son domaine en vidant ses caisses pour financer ses aventures sur le continent.

— C'est un mensonge, Majesté, protesta John sans trembler. Étant le troisième de ma fratrie, j'ai gagné ma vie grâce à mes seuls talents de combattant. Bien plus tard, j'ai appris qu'une tragédie m'avait donné en héritage un titre de baron et une fiancée.

— J'ai souvent entendu parler de vos prouesses les armes à la main, reprit le roi Henri en désignant Lord Fogge d'un geste.

On sentait de l'intérêt dans sa voix. Bannaster lui-même dut s'en apercevoir.

— Mon bras est à votre service, Majesté, assura John. Parlez, et j'obéirai.

Une fois de plus, il croisa le regard du monarque.

— Mais, je vous en conjure, accédez à ma requête et laissez-moi honorer la volonté de nos parents. Depuis mon arrivée à Alderley, j'ai appris à aimer Lady Elizabeth Hutton avec une sincérité que je n'aurais jamais crue possible.

— Il a menti pour entrer ici, tenta d'intervenir le vicomte.

— Parce que j'ai entendu dire que ma fiancée avait été emprisonnée ! le coupa-t-il. Voilà pourquoi j'ai souhaité faire preuve de discrétion, Majesté. Je remets mon sort entre vos mains. J'ai beaucoup appris des regrets que m'inspirait mon passé, de la défiance de ma famille à mon égard. Mes parents avaient les meilleures raisons du monde à m'encourager à rester sur le continent. J'ai fini par comprendre pourquoi mon père avait eu besoin de m'apprendre à devenir un homme. Il a rédigé le contrat de mariage de manière à ce que l'un de ses héritiers, et pas forcément son aîné, devienne l'époux de Lady Elizabeth.

— Mon cousin...

Bannaster tentait encore d'intervenir, mais, pour la première fois, le désespoir commençait à poindre dans sa voix. Le souverain le musela d'un simple regard.

— Continuez, Lord Russell !

— Je suis un homme neuf, Majesté.

John tourna la tête vers Elizabeth et puisa de la force dans l'amour qui illuminait ses yeux.

— Et c'est grâce à cette femme. Elle a risqué sa vie pour

les autres, alors que j'ai parfois risqué la mienne pour de l'argent. À mes yeux, l'aventure et les voyages pouvaient remplacer ma famille et représenter tout mon avenir, mais elle m'a montré à quel point j'avais tort. J'ai appris de mes erreurs et je n'ai besoin de rien à part d'elle. Après la mort de ses parents, elle a dirigé ce château et les nombreux manoirs qui en dépendent, tout en m'attendant. Mon plus grand regret restera de n'être pas arrivé à temps pour lui épargner l'angoisse de cet emprisonnement, l'angoisse que lui inspirait le futur. Gagner son amour est devenu le but de ma vie. Laissez-moi être à ses côtés, être son égal. C'est tout ce que je demande.

Elizabeth lui prit la main.

— Lord Russell, vous avez gagné mon amour. Je regrette d'avoir eu trop peur de l'avenir pour vous l'offrir plus tôt.

John ferma les yeux. C'était si bon d'entendre ces mots ! Comment pouvait-il la mériter, mériter tout cet amour ? Il porta les deux mains d'Elizabeth à ses lèvres et les embrassa avec un profond respect. Il n'aurait jamais osé croire qu'il la toucherait à nouveau. Qu'elle s'offrirait à lui si librement.

— Majesté, dit-elle sans le lâcher du regard, cet homme est venu à Alderley, sans armée, sans ressources, à cause des errements de son frère. Il a risqué sa vie, alors que nous nous étions à peine croisés dans notre enfance. Son sens de l'honneur et son courage ont gagné mon cœur. Je n'aurais jamais cru qu'un homme mériterait tout mon amour, mais j'ai été heureuse d'offrir à John Russell mon cœur, ma demeure et ma vie. Il en prendra soin, je le sais.

Un tonnerre d'applaudissements retentit, et le roi Henri fut obligé de lever les deux mains pour calmer la foule. Bannaster s'écroula dans un fauteuil, le menton dans la paume, la mine défaite.

— J'ai fait mener une enquête sur vous, Lord Russell, et votre refus d'accuser votre frère malgré ses erreurs est digne d'éloges. Les ordres que vous avez donnés pour lancer la restauration de Rame Castle sont parvenus jusqu'à moi, et la somme que vous avez investie est plus que généreuse. Elle suffit même à payer les impôts que vous devez à la Couronne, ajouta-t-il, tout sourires.

John osait à peine nourrir un début d'espoir. Il se força à rendre son sourire au roi.

— Bien sûr, Majesté.

— Votre expérience sur le continent profitera grandement à mon armée. Avec vous à leur tête, les troupes d'Alderley seront entre de bonnes mains.

Elizabeth lui serrait la main si fort qu'elle devait en avoir des crampes. Pouvait-il y croire ? Auraient-ils le soutien du roi ?

Le monarque haussa soudain la voix.

— Je souhaite que le contrat de fiançailles entre les Russell et les Alderley soit pleinement honoré. Et je remercie sincèrement mon cousin d'avoir assuré la protection d'une grande héritière.

Il assortit sa dernière phrase d'un regard amusé en direction de Bannaster, qui répondit par un sourire forcé.

— Et si nous célébrions ce mariage ? ajouta le roi.

— Mais, Majesté, les bans...

— Mon cousin a payé pour obtenir une autorisation spéciale, vous n'avez qu'à vous en servir. Ma signature suffira à justifier le changement de nom du marié.

John aida Elizabeth à se relever et lança :

— Vous avez toute ma gratitude, ô mon roi.

— Tant que je peux compter sur vos bras quand j'en aurai besoin...

— Bien sûr.

Le roi se retourna pour taper sur l'épaule de son cousin. John était maintenant libre de regarder sa future femme. Tout autour, les gens se préparaient au mariage. Une jolie femme aux cheveux noirs sourit à Philip, et ils se mirent à discuter comme deux vieux amis. C'était sûrement Anne, la suivante d'Elizabeth, qui s'était montrée si courageuse, là-haut, dans le donjon. Il aurait bien voulu lui parler, mais pour le moment personne ne faisait attention à eux. Il put donc attirer sa promise dans ses bras.

— Révéler la vérité devant le roi… Vous avez fait quelque chose d'incroyable, dit-il.

— C'était tout aussi incroyable que votre projet, répondit-elle en haussant les épaules. Vous vous êtes faufilé dans le château pour… la troisième fois, n'est-ce pas ? Que comptiez-vous faire ?

Ce fut à lui de hausser les épaules.

— Pour être honnête, je n'étais pas seul. Vos soldats m'accompagnaient incognito.

— Je vous avais pourtant dit…

— Que vous refusiez toute violence, je sais, mais la Confrérie de l'Épée nous a aidés à les entraîner, et ils tenaient à participer à cette opération. Nous avons neutralisé plusieurs soldats de Bannaster, avant qu'il sorte tout à l'heure. J'avais donné ordre à vos hommes de ne tuer personne, tant que c'était possible.

Elizabeth écarquilla les yeux.

— Je me souviens du moment où Bannaster est parti ! Mais il est revenu sans rien dire.

— Parce que la pointe de mon épée était sur sa gorge, avant que Milburn nous interrompe. Il ne voulait peut-être pas admettre sa défaite. L'idée était de lui montrer qu'il ne servait à rien de se battre. L'arrivée du roi a tout changé, bien sûr. Comment pouvais-je tuer son cousin ? Je n'aurais pas eu la moindre possibilité de vous épouser.

— Vous l'auriez regardé devenir mon mari ?

John répondit avec un grand sourire :

— Fort heureusement, nous n'aurons jamais à le savoir !

Derrière eux, Philip s'éclaircit la gorge.

— John, quelqu'un veut vous voir.

Il s'obligea à détourner les yeux d'Elizabeth. Que voulait-il ?

— Je ne...

— Un membre de la Confrérie vous attend tous les deux dans votre chambre.

John faillit répondre que cela pouvait bien attendre, mais Philip avait l'air si solennel, si sérieux. C'était si rare chez lui !

Elizabeth posa la main sur son bras et lui sourit.

— Nous ne sommes pas pressés. Allons-y avant que le roi remarque votre absence.

Comment refuser quelque chose à cette femme ?

Philip les accompagna, mais uniquement parce que John insista. À l'intérieur, l'homme attendait devant la cheminée, les mains dans le dos. Il sourit à Elizabeth.

— Voici la personne qui a aidé vos soldats à s'entraîner, expliqua John. J'aurais aimé vous le présenter, mais il ne m'a jamais donné son nom.

L'étranger fit un baisemain à Elizabeth. Elle le laissa faire avant de dire :

— Vous avez toute ma gratitude, sir.

— J'ai bien peur que nous ne vous ayons pas été d'une grande aide, car vous vous êtes très bien débrouillés seuls. Lord Russell, la situation aurait pu dégénérer, mais à vous deux vous avez trouvé une solution qui a satisfait tout le monde. Sauf peut-être Lord Bannaster.

Son sourire s'évanouit, et il fixa John d'un air solennel.

— Lord Russell, nous avons été grandement impressionnés par votre talent. Nous souhaiterions vous proposer de rejoindre notre Confrérie.

Elizabeth en resta bouche bée. John répondit aussitôt :

— Sir, je ne saurais accepter votre proposition.

— Quoi ? s'exclama Philip. Bon sang, mon cher, vous êtes fou ? Ils n'offrent cet honneur qu'à très peu de monde.

Il observa ensuite l'étranger d'un air plein d'espoir. Leur interlocuteur n'ajoutant rien de plus, il poussa un soupir navré.

— Puisque je n'ai pas eu ce privilège, j'aurais aimé que vous acceptiez.

— Mon mariage est prévu aujourd'hui. Je ne vais pas quitter ma femme !

— Nous ne faisons appel à nos membres que deux fois par an, et pendant deux semaines, pas plus, insista l'homme.

— Je ne saurais...

— John...

C'était Elizabeth qui avait parlé.

— Vous n'avez pas besoin de me prouver quoi que ce soit. Je sais que votre cœur bat pour moi seule. Mais on vous offre la possibilité d'aider les gens, comme vous m'avez aidée. Vous vous battez pour le roi, et la Confrérie vient en aide à la justice. Même s'ils ne travaillent pas pour notre souverain, celui-ci n'aimerait pas que vous refusiez.

— Elizabeth, comment pourrais-je vous quitter ?

— De la même façon que vous me quitterez pour assister aux séances du Parlement, ou quand l'enfant que j'attendrai m'empêchera de vous accompagner en voyage. Nous prenons tous des risques, chaque jour. Vous êtes un chevalier, mieux entraîné que beaucoup. Je vous fais confiance pour être prudent – et avoir la dose d'aventure dont vous avez besoin. C'est bien normal de demander à la vie davantage qu'un mariage épanoui. Soyez l'homme que vous êtes.

— Acceptez ! le pressa Philip.

John les regarda tour à tour, en terminant par l'étranger, qui attendait avec une patience infinie, comme s'il avait vécu cette scène des dizaines de fois auparavant.

— Très bien, j'accepte votre proposition. Mais ne comptez pas sur moi avant au moins six mois !

— Votre entraînement commencera à ce moment-là, répondit l'homme avec bienveillance.

Il laissa ensuite Philip le raccompagner et lui poser des questions, sans se départir de son immense sagesse.

John prit Elizabeth dans ses bras et l'embrassa sur le front.

— Je vous aime.

— Moi aussi, je vous aime.

Elle lui saisit délicatement le visage et le pencha vers elle.

— Ce n'était pas un baiser digne de ce nom.

— Vous m'indiquez déjà ce que je dois faire ? s'esclaffa-t-il.

— Sur certains sujets, oui, dit-elle en lui donnant un baiser passionné. J'ai peut-être été coincée dans ce donjon, la tête au-dessus des nuages, mais vous m'avez fait redescendre sur terre pour me montrer à quoi ressemblait le véritable amour.

John esquissa un sourire.

— Content que vous le pensiez, ma douce. Mais, ce soir, vous pourrez me donner tous les ordres que vous souhaitez.

— Je vous laisserai volontiers mener la danse, murmura-t-elle dans un soupir.